Levi Henriksen

Bleich wie der Schnee

Levi Henriksen

Bleich wie der Schnee

Roman

Aus dem Norwegischen von
Gabriele Haefs

Droemer

Originaltitel: Snø vil falle over snø som har fallet
Originalverlag: Gyldendal, Oslo

This translation has been published
with the financial support of NORLA.

Besuchen Sie uns im Internet:
www.droemer.de

Die Folie des Schutzumschlags sowie die Einschweißfolie sind
PE-Folien und biologisch abbaubar.
Dieses Buch wurde auf chlor- und säurefreiem Papier gedruckt.

Redaktion: Viola Eigenberz
Umschlaggestaltung: ZERO Werbeagentur, München
Umschlagabbildung: Photonica
Satz: Ventura Publisher im Verlag
Druck und Bindung: Ebner & Spiegel, Ulm
Printed in Germany
ISBN-13: 978-3-426-19709-7
ISBN-10: 3-426-19709-X

2 4 5 3 1

Dank an Knut für Abendmahl
und gute Wegbeschreibungen, an Mama –
die Mutter aller Geschichten –,
und damit ist genug gesagt,
und an Elisabeth natürlich, die am wärmsten ist,
wenn es am dunkelsten ist.

Nicht zuletzt großer Dank an Uno Ellingsen,
der mir half, den Anfang zu erträumen,
und an Stein-Robin Bergh für Hilfe bei den
taktischen Ermittlungen

I keep my distance as best I can
living out my time here in Never Never Land
I can't grow up 'cause I'm too old now
I guess I really did it this time mom.

James McMurtry, »Peter Pan«

1

Dan Kaspersen ging, ehe die Gemeinde auch nur die Hälfte von »Ich weiß mir einen Garten auf immergrüner Au« gesungen hatte. Draußen lag Schnee in der Luft. Über der Festung hatten die Wolken sich zusammengeballt. Vor einem der Grabsteine gleich beim Tor hatte jemand eine Rose in den Schnee gesteckt. Ihm fiel ein, wie es hier zu Heiligabend immer gewesen war. Dieses schwindelerregende Gefühl an einem sternklaren Abend, wenn die Lichter der Stadt mit Gottes totem Blinken da oben über der gewaltigen Dunkelheit um die Wette funkelten. Für einen Moment sah er Jakob vor sich. Die flackernde Flamme ließ sein Gesicht engelsbleich aussehen, als er sich bückte und die beiden Kerzen in die Tannenzweige auf dem Grab der Eltern steckte.

Rasch fuhr er sich mit dem Handrücken über die Augen. Die Hand, die aus dem aufgekrempelten, steifen Mantelärmel hervorlugte, kam ihm fremd vor, schien gar nicht ihm zu gehören. Er hatte schon so lange so weiße Hände, so weiche Hände. Es würde seine Zeit dauern, bis sie sich wieder an das viele Licht im freien Fall gewöhnt hätten. Er kniff die Augen zu schmalen Schlitzen zusammen, als er über den Parkplatz ging, aber es machte ihm keine Probleme, den alten Amazon seines Vaters zu finden. Vor der Kirchenmauer stand ohnehin nur eine Hand voll Autos, und es gab wirklich nicht mehr so viele kornblumenblaue Bauernkutschen Marke Volvo. Nicht einmal in einer Stadt

wie Kongsvinger, wo das Gelände vor dem Bahnhof noch immer von altmodischen Knabenseelen wimmelte, die den Asphalt als ihren Erlöser verehrten.
Der Schneepflug hatte einige braune Streifen aus Sand hinterlassen, die sich zur Stadt hinunterzogen und die er nun anzusteuern versuchte. Der Amazon war wie immer schwer zu bewegen, und die Sommerreifen erschwerten das Manövrieren noch weiter. Er hätte Jakobs Hiace mit den fast neuen Winterreifen nehmen können, aber das hatte er nicht über sich gebracht. Er hatte den Amazon zu neuem Leben erweckt, und nun fuhr er langsam in Richtung Stadt, während die Schlange der ungeduldigen Fahrer, die ihre behandschuhten Fäuste ballten, hinter ihm immer länger wurde. Es war noch keine drei Uhr, als er durch die Storgate glitt, in der Richtung, die aus dem Ort hinausführte.
Dann erreichte er den vorletzten Kreisverkehr vor der Stadtgrenze. Früher war die Straße einfach gerade weitergegangen, und Jakob und er waren mit den Rädern von Skogli in die Stadt gefahren, um am Fußballtraining teilzunehmen oder Schulkameraden zu besuchen. Dan immer vorweg, und wenn sie ein seltenes Mal nebeneinander fuhren, dann immer er auf der zur Fahrbahn gelegenen Seite. Manchmal kamen große Lastwagen ein wenig zu dicht vorbei, und an windstillen, sonnengleißenden Tagen nahmen die Jungen den Luftdruck wie ein Zittern wahr, das drohte, sie aus den Schatten zu reißen und sie für einen Moment schwerelos zu machen. Jakob hatte behauptet, wenn sie ruhig am Straßenrand stehen blieben und dann eine ganze LKW-Kolonne vorüberführe, dann würden sie am Ende schweben können. Dan hob wieder den Handrücken. Sie waren niemals zusammen geschwebt.
Er bog aus dem letzten Kreisverkehr ab, oben rechts auf

dem Hügelkamm thronte der Sendemast, der irgendwann in den 70er Jahren aufgestellt worden war. Danach waren die Leute an den Wochenenden hingepilgert. Mit Thermosflaschen und Eibroten hatten sie dort oben gesessen und auf die Stadt hinabgeblickt. Väter mit Söhnen auf dem Schoß. Mütter in ihren Ausgehpullovern, die den Töchtern befahlen, Kaffeetassen herumzureichen. Plastiktassen in grellen Farben, die normalerweise nur auf Campingfahrten in andere Gegenden benutzt wurden.

Jetzt pilgerte niemand mehr zum Sendemast. Aber einmal, im vergangenen Sommer, hatte Jakob ihm einen Zeitungsausschnitt geschickt, über einen Jungen, der mit dem Fallschirm von der Mastspitze gesprungen war. Dan hatte verstanden, was Jakob mit diesem Bild zu sagen versuchte, und hatte es an seine Tür gehängt. Am nächsten Tag war es abgerissen worden, da er keine Erlaubnis eingeholt hatte. Die Erinnerung an den Geruch in dem kleinen Raum machte ihm eine Gänsehaut. Auch im Wagen fühlte er sich eingeschlossen, aber nicht auf dieselbe Weise. Er zog den Geruch von Schimmel und verbranntem Motoröl tief in seine Lunge und hielt ihn dort fest. Seine Schläfen begannen zu dröhnen, das alte angetörnte Gefühl von Helium in den Adern. Er verschlang die Straße mit den Augen, genoss das Vibrieren des Lenkrades, sah zu, wie die Tachonadel auf 60 zukroch – und dann war Jakob wieder da. Dan warf einen letzten Blick zum Mast hinüber, er glaubte, ein schwaches Flackern zu ahnen, ein Wehen, Flügelschläge, Seidenstoff, der sich über den Himmel breitet, aber was da wehte, waren nur einige Tannenwipfel. Er musste gegen den Impuls ankämpfen, das Lenkrad zum Straßengraben hinüberzureißen, das Licht zu löschen, den Dezember wie einen geplatzten Ballon über sich zusammensinken zu lassen. An diesem Tag, ja, genau an diesem Tag müssten die

Waghälse in Scharen auf den Mast klettern, für einen Moment mit gesenkten, bloßen Häuptern auf der Spitze verharren, um dann loszuschweben, weder tot noch lebendig, sondern schwerelos wie die Engel über den Feldern bei Bethlehem. Etwas hätte anders sein müssen. Alles war wie früher.

Er hielt an der Kreuzung, die zum Zentrum von Skogli führte, am Ende des weiten Feldes, das sich nach Overaas hinaufzog, dem größten Hof des Ortes. Gleich unterhalb des Gedenksteins, der an die fast zweihundert Jahre zurückliegende Schlacht zwischen Norwegen und Schweden erinnern sollte, bahnte er sich einen Weg durch den lockeren Schnee, in Richtung des für Landmaschinen angelegten Tunnels, der unter der Straße hindurchführte.

Im Halbdunkel ließ er die Hand über die Kratzer im Metall gleiten und zündete sein Feuerzeug an, um zu sehen, was sein Bruder und er vor fast einem Vierteljahrhundert dort eingeritzt hatten. Sie waren damals von einem Wolkenbruch überrascht worden und hatten ihre Räder in den Tunnel schieben und dort über eine halbe Stunde warten müssen. Mit einem rostigen Nagel hatten sie ihre Lieblingsspieler von Leeds, die besten Platten der Ramones, die Namen Ace Frehley und Paul Stanley und Ähnliches eingekratzt. Dinge, die für einen Zwölf- und einen Vierzehnjährigen wichtig waren. Dans Buchstaben waren groß und eckig, Jakobs Schrift klein und unscheinbar. Über ihren Initialen und der Jahreszahl 80 hatte Jakob eine weitere Zahl angebracht: 48.

48. Jakob hatte nicht verraten wollen, was das bedeutete, nur, dass es ein Mädchenname war. Natürlich war es ein Mädchenname. Mia, Marit oder Mette, eines der Mädchen aus der Klasse. Die Buchstaben ihres Namens waren in Ziffern verwandelt und zu einer Zahl addiert worden. A, B, C,

1, 2, 3, ich liebe dich. Erst zwölf Jahre alt, aber J. K. hatte bereits genug Buchstaben und Ziffern gesammelt, um sein Herz zum Flimmern zu bringen. Zwölf Jahre. Rost und Regen, 48. Dan hatte nie erfahren, was diese Zahl bedeutete, und die Erkenntnis, dass er es nun niemals wissen würde, ließ seine Augen brennen. Er stolperte aus dem Tunnel, fiel in den lockeren Schnee, kam wieder auf die Beine, stürzte ein weiteres Mal und kroch zum Auto zurück. Trat das Gaspedal bis unten durch und schrie sich zusammen mit dem Brummen des Motors die Kehle aus dem Hals, ehe die Räder endlich Halt fanden und der Wagen einen Sprung nach vorn machte. Er bog in Richtung Straße ab, die Räder verloren immer wieder den Halt, und er konnte sich gerade noch an einem ihm entgegenkommenden LKW vorbeizwängen. Der Fahrer drückte wütend auf die Hupe und hämmerte mit dem Zeigefinger an die Windschutzscheibe, aber das machte nichts. Dan hatte an diesem Tag eine ganze Hand voller Zeigefinger. Er hatte eine Hand, die ebenso von Nichts erfüllt war wie er selbst. In der Gegend von Sætermoen ließ er den rechten Fuß mit seinem vollen Gewicht auf dem Gas stehen, der Wagen kam ins Schlingern, und er fegte beinahe quer in die Kurve oben am Hang. Beim Wegweiser an der Abzweigung nach Skogli drehte er sich einmal um sich selbst, konnte das Auto unter Kontrolle bringen und fuhr weiter hinunter ins Tal. Achtete nicht auf die Autos, die ihm dabei begegneten, die Gesichter, die aussahen wie sich ans Glas pressende Aquariumsfische. Es schneite jetzt. Große Flocken trieben der Windschutzscheibe entgegen. Er schaltete die Scheibenwischer ein. Klapp, klapp, klapp, altmodischer Winter mitten im Weihnachtsmonat. Manche hätten hier von Idylle gesprochen. Schneehäuschen, in denen Kerzen brennen, Rodelbretter und Türchen im Kalender. Teufel auch. Er bog von der Hauptstraße ab, hielt nicht am Briefkasten, sondern versuchte, Tempo genug zu gewinnen, um die leichte Steigung zum Hof, nach Bergaust, zu bezwingen. In den Reifenspuren lag Schnee. Der Amazon geriet ins Schlingern wie bei einer Reifenpanne. Dan versuchte, einen niedrigeren Gang einzulegen, aber das Lenkrad ließ sich nicht mehr kontrollieren. Der Wagen stellte sich quer, und die Vorderräder rutschten in den Graben. Dan schaffte es nicht, den Rückwärtsgang einzulegen, deshalb öffnete er mit einem Tritt die Tür und ließ den Amazon einfach so stehen. Die guten Schuhe seines Bruders hatten eine glatte Sohle, und noch ehe er zwei Schritte gegangen war, lag er auf den Knien. Er schleppte sich mit müden Greisenschritten zum Haus hoch und fiel dreimal, ehe er die Treppe erreicht hatte. Dort setzte er sich auf die oberste Stufe, streifte die Schuhe ab und warf sie zur leeren Hundehütte hinüber. Und da hörte er es, ein Geräusch, das das Gurgeln in seiner eigenen Brust, das Dröhnen des Motors im Leerlauf und das Klappern der Scheibenwischer übertönte. Die Schweine, er hatte die Schweine vergessen. Die letzten Tiere auf Bergaust. Kartoffelschalen, Essensreste und in den Läden eingesammeltes altes Brot. Zwei, drei Wanderungen über den Hofplatz jeden Tag, durch die Jakob sich noch immer unabhängig gefühlt hatte, auch wenn Schweinefleisch in Schweden billiger war, als er es in Skogli produzieren konnte.

Gott mochte wissen, wann die Schweine zuletzt gefüttert worden waren, jedenfalls nicht während der letzten vierundzwanzig Stunden, nicht, seit er hergekommen war. Er fand den Schlüssel in seiner Hosentasche, schloss die Tür auf und stolperte hinein. Trampelte in ein Paar Gummistiefel, das gleich hinter der Tür stand, fand an der Wohnzimmerwand die Krag-Jørgensen und an der alten Stelle oben im Küchenschrank die Schachtel mit den Patronen. Schnappte sich ein Messer aus der Schublade, schob es in die Manteltasche und lief hinaus.

Der Wind riss die Haustür auf, und der Schnee trieb seitwärts über den Hofplatz. Das Schweinehaus stand neben dem leeren Kuhstall, und als er die Tür öffnete, verwandelten die Geräusche sich aus einer Serie von kurzen Rufen in ein zusammenhängendes Gekreisch, bei dem sich seine Kiefermuskeln bis zu seinen Ohren hin verkrampften. Die beiden Schweine wurden hysterisch, als sie ihn sahen, und versuchten, aus ihrem Koben zu springen. Dan riss ein Seil von der Wand, band eine Schlinge und versuchte, sie um den Hals des nächststehenden Schweines zu legen. Das war unmöglich. Es ging nicht. Die Schweine schnappten nach seinen Händen, dann bissen sie sich gegenseitig. Hungrige Bisse in Ohren und Hälse. Er fand die Kelle für das Kraftfutter und warf zwei Ladungen in den Trog. Die plötzliche Stille ließ seine Ohren sausen, und er fühlte sich wie betäubt. Er musste sich dazu zwingen, die Tür des Kobens zu öffnen und die Schlinge um den Hals des größeren Schweines zu legen. Das Tier sprang zurück und hätte ihn fast zu Boden gerissen, aber er konnte seinen Kopf zu Boden pressen. Er stemmte sich gegen die Kobenwand und setzte all seine Kräfte ein, um dann Zoll für Zoll das Schwein zu sich zu ziehen. Es trat ein Loch in das untere Brett in der Tür, aber sein Widerstand wurde nun schwächer, und als Dan es aus dem Koben gezerrt hatte, quollen seine Augen wie zwei wässrige Pflaumen hervor. Draußen im Schnee machte es einen einzigen Versuch, sich loszureißen, aber seine Hinterbeine glitten auseinander. Dan band das Seil an der Anhängerkupplung von Jakobs weißem Hiace fest und packte das Gewehr. Das Schwein war wieder auf alle viere gekommen und versuchte, seinen Kopf zu befreien.

Im trüben Dezemberlicht hätte Dan schwören können, dass das Auto sich ganz langsam rückwärts bewegte. Der Schnee fiel, und er richtete den Gewehrlauf auf die Stirn des Tieres. Er überlegte kurz, ob Jakob ihm wohl einen Namen gegeben hatte, zählte bis drei und drückte ab. Das Schwein sank lautlos in die Knie und blieb so liegen. Es blieb liegen, bis Dan sich schon fragte, ob er nicht richtig getroffen habe, dann wälzte es sich auf die Seite und schließlich auf den Rücken. Seine Beine zappelten, als ob es glaubte, es könne den Himmel als Fußboden benutzen und einfach loslaufen. Dan drückte sein Knie gegen den Hals des Schweins, zog das Messer aus der Tasche, bohrte dem Tier die Klinge in die Kehle, während der Schnee fiel. Das Blut sah aus wie frisch gekochtes Johannisbeergelee, als es heiß und dampfend auf den Boden floss. Als Junge hatte Dan immer den Eimer, in den das Blut lief, umrühren müssen. Rühren, rühren, rühren. Er hatte es schrecklich gefunden. Der süße Blutgeruch und der Dampf des heißen Wassers gaben ihm das Gefühl, weniger wert zu sein. Keiner seiner Freunde musste aus Blut gekochte Mahlzeiten zu sich nehmen, und ihre Eltern kauften ihr Fleisch zumeist im Supermarkt. Rühren, rühren, rühren, während der kleine Bruder ein Stück weit entfernt stand und die Fäuste in die Hosentaschen bohrte.

Das Schwein unter ihm wurde schlaff, während der Schnee fiel. Der Schnee fiel, legte sich in die Haare und wie ein dünner Film über das schweißnasse Gesicht, Dan Kaspersen wäre gern so stehen geblieben. Ganz still, bis er schließlich verschwunden wäre. Bis er zu einem kleinen Hügel auf dem Hofplatz geworden wäre, mitten in dem Ort, den er so oft zum letzten Mal verlassen hatte. Die Geräusche des anderen Schweins rissen seine Stiefel vom Boden los. O verdammt, er hatte vergessen, Wasser zu kochen. Dan rannte in den Keller und suchte sich den großen Kessel. Füllte ihn mit dem wärmsten Wasser, das der Hahn überhaupt hergab, und trug ihn dann zu dem kleinen Holzofen, den Jakob in den Windschatten des Aufgangs zur Scheune gestellt hatte. Dan fand dort noch etwas Holz und ließ die Scheite in den Ofen fallen. Holte den Benzinkanister, der neben der Motorsäge stand, und kippte dessen Inhalt über das Holz aus. Bald knallte es im Ofen wie in einem Topf mit Popcorn, und der scharfe Geruch, der gute Geruch von Rauch schwebte über den Hofplatz. Dan bugsierte das Schwein auf den Schlachtblock, und als das Wasser kochte, gab es für ihn nur noch Bewegungen. Schrapp, schrapp, schrapp. Hin und her. Mehr Wasser. Rasieren mit stumpfem Messer. Haha. Die Haut wurde babyweich, papierweiß, sie legte sich über den Rippen in Falten wie die Knitter in einer Seidenbluse. Er dachte an seine Mutter. Sonntagskleider, Kirchgangshut, der aussah wie ein Napfkuchen, Reden in Zungen und Kollekte zu Nutz und Frommen der Mission hinter dem Eisernen Vorhang. Halleluja. Dan durchtrennte die Sehnen und die Haut an jedem Hinterbein, schob eine Holzstange durch die Haut, zog das Schwein unter dem Aufgang zur Scheune hoch, und der Schnee fiel. Er bohrte das Messer gleich oberhalb der Analöffnung hinein und schlitzte den Bauch auf. Der Schnitt klappte auf wie Schaumgummi. Nun kam der Gestank des Magens: altes Blumenwasser und Kartoffeln, die den Winter über im Keller gelegen hatten, Gummi und Essig, lockend und abstoßend zugleich. Magen und Gedärm in der Schlachterwanne erinnerten ihn an ein Bild der vom Mond aus gesehenen Erde. Meere, Flüsse, Landzungen, Inseln und Bergketten, und der Schnee fiel. Der Schnee fiel so dicht, dass er erst, als er den Magen aus dem zweiten Schwein holte, bemerkte, dass jemand hinter ihm stand.

Nur einer in Skogli konnte so dastehen, betont locker wie ein Katzentier, aber nie weiter als einen langen Sprung vom Genick des Gegenübers entfernt. Der Lensmann Markus Grude ging nicht auf dieselbe elegante Weise. Ein Leben als Polizei- und Vollstreckungsbeamter, in dem er viel sitzen und fahren musste, hatte ihm einen Gänsegang verpasst, bei dem er die Fußsohlen zur Seite drehte.

»Lensmann«, sagte Dan, schob mit dem Fuß die Wanne mit den Eingeweiden weg, fischte eine Camel aus der Manteltasche und brach den Filter ab.

»Daniel«, sagte Markus Grude, fuhr sich mit der Hand über das Gesicht und versuchte, sich den Schnee aus den Haaren zu schütteln.

Dan schützte die Flamme mit der hohlen Hand; er verbrauchte zwei Streichhölzer, ehe die Zigarette Feuer fing.

»Mich hat jemand angerufen, der vorhin fast mit dir zusammengestoßen wäre«, sagte Markus Grude.

Dan sagte nichts, er versuchte, die erste Zigarette dieses Tages zu genießen.

»Ich habe noch nie jemanden in Anzug und Mantel schlachten sehen«, sagte Grude jetzt.

Dan blickte an sich hinunter, seine Hose war von Flecken übersät, die Mantelärmel schleimig. Während der vergangenen Stunde war er nur Hände gewesen, Arbeit, er hatte nicht gedacht, nicht gefühlt. Jetzt befand er sich wieder in Skogli, in den Gummistiefeln seines Bruders, mit den Schweinen seines Bruders, auf dem Hofplatz, den der Bruder nie wieder überqueren würde. Zum ersten Mal, seit der Anruf ihn geweckt hatte, fühlte er sich wirklich wach, wirklich anwesend, Herz und Füße am selben Fleck.

»Das sind nicht meine Kleider«, sagte er.

»Ich habe gesehen, dass du gegangen bist, ehe die Beerdigung vorüber war.«

Dan zuckte mit den Schultern.
»Ich finde, du hättest deinen Bruder unter die Erde bringen müssen.«
Dan machte einen tiefen Zug und schnippte die Zigarette dann in die Schlachterwanne. Ein Meteorit, der auf die Erde zustürzte. Verbrannte. Erlosch. Versuchte, durch Räuspern den Kloß in seinem Hals zu lösen. Erinnerte sich daran, dass er seine Stimme an diesem Tag kaum benutzt hatte.
»Das hätte Jakob auch nicht weniger tot gemacht. Hätte nichts weniger sinnlos werden lassen. Den letzten Respekt und so erweisen, das ist doch ein verdammter Unsinn. Ich habe genug von gefrorener Erde und frisch gegrabenen Löchern.«
»Wie lange ist es jetzt her, dass deine Eltern gestorben sind?«
»Am 19. zwanzig Jahre.«
Grude nickte und trat mit den Schuhspitzen gegeneinander, als friere er an den Füßen.
»Eigentlich bin ich ja zum Kondolieren gekommen«, sagte er und streckte die Hand aus.
Sein Händedruck war so fest wie immer, und Dan hätte gern gewusst, ob Grude noch immer überall im Ort zum Armdrücken antrat. Obwohl er sich dem Rentenalter näherte, gab es sicher nicht viele, die den Lensmann bezwingen konnten, davon ging Dan aus.
»Ein guter Mann ist immer ein Mann, der von der Liebe hart getroffen wird«, sagt Grude.
»Was soll das heißen?«, fragte Dan und zog seine Hand zurück.
»Jakob war immer schon sensibel«, sagte der Lensmann, verstummte und schien zu hoffen, dass Dan seinen Satz vollenden werde.
»Und?«

»Na ja, es hat Gerüchte über Jakob und eine Frau gegeben.«

»Gerüchte?«, fragte Dan. »Soll das heißen, dass an allem Gerüchte schuld sind? Jakob hat mir nie etwas von einer Frau gesagt.«

»Eine Zeit lang sah er fast glücklich aus, aber vor ein paar Monaten fing er an, sich vor die Hunde gehen zu lassen. Aber dein Bruder hat ja nie andere an sich rangelassen.«

»Von welcher Frau wollten die Gerüchte denn etwas wissen?«

»Die Leute hier im Ort reden viel – und ich habe ja keine Ahnung, ob es stimmt und ob es überhaupt noch von Bedeutung ist. Aber weißt du, was mein dringlichster Wunsch wäre, Dan?«

Dan schüttelte den Kopf.

»Dass ich dieses Gespräch hier nicht mit dir zu führen brauchte, dass ich nicht noch einen Kaspersen-Namen in Marmor eingeritzt sehen müsste.«

Dan klopfte sich auf die Taschen. Die Sehnsucht nach noch mehr Nikotin ließ ihm schwindlig werden. Die Sehnsucht nach etwas Stärkerem, nach Betäubung, die Sehnsucht, langsam aus diesem Tag hinauszugleiten und neben sich selbst stehen zu bleiben. Für einen Moment konnte er sich und den Lensmann sehen, die Köpfe bedeckt von Engelsstaub, die Kragen gegen den Wind hochgeklapppt. Zwei Männer, die über Winterholz, Eisangeln und über den frühen Schneefall in diesem Jahr hätten sprechen sollen. Zwei Männer, die über Jakob sprachen – der tot war.

»Ich bin vor acht Tagen rausgekommen, ein wenig früher als erwartet«, sagte Dan, fand seine Zigaretten und steckte sich eine weitere Camel an. »Wollte erst auf die Beine kommen, ehe ich anrief, wollte nicht nach Hause kommen und hier gleich auf den Bauch fallen.«

»Ich glaube nicht, dass Jakob das so gesehen hätte.«
»Nein«, sagte Dan. »Jakob nicht.«
»Hat er gewusst, wann du entlassen werden solltest?«
»Nein, ich wollte ihn damit überraschen, dass es früher passierte.«
»Und was hast du jetzt vor?«
»Das Fleisch zerteilen.«
»Jepp, alles klar, dann mach's mal gut«, sagte der Lensmann und drehte sich um.
»He, Moment mal.« Dan versuchte, sich den Hals freizuschlucken. »Wer hat ihn überhaupt gefunden?«
»Der Briefträger. Nachts hatte es geschneit, aber als er morgens auf den Hofplatz fuhr, sah er, dass die Lampen des Hiace noch brannten. Die Fenster waren beschlagen, und er glaubte eigentlich nicht, dass irgendwer im Auto saß. Als er die Tür öffnete, war dein Bruder wohl schon seit einigen Stunden tot. Wir nehmen an, dass er es mitten in der Nacht gemacht hat.«
Dan nickte nur. Sah vor sich die gewaltigen Pranken um die von Pulverdampf schwarze Pistole, den Sheriffstern auf der Brust, den schwarzen Filzhut. Geburtstagsfest, Wackelpeter, Jolly Cola und Würstchen aus Schweden. Peng, peng, du bist tot, zähl bis hundert. Meine Damen und Herren, kein Grund zur Panik, die Gebrüder Kaspersen haben soeben das Gebäude verlassen.
»Noch etwas«, sagte Dan. »Habt ihr wirklich keinen Brief gefunden, gar nichts?«
Markus Grude sah plötzlich aus wie ein Mann, der eine Wand braucht, an die er sich lehnen kann.
»Nein«, sagte er. »Nichts.«
Wieder dieser Wunsch zu schweben, etwas zu haben, wogegen er sich fallen lassen könnte. Dan setzte sich auf die Kante des Schlachterblocks, wäre fast in den Schnee

gekippt und musste weiter zur Mitte rutschen. Er merkte, dass seine Hände feucht und klebrig waren.
»Das hier ist ein schlichtes kleines Dorf … oder … es war immer ein schlichtes kleines Dorf. Und wenn es einen gibt, dem ich lieber keine Handschellen angelegt hätte, dann bist du das. Ich hätte unter Umständen auch mal fünf gerade sein lassen, du weißt, dass ich das getan hätte, aber du hast ja nicht einfach nur ins Förmchen geschissen, du hast gleich einen riesigen Haufen Scheiße hingelegt.«
»Die Strafe für die Schmuggelei war schon in Ordnung. Das andere war alles total gelogen. Aber weißt du, was mich im Knast besonders beschäftigt hat?«
Grude schüttelte den Kopf.
»Dass ich fast zwei Jahre bekommen habe, während der, der meine Eltern umgefahren und umgebracht hat, ungeschoren davongekommen ist.«
»Dieser Fahrer wurde in einen Unfall verwickelt, im Gegensatz zu dir«, sagte Grude mit müder Stimme.
»Ja, okay, reg dich ab. Ich bin jetzt mit allem hier fertig, und ich bin nur hergekommen, um wieder wegzugehen.«
»Wirklich?«
»Wirklich«, sagte Dan.
»Jepp, dann bis dann«, sagte der Lensmann, setzte sich in Bewegung, blieb beim Schweinehaus aber stehen.
»Ich hab den Motor des Amazon ausgemacht, aber du brauchst Hilfe, um aus dem Graben zu kommen. Komm mit, dann zieh ich dich auf die Straße.«
»Danke«, sagte Dan.

Nachdem der Lensmann den Amazon auf die Straße gezogen hatte, wurde es dämmerig, und Dan wetzte in aller Eile die Schlachtermesser. Wie fast alle Besitztümer seines Bruders schienen sie fast nicht genutzt worden zu sein, der Stahl der Klingen glänzte wie eine frisch geprägte Krone. Dan gab sich wirklich Mühe. Er versuchte, die feinen Schnitte perfekt zu setzen. Das Messer sozusagen unter die Haut schleichen zu lassen, vorbei an den Sehnen, über Hüftkamm und Rippen – aber das hier war etwas anderes, als ein Schwein zu töten, als Magen und Innereien herauszuziehen. Dan fehlte es an Training. In den letzten zehn Jahren hatte Jakob die Schweine zerlegt. Er hatte den richtigen Griff gehabt und mit wenigen einfachen Bewegungen Schnitzel und Koteletts zurechtschneiden können. Das Messer lag nicht richtig in Dans Hand, es kam ihm klobig und stumpf vor wie ein Stein. Ein Höhlenmensch, der versuchte, ein neues Werkzeug zu meistern, das war er. Nur grobe Kraft und schwerfällige Bewegungen, keinerlei Technik oder Verständnis für die eigentliche Arbeit. Das Messer glitt einmal aus und rutschte über die Spitze von Mittelfinger und Zeigefinger der linken Hand. Dan wischte sich Hände und Messer an seiner Jacke ab, machte noch einen Versuch. Traf auf Knochen, und seine Hand glitt am Messerschaft nach unten. Er konnte diese Bewegung nicht stoppen, und das Messer durchschnitt die Haut zwischen Daumen und Zeigefinger der rechten Hand.

»Verdammt«, er sprang zurück und warf das Messer weg, das zitternd wie ein Pfeil in der Scheunenwand stecken blieb.

»Verdammte, miese Scheißhölle.« Dan schrie so laut, dass seine Ohren sausten. Er stieß den Schlachterblock mit den verstümmelten Fleischstücken des ersten Schweins mit einem Tritt um und ließ das andere Schwein vom Haken. Zog das, was noch vor wenigen Stunden zwei lebendige Schweine gewesen waren, hinter sich her auf die Mitte des Hofplatzes, rannte in die Scheune und holte alles, was er dort an Diesel, Motoröl, Benzin und Terpentin fand – alles, was vermutlich brennen könnte.

Der Tag hatte nun endgültig den Vorhang sinken lassen, und die Dunkelheit schob die Wolken beiseite. Sein rechter Fuß knallte gegen einen Eisbuckel, er verlor das Gleichgewicht, und die Plastikflaschen rutschten über den Schnee wie Bowlingkegel. Er hatte vergessen, wie rasch es hier draußen dunkel wurde, wie finster es werden konnte, wie kompakt die Nacht alles wirken ließ. Als er sich aufgerappelt hatte, hatte er dasselbe Gefühl wie früher, wenn er auf Baustellen in der Stadt herumgekraxelt war und sich plötzlich aufrichtete und das Dach sich gewissermaßen über ihn senkte; das Gewicht seines eigenen Körpers, das ihn zu Boden presste, das Gefühl, sich nicht strecken zu können. Einige Sekunden lang blieb er so stehen, gebannt in einer Art Gewissheit, dass dieses viele Schwarz etwas sei, was in ihm seinen Anfang nahm, etwas, das von Bergaust aufstieg, von Skogli, doch dann schlugen die Sterne wie gelbe Hundezähne Löcher in die Dunkelheit, und er sah, dass es nicht mehr schneite. Das frisch geschliffene Funkeln legte eine bleiche Glut über die Hügel. In der Nacht würde es noch kälter werden, und die Luft fühlte sich auf seiner Gesichtshaut bereits anders an. Er dachte daran, wie sein Bruder und er nach Schneefällen hier gestanden und auf einen Wetterumschwung gehofft hatten, auf einen Wetterumschwung, der ihnen für viele Tage gute Skiverhältnisse schenken würde. Jakob und er zusammen auf Skiern. Dan, der eifrig die Stöcke betätigte, um als Erster unten am Hang zu sein, und der meistens schon in der ersten Kurve auf die Nase fiel. Der Bruder, der immer in seinem eigenen Tempo lief. Dan hatte nie gesehen, dass Jakob gestürzt wäre.

Was war er doch für ein verdammter Blödmann, wenn er

doch bloß gleich nach seiner Entlassung in einen Zug gestolpert wäre! Wenn er nach Hause gefahren wäre, um mit seinem Bruder zu sprechen.

Und jetzt das: Jakobs Schweine misshandelt, zerstückelt, Himmel, er konnte sich nicht einmal um Fleisch kümmern. Respektlos. Respektlos war das. Er war unbrauchbar. No good. Aber er konnte einfach kein schlechteres Gewissen bekommen, als er bereits hatte. Sein Bruder – sein Brüderchen – der kleine Goliath – war nicht mehr da. Scheiß auf die Schweine, Dan hätte sie ja doch nicht füttern können, in dem Wissen, dass sie ihn für seinen Bruder hielten.

Er fand die Liedertexte, die ihm in der Kirche in die Hand gedrückt worden waren, und knipste Leben in sein Feuerzeug. Erst als sein Magen sich beim Gestank verbrannten Fleischs umstülpte und ihn in die Knie zwang, fand er genug Tränen für seinen Bruder. Während die flackernden Flammen über das Scheunendach stiegen und sich wie zwei Arme gen Himmel reckten, riss er sich ein Kleidungsstück nach dem anderen vom Leib und warf alles ins Feuer, bis er in der Unterhose dastand. So blieb er stehen, bis er in der Ferne Sirenen hörte.

Blaues Nordlicht schien über den bei der Hauptstraße gelegenen Hügel zu zittern. Sicher war ein Unfall passiert. Nach den ersten Schneefällen passierten auf der Hauptstraße immer Unfälle.

Seine Haut sah aus wie die eines frisch gerupften Truthahns, als er ins Badezimmer stolperte. Er drehte die Dusche auf und wickelte sich Mullbinden um die Hände. Wusch sich das Blut von Wangen und Kinn und musterte zum ersten Mal seit seiner Entlassung sorgfältig sein Gesicht. Sein Kinnbart endete in Pfeilspitzen unterhalb seiner Ohren. Sogar im Gefängnis, wo das Aussehen keine Rolle spielte, hatte er jeden Tag zum Rasierer gegriffen und sich nicht verkommen lassen. Nie hatte er Trainingshosen getragen. Dan suchte in seinem Gesicht nach Ähnlichkeit mit seinem Bruder, nach den Dingen, die nur Brüder gemeinsam haben können, aber während Jakob zu einer großen Ausgabe der Mutter herangewachsen war, hatte Dan seine Züge vor allem der väterlichen Familie zu verdanken. Jakob hatte die blonden Locken geerbt, bei Dan klebten zigeunerschwarze Haare am Schädel. Immer hatten sie ausgesehen, als seien sie so unterschiedlich wie Tag und Nacht.

Er zog saubere Jeans und einen dicken Pullover an. Warf durch die Eisblumen auf dem Fenster in der Haustür einen Blick auf das Thermometer und ertappte sich dabei, dass er am Tisch vor dem Küchenfenster Ausschau nach dem Hinterkopf des Bruders hielt. Fragte sich, wie die Küche mit einer anderen Farbe aussehen würde, einem modernen Gelb vielleicht, mit neuer Bank statt der alten, durchgesessenen, die vergilbten Schwarzweißfotos des Bruders ersetzt durch Kunstdrucke und Bilder mit richtigen Rahmen. Versuchte, sich in dieser Küche eine Familie mit kleinen Kindern vorzustellen, vielleicht Leute aus Oslo, die mit einer romantischen Vorstellung vom Leben auf dem Lande nach Skogli gekommen waren. Leute, die seinen Bruder nie gekannt hatten. Leute, die sich nicht vorstellen konnten, wie es früher hier gewesen war, Nähmaschine und Sonntagsbibel, Bibelsprüche und Unterfaden, Atlas und Schulbücher, der Große Sklavensee und der Yukon. Dan hätte gern gewusst, wie lange – oder kurze – Zeit es dauerte, bis ein Mensch anfing, von allen vergessen zu werden, außer von den Nächststehenden, dem Nächststehenden?

2

Seit fast zwei Jahren wachte Dan zum ersten Mal wieder in seinem Elternhaus auf. Er dachte an dieses Haus immer als an sein Elternhaus, obwohl er und auf jeden Fall Jakob dort länger allein gewohnt hatte als zusammen mit den Eltern. Die Schlafzimmer der Brüder lagen im ersten Stock, aber Dan verbrachte die erste Nacht unten im Wohnzimmer, er wollte Platz genug haben. Die Koskenkorva-Flasche stand vor ihm auf dem Tisch, aber er brachte es nicht über sich, den Verschluss abzudrehen. Er hatte ferngesehen, bis das Gesicht seines Bruders undeutlich wurde, und dann hatte er sich auf dem Sofa unter einer Decke zusammengerollt.

Zuerst durchsuchte er das ganze Haus. Die offensichtlichen Stellen, aber auch Stellen, die er und der Bruder benutzt hatten, wenn etwas vor den Eltern versteckt werden sollte. Die Nachttischschublade, die Kasse im Besenschrank, das lose Brett unter der Treppe und das Cover der ersten Ramones-LP. Er fand nichts, was ihm hätte erzählen können, warum sein Bruder in einer ganz normalen Dienstagnacht in den Keller gegangen war, um einen Trichter in den Gartenschlauch zu stecken und dann fast eine ganze Rolle Klebeband zu verbrauchen, bis der selbstgebastelte Schnorchel am Auspuffrohr festsaß.

Dan hätte gern gewusst, ob Jakob unten im Keller in Eile gewesen oder auf seine langsame, methodische Weise vorgegangen war, die Dan bei gemeinsamen Unternehmungen so geärgert hatte. Der Keller, ja, feucht und dunkel. Ein Ort, an dem der Bruder als Kind nicht gern gewesen war, er hatte geglaubt, es gebe dort einen Eingang, der zu Herodes, Saulus, Judas Ischariot und allen anderen bösen Männern aus der Bibel führte. Den bösen Männern, die die Mutter jeden Sonntag am Flanellgraph befestigte. Manchmal, unter dem Vorwand, dass er Limonade oder Schokolade bekommen sollte, konnte er den Bruder trotzdem nach unten locken. Er wusste nicht, warum, aber seine Brust schien überzulaufen, wenn er das Licht ausschaltete und Jakob losschrie. Er hatte dann das Gefühl, mutig zu sein, unüberwindlich, alles unter Kontrolle zu haben. Als Dan sich jetzt vom Sofa erhob, fragte er sich, ob Jakob jemals so weit gekommen war – mehrmals oder nur dieses eine Mal –, dass er das Licht gelöscht hatte, so dass er der Herr der Lage war. Es war kalt im Haus, in der Küche nur dreizehn Grad, und er machte Feuer in zwei der Holzöfen im ersten Stock. Er hatte erbärmlich geschlafen, aber trotzdem hatte er die Tür zum Gang nicht geschlossen. Dan brachte es nicht über sich, sich in einem Raum mit geschlossenen Türen aufzuhalten.

Er stand in die Decke gewickelt da und rauchte, und dabei ließ er Leitungswasser in ein Glas laufen. Im Thermometer vor dem Fenster kroch das Quecksilber abwärts auf die Fünfzehn zu, und noch immer qualmten die Reste des Feuers auf dem Hofplatz. Dan wünschte sich, er hätte seine Taschen bereits gepackt, stünde mit der Fahrkarte in der Hand da. Wohin, spielte keine Rolle, nur weg, nur warm. In all den Monaten im Gefängnis hatte er von einem Fenster geträumt, aus dem er schauen könnte, einem Ort, an dem sein Blick haftete. Jetzt zogen die Felder sich unterhalb des Hauses dahin, aber die Aussicht wurde überschätzt. Was sollte er jetzt damit?

Er konnte kaum auf den Hofplatz hinausschauen, ohne dass ihm schwindlig wurde. Wenn er nun den Bruder am Tag seiner Entlassung noch angerufen hätte und hergekommen wäre? Zufälle und Schicksal machten immer einen Teil des Lebens aus, aber er konnte sich nicht vorstellen, dass Jakob sich in den Hiace gesetzt hätte, während er selbst im Haus schlief. Er konnte einfach nicht glauben, dass der Bruder auch dann den Schlauch ins Auto gezogen, das Fenster geschlossen und den Zündschlüssel umgedreht hätte. Nicht der Bruder, den er gekannt hatte, nicht der Bruder, der niemals schlafen ging, ohne gute Nacht zu wünschen.

Dan griff nach dem Telefon und rief die Lokalzeitung an. Trug den Anzeigentext vor, den er sich ausgedacht hatte. Er konnte den Hiace nicht mehr draußen auf dem Hofplatz stehen sehen, und er hatte soeben eine dreimalige Wiederholung der Anzeige in Auftrag gegeben, als an die Tür geklopft wurde. Das Transistorradio auf der Fensterbank sonderte schnarrend alte schwedische Popnostalgie ab, und er hatte niemanden kommen sehen, hatte kein Auto gehört. Jetzt sah er jedoch einen weißen Volvo, der fast mit den Schneewehen auf dem Hofplatz verschwamm. Der Wagen stand so, dass er für Hiace und Amazon die Ausfahrt versperrte. Dan glaubte nicht, jemanden mit einem solchen Wagen zu kennen.

Er öffnete die Tür und wich unwillkürlich zwei Schritte zurück, als er Rasmussen vor sich sah. Hinter ihm stand ein uniformierter Polizist, den Dan noch nie gesehen hatte.

»Jan Kaspersen?«, fragte Rasmussen mit seiner üblichen belegten Stimme, die er besaß, seit ein widerstrebender angehender Häftling in Kongsvinger ihn mit einem Schraubenschlüssel am Adamsapfel getroffen hatte.

Dan schaute kurz zum Waldrand hinüber. Über den Hügeln

starrten die weißen Himmelsränder blind zurück. Im Laufe des Tages würde es noch einige Grad kälter werden.

»Ja, fast – genau wie damals, als du mich zuletzt gefragt hast, heiße ich Dan, nicht Jan. Und die Fahrt hättest du dir sparen können. Der Lensmann war schon hier, um seine Ermahnungen loszuwerden.«

Dan trat hinaus auf die Treppe und zog die Haustür hinter sich zu. Wieder fielen ihm Rasmussens Augen auf. Sie hatten die gleiche Farbe wie die eines sibirischen Husky, und immer waren sie leicht aufgerissen, als mache es dem Kommissar Probleme, seinen Blick zu fixieren.

»Wir möchten dich bitten, mit zur Wache zu kommen«, sagte Rasmussen, und der Polizist hinter ihm trat einen Schritt vor, so dass sie nebeneinander auf der Treppe standen.

Dan zog den neuen Tag tief in die Lunge, behielt ihn dort und sehnte sich plötzlich danach, lange am Küchentisch zu sitzen, nach tausend Orten, die er aufsuchen könnte, ohne es damit jedoch eilig zu haben.

»Muss das wirklich sein, kannst du nicht einfach sagen, was du von mir willst?«, sagte er und ließ pfeifend die Luft aus seinem Mund entweichen. Der eine Eckzahn jaulte auf, und er versuchte sich zu erinnern, wann er zuletzt beim Zahnarzt gewesen war.

»Es wäre uns lieber, du kommst mit«, sagte Rasmussen, und diesmal klang es nicht mehr wie eine Bitte.

Dan zuckte mit den Schultern. Er fragte sich, ob er sich weigern sollte – ob das überhaupt möglich wäre. Aber er kannte Rasmussen, wusste, dass das einer war, den es glücklich machte, wenn er seinen Fuß in einen Türspalt schieben konnte, oder wenn andere springen mussten, wenn er »Spring« sagte. Er öffnete wieder die Tür und nahm seine Jacke vom Haken auf dem Flur. Am Türrahmen hatte der Vater früher markiert, wie groß Jakob und Dan gerade waren. Der Bruder links, er auf der anderen Seite. Jakob hatte vor einigen Jahren neu gestrichen, aber wenn Dan mit dem Gesicht ganz dicht ans Holz ging, dann konnte er noch immer die Vertiefungen ahnen, die der Zimmermannsbleistift hinterlassen hatte wie horizontale Jahresringe. Irgendwo hatte er gelesen, dass Fledermäuse immer nach links abbiegen, wenn sie aus ihren Höhlen fliegen, und ähnlich war es mit Jakob und Dan gewesen. Immer flatterte jeder zu seiner Seite, wenn sie nach Hause gerannt kamen. Jeder hatte seine Seite im Flur, die er mit Turnbeuteln, Schultaschen, Fußballschuhen und Schlittschuhen füllte. Jetzt standen dort nur Gummistiefel, Pantoffeln und ein Paar Cowboyboots, in denen Dan seinen Bruder niemals gesehen hatte.

»Na gut, bringen wir es hinter uns«, sagte er, zog eine Jacke an und knallte mit der Tür. Er wollte die Ermahnungen hinter sich wissen und den Rest des Tages für sich haben.

»Du hast vergessen abzuschließen«, sagte Rasmussen.

»Nein, hab ich nicht. Aber in den letzten Tagen waren hier so viele Bullen, dass ich mich sicher fühle«, sagte er, zwängte sich zwischen den beiden Polizisten durch und ging auf den Amazon zu.

»Amen. Setz dich lieber zu uns«, rief Rasmussen. Dan ballte in der Jackentasche die Fäuste so hart, dass das Zittern sich durch seinen ganzen Körper fortpflanzte. In Skogli würde es wohl nie anders werden, oder? Wann immer ein Auto verschwand, eine Brieftasche fehlte oder ein junger Dörfling mitten in der Woche im Straßengraben aufwachte, würden sie an seine Tür klopfen.

Dan blieb neben dem weißen Volvo stehen und wartete, und dabei fragte er sich, wie viel der Hof wohl wert sein mochte.

»Willst du das Versäumte nachholen?«, fragte Rasmussen und öffnete die eine Hintertür, ehe er sich auf den Beifahrersitz setzte.

»Hä?«, fragte Dan.

»Bisschen früh, um die Grillsaison zu eröffnen, oder was?«, fragte Rasmussen und zeigte auf die schwarz versengten Brustknochen der Schweine, die wie zwei verrostete Sensen mitten auf dem Hofplatz lagen. Der Rauch war jetzt fast nicht mehr zu sehen, aber Dan nahm den leichten Geruch von verbranntem Speck wahr.

»Schreibst du deine Witze selbst?«, fragte er und bereute das sofort, als er Rasmussens Blick sah.

»Reg dich ab, ich hab nur zwei Schweinekadaver verbrannt.«

Rasmussen nickte dem Uniformierten zu, und der schrieb etwas in ein Notizbuch, ehe er den Zündschlüssel umdrehte.

Schweigend fuhren sie nach Kongsvinger. Über den Straßen des Zentrums waren bereits Girlanden und Lichter befestigt worden, und vor dem neuen Einkaufszentrum dirigierten Männer in hellgrünen Reflexwesten die Autos hin und her. Dan schaute auf die Uhr. Zehn vor elf. Er schüttelte den Kopf. Bis zum Heiligen Abend waren es noch vierzehn Tage.

Er schob sich eine Zigarette zwischen die Lippen, zündete sie aber nicht an, als er im Rückspiegel den Blick des Polizisten sah. Erst als sie ihr Ziel erreicht hatten und er durch die halbe Wache geführt worden war, durfte er sich in einem kleinen fensterlosen Raum im Erdgeschoss Feuer geben. Dort war er auch beim letzten Mal verhört worden. Rasmussen beorderte ihn mit einem Nicken an einen länglichen Eisentisch und ließ ihn dann mit dem Uniformierten allein. Als er zurückkam, hatte er einen birnenförmigen

Mann bei sich, den Dan noch nie gesehen hatte, einen Typen mit ungepflegtem Bart, fettigen dichten Haaren und einer schmalen Brille. Der Mann schob einen Stuhl vor sich her in eine Zimmerecke, Rasmussen setzte sich Dan gegenüber an die andere Seite des Tisches. Der Kommissar zündete sich mit Dans Feuerzeug eine Zigarette an, hustete ein wenig, zog den Rauch in seine Lunge und räusperte sich.

»Wo warst du gestern zwischen eins und drei?«

»Hä?«, fragte Dan.

»Du hast mich doch gehört.«

»Warum willst du das wissen, und wer ist der da?« Dan nickte zum Mann in der Ecke hinüber.

»Verzeihung«, sagte Rasmussen und breitete die Arme aus. »Das ist P. O. Hultgren.«

»P. O. Hultgren?«

»P. O. Hultgren, der neue Kommissar.«

»Hat das etwas mit Jakob zu tun?«, fragte Dan und versuchte, sich die Runzeln aus der Stirn zu streichen.

»Kannst du endlich die Frage beantworten«, sagte Rasmussen.

»Zwischen eins und drei war ich auf Jakobs Beerdigung – der meines Bruders.«

»Ganz sicher?«

»Ganz sicher.«

»Aber du bist frühzeitig gegangen. Du hast nicht einmal geholfen, den Sarg zu tragen.«

»Nein«, sagte Dan.

»Dann warst du nicht zwei Stunden bei dieser Beerdigung«, sagte Rasmussen und drückte seine halb gerauchte Zigarette aus.

»Na, dann war ich wohl auf dem Weg nach Hause.«

»Allein?«

»Ja, ganz allein.«
»Du hast ein seltenes Auto.«
»Selten? Ich hab gar kein Auto – meinst du den Amazon?«
»Was glaubst du, wie viel davon es in Kongsvinger gibt?«
»Keine Ahnung, viele sicher nicht«, sagt Dan und umklammerte das Feuerzeug, bis seine Fingerknöchel weiß wurden. Hunger und sein dröhnender Schädel sorgten dafür, dass er sich hohl fühlte. Er wünschte, er läge noch immer im Bett und wartete auf den Beginn des Tages. Er wünschte, dieses Gefühl der Übelkeit wäre einfach der Rest eines Traums und würde nach und nach verschwinden, wenn er erst richtig wach wäre.
»Amen. Was hast du mit deinen Händen gemacht?«, fragte Rasmussen.
»Ich hab mich geschnitten.«
»Wann?«
»Gestern.«
»Nach der Beerdigung?«
»Ja«, sagte Dan.
»Wie denn?«
Er versuchte, sich von dem hohlen Gefühl zu befreien, kannte es noch aus seiner Schulzeit, es war die Sehnsucht in der letzten Stunde, danach, endlich nach Hause zu dürfen.
»Ich hab mich beim Schweineschlachten geschnitten.«
»Beim Schweineschlachten?« Im Licht der surrenden Leuchtröhren unter der Decke hatte Rasmussens Gesicht die gleiche Farbe wie Milch, die bald sauer wird.
»Es waren Jakobs Schweine.«
»Deren Reste haben wir also vorhin bei dir auf dem Hofplatz gesehen?«
Dan nickte.
»Das waren also die Kadaver, von denen du geredet hast?«

Dan nickte wieder.

»Es ist nicht gerade üblich, nach einer Beerdigung Schweine zu schlachten – nicht einmal in Skogli, oder?«, fragte jetzt Rasmussen.

»Gestern war nichts üblich«, sagte Dan.

»Du bist zum Schlachten geradewegs nach Hause gefahren?«

»Ich hatte das nicht geplant, aber ich hatte einfach vergessen, dass Jakob Schweine hatte. Als ich nach Hause kam, waren sie vollständig ausgehungert. Und dann gab sozusagen eins das andere.« Dan machte eine vage Handbewegung, er wusste nicht, was er sonst noch sagen sollte.

»Wieso konnte dein Auto um drei Uhr bei der Sætermokreuzung stehen, wenn du gleich nach der Beerdigung nach Hause gefahren bist?«

Er kam sich blutarm vor, seine Ohren sausten, und er musste sich dazu zwingen, gerade zu sitzen. Das hier war mehr als ein mahnender Zeigefinger, mehr als eine Verlängerung des Gesprächs, das er am Vortag mit Markus Grude geführt hatte.

»Was ist eigentlich los, stehe ich unter irgendeinem Verdacht?«, fragte er.

»Beantworte meine Frage«, sagte Rasmussen.

»Ja, das war sicher Va... mein Wagen. Ich habe nach der Beerdigung kurz bei dem Gedenkstein gehalten.«

»Warum hast du das nicht sofort gesagt?«

»Ich hab nicht sofort daran gedacht. Es waren nur ein paar Minuten«, sagte Dan. Seine Zunge wollte ihm nicht gehorchen, und sein Hemd klebte schon unter seinen Armen, obwohl es kühl in diesem Raum war.

»Ist es nicht seltsam, dass du keine Zeit hattest, um deinen Bruder unter die Erde zu bringen, aber Zeit genug, um auf der Heimfahrt anzuhalten?«

»Das hatte nichts mit Zeit zu tun. Ich konnte es nicht ertragen zu sehen, wie dieses Loch für Jakob den Rachen aufriss.«

»Und dann musstest du dir bei der Sætermokreuzung plötzlich die Beine vertreten?«

»Als ich auf dem Weg nach Skogli war, fiel mir ein, dass Jakob und ich unsere Namen in die Tunnelwand unter der Straße geritzt haben, als wir einmal vom Regen überrascht wurden. Ich wollte sehen, ob die Namen noch dort standen.«

»Und?«

»Ja«, sagte Dan, und Rasmussen und Hultgren wechselten zum ersten Mal während dieses Gesprächs einen Blick.

»Hat irgendwer dich in den Tunnel gehen sehen?«

»Keine Ahnung. Sicher jemand in einem von den Autos, die da vorübergefahren sind.«

»Und dann?«

»Dann bin ich nach Hause gefahren.«

»Du hast also nicht bei Oscar Thrane vorbeigeschaut?«

»Hä?«, flüsterte Dan mit einer Stimme, die er viele Jahre nicht benutzt hatte.

»Oscar Thrane ist gestern in seinem Haus fast totgeschlagen worden. Er liegt im Krankenhaus im Koma.«

Die Punkte unter den Deckenplatten. 18 Stück in die eine Richtung. 22 zur Seite. Dan hatte sie gezählt. 18 mal 22, 340 … 380 … 396. 396 Löcher pro Platte. An solche Dinge würde er sich erinnern. An Dinge, die ihn heimsuchen würden, wenn er nicht schlafen könnte. 396 Löcher, der Geruch von Zigaretten, die im Aschenbecher vor sich hin qualmten, das erstickende Gefühl, wieder eingesperrt zu sein.

»Ich habe Oscar Thrane nicht angerührt. Ich bin eben erst entlassen worden, zum Teufel.« Dan hatte Watte in den

Ohren und brachte seine Stimme nicht unter Kontrolle, er konnte nichts dagegen tun, dass sie sich piepsig anhörte, dünn, wie damals, wenn er versucht hatte, sich bei den Eltern zu verteidigen, wenn sein Bruder etwas angestellt hatte.

»Aber warum hast du unten auf der Hauptstraße geparkt?«

»Das hab ich doch schon erzählt, und jetzt muss ich etwas trinken«, sagte Dan, und Hultgren verließ das Zimmer. Rasmussen sagte nichts mehr, starrte ihn aber weiterhin an.

»Aber niemand hat dich in den Tunnel gehen sehen, niemand kann bestätigen, dass du nur ein paar Minuten dort warst«, sagte Rasmussen dann, als Hultgren drei Plastikbecher mit Kaffee auf den Tisch stellte.

Dan holte tief Luft, in seinem Kopf klangen seine Herzschläge wie Wassertropfen, die in einen Eimer fallen. Er erkannte Rasmussens Taktik, hin und her, immer im Kreis, bis die Wörter sich im Mund anfühlten wie vertrocknetes Russischbrot.

»Da war die ganze Zeit ziemlicher Verkehr, aber ich habe keine Bekannten vorüberfahren sehen. Ich kann mich nur daran erinnern, dass ich fast mit einem LKW kollidiert wäre, als ich weiterfahren wollte.«

»Markus Grude hat erzählt, dass du im Anzug geschlachtet hast?«

»Ja.« Dan griff zu seinem Becher und kämpfte dabei gegen das Gefühl zu sinken. Sie hatten das mit den Schweinen die ganze Zeit gewusst, sie hatten ihm einen Pinsel, einen Eimer Farbe und eine Ecke gegeben, in die er sich hineingemalt hatte.

»Ist es üblich, in Schlips und Kragen zu schlachten?«, fragte Rasmussen jetzt.

»Was glaubst du denn wohl?«, fragte Dan.

»Hä?«
»Nein, natürlich ist es nicht üblich, in Schlips und Kragen zu schlachten.«
»Amen. Wir wollen diese Kleider sehen.«
»Die habe ich verbrannt.«
»Verbrannt. Wieso das?«
»Es war der Anzug meines Bruders, er war mir mehrere Nummern zu groß, und ich hätte ihn nie wieder benutzt. Außerdem hab ich ihn beim Schlachten mit Schweineblut versaut.«
»Nur mit Schweineblut?«
»Ja, nur mit Schweineblut. Für wie blöd hältst du mich eigentlich? Glaubst du, dass ich, sowie ich entlassen worden bin, als Erstes bei helllichtem Tag Opas zu Brei schlage?«
»Die meisten Verbrechen werden bei helllichtem Tage begangen.«
Dan schüttelte nur den Kopf und löste mit Kaffee seine Zunge vom Gaumen.
»Kristian Thrane«, sagte Rasmussen und steckte sich eine neue Zigarette an.
»Ja, was ist mit dem?«, fragte Dan.
»Er steht nicht gerade hoch in deiner Achtung, oder?«
»Nein, aber deshalb fall ich ja nicht gleich über seinen Großvater her.«
»Aber du hast gesagt, dass gestern nichts normal war. Vielleicht warst du dermaßen außer dir, dass du beschlossen hast, eine alte Rechnung mit Kristian zu begleichen. Ich glaube nicht, dass du einer bist, der verzeiht, der einem Singvogel die andere Wange hinhält. Ich glaube, du bist zum Großvater gefahren, um Kristian zu suchen, vielleicht wolltest du ja nur mit ihm reden – aber dann ging alles schief, genau wie bei dem Ausflug nach Amsterdam«,

sagte Rasmussen und legte die Zigarette auf die Kante des Aschenbechers.
»Ich habe Oscar Thrane nicht angerührt. Himmel, das ist doch der totale Unsinn. Ich war gestern überhaupt nicht auf Overaas.«
»Wirklich?«, fragte Rasmussen.
»Wirklich nicht«, sagte Dan Kaspersen, und so machten sie bis drei Uhr weiter. P. O. Hultgren hockte in seiner Ecke, Rasmussen saß Dan am Tisch kettenrauchend gegenüber, Dan leerte einen Becher Automatenplörre nach dem anderen und versuchte, dieselben Fragen, die in immer neuer Verpackung erschienen, immer gleich zu beantworten. Am Ende schlug P. O. Hultgren vor, eine Pause zu machen und einen Döner zu essen.
Es gab eine neue Taktik, als sie dann ganz hinten im Imbiss saßen. Rasmussen wurde kumpelhafter. Dan verzehrte schweigend seinen Döner und sagte nur Ja oder Nein, während P. O. Hultgren und Rasmussen über Fußball, Hockey und Maßnahmen zur Verschönerung der Stadt redeten.
Sie wollten die Stadt attraktiver machen – aber für wen, überlegte Dan. Für alle, die es gar nicht erwarten können, von hier wegzukommen, oder für alle, die sich auf den Verteilerkreisen Schwindelanfälle holen, wenn sie zum Einkaufen nach Schweden fahren?
»Ist der Winter in dieser Stadt immer so kalt?«, fragte P. O. Hultgren, als sie über die alte Brücke zurück zur Wache fuhren. Die Bäume am Flussufer schienen mit Kalk bestreut zu sein, und um die Mühlruine war das Eis wie zerknitterte Alufolie zusammengeschoben.
»Nein, der Dezember war schon lange nicht mehr so schlimm, aber wenn es erst kalt wird, dann wirkt die Glomma mitten in der Stadt wie ein riesiges Kühlelement. Im

Kriegswinter 42/43 hatten wir hier einen Monat am Stück 35 Grad unter null, und mehrere von den Deutschen, die auf der Brücke Wache schieben sollten, haben sich erschossen«, sagte Rasmussen.

»Gleich mehrere?«, fragte P. O. Hultgren.

»Ja, zwei jedenfalls, und weißt du, was dabei das Tüpfelchen auf dem i war?«

»Dass man danach schneller über die Brücke kam?«

»Auch dazu Amen, aber nein: Beide haben sich in den Hals geschossen.«

»Was – wieso denn das?«

»Vielleicht hatten sie Angst, dass sie sich die Lippen zerfetzen«, sagte Rasmussen, und dann lachten sie beide ein hohles, freudloses Lachen.

Dan schloss die Augen, er versuchte, sich an die Freitagabende zu erinnern. An das einsame Gefühl, nachdem alle, die es nicht geschafft hatten, sich bis zehn vor Lokalschluss schönzutanzen, gegangen waren. Wenn die Hauptstraße wie ein gekentertes Schiff durch die Stadt zu treiben schien. Jakob und er vorne im Amazon, jeder schob abwechselnd eine Kassette ein, die Cola-Dosen im Halter am Armaturenbrett, die Reifen, die im Winter das Eis zum Knistern brachten, das Gurgeln auf dem Asphalt im Herbst. Dan, der redete, Jakob, der nickte. Der Wasserturm, die Stadtgrenze, der Sendemast und die Todeskurve, Norden, Süden, Osten, Westen, der gelbe Streifen wie ein fetter Meridian mitten auf der Straße. Nirgendwohin unterwegs, nie weiter weg als zurück, und dann heimwärts, in der ersten Dämmerung, um den Hahn zu wecken.

Es war fast acht, als er wieder in Skogli ankam. Er hatte beinahe mit Untersuchungshaft gerechnet, und hinter der Tür blieb er stehen und lauschte, während der Polizist, der ihn gefahren hatte, wendete. Erst als der Motorenlärm verhallte, ging er in die Küche und trank zwei Gläser Wasser. Er brachte es nicht über sich, Licht zu machen oder den Telefonhörer von der Gabel zu nehmen. Dan überlegte, ob die Polizei wohl in seiner Abwesenheit hier gewesen war. Hatten sie Schubladen herausgezogen, die Taschen durchwühlt, seine Kleider umgestülpt, hatten sie Witze gerissen, während sie die Familienbilder von der Wand nahmen? Er zog die Taschenlampe aus der chaotischen Schublade, ließ den Lichtstrahl über den Messerblock auf der Anrichte schweifen, durchsuchte die Besteckschublade und den Werkzeugkasten, den sein Bruder in die Speisekammer gestellt hatte. Er war gerade auf dem Weg ins Wohnzimmer, als er auf dem Hofplatz Lärm hörte. Ungefähr dasselbe Geräusch wie, wenn alte Täfelung mit einem Brecheisen von der Wand gerissen wird. Er ließ sich auf den Bauch fallen, die Taschenlampe fiel ihm aus der Hand und kullerte über den Boden. Der Lichtstrahl zerteilte die Dunkelheit, dann kam er unter dem Tisch zum Stillstand und brachte die Wand zum Glühen.

Verdammt, der Kellereingang. Sie hatten die Luke gehoben, die außen an der Hauswand angebracht war. Dieselbe Taktik wie im Gefängnis. Zuschlagen und die Zellen auf den Kopf stellen, wenn die Insassen sich gerade entspannt haben, wenn die Tür zugefallen ist und sie sich in Sicherheit wähnen. Er robbte vorsichtig weiter, seine Herzschläge taten seinem Oberarm fast weh. Er schaltete die Taschenlampe aus. Was hörte er da nur? Was sah er? Scharren? Schritte? Den deformierten Schatten eines Menschen, der auf die Küchenwand fiel? Er schloss die Augen, versuchte, ruhig zu atmen, versuchte, mit dem Zimmer zu verschmelzen. Wenn er nur so liegen bliebe, würden sie vielleicht gehen. Der Luftzug, der über den Boden huschte, das Gefühl, unter die Leisten und aus der Küche gezogen zu werden, die Alpträume, die ihn früher dazu gebracht hatten, zu seinen Eltern ins Bett zu kriechen, wenn jemand draußen in der Dunkelheit seinen Namen rief. Seine Hände unter ihm wurden taub, und die groben, kalten Bodenbretter fraßen sich in seine Schläfe. Er versuchte, seinen Oberkörper lautlos aufzurichten, bewegte vorsichtig die Arme, versuchte, seine Finger zu krümmen und dadurch wieder beweglich zu machen. Nun fing die Wohnzimmeruhr an zu schlagen. Vier, fünf, sechs, sieben ... acht. Er drehte sich auf den Rücken, konzentrierte sich darauf zu hören, zu sehen. Knirschte da etwas? Fiel da ein Schatten über das Fenster? Noch immer fast gefühllose Finger griffen zur Taschenlampe, und er kam auf die Knie, hob ganz langsam den Kopf über die Fensterbank. Kniff die Augen halb zusammen, bis er Details erkennen konnte, ließ den Blick über den Hofplatz schweifen. Nichts. Er sah nichts, was nicht dort hingehört hätte. Keine Bewegungen. Keine Umrisse haltender Autos. Er hob den Kopf noch etwas weiter. Die Tür zum Keller war geschlossen. Er stand auf und richtete die Taschenlampe auf das Hängeschloss. Das war unversehrt. Im Schnee waren keine Fußspuren zu sehen. Dan stieß das Fenster auf.

»Hallo?«, rief er.

»Hallo, ist da jemand?«

Nichts. Stille, als sei er meilenweit von anderen Menschen entfernt, allein, mitten im Wald.

»Scheiße, Scheiße, Scheiße.«

Sein Hodensack krampfte sich zusammen, seine Bauchmuskeln spannten sich an, der Puls schlug in seinen Ohren wie ein Metronom. Noch nach all diesen Jahren kam es ihm unnatürlich vor zu fluchen. Er musste dann sofort an verkniffene Lippen und zitternde Zeigefinger denken.

»Hallo!«

Der Schnee sperrte das Geräusch seiner Stimme ein, und dann hörte er es wieder. Es kam aus dem Schweinehaus. Eine der Dachplatten aus Wellblech hatte sich gelockert und wurde vom Wind hochgehoben. Das Dach des Schweinehauses und die Scheune sahen aus wie Treppenstufen, die sich auf der anderen Talseite den Hang hochzogen. Ha! Die gelbe Leiter, die am Tag des Jüngsten Gerichts jemand hochsteigen wird. Die vier Reiter, die Posaunenengel und die Heuschreckenschwärme. Er nahm sich noch ein Glas Wasser und blieb in der Küche, bis das schlimmste Rauschen in seinen Ohren sich gelegt hatte. Im Wohnzimmer und in der Kammer stopfte er beide Öfen mit Holz voll, und erst als das Knistern des Reisigs durch ein stetiges Dröhnen ersetzt wurde, ließ er sich in einen Sessel sinken. Die Flasche Koskenkorva stand noch immer auf dem Tisch, und wieder hatte er dieses Gefühl, nach dem Verbotenen zu streben, eine Sehnsucht danach, diesen Raum und alles, was mit Dan Kaspersen zu tun hatte, auszulöschen. Er griff nach der Flasche, schloss die rechte Hand um den Verschluss, stellte den Wodka aber ungeöffnet zurück auf den Tisch und suchte sich die Fernbedienung. Im Lagerfeuerschein des Fernsehers blieb er dann sitzen und sah sich eine Sendung über zum Tode verurteilte Häftlinge in den USA an. Das Letzte, was er vor dem Einschlafen dachte, war, warum alle Hinrichtungen nachts ausgeführt wurden, wenn es noch dunkel war.

3

Dans Urgroßvater hatte das Gehöft unten an einem Hang gebaut, und im Winter, wenn der Schnee sich um die Wände stapelte, schien das Altenteil einfach so nach unten zu rutschen. Als Dan über den Hofplatz ging, war es noch nicht hell, und die Umrisse von Hof und Hang verschwammen zu einem einzigen Schatten. Er hatte nie begriffen, warum das Gehöft so gebaut worden war, aber sein Großvater hatte aus einer alten Finnensippe gestammt, vielleicht lag in seinen Genen etwas, das ihn dazu zwang, Rückendeckung zu suchen. Die Wachsamkeit von Generationen hatte ihm Augen gegeben, die automatisch abblendeten, wenn Fremde über die Straße kamen, und vielleicht hatte der Großvater sichergehen wollen, dass niemand ihn überraschen könnte? Dan selbst hätte lieber auf allen Seiten Luft gehabt, offene Flächen, Wind, der Anlauf nehmen konnte, und deshalb bewohnte er das Zimmer, das auf Felder und Hauptstraße blickte. Jakob hatte sich nie so sehr dafür interessiert, aus dem Fenster zu starren.

Das Thermometer war inzwischen langsam unter zwanzig Grad gesunken, die Kälte ließ die Wände knacken. Er stand im Badezimmer und rasierte sich, als das Telefon klingelte. Bei diesem unerwarteten Geräusch fiel ihm der Rasierer ins Waschbecken, und die Augen, die ihn aus dem Spiegel heraus anstarrten, erinnerten ihn an zwei gefrorene Brombeeren, die der Wind plötzlich vom ersten Schnee des Jahres befreit hat. Rasmussen hatte gesagt, er werde sich wieder melden, weil hier noch etwas holpere. Ja, genau so hatte er sich ausgedrückt. Holper, holper. Dan rang sich ein bitteres Lächeln ab und wischte sich mit raschen, lotrechten Bewegungen den Rasierschaum aus dem Gesicht. Wie lange dauerte es wohl, so einen Hof zu verkaufen, und wie sah überhaupt der Markt aus? Im Gefängnis hatte er sich um solche Fragen nicht gekümmert. Und das Geld, was sollte er dann damit anfangen? Es in einem Fonds einpökeln und die Aktienkurse in den Zeitungen unterstreichen? Wohl kaum. Koffer packen und Landkarten auseinander falten? Vielleicht. Ausschau nach einer Frau halten, ehe ihm die letzten Gefühle verloren gingen? Mal sehen.

Das Telefon im Wohnzimmer hatte nun genug geklingelt, und Dan beendete seine Toilette. Er konnte gerade den Kaffee wieder warm machen, ehe es wieder loslegte. Er schaltete das Radio ein, drehte eine zitternde, heisere Stimme herbei und drehte lauter. *Ich bin auf den Gipfel gekrochen, es wurde Zeit, sie sagten, spring, ich war zum Sturz bereit.* Kurze Pause, dann schnarrte das Telefon im Hintergrund wieder los, wie eine atmosphärische Störung. *Ich habe Erlösung gesucht, die von Sünde befreit, habe im Elend Liebe gelobt, ich war zum Sturz schon bereit.* Diesmal schien das Klingeln überhaupt kein Ende mehr nehmen zu wollen, als wähle der Anrufer die Nummer immer neu, sowie die Verbindung unterbrochen wurde. Dan beschloss, den Telefonstecker herauszuziehen, nahm aber dann doch den Hörer ab.

»Hallo?«, fragte er atemlos, und noch vor neun Uhr liefen weitere vier Anrufe von Leuten ein, die die Zeitungsanzeige gelesen hatten und mehr über den Hiace wissen wollten. Zwei hatten so großes Interesse, dass sie Besichtigungstermine abmachten.

Er nahm die Wagenschlüssel vom Nagel im Gang und zog

den Thermoanzug seines Bruders an. Steife Federn knackten, als er die Tür auf der Fahrerseite aufzog, und Dan blieb stehen und sammelte genug Luft in seiner Lunge, ehe er sich auf den Lammfellsitz gleiten ließ. Er sah nicht einmal die Andeutung eines Glühens, als er den Schlüssel umdrehte. Er versuchte es ein weiteres Mal. Tot. Dann konnte er nicht mehr länger den Atem anhalten, und der süßliche Auspuffgestank schien seinen Hals zu füllen. Er glitt wieder aus dem Auto und zog dabei das Lammfell mit in den Schnee. Und dann sah er es: den Kassettenrecorder. Im Kassettenrecorder steckte noch immer eine Kassette. Eine Kassette, die schon dort gewesen war, als zum letzten Mal die Zündung betätigt worden war. Dan zog sich die Mütze noch weiter über die Ohren, seine Gesichtshaut prickelte jetzt, über der Scheune hing die Mondsichel fast durchsichtig vor einem farblosen Himmel. Er hob die Hand, streckte sie ins Auto und drückte auf »Eject«. Dachte an ihren ersten Kassettenrecorder, die Aufnahmen aus dem Radio, wie sie abwechselnd das Mikrofon an den Lautsprecher gehalten hatten. Er dachte an seine Mutter, deren dicker Zeigefinger sich wie ein Dirigentenstock bewegte, ohne dem Takt der Musik zu folgen, und die dabei Vorträge über Geistesmächte und Teufelsverehrung hielt.

Dan zog die Kassette heraus, ließ sein Herz viermal gegen seinen Brustkasten schlagen, ehe er die Schrift zu sich hindrehte. »Lyckliga Tider« mit Eldkvarn. Das war Musik, die Jakob offenbar erst in den letzten Jahren zu hören begonnen hatte. Es war keine Musik, die sie miteinander geteilt hatten. Gab es hier ein Lied, das ihn an etwas erinnert hatte, hatte der Sänger etwas Besonderes an sich gehabt, gab es einen Text, in dem Jakob Trost gesucht hatte? Dan schüttelte den Kopf. In einem Haus voller Gewehre und Messer – warum war er nach draußen gegangen, um sich ins Auto zu setzen? Warum dieses Dehnen der letzten Minuten, warum hatte er nicht einfach den Gewehrlauf gegessen, und: bum. Hatte sein Bruder nicht sicher gewusst, ob er wirklich sterben wollte? Bei Schlingen und Gewehrkugeln gab es keinen Weg zurück, während Jakob in der fraglichen Nacht nur die Autotür hätte öffnen müssen. Dan steckte die Kassette in die Tasche, schob sich eine Hand voll Schnee in den Mund und ließ ihn dort, bis seine Zunge taub wurde. Er hatte das Gefühl, sich jetzt immer weiter von seinem Bruder zu entfernen.

Nachdem er die Batterie auf Laden gestellt hatte, ging er zum Briefkasten und holte die Zeitungen der letzten beiden Tage. Beide Titelseiten berichteten von dem Überfall auf Skoglis reichsten Mann. Die Polizei geizte mit Mitteilungen, sie bestätigte aber immerhin in der Zeitung des Tages, dass Oscar Thrane nach massiver Misshandlung im Koma lag. Sein Zustand war weiterhin ernst. Instabil und ernst. Die Polizei teilte mit, man habe bereits Vernehmungen durchgeführt, wollte aber nicht verraten, wie viele in diesem Fall unter Verdacht standen oder ob es überhaupt bereits Verdächtige gebe.

Er ließ die Zeitungen in die Brennholzkiste fallen und schenkte sich eine Tasse Kaffee ein. Was wussten die Zeitungen wohl sonst noch, was sie aber verschwiegen? Er konnte Rasmussen vor sich sehen, der den Journalisten ganz oben am Arm packt, als der gerade gehen will, der sein vertrauliches Gesicht macht und sagt: »Wenn du A erst mal noch nicht schreibst, dann wirst du B als Erster erfahren.« Er dachte an seinen Prozess, an die Fotografen, die am ersten Tag den Verteidiger fotografiert hatten, an die Artikel, die sein Bruder ihm später gezeigt hatte. Artikel, in denen die Journalisten sich alle Mühe gaben, ihn kenntlich zu machen, ohne seinen Namen zu nennen. Der »Fünfunddreißigjährige«, »der Wäldler«, der »ehemalige Aushilfsarbeiter«, »der derzeit in Oslo Wohnhafte« und der »Bauarbeiter«, das alles war Dan Kaspersen gewesen. Ja, und dazu der bedrohliche Drahtzieher, der den Dreiunddreißigjährigen dermaßen terrorisiert hatte, dass der aus Angst um sein eigenes Leben nicht gewagt hatte, sich strafbaren Handlungen zu verweigern, wie der Journalist das in einem einzigen langen Satz so elegant formuliert hatte. Kristian Thrane waren andere Bezeichnungen als der »Dreiunddreißigjährige« erspart geblieben. Er war einfach nur der Dreiunddreißigjährige.

Er ging in den Schuppen, um neues Brennholz zu hacken, und als fast vier Stunden später der erste Interessent für den Wagen eintraf, hatte er den Motor vorgewärmt, und der Hiace sprang beim ersten Versuch an. Den Mann schien das nicht weiter zu interessieren, er war Imker und suchte nach einem Auto, mit dem er seine Ausrüstung transportieren konnte. Der Mann bot fast zehntausend Kronen weniger, als Dan verlangt hatte.

Der zweite Interessent kam gegen drei, und erst als er mitten auf dem Hofplatz aus seinem Saab stieg, ging Dan auf, dass er wusste, mit wem er es zu tun hatte. Der Nachname hatte ihm am Telefon nichts gesagt, aber Dan hatte auch nie gehört, dass der Junge anders genannt worden wäre als »Hink-und-Hopp«. Der Junge hinkte auf ihn zu und streckte die Hand aus. Sein Händedruck durch den Handschuh war fest.

»Du willst also verkaufen?«, fragte er und zog die Kapuze seiner Jacke hoch.

»Ja, das Auto gehört meinem Bruder, oder gehörte meinem Bruder, und es ist gut in Schuss. Ich brauche aber keinen Lieferwagen«, sagte Dan.

Hink-und-Hopp nickte und ging zum Hiace. Dan musste

sich arg zusammenreißen, um nicht ganz offen den Spezialschuh anzustarren, der den Klumpfuß umschloss.
Hink-und-Hopp legte sich zuerst in den Schnee, zog eine Taschenlampe hervor und leuchtete unter dem Wagen herum. Dann suchte er die Kotflügel nach rostigen Stellen ab und öffnete und schloss mehrere Male die Schiebetür auf der Seite. Schließlich klappte er die Motorhaube auf.
»Sieht gut aus«, sagte er.
Dan nickte, und ihm fiel ein, dass er die Schlüssel wieder an den Nagel im Gang gehängt hatte.
»Ich muss nur schnell die Schlüssel holen«, sagte er, und als er zum Haus lief, fiel ihm auf, dass Hink-und-Hopp nicht allein im Auto gesessen hatte. Als er wieder aus dem Haus kam, sah er, dass es sich bei der zweiten Person um eine Frau handelte.
Hink-und-Hopp ließ die Zündkerzen vorglühen, drehte den Schlüssel und ließ den Motor dermaßen aufdröhnen, dass der Schnee hinter dem Wagen schwarz verrußte. Dan schlug die Hand vor den Mund und trat einen Schritt zurück. Früher hatte er an kalten Wintertagen gern Auspuffgas gerochen.
»Kann ich eine Probefahrt machen?«, fragte Hink-und-Hopp.
»Ja, klar«, sagte Dan, und Hink-und-Hopp knallte mit der Tür und gab Gas. Dan glaubte, er werde beim Saab kurz halten, doch er fuhr einfach los, blinkte bei der Hauptstraße nach links und verschwand in Richtung Kongsvinger.
Dan wollte zum Haus zurückgehen, überlegte sich die Sache dann aber anders. Ging zum Saab und klopfte ans Fenster.
Die Frau öffnete die Tür, und ihr breites Lächeln schien ihr Gesicht zu zerteilen.
»Ja?«, fragte sie.

»Komm doch mit ins Haus, ich dachte, dein Freund würde dich mitnehmen.«

»Das ist mein Bruder. Ich soll seinen Wagen fahren, wenn ihr euch einigen könnt«, sagte sie, ohne ihr Lächeln verschwinden zu lassen.

»Na gut, aber es ist trotzdem zu kalt, um im Auto zu sitzen.«

»Er hat den Zündschlüssel stecken lassen. Ich kann den Motor anlassen.«

Ihm ging plötzlich auf, dass er wie ein Polizist über der Autotür hing, deshalb richtete er sich auf.

»Ich hab gerade Kaffee gekocht«, sagte er. »Trink doch eine Tasse, während du wartest.«

Endlich schien das Lächeln der Frau schwächer zu werden, wenn auch nicht lange, aber doch so lange, dass er ihr Zögern registrierte. Dann schwang sie die Beine aus der Türöffnung.

»Frisch aufgebrühter Kaffee, das hört sich gut an«, sagte sie.

»Frisch gekocht«, sagte Dan und zeigte mit der rechten Hand auf das Haus.

»Ich heiße übrigens Mona Steinmyra«, sagte sie, als sie neben dem Ofen am Küchentisch saß.

»Dan Kaspersen«, sagte Dan und schob ihr Tasse und Untertasse hin.

»Ich weiß, wer du bist«, sagte sie. »Das mit deinem Bruder tut mir leid.«

Seine Bewegung kam zum Erliegen, und der Boden der Thermoskanne stieß gegen die Zuckerdose, als er die Kanne hochhob.

»Ja«, sagte er tonlos. »Das kam unerwartet.«

Sie schaute in ihre Tasse und blies mit geschürzter Oberlippe in den Kaffee, dann blickte sie wieder auf. Das flache

Licht, das durch das Fenster fiel, legte sich wie eine dünne Puderschicht über ihr Gesicht und ließ ihre kupferroten, glatten Haare, die ihren Kopf wie ein Helm umgaben, noch einen Ton röter aussehen. Dan überlegte, wie alt sie wohl sein mochte. Er konnte sich aus dem Schulbus nicht an sie erinnern, aber sie musste zwanzig und konnte auch dreißig sein.

»Dein Bruder hat mir gefallen«, sagte sie und zeigte ein vorsichtiges Lächeln. Die breiten Lippen, die Zungenspitze, die über die Zähne huschte. Dan senkte den Blick, spürte einen Kloß im Hals, hatte das Gefühl, plötzlich einen Blick in ihr Inneres zu tun. Er konnte sich nicht erinnern, wann er zuletzt so allein mit einer Frau gewesen war.

»Ja? Ich wusste nicht einmal, dass du Jakob überhaupt gekannt hast«, sagte er mit belegter Stimme.

»Doch, wir haben oft miteinander geredet.«

»Hier?«

»Ja, aber vor allem auf Festen.«

»Festen?«

»Ja, er war oft im Bürgerhaus.«

»Na dann«, sagte Dan und schob seinen Stuhl näher ans Fenster. Dachte an die Pornozeitschriften im Gefängnis, an den scharfen Chlorgeruch der Reinigungsmittel in den Besucherzimmern, an das Weibergerede mit den anderen Häftlingen, an die freudlosen Geschichten über alles, was sie aufholen würden, wenn sie erst entlassen wären, das Gefühl, nicht einmal seine Phantasien für sich behalten zu dürfen.

»Wir haben uns in den letzten zwei Jahren nicht so oft gesehen, wie uns das lieb gewesen wäre«, sagte er.

»Nein, das weiß ich, Jakob hat alles erzählt.«

Alles. Seine Kopfhaut juckte, seine Ohrläppchen wurden heiß. Idiot. Natürlich. Was hatte er denn erwartet? Die

Hände fanden die Kaffeetasse, die Augen die Straße, Hink-und-Hopp blinkte und kam auf den Hof zu.
»Ich wünschte, er hätte sich eine andere gesucht«, sagte sie. Nun hob er den Blick wieder zu ihrem Gesicht. Empfand einen Stich des Neids beim Gedanken an den Mann, der seine Augen dort ruhen lassen konnte, ohne dass es auffällig wirkte.
»Eine andere?«, fragte er.
»Ja, ich glaube – nein, ich weiß –, dass Kristine nicht die Richtige für ihn war.«
»Kristine?«
»Ja, Kristine Thrane.«
»Jetzt redest du Unsinn«, sagte Dan und spürte, wie seine Lippen taub wurden.
»Nein«, sagte Mona Steinmyra. »Hast du das nicht gewusst? Sie waren verlobt.«
Er sagte nichts. Draußen auf dem Hofplatz hatte Hink-und-Hopp jetzt den Hiace abgestellt. Er ging zum Saab hinüber, drehte sich um und schaute zum Haus hoch. Dan wusste, dass er hinausgehen müsste. Er blieb sitzen.
»Wollten sie heiraten?«
»Das weiß ich nicht genau, aber das ist doch normalerweise der Sinn einer Verlobung?«
Dan zuckte mit den Schultern.
»Jedenfalls wurde die Verlobung gelöst. Glücklicherweise. Kristine behandelt Leute doch gern so, als wären sie entweder Dienstboten oder einfach unsichtbar. Jakob war ein Dienstbote, und ich, ich war wohl eher Letzteres.«
»Das klingt ja nicht so, als ob sie sich besonders verändert hätte. Ist es lange her, dass Schluss zwischen ihnen war?«
»Zwei Monate vielleicht«, sagte Mona Steinmyra und klopfte ans Fenster, da ihr Bruder unschlüssig auf die Scheune zuhinkte.

»Und dann hat sie einfach Schluss gemacht?«, fragte Dan, während Hink-und-Hopp sich auf der Treppe den Schnee von den Schuhen stampfte.
»Nein«, sagte Mona und schaute wieder in ihre Kaffeetasse. »Wenn ich das richtig verstanden habe, wollte Jakob nicht mehr.«

Nachdem Hink-und-Hopp lange genug gefeilscht hatte, um seinen Namen unter den Kaufvertrag zu setzen, und Saab und Hiace in Richtung Hauptstraße verschwunden waren, blieb Dan am Küchentisch sitzen und sah zu, wie der Tag sich langsam auflöste. Er versuchte, Kristine Thranes Bild aus seinem inneren Auge zu entfernen. Ihr Gesicht wirkte immer leicht irritiert, als habe sie einen Großteil ihres Lebens mit Warten verbracht. Er dachte, dass man so vielleicht werden müsste, wenn man vom ersten Tag seines Lebens an so viele Nullen auf dem Bankkonto hätte wie Buchstaben im Nachnamen. Nach einem Fest im Bürgerhaus, wo beide versucht hatten, die Welt zu einem schöneren Aufenthaltsort zurechtzutrinken, waren sie in seinem Opel gelandet. Als Dan sie auf dem Rücksitz gevögelt hatte, waren ihre Augen trübe und abwesend gewesen, als habe sie die Zigarette danach bereits angezündet. Und jetzt – sie und Jakob verlobt. Jakob und Kristian Thranes Zwillingsschwester. Plötzlich verstand er, warum der Bruder bei ihren letzten Telefongesprächen so ausweichend gewirkt hatte, es hatte nicht an seiner Enttäuschung darüber gelegen, dass Dan den Familiennamen in den Schmutz gezogen hatte – jedenfalls nicht nur.
Dan ließ seine Blicke am Höhenzug auf dem anderen Bachufer entlangwandern. Von dort, nur noch ein wenig weiter nördlich, über Overgrenda waren sie gekommen, die Vorfahren. Dan hätte gern gewusst, um welche Jahreszeit sie

hier im Grenzgebiet angelangt waren. Hatten sie gefrorenen Boden unter den Füßen gehabt, war ihr Kopf von dem grauen Licht erfüllt gewesen, das die Tage im November so dicht erscheinen ließ? Kamen sie an einem stillen Juliabend, als die Seen vor Sonnenuntergangsgold nur so strotzten und nur der Schrei des einen oder anderen Wasservogels die Stille zerriss? Waren sie vielleicht an einem Tag wie heute gekommen, mitten im Dezember, während ihre Fußspuren im Harschschnee haften blieben, als Erinnerung an das, was sie verlassen hatten, eine Erinnerung an das Land der tausend Seen?

In diesem kargen Boden war das Herzblut seiner Familie mehrere Jahrhunderte lang als Dünger verwendet worden. Hoffnung, Träume und Sehnsüchte hatten sich mit Verzweiflung und düsterem Missmut vermischt. Hier hatten Großvater und Urgroßvater auf Regen gewartet. Auf den Regen, der niemals kam, und wenn er dann fiel, fiel gleich viel zu viel.

Die Dämmerung wischte jetzt das aus, was an Skogli vielleicht einladend wirkte, und Dan fragte sich, warum die ersten Siedler sich hier niedergelassen hatten. Hatten sie ein Bein gebrochen, oder hatten sie einfach nicht mehr weiterziehen mögen?

Er zog einen Pullover seines Bruders an, öffnete die Haustür und ging über den Hofplatz. Er hatte das Gefühl, dort, wo der Hiace gestanden hatte, ein Loch in der Nacht zu sehen. Der Schnee war in einem Viereck geschmolzen, und im Licht der Hoflampe sah das unebene Eis aus wie ein fossiler Abdruck der Unterseite des Autos. Rückenmark, Rippen und die koksgraue Spur des Auspuffs wie ein gekrümmter Schwanz. Er versuchte, den Abdruck zu zertreten, wollte alles nur weiß haben, wie der Schnee in der Umgebung, aber seine Stiefelspitzen glitten auf dem Eis aus. Das Bild war nicht mehr ganz, es gab einige neue Striche, das war alles. Er lief in den Holzschuppen, um die Axt zu holen. Beim ersten Schlag blieb die Schneide im Boden stecken. Er hob die Axt abermals. Schnee und Eissplitter stoben zu seinem Gesicht hoch, er musste sich abwenden, hackte aber weiter. Arbeitete sich von der Auspuffspur nach hinten. Gras und Erde lugten jetzt hervor, er schwang die Axt weiter, bis das Eis zerfasert war. Dann trat er die Eisreste aus dem Viereck.

Hierher würde der Frühling zuerst kommen, nach Bergaust.

Er blieb ratlos mitten auf dem Hofplatz stehen. Was machte Skogli denn bloß mit ihm? Oder vielleicht nicht Skogli, sondern sein Bruder, alles, was sein Bruder gewesen war. Seit er nach Hause gekommen war, oder vielleicht nicht nach Hause, sondern zurück nach Skogli, war das zu seiner neuen Wesensart geworden. Ruckzuck. Wie der trommelspielende Affe, den er als Kind gehabt hatte. Nach dem Trommelwirbel fiel der Affe zurück in eine Art Dämmerzustand und blieb so hocken, bis er das nächste Mal aufgezogen wurde. Oder belog Dan sich jetzt selbst? War er nicht immer schon ruckzuck gewesen? Hatte er sich nicht daran gewöhnt, seine Gefühle nicht auszuloten? Und wenn er es doch tat, dann hatte er das Gefühl, einen Stock in einen Ameisenhaufen zu bohren und darin herumstochern.

Sein letzter Besuch in Bergaust, ehe er eingefahren war. Er war zwischen zwei Jobs hier gewesen, zwischen zwei Wohnungen, zwischen fast allem. Mitten im Mai, zwei Tage vor seinem Geburtstag, hatte Jakob zwei Flaschen Wein aus Weidensaft gebracht, hatte gesagt, er müsse ihm etwas zeigen. Sie waren den Hang hochgestiegen, gleich hinter dem Haus, auf dem Weg, der nach Overgrenda führte. Das

Dorf macht hier sozusagen eine Pause, reckt sich ein wenig, denn geht es weiter schräg aufwärts nach Skogli. Jakob und er hatten sich mit dem Rücken zu einer riesigen Hängebirke gesetzt. Diese Birke wurde als erste über Bergaust grün und verlor als letzte ihre Blätter. Der Bruder hatte ihm die Flasche gereicht, hatte gelächelt und ihn gebeten, ihr die Unschuld zu rauben. Dan hatte zuletzt als Junge Weidensaft getrunken, damals hatte er einen holzigen Geschmack gehabt. Jetzt hatte Jakob Hefe und Zucker hinzugefügt, und es schmeckte wie abgestandene Zitronenlimonade. Der Weidenwein kam direkt aus dem Kühlschrank, und schon nach zwei Schlucken taten Dan die Schläfen weh. Er wurde erfüllt von dem Gefühl, schon einmal hier gesessen zu haben, das Leben derer, die vor ihm hier unterwegs gewesen waren, fast zu sehen wie in einem Film.

»Woran kannst du dich von Mama und Papa am besten erinnern?«, hatte Jakob gefragt.

Dan hatte nicht sofort antworten können, sondern zuerst ausgiebig an der Flasche genuckelt. Sie hatten schon lange nicht mehr über ihre Eltern gesprochen.

»Sie hatten ein Leben voller Sonntage«, sagte er.

»Ach, meinst du?« Jakob streckte die Hand nach der Flasche aus.

»In ihrem Leben war immer Sonntag. Immer gab es Gebetstreffen, die sie aufsuchen mussten. Anlässe, zu denen sie sich fein machen mussten. Ich hatte das Gefühl, dass sie es nie schafften, ihre Schultern sinken zu lassen und es Dienstag oder Donnerstag sein zu lassen. Verdammt, wie hätte unser Vater die Zeit finden sollen, die Schultern sinken zu lassen, er trug darauf die ganze Gemeinde.«

Er hatte Jakob die Flasche abgenommen, und der hatte zuvor nicht mehr tun können, als sie auf seinen Knien liegen zu lassen.

»Das habe ich mir nie überlegt«, sagte der Bruder auf seine ruhige Weise, die die Leute dazu brachte, automatisch den Kopf schräg zu legen und einen Schritt näher zu treten. Dan blieb sitzen. Er hatte das Gefühl, dass das Tal ihm entgegenstieg.

»Aber wenn du mich gefragt hättest, was ich am meisten vermisse, weißt du, was ich dann geantwortet hätte?«

»Was hättest du geantwortet, wenn ich gefragt hätte, was du am meisten vermisst?«

»Dass ich ihnen niemals erzählen kann, was sie bisweilen für Idioten sein konnten. Ich habe Vater und Mutter geliebt, natürlich habe ich das, sie waren gute Eltern und überhaupt, aber ich kann nicht einmal denken, dass sie zu streng waren, dass es zu viele Zeigefinger und ›du sollst nicht‹ gab, ohne das Gefühl zu haben, dass mir der Boden unter den Füßen heiß wird.«

»Ich verstehe, was du meinst, wir sind sozusagen dazu verdammt, nur Gutes zu denken. Aber weißt du, Papa hat doch ab und zu die Schultern sinken lassen.«

Jetzt musste Dan fragen, was der Bruder gemeint hatte. Jakob nahm ihm die Flasche weg und zeigte am Stamm der Birke nach oben. Dan folgte dem Zeigefinger mit Blicken, sah aber durch das dichte Blattwerk nur Zweige und einen Zipfel blauen Himmels.

»Was?«

Jakob legte dem Bruder den Arm um die Schulter, zog ihn an sich, zeigte wieder nach oben. Dan sah noch immer nichts, er legte den Kopf noch weiter in den Nacken. Und dann sah er es, etwas matt Blinkendes. Er kniff die Augen zusammen, versuchte, scharf zu sehen. Kurz oberhalb der Mitte des Baumes hing eine Flasche.

»Was ist das? Hast du da oben eine Weidenweinflasche vergessen?«

»Nein«, sagte Jakob. »Die hab nicht ich da vergessen. Papa hat sie aufgehängt.«

»Vater?«

»Ja, 69.«

»Was?«

»Am Abend der Mondlandung.«

»Was sagst du da?«

»Papa war in Overgrenda gewesen und hatte die Mondlandung im Fernsehen gesehen. An dem Abend trug er eben nicht die ganze Gemeinde auf den Schultern.«

»Ich begreife nicht, wovon du redest!«

»So hat er das gesagt. Als das Landefahrzeug verschwand und nur noch Schatten und Lärm übrig waren, hat Papa gesagt: ›Wie mag es wohl auf der dunklen Seite des Mondes aussehen? Können sie dort Gottes Antlitz schauen? Oder werden sie jetzt einen Feldgeist anschleppen, Mondmenschen oder sonst irgendein Lebewesen? Wenn sie auf dem Mond Leben finden, muss ich die ganze Bibel wegwerfen.‹«

Dan hatte nicht sofort etwas gesagt. Er war aufgestanden, hatte dem Bruder die Flasche weggenommen und den Rest des Weidenweins getrunken. Hatte die Augen geschlossen. Versucht, sich das Gesicht des Vaters vorzustellen, aber davon war ihm schwindlig geworden. Er hatte das Gefühl zu rollen.

»Wann hat er das alles erzählt?«

»Zwei Wochen vor dem Unfall.«

»Mir hat er nie etwas gesagt.«

»Ich glaube, er wollte mit uns beiden hier heraufgehen, aber du warst damals ja fast nie zu Hause. Du hattest deinen Fußball und machtest gerade den Führerschein. Aber dann gab es eine Sendung über Buzz Aldrin, und Papa fiel die Flasche wieder ein.«

»Aber warum hängt die Flasche dort oben? Was ist darin?«

»Papa hat gesagt, er habe die Flasche in den Baum gehängt, um sich daran zu erinnern, dass Zweifeln wichtig sein kann, wenn wir stärker im Glauben werden wollen. Ja, und außerdem hat er die Flasche für uns aufgehängt.«

»Für uns?«

»Um uns daran zu erinnern, dass wir immer miteinander reden, miteinander teilen müssen, um zu sagen, dass es schon in Ordnung ist, auch mal loszuziehen und fünf gerade sein zu lassen, wenn man nur nicht vergisst, wo man hingehört. Papa hat zwei Zehner in die Flasche gesteckt, damit wir daran denken, wie viel Geld das war, als wir noch klein waren. Ja, und dann liegt da auch noch ein Bibelspruch.«

»Bibelspruch?«

»Jesaja 13, Vers 21 und 22. Es geht um Babel, das fallen wird, deshalb war es gerade für diesen Abend der passende Spruch. Wegen des Turms. Der Türme, die errichtet worden sind und noch errichtet werden sollen.«

»Türme! Herrgott, 1969 war ich drei, und du warst ein Jahr alt!«

»Papa sagte, Jesaja sei ihm ganz nah gewesen, als er nach Hause gehen wollte, und da sei er aus einem Impuls heraus auf den Baum geklettert. Papa hat sich sein ganzes Leben lang von dem großen Buch leiten lassen, immer kamen ihm plötzlich irgendwelche Erleuchtungen. Immer gab es Fragen, die sich mit Hilfe eines Bibelspruches beantworten ließen, eines Mannakorns, wie wir sagen.«

»Was steht denn in diesen verdammten Versen?«

»Das weiß ich auswendig: Wüstentiere werden sich da lagern und ihre Häuser voll Eulen sein; und Strauße werden da wohnen und Feldgeister werden da hüpfen. Und wilde Hunde in ihren Palästen heulen und Schakale in den luftigen Schlössern. Und ihre Zeit wird bald kommen, und ihre Tage werden nicht säumen.«

Dan hatte das Gefühl gehabt, dass etwas Böses in ihm heranwuchs. Solche Gefühle wurden immer von Reue begleitet, aber sie waren so umfassend, dass dieses kochende Jetzt den Rest des Tages einfach auszulöschen schien. Dasselbe Gefühl wie damals, als sie klein gewesen waren: Dan wollte spielen, und Jakob konnte ruhig mitten auf dem Hofplatz stehen, als scheine die Sonne nur für ihn. Jakob besaß die Fähigkeit, sich von etwas dermaßen verschlingen zu lassen, dass er fast verschwand. Dan lockte den Bruder in den Wald und ließ ihn dort allein, einfach um sich mit den Eltern verbunden fühlen zu können, eine Art Zusammengehörigkeit zu verspüren, wenn sie ihn wiederfanden. Und dann gab es die geflüsterten Beratungen im Schlafzimmer, weil der Kleine für alles so lange brauchte. Diese Gespräche ließen Dan immer bereuen. Aber jetzt? Der Vater hatte Jakob mit auf den Mond genommen. Der Bruder hatte den Segen erhalten und Dan nichts davon erzählt. Oder erst jetzt. Warum hatte er so lange gewartet?

Dan riss einen Rindestreifen von der Birke und warf ihn dem Bruder in den Schoß.

»Ganz früher hat unser Urgroßvater mit aus Rinde gewonnenem Birkenöl Viehkrankheiten geheilt, und er hat mit einer Birkenrute auf den Boden geschlagen, um die Unterirdischen zu vertreiben. Birkenruten könnten gegen Wechselbälger wahre Wunder wirken, sagte er.«

»Wechselbälger?«

»Die Kinder der Unterirdischen. Ab und zu holten sich die Unterirdischen neugeborene Menschenkinder und ließen dafür eins ihrer eigenen zurück. Aber ein Hieb mit einer Rute aus kranken Birkenzweigen, und schon war der Wechselbalg für immer verschwunden.«

»Ich begreife nicht, warum du mir das erzählst?«
»Weil du so verdammt lahmarschig bist.« Dan nickte zu der Flasche im Baum hoch. »Vater ist seit siebzehn Jahren tot. Warum erzählst *du* mir das jetzt?«
»Ich hatte es vergessen, und …«
»Vergessen! Du und Vater, ihr seid ja wirklich verdammt vergesslich.«
»Ich hatte es vergessen. Du hast dir so was immer viel leichter merken können als ich, Dan. Aber jetzt musste ich daran denken, weil irgendwelche Leute aus der Stadt bei mir waren und hier oben Land für Ferienhäuser kaufen wollten.«
»Sehr schön. Gutes Geld.«
»Ich habe Nein gesagt.«
»Was?«
»Ich hab keine Lust, den Hof zu zerstückeln, ich habe mir überlegt, du könntest dir die schönste Stelle aussuchen, dann verkaufen wir Holzschlag und bauen eine Hütte, in der du wohnen kannst, wenn du zu Hause bist.«
Dan drehte den Verschluss von der anderen Flasche, er nahm einen Beigeschmack wahr, der vorhin noch nicht vorhanden gewesen war. Es schmeckte so, wie es im alten Erdkeller des Großvaters gerochen hatte. Er trank mehr. Versuchte, ruhiger zu atmen. Jakob und er hatten nie irgendeine Erbteilung vorgenommen. Der Hof war auf Jakobs Namen eingetragen, aber Dan war niemals ausbezahlt worden. Er hatte aber auch nicht um Geld gebeten.
»Wie zum Teufel kommst du auf die Idee, ich wollte hier im Wald eine Hütte haben? Wenn ich mal zu Hause bin, dann reicht mir mein altes Zimmer.«
»Ich kümmere mich um alles. Du wirst wirklich keine Mühe damit haben.«
Dan war seit vielen Jahren nicht mehr geklettert, aber

plötzlich befand er sich mehrere Meter hoch auf dem Baum. Ein Ast zerbrach unter seinen Füßen, fast hätte er den Halt verloren, er zerkratzte sich die Wange, und etwas bohrte sich in seinen Bauch. Er kletterte weiter. Ast für Ast, bis er die Flasche oben erreicht hatte. Es war eine alte Wodkaflasche mit einem Drehverschluss. Der heilige Pakt des Vaters in einer Schnapsflasche – gab es noch mehr Dinge, von denen Dan nichts wusste, hatte der Vater noch andere Möglichkeiten gefunden, um die Schultern sinken zu lassen? Möglichkeiten, die Jakob bekannt waren? Er steckte die Flasche in die Jackentasche und machte sich an den Abstieg. Sprang die letzten zwei Meter hinunter.

»Hier«, sagte er, als er Jakob wieder gegenüberstand. »Hier siehst du, wo ich hingehöre.« Er zog die Flasche hervor und schleuderte sie, so weit er konnte, den Hang hinunter.

Jakob hatte das vorausgesehen, hatte aber nicht versucht, den Bruder davon abzuhalten, nicht versucht, es zu verhindern.

»Ich weiß nicht, was du meinst, Dan.«

Es war das Geräusch, das Dan klarmachte, was er getan hatte. Ein Geräusch ungefähr wie das eines Teppichklopfers auf einem dicken Teppich. Dann kam der Schmerz, der von den Fingerknöcheln bis in die Schulterblätter hochwanderte. Und das Blut, das jetzt aus Jakobs Mundwinkeln sickerte. Aber er fiel nicht, er trat nur einen Schritt zurück. Und änderte seinen Gesichtsausdruck auch nicht, als Dan kehrtmachte und den Hang hinunterrannte.

Als er am nächsten Tag erwachte, stand die Flasche im Wohnzimmer zwischen den Familienbildern auf der Kredenz. Jakob hatte sie von Staub, Pollen und kleinen Gewächsen befreit. Sie sprachen nie wieder über Parzellen für Ferienhütten, aber als Dan im Gefängnis die ersten Male zu beten versuchte, erinnerte die Narbe zwischen seinen

Fingerknöcheln ihn an den Schlag, mit dem er seinen Bruder getroffen hatte. Zuvor hatte er bestimmt zehn Briefe an Jakob geschrieben, die er niemals abgeschickt hatte. Briefe, die er dem Bruder bei dessen Besuchen auch nie geben konnte. Briefe, in denen er versuchte, um Verzeihung zu bitten.

Auf dem Hofplatz im kalten Jetzt zwei Jahre später zwangen die Erinnerungen an den einzigen wirklichen Streit der Brüder Dan dazu, wieder ins Haus zu rennen. Durch den Gang und weiter ins Wohnzimmer. Die Wodkaflasche war noch vorhanden, sie war jedoch umgekippt und gegen das Bild des Großvaters väterlicherseits als ernster junger Mann in Militäruniform gerollt. Der Papierstreifen mit dem Bibelspruch hatte sich an die Seite der Flasche geschoben. Die gelben Zehnkronenscheine waren wie ein Dach gefaltet. Der letzte Gruß des Vaters sah aus wie ein Flaschenschiff, oder, nein, eigentlich nicht wie ein Schiff. Er sah aus wie ein Rettungsboot.

4

Das Geräusch schien irgendwo in seinem Kopf komprimiert zu werden, so, als trüge er Ohrschützer. Es war ein kleiner, toter Tag, der sich über ihm zusammenkrümmte und das Schrappen der Skier als irritierendes Kitzeln tief drinnen im Gehörgang ablagerte. Bei seinem Aufbruch waren es zwanzig Grad unter null gewesen. Hier im Wald, zwischen den Bäumen, war es aber wohl milder – vielleicht fünfzehn Grad.

Er versuchte, sich energisch abzustoßen, und der Stoff seiner Kniebundhosen, die im Schritt spannten, ließ ein flüchtiges Begehren von seinen Lenden aufsteigen. »Lenden«, großer Gott, er hatte so lange ohne Frauen gelebt, dass er nur an diese Dinge zu denken brauchte, und schon hörte er sich an wie ein Choraldichter. Im Gefängnis hatten Frauen für ihn etwas Erhabenes sein können, der kleine Lichtstreif, nach dem er den Hals reckte, wenn er in der Zelle stand, Jungfrau-Maria-Gestalten, die ihm nach seiner Entlassung den Dreck von den Knien wischen könnten. Aber die Sehnsucht nach diesen Frauen hatte sich auch in Form von plötzlichen Stößen der Lust einstellen können, die alles um ihn herum nichtig machten. Mona Steinmyra war in den letzten Tagen in beiden Gestalten vor ihm aufgetaucht. Auch jetzt konnte er sie vor sich sehen, wie sie vor einem Bildschirm saß, er konnte das Ticken der Tastatur hören, während irgendein Kollege – eine Kollegin könnte es nicht sein! – auf der Kante ihres Schreibtisches saß, aus einem Becher Kaffee trank und über den letzten Film redete, den er gesehen hatte. Dan wäre schrecklich gern dieser Mann gewesen. Dan wäre schrecklich gern ein solcher Mann mit einer solchen Frau gewesen. Er bohrte energisch die Stöcke in den Schnee, der ihm darauf bis zu den Oberschenkeln hochstob. Er wäre schrecklich gern ein Mann mit einer solchen Frau an einem Ort gewesen, an dem es keine Winter gab.

Über Nacht waren die Wasserleitungen zugefroren. Er hatte vergessen, beim Andauern der Kältewelle die Heizkörper im Keller einzuschalten, und früh an diesem Tag hatte er Schnee schmelzen müssen, um sich waschen und Kaffee kochen zu können. Der Klempner hatte gesagt, sie arbeiteten derzeit so ungefähr rund um die Uhr, aber Dan könne später am Nachmittag wieder anrufen. Ehe er losgewandert war, hatte er den alten grünen Petroleumofen in den Keller gebracht, die beiden elektrischen Heizbläser, die sie im Haus hatten, eingeschaltet und aus der Scheune einige Isomatten geholt, die er auf den Boden gelegt und gegen die Wände gedrückt hatte, hinter denen die Leitungen verliefen. Er hoffte, dass das reichen würde. Bei der Erinnerung daran, wie seine Mutter zum Bach gegangen war, während die Axt wie der Schnabel einer toten Gans über ihrer Schulter hing, krampften sich in seinem Bauch alle Muskeln zusammen.

Als Erwachsener hatte er Kälte nie mehr leiden mögen. Vor gleißender Sonne und Hitzewellen konnte man sich immer noch verstecken. Aber die Kälte fand dich immer. Stahl deinen Atem. Verlangsamte alles. Sorgte dafür, dass nichts mehr funktionierte. Die Mutter auf dem Weg, um Löcher ins Eis zu hacken, kling klang, der Vater klopfte im Keller gegen die Leitungen, Wörter, die er sonst niemals benutzte, fast Schimpfwörter. Als Dan klein gewesen war,

hatte er im Winter das Gefühl gehabt, in einer Schneekugel zu wohnen. Einer Schneekugel, um die sich plötzlich Gottes knochige Hände falten konnten, um sie zu schütteln. Dan hatte geglaubt, die Kälte sei der Heilige Geist, über den die Eltern so viel redeten. Ja, und dass Gott wie einer der sieben Helfer aus dem Märchen eine Brust voller Winter habe und das kalte Weiß auf die Menschen hinausblase, als Erinnerung daran, wer hier zu sagen hatte.
Seit Hink-und-Hopp den Wagen gekauft hatte, hatte Dan vor allem am Küchentisch gesessen, Kaffee getrunken und Radio gehört. Der Immobilienmakler hatte gemeint, es bringe nichts, vor Weihnachten eine Verkaufsannonce aufzugeben, wollte das Angebot aber ins Internet stellen. Dan hatte deshalb versucht, sich warme Orte zu erträumen – New Mexico oder Arizona –, doch er wusste, dass es eben nur das war: Träume. Nie im Leben würde er jetzt noch eine Einreiseerlaubnis in die USA erhalten, nicht als wegen Drogenhandels Vorbestrafter. Dann eben Spanien. Marokko. Casablanca. Marrakesch. Er versuchte loszulassen, versuchte, nicht daran zu denken, aber das ganze Haus war von Jakob erfüllt. Das ganze Haus war von allem erfüllt, was Jakob gewesen war. Dan konnte einfach nicht so tun, als habe der Bruder sich nicht das Leben genommen, als gebe es das nicht, was ihn über den Rand des Abgrundes getrieben hatte. Der Bruder, den er so gut zu kennen geglaubt hatte.
Am Vortag war er in Kongsvinger im Reisebüro gewesen und hatte einige Prospekte über Dänemark mitgenommen. Nach Neujahr kosteten die Sommerhäuser nur noch ein Viertel der üblichen Miete. Ein anderer Ort. Neue Sonnenaufgänge. Ein Stapel Bücher, langes Mittagessen im Dorfkrug, Zeit genug, um den weiteren Weg anzugehen – oder den Weg zurück.

Danach hatte er beim Autofriedhof vorbeigeschaut und Winterreifen für den Amazon erstanden, hatte hundertfünfzig Kronen extra für den Reifenwechsel bezahlt. Der Wagen blieb in den Kurven in Richtung Sætermo jetzt stabil, und ehe er losgefahren war, hatte Dan den Amazon sich im Leerlauf aufwärmen lassen. Es war behaglich warm im Auto gewesen, als er den Parkplatz bei den Skiloipen erreicht hatte, und jetzt, wo die Kälte wie Schnaps in seiner Kehle brannte, fragte er sich, was in aller Welt er hier eigentlich wollte. Er war seit vielen Jahren nicht mehr Ski gelaufen, und auf dem Parkplatz hatte nur ein anderes Auto gestanden. Nicht das allerdings machte ihm Sorgen, sondern die Frage, was er hier eigentlich tat. So war es immer gewesen, er ließ sich von Impulsen treiben. Wie oft war er schließlich als Junge im Frühling ins Wasser gelaufen, ohne sich daran erinnern zu können, dass er das wirklich vorgehabt hatte, er war immer erst aufgewacht, wenn sein Kopf die Wasseroberfläche durchbrach. Genauso war es jetzt.

Zweimal hatte er bei Kristine Thrane zu Hause angerufen, einmal morgens und einmal gegen Mitternacht, doch beide Male hatte der Zwillingsbruder sich gemeldet, und Dan hatte den Hörer auf die Gabel geworfen. Aber er wollte nicht aufgeben. Er musste mit ihr reden, allerdings wusste er nicht einmal, ob sie noch auf dem Hof wohnte. Als er ins Gefängnis gekommen war, hatte sie bei Verwandten in den USA gelebt. Aber dieser Aufenthalt war offenbar nicht von Dauer gewesen.

Die ungewohnten Bewegungen ließen seine Waden aufstöhnen, und er musste beim letzten Hang, der zur Rückseite des Hofes hochführte, ausgiebige Armarbeit leisten. Hierher waren sie am Skiwandertag der Schule immer gegangen, dann jedoch in der Gegenrichtung und hinunter

nach Skogli, wo der Bus wartete, um sie zurück nach Kongsvinger zu bringen.
Er hatte niemals einen guten Plan gehabt, er hatte fast nie überhaupt irgendeinen Plan gehabt, aber es war ihm doch besser vorgekommen, als noch einen Tag am Küchentisch zu verbringen. Jetzt war er sich da nicht mehr so sicher. Wenn er sie wirklich sähe, was sollte er dann tun? Auf ihren Hofplatz gepflügt kommen, fragen, warum sein Bruder sich das Leben genommen habe, und hoffen, dass niemand im Haus die Polizei verständigte?
Dan hatte das Gefühl, bei jeder Bewegung der Stöcke mehr aufzuwachen. Das Beste, was er sich von dieser Skitour erhoffen konnte, war die Erkenntnis, dass sie noch immer in Overaas wohnte, und auch das nur, wenn sie noch dasselbe Auto fuhr und wenn es bei zwanzig Grad unter null draußen stand. Wenn sie da war und gerade los wollte, würde er ihr vielleicht folgen können, aber dann müsste sie in Richtung Skogli fahren, und er selbst müsste auf dem Weg zum Amazon am Hang einen neuen Rekord aufstellen. Dan beschloss, einfach weiter den Hang hochzusteigen, umzudrehen und wieder hinunterzufahren. Das war das Allervernünftigste, was er tun könnte. Das Einzige, was er tun könnte. Betrachte es als Spaziergang. Haha. Das hatte der Vater immer gesagt, wenn die Kinder Beeren pflücken oder Holz holen sollten. Dan brachte die letzten Schritte hinter sich und war oben. Er hatte im Gefängnis Eisen gestemmt, aber seine Kondition war doch kein Grund zum Prahlen. Drei, vier lange Skitouren pro Woche, ja, vielleicht sollte das sein Vorsatz für das neue Jahr sein. Ja, sich in Form bringen, ehe er nach Dänemark fuhr.
Er blieb stehen und stützte sich auf die Stöcke.
Der Hof Overaas ließ sich in den Gemeindebüchern bis in die Zeit vor dem Schwarzen Tod zurückverfolgen. Die

Familie Thrane hatte, wenn Dan die Erinnerung nicht trog, den größten Hof in Skogli ungefähr zu der Zeit übernommen, als sein eigener Urgroßvater damit begonnen hatte, das Terrain um Bergaust urbar zu machen. Aber damit endeten auch schon alle Ähnlichkeiten zwischen beiden Sippen, abgesehen davon, dass keiner von beiden Kätner gewesen war. Oscar Thrane führte gern am Nationalfeiertag in Skogli die Parade an, in marineblauem Blazer, mit der Mütze des Männergesangvereins, den St.-Olavs-Orden an der Brust. Aber jetzt? Oscar Thrane bandagiert und von Medikamenten betäubt. Oscar Thrane durchbohrt von Kanülen. Oscar Thrane mit aufgerissenem Mund in einem weißen Krankenhausbett. Oscar Thrane misshandelt in seinen eigenen vier Wänden.

Dan konnte jetzt den Blick heben, ohne dass der bei jedem Pulsschlag verschwamm. Familie Thrane hatte seit seinem letzten Besuch hier offenbar alles wachsen lassen. Er folgte der Loipe so weit, dass er zwischen den Bäumen die Häuser ahnen konnte. Er sah keine Autos und machte noch einige Schritte. An der Stelle, wo der Hang anfing, sich zum Hof hin zu senken, war der Pfosten, der die Schafhürde festhielt, umgeknickt, er war mit einem harten, schwarzen, dünnen Eisenrohr gestützt worden. Dan löste den Stahldraht, und als er mit den Skiern den Maschendraht zusammendrückte, kippte das Rohr in den Schnee. Er stieg darüber und bückte sich, um es wieder aufzustellen, doch dann registrierte er unten auf dem Hofplatz eine Bewegung. Kristian Thrane kam aus dem Vorratshaus und schaute plötzlich zum Waldrand hoch. Dan ließ sich in den Schnee fallen und begrub Skier, Stöcke und Eisenrohr unter sich. Kristian Thrane schien ihn nicht gesehen zu haben, denn er ging weiter zur Garage, drückte das Tor auf und war verschwunden. Vermutlich hatte er den Motoranwärmer

eingeschaltet, denn gleich war er wieder da und blieb rauchend im offenen Tor stehen.
Dan dachte an ihre zufällige Begegnung vor bald zweieinhalb Jahren.
Wie sie sich an einem der allerhintersten Tische im Scotsman aneinander gedrängt hatten, ebenso fehl am Platze wie alle anderen, die versuchten, sich in immer kleiner werdenden Kreisen zu bewegen, während sie Oslo ihr Zuhause nannten. Kristian Thrane brauchte Geld. Er hatte immer schon Geld gebraucht. Es ging irgendwie um Computer, er hatte investiert, und jetzt trieb die Firma mit dem Bauch nach oben den Bach runter.
Im Gefängnis hatte Dan diesen Abend immer wieder vor sich ablaufen lassen. Die Kurzen, die sie gekippt hatten. Die Pläne, die sie geschmiedet hatten. Die Fahrt nach Amsterdam. Das von Kristian besorgte Auto. Dan wusste noch immer nicht, warum er sich darauf eingelassen hatte. Schnelles Geld, vielleicht. Aber vor allem hatte es wohl daran gelegen, dass es in seinem Leben einfach keine Richtung gegeben hatte.
Er hatte versucht, das Gymnasium zu beenden, hatte es aber nach dem Tod seiner Eltern abgebrochen. Hatte einige Sommer und Winter als Zeitungsjunge ausgehalten, war von der Gemeinde als Laufbursche verwendet worden, dann hatte er ein Jahr lang eine Tischlerausbildung versucht. Barackenleben und Kammern, die nicht größer waren als zu Hause das Plumpsklo auf dem Hofplatz. Interrailtouren und Autofahrten durch Europa. Ida und Hannah, Liebesbeziehungen, die ausgebrannt waren, ehe sie eigentlich als Beziehungen bezeichnet werden konnten. Ein Gefühl, dass er zwar nicht gerade auf der Stelle trat, sondern eher um sich selbst im Kreis lief. Auf irgendeine Weise war er zu praktisch veranlagt gewesen, um die

Schulbank zu drücken. Andererseits hatte er niemals einen Hammer aufheben können, ohne daran zu denken, dass es Bücher gab, die er lesen müsste, Wörter, die er schreiben könnte. Ein Papier, auf das er seinen Namen setzen, das seinem Leben einen ganz neuen Kurs geben könnte. Er hatte es satt, wie der Grindkopf im Märchen zu leben, der immer neue kleine Umwege ging und dann mit einem Fundstück auftauchte, das anderen Menschen als vollständig unbrauchbar erschien. Ja, nur blieb es in Dan Kaspersens Leben eben bei diesen Umwegen. Niemals war eine Prinzessin zu haben, nie ein halbes Königreich.

Die guten Zeiten und die Flauten in der Baubranche schickten ihn immer wieder zurück nach Skogli, und beim letzten dieser Besuche hatte er den LKW-Führerschein gemacht. Hatte gedacht, wenn er über die deutschen Autobahnen donnern könnte, dann würde er einige Schritte vor seiner Ruhelosigkeit liegen.

Nur war er niemals losgekommen, hatte niemals eine Stelle gefunden.

Dann waren die Versuche gefolgt, sich nützlich zu machen und dem Bruder auf dem Hof zu helfen, aber er fand es unerträglich, im Boden zu buddeln. Immer wenn er auf den verdammten Kies und Dreck einhackte, sah er das Gesicht seines Großvaters vor sich. So, als grabe Dan in ihm.

Kristian Thranes Angebot war ihm als Ausweg erschienen. Als Möglichkeit, sich einen eigenen Lastwagen zuzulegen. Als Neuanfang.

Die Heimfahrt verlief problemlos. Beim deutschen und dänischen Zoll wurde er durchgewinkt. Aus Schweden rief er Kristian Thrane an und erfuhr, wo das Hasch abgeliefert werden sollte. Norwegen erreichte er über den alten Kiesweg, auf dem nie kontrolliert wurde, dem Weg, den schon Generationen vor ihm benutzt hatten, wenn ihr Koffer-

raum bei der Rückkehr von Einkaufsfahrten nach Charlottenberg oder Arvika gar zu voll gewesen war.
Dan war vor der stillgelegten Sägemühle in Skogli vorgefahren und hatte nur die USA im Kopf gehabt, einen Traum, in dem er und sein Bruder über irgendeinen Highway bretterten.
Als Dan das Hasch aus dem Auto geräumt hatte und die Päckchen in das alte Bürogebäude trug, war Kristian Thrane nicht allein gewesen. Zusammen mit ihm warteten Rasmussen, Markus Grude und vier weitere Polizisten.
Das Gericht schenkte Kristian Thrane Glauben, als er sagte, Dan sei das Gehirn hinter dem Plan gewesen, Dan habe ihn gezwungen, das Geld dafür seinem Großvater zu stehlen.
Kristian Thrane war mit einer Bewährungsstrafe davongekommen.

Unten auf dem Hofplatz zündete Kristian Thrane sich noch eine Zigarette an und ging fort von der Garage. Dans Waden wurden jetzt taub, und er legte sich anders hin. Zog die Eisenstange unter sich hervor. Sie sah aus wie ein Gewehrlauf. Er legte sie an seine Schulter. Zielte. Kristian Thranes Kopf sah vor der Garagenwand nicht viel größer aus als ein Tennisball. Peng, peng, peng. So einfach wäre das. Dan überlegte sich, wie schwer es eigentlich sein könnte, jemanden zu töten, was es für ein Gefühl wäre, sich am Waldrand zu erheben, während Kristian Thrane verblutend unten auf dem Hofplatz lag.
Plötzlich sah er aus dem Augenwinkel heraus eine Bewegung.
Dan schaute sich um.
Hinter ihm in der Loipe stand ein Skiläufer und starrte ihn an. Jetzt erkannte Dan diesen Jungen. Skoglis größte

Langlaufhoffnung, ein Knabe, dessen Visage während der Wintersaison fast wöchentlich in den Zeitungen aufgetaucht war.

Der Junge zuckte zusammen, als Dan sich umdrehte, und stakste die Loipe hinunter.

»He«, rief Dan, ließ das Eisenrohr fallen und versuchte aufzustehen, doch dabei verfing sein rechter Ski sich im Maschendraht, »he, warte, ich muss mit dir reden!«

Aber der Junge war schon hinter dem Hügelkamm verschwunden, und als Dan sich vom Maschendraht befreit hatte und die Loipe hinunterlaufen konnte, sah er nur noch den Rücken des anderen, der ganz unten zwischen den Kiefernstämmen verschwand. Dan machte oben am Hang einige kräftige Doppelzüge, zog dann den Kopf ein und brauchte die Stöcke nur einige Male, dann war er unten. Als er auf ebenem Boden weiterlief, füllte sein Mund sich mit einem zähen, rostigen Geschmack, und er hatte das Gefühl, eine Rippe gebrochen zu haben. Er zwang sich zum Weitergehen, aber der andere Wagen war verschwunden.

Dan warf die Skier in den Amazon, blieb sitzen und rang bei laufendem Motor um Atem. Bald waren die Fenster innen weiß bereift, und Dan hatte das Gefühl, unter dem Eis zu liegen und zu versuchen, durch die Eisschicht nach oben zu blicken.

Als er zu Hause eintraf, kam noch immer kein Wasser aus dem Hahn. Der Klempner stellte sich erst nach einigen Stunden ein, und inzwischen hatte Dan genug Schnee für zwei Kaffeekessel geschmolzen und überaus gründlich die Zeitung gelesen, ohne etwas Neues über den Überfall zu finden. Er hatte soeben abermals einen Kessel Kaffee aufgesetzt, als die Scheinwerfer eines weiteren Autos über die

Scheunenwand huschten. Markus Grude machte ein verkniffenes Gesicht, als er die Haustür öffnete.
»Meine Wasserleitung ist zugefroren«, sagte Dan, noch ehe der Lensmann ein Wort sagen konnte.
»Wir müssen reden«, sagte Grude.
Dan nickte, um ihn in die Küche zu bitten.
»Kaffee?«, fragte er.
Der Lensmann schüttelte den Kopf und setzte sich in der Ecke an den Küchentisch.
»Was machst du denn wieder für einen Unsinn, Daniel«, fragte er und zog die Mütze ab. Er nahm einen Notizblock aus seiner Tasche und einen Kugelschreiber aus der Tasche vorn an seinem Hemd.
»Wie meinst du das?«, fragte Dan und ließ sich auf der anderen Seite des Tisches nieder. Streckte die Hand nach den Zigaretten aus, ließ sie aber wieder sinken. Wollte seinen Mund nicht noch weiter austrocknen lassen.
»Was in aller Welt hattest du heute oben bei Overaas zu suchen?«
»Ich war heute nicht in Overaas«, sagte Dan und starrte vor sich hin.
»Du bist gesehen worden, und ich habe nicht in gesagt, sondern bei.«
»Ich hab nur eine Skiwanderung gemacht, du weißt doch, dass die Loipen da oben am Hof vorbeiführen.«
»Und dann bist du gestürzt?«
»Nein, ich konnte mich auf den Beinen halten«, sagte Dan und versuchte, die Lippen zu einem Lächeln zu öffnen.
»Warum hast du dann da oben im Schnee gelegen?«
Dan zuckte mit den Schultern.
»Du hast mit einem Gewehr auf Kristian Thrane gezielt.«
»Das war kein Gewehr, das war ein Eisenrohr, das ich gelockert habe, als ich über den Zaun gestiegen bin.«

»Ein Eisenrohr?«
»Sieh doch einfach nach. Es liegt noch immer da oben im Schnee.«
»Warum hast du mit einem Eisenrohr auf Kristian Thrane gezielt?«
»Ehrlich gesagt, ich weiß es nicht. Das ist einfach so passiert.«
Sie konnten hören, wie der Klempner unten im Keller gegen die Leitungen hämmerte.
Markus Grude holte Luft. Er hatte noch immer nichts notiert.
»Ich glaube, ich trinke doch eine«, sagte er.
Dan siebte Kaffee durch und stellte ihm die Tasse hin.
»Weißt du noch, dass wir uns vor ein paar Tagen unterhalten haben?«, fragte der Lensmann und blies in seine Tasse.
Dan nickte.
»Haben wir nicht darüber geredet, dass man unter manches einen Strich ziehen sollte?«
»Doch.«
»Warum spionierst du dann hinter Kristian Thrane her und rufst dort an, ohne etwas zu sagen?«
Dan hatte gerade erst den Mund aufgemacht, da fügte der Lensmann noch hinzu:
»Versuch gar nicht erst, das abzustreiten, Daniel, sie haben so ein Display am Telefon, das zeigt, wer da anruft.«
»Ich wollte doch gar nicht Kristian Thrane anrufen, sondern seine Schwester«, sagte Dan und tunkte ein Stück Zucker in seinen Kaffee.
»Kristine. Wieso das?«
»Ich will mit ihr über Jakob sprechen.«
Markus Grude stellte die Tasse so heftig hin, dass die Untertasse klirrte.
»Das weißt du jetzt also?«

»Ja«, sagte Dan.
»Deshalb habe ich dir nichts gesagt. Ich wusste doch, dass du dann herumschnüffeln würdest, dass du versuchen würdest, sie unter Druck zu setzen.«
»Findest du das komisch?«
»Alle in Skogli wissen, wie sehr ihr aneinander gehangen habt, du und Jakob. Aber so wenig, wie irgendwer dich gezwungen hat, zwei Kilo Hasch aus den Niederlanden zu schmuggeln, so wenig ist dein Bruder dazu gezwungen worden, Selbstmord zu begehen. Das ist sinnlos, unverständlich und noch ein ganzer Haufen Wörter mit ähnlicher Bedeutung, aber es ist passiert, und niemandem kann deshalb irgendein Vorwurf gemacht werden. Find dich damit ab, wisch dir den Staub von den Knien und versuch, mit deinem Leben weiterzukommen.«
Markus Grude stand auf und stopfte Notizblock und Kugelschreiber in seine Hemdtasche. Ging schon auf die Haustür zu, blieb auf der Schwelle aber noch einmal stehen.
»Lass los, Daniel. Lass endlich los.«
Öffnete die Tür, steckte den Kopf hinaus und drehte sich ein letztes Mal um.
»Das wird noch ein verdammt kalter Winter.« Damit war er verschwunden.

Nachdem der Klempner seine Sachen zusammengepackt hatte und verschwunden war, erledigte Dan den Abwasch, der sich seit seiner Rückkehr angesammelt hatte, und füllte den Holzkasten auf dem Gang. Legte sich einen Zettel auf den Küchentisch, der ihn daran erinnern sollte, den Ruß zu entfernen, ehe er am nächsten Morgen in den Öfen Feuer machte. Dann ging er mit der letzten Camel-Packung hinaus auf die Treppe. Eine Sternschnuppe funkelte über dem Scheunendach, aber er wusste nicht, was er sich wünschen sollte. Nicht jetzt. Er dachte an die Nächte in der Stadt, wie ungewohnt es gewesen war, nach Hause zu gehen, während die Sterne nur welk am Himmel hingen. Im Gefängnis hatte es über seinem Leben überhaupt keinen Himmel gegeben. Er steckte sich mit der Kippe der letzten eine weitere Zigarette an. Dachte an ein Bild im Gebetbuch der Mutter. Ein Bild von Jesus, von dem sie behauptete, er habe sich während des Sechstagekrieges den Israelis zwischen den Sternen offenbart. Er musterte das Gewölbe über sich und ließ seinen Blick von Norden nach Süden wandern, von Osten nach Westen, aber er konnte nichts entdecken, was ihn an das Gesicht des Nazareners erinnert hätte. Doch dieses viele Knirschen, Funkeln und Glitzern gab ihm dasselbe Gefühl wie damals, als er sein Abendgebet gebetet und Gottes Nähe wie eine Hand in seinem Rücken wahrgenommen hatte. Er schaute auf die Uhr. Im Gefängnis Ullersmo wurden die Leute jetzt in ihre Zellen eingeschlossen, und im Kreisgefängnis in Kongsvinger säße er jetzt schon seit Stunden in der Zelle, mit nur einem Eimer für seine Notdurft mitten auf dem Boden. Er faltete die Hände und wünschte sich im Nachhinein etwas.

5

Jakobs Beerdigung lag eine Woche zurück, und Kongsvinger hatte eine weihnachtliche Schlagseite. Unter den Torbögen der alten Brücke hingen Pappglocken wie verblichene Tierschädel, während hellgrüne Plastiktannenzweige und in drei Farbtönen blinkende Glühbirnen mit dem Brückengewölbe verflochten waren. Der Weihnachtsbaum auf dem Markt war fast ebenso hoch wie das Rathaus, die Holzfiguren vor dem irischen Pub waren mit Mistelzweigen geschmückt, und jede hatte in ihrem Guinnessglas eine Ährengarbe für die Vögel. Im Einkaufszentrum wurde die Kundschaft von einem mechanischen Weihnachtsmann begrüßt, der in sieben Sprachen fröhliche Weihnachten wünschte, und noch ehe Dan sich Zeitungen, eine Tüte Gummibärchen und einige Marzipanschweine gekauft hatte, wurde er von zwei weiteren Weihnachtsmännern überfallen, diesmal aber lebendigen, wenn er das richtig verstanden hatte.

Im Foyer des Altersheims oder des Wohn- und Servicecenters, wie es nun hieß, war ebenfalls alles weihnachtlich geschmückt. Aber der Weihnachtsbaum war von der eher bescheidenen Sorte, und kein Weihnachtsmann sprach Dan auf Spanisch oder Italienisch an.

Dan erkundigte sich in der Rezeption, fuhr mit dem Fahrstuhl in den dritten Stock und klopfte energisch an die Tür von 311. Keine Antwort.

Er klopfte noch lauter.

»Ist offen. Ich hab die Stelzen nicht an«, brummte eine Stimme.
Dan schob die Tür auf und zögerte einen Moment, als sich die warme Luft wie ein Lappen über sein Gesicht legte. Als er die Tür dann zuzog, fing seine Haut an zu jucken, und er streifte Jacke und Pullover ab, noch ehe er einen Gruß geäußert hatte.
»Feuchte Hölle, bist du krank?«, fragte Rein Kaspersen und versuchte, sich in der Ecke des Bettes bequemer hinzusetzen.
»Nein, noch nicht, aber zwischen draußen und drinnen sind sicher fünfzig Grad Unterschied.«
Seine Kopfhaut juckte, und er hatte das Gefühl, viel zu plötzlich aufgestanden zu sein.
»Ja, Scheiß drauf, an solchen Tagen kann ich es nicht warm genug haben. Ich bring's nicht über mich, die Stelzen noch mal anzuziehen. Ich hab das Gefühl, dass ich meine Waden noch immer spüre, als wären sie mit Stahldraht umwickelt.«
Die Stelzen des Onkels lehnten an der Bettkante, und Dan ging auf, dass das, was einen Mann zum Mann macht, unmöglich in den Beinen stecken kann. Der Onkel wirkte durchaus nicht halbiert, als er dort auf der Decke saß und die Hosenbeine von den Beinstümpfen hingen. Rein Kaspersen war immer ein großer, kräftiger Mann gewesen, und er war noch immer massiv, nichts an ihm wirkte auf irgendeine Weise eingesunken. Wie immer trug er ein Hawaiihemd, das er über eine leicht vergilbte lange Unterhose gezogen hatte. Das tätowierte Herz auf seinem rechten Handrücken war seit Dans letztem Besuch noch mehr verblasst, es war fast unmöglich, die Inschrift »Unterwegs« zu lesen. Seine Locken hätten geschnitten werden müssen und wogten ungebärdig über seine Ohren.

Dan legte Zeitungen und Süßigkeiten auf das Bett, aber die Miene seines Onkels veränderte sich nicht. Der Anblick seines Neffen schien ihn weder froh noch traurig zu stimmen. Als Dan bei der Beerdigung seinen Blick aufgefangen hatte, hatten diese Augen an zwei Tintenflecke erinnert.
Dan räusperte sich, überlegte, was er sagen könnte, musste aber darüber nachdenken, wie der Onkel wohl über ihn dachte. »Ich konnte die Beerdigung nicht mehr ertragen«, sagte er und ärgerte sich sofort. Er war nicht hergekommen, um seine Sünden zu bereuen, er wollte nicht um Vergebung bitten, hatte nicht vor, die Toten zu erwecken.
»Du hast immer das getan, was du wolltest, Daniel. Weißt du, fast hätten wir den Küster bitten müssen, beim Sargtragen zu helfen.«
Dan sagte nichts, kam sich aber vor wie ein Brunnen, ein Brunnen, in den ein Stein geworfen worden ist.
»Als du und dein Bruder klein wart, hast du dich nie wie ein Kind verhalten, sondern immer wie ein kleiner Erwachsener. Und so hast du weitergemacht. Jakob hat schwer in seinen Spuren gestanden, vielleicht zu schwer, aber du hast fast gar keine Spur hinterlassen, jedenfalls keine Spur, die von irgendeiner Bedeutung wäre.«
Dan schaute zum Fenster hinüber. Es freute ihn, dass der Onkel diese Aussicht hatte, dass er die Jahreszeiten verfolgen konnte. Er konnte sehen, wann die Glomma schwanger und flutschwer war, um dann einzusinken und ihre Sandbänke zu zeigen, so wie jetzt: ein grauer Eisbuckel mitten im Tal.
»Als Seemann möchte ich dich etwas fragen«, sagte der Onkel.
Dan nickte.
»Weißt du, was Kolumbus als Einziges entdeckt hat?«
»Amerika?«

»Dass er sich verirrt hatte«, sagte Rein Kaspersen, und wieder schwamm sein Blick in Tinte.
»Ich verstehe, was du meinst«, sagte Dan. »Deshalb ist es so seltsam, dass ich jetzt hier sitze, während Jakob in dieses Loch gestopft worden ist. Jakob wusste zumindest immer, wohin er nicht unterwegs war.«
Dan schenkte sich aus einer Glaskanne auf dem Tisch Saft ein und leerte den Plastikbecher in zwei Zügen.
»Weißt du, was noch komisch ist?«
Der Onkel schüttelte den Kopf.
»Nachdem unsere Eltern tot waren, habe ich immer ins Abendgebet die Bitte aufgenommen, dass ich nicht vor Jakob sterben müsste.«
Dann schaute Dan wieder aus dem Fenster.
»Daniel, es war leicht, so zu empfinden, wenn es um Jakob ging, er war eben behäbiger und machte alles gründlich. Aber dein Bruder war kein Trottel. Er war kein einfältiger Ochse, vergiss das nicht. Denk doch jetzt an dich. Manchmal ist es leichter, sich um andere zu kümmern, als etwas mit sich selbst anzufangen.«
»Das weiß ich doch«, sagte Dan und dachte an den Onkel im Anzug und mit Beinen. Wie er sich nach dem Tod der Eltern um Jakob und ihn gekümmert hatte. Dan war eben mündig geworden, Jakob fehlten dazu noch zwei Jahre. Das Jugendamt sprach damals davon, den Bruder in ein Pflegeheim zu geben, aber der Onkel war ins Trockendock gegangen und hatte sich als so beredt entpuppt, wie das ein Predigersohn nur sein kann. Rein argumentierte damit, dass es wichtig für die beiden Brüder sei, zusammen sein zu können, und dass Dan nie im Leben mit in ein Pflegeheim gehen würde. Der Onkel war einigermaßen trocken geblieben, bis Jakob alt genug geworden war, um seinen Stimmzettel in die Wahlurne im Bürgerhaus zu stecken. Dann

hatte das Meer sich Rein Kaspersen wieder gekrallt, aber abgesehen von der Strecke zwischen den Tresen der Stadt war er nicht mehr viel gesegelt.

Eines Abends hatte er mit der Bahn nach Skogli fahren wollen und war mit einem Frauenzimmer zusammen gewesen, das »Das« genannt wurde, nachdem aus Gunnar ganz amtlich eine Gunn geworden war. Während die beiden auf dem Bahnsteig warteten, hatten sie sich gestritten, und im Nachhinein hatte niemand mehr so recht gewusst, was eigentlich geschehen war. Die einen meinten, Das habe den Onkel geschubst, die anderen, Das habe versucht, ihm nach seinem Sturz wieder auf die Beine zu helfen. Jetzt war es vierzehn oder fünfzehn Jahre her, dass der Onkel endgültig an Land hatte gehen müssen.

Ins Altersheim war er aber erst kurz vor Dans Haftantritt gezogen, und in seinen Briefen hatte Jakob berichtet, alles sei mehr oder weniger beim Alten, der Onkel esse jedoch jetzt Gummibärchen, statt zu trinken, und fluche mehr, als er lächele.

»Hat Jakob dich oft besucht?«, fragte Dan.

»So ungefähr alle zwei Tage.«

»Ganz allein?«

»Ja. Er hat nie irgendwen mitgebracht, aber den Ring an seinem Finger hab ich natürlich gesehen. Meine Güte, was für eine Vorstellung, Brüderchen Kaspersen mit Heiratsgold.«

»Und?«

»Er wollte nicht verraten, wer es war, aber er hat gesagt, ich würde das Mädel bald kennenlernen.«

»Ja?«

»Und dann war der Ring eines Tages verschwunden. Ich fragte und fragte, aber er wollte nicht raus mit der Sprache. Sagte nur, das sei nicht der Rede wert.«

»Und in welcher Stimmung war Jakob dabei?«
»Eigentlich wie immer, nur hat er sich so gut wie nie mehr hingesetzt, wenn er zu Besuch kam. Dein Bruder hat mich an die Jungs von früher erinnert, wenn sie zu lange draußen gewesen waren.«
»Draußen?«
»Ja, auf See – ohne an Land gewesen zu sein. Ruhelos.«
»Wann hast du Jakob das letzte Mal gesehen?«
»Am selben Abend – oder am Tag davor, kommt drauf an, wann er es gemacht hat. Er hat hereingeschaut, um mich für den Heiligen Abend einzuladen.«
»Weißt du«, begann Dan, aber er hatte nicht genug Luft in der Lunge, um den Satz zu beenden.
»Feuchte Hölle, nein«, sagte der Onkel. »Ich hab keine Ahnung, aber in den ersten Jahren, nachdem ich meine Beine verloren hatte, gab es nicht einen Tag, an dem ich nicht daran gedacht hätte, mir das Leben zu nehmen. Und dann, plötzlich – es war nichts Besonderes passiert, ich war auch nicht glücklicher geworden – beschloss ich, dass ich jetzt genug Zeit mit Sterben verbracht hätte. Vielleicht kann das auch umgekehrt so gehen? Ich weiß es nicht, Daniel, ich habe keine Ahnung.«
Daniel goss sich wieder Saft in den Plastikbecher.
»Kein Mensch wird je feststellen können, warum, aber weißt du, was ich glaube?«
Dan schüttelte den Kopf.
»Dass du Angst hast, dass es mit dir zusammenhing.«
Dan zuckte mit den Schultern.
»Dein Bruder war geschockt, als er von deiner Verhaftung gehört hat, aber er hat dich verteidigt. Hat gesagt, du hättest immer schon alles gemacht, ohne es dir vorher zu überlegen. In letzter Zeit hat er oft erwähnt, dass du deine Strafe bald abgesessen hättest.«

Jemand vom Personal schaute herein und fragte, ob sie Kaffee wollten. Beide nickten.
Dan hatte das Gefühl, dass sein Gürtel enger gezogen wurde, Loch um Loch, und am Ende konnte er nur noch kurz und abgehackt Atem holen.
Wieder wurde die Tür geöffnet, und vor Dan wurden eine Kaffeetasse und eine Untertasse mit Weihnachtsplätzchen hingestellt. Dem Onkel wurde das Gleiche auf einem vor das Bett gezogenen Klapptisch serviert.
»Weißt du noch, wann es zuletzt so kalt war?«, fragte Dan.
»Himmel, nein, das hab ich wohl verdrängt«, sagte der Onkel, und zum ersten Mal in diesem Gespräch huschte der Schatten eines Lächelns über sein Gesicht. »Das hab ich nun davon, dass ich mich so geziert habe.«
»Wie meinst du das?«, fragte Dan.
»Eigentlich hätte ich eine gewisse Lulu heiraten und mit Beinen und allem in Las Vegas wohnen können.«
»Aber?«
»Na ja, ich weiß nicht, ob es da überhaupt ein Aber gibt. Ich war einfach noch nicht bereit, mich zu binden, sagt man das nicht so?«
»Wie alt warst du denn?«
»Fünfundvierzig«, sagte der Onkel, und Dan musste dermaßen lachen, dass ihm der Kaffee in die Nase stieg und ein heftiger Hustenanfall ihm fast den Atem verschlagen hätte.
»Reiß du nur nicht den Schnabel auf«, sagte der Onkel. »Frauengeschichten sind zu ernst, um darüber zu lachen.«
Und Dan lachte nur noch mehr, bis er die Kaffeetasse wegstellen und sich darauf konzentrieren musste, ganz ruhig und durch die Nase zu atmen.
»Verzeihung, Verzeihung, Verzeihung, Frauenprobleme sind überaus ernst«, sagte Dan und hob beide Hände über den Kopf.

»Aber hör mal«, sagte der Onkel und beugte sich auf dem Bett vor. »Du hast nicht zufällig einen Aufmunterer bei dir?«

»Jakob hat gesagt, du hättest damit aufgehört«, sagte Dan und wischte sich Kaffee aus dem Gesicht.

»Da hat Jakob sich geirrt. Das Problem ist nicht die Lust, sondern der Zugang. Dein Bruder hat mich in den letzten Jahren mit Kinderstundenknabbereien gefüttert.«

»Das hatte ich mir schon gedacht«, sagte Dan, griff nach seiner Jacke und zog den Reißverschluss der Innentasche auf. Stellte die Flasche Koskenkorva auf den Tisch.

»Kaffee oder Saft?«, fragte er.

»Kaffee«, sagte der Onkel, »aber hilf mir mit den Stelzen, ich trinke nicht so gern ohne Beine.«

Dan schob die Beinstummel des Onkels in die Prothesen und holte dessen Tasse. Dann saßen sie einander gegenüber in den Sesseln vor dem Fenster. Der Onkel nahm einen langen Zug direkt aus der Flasche, dann gab er einen guten Schuss in seinen Kaffee. Seine blauen Augen verwandelten sich in zwei Salzseen.

»Ich war fünfzehn, als ich mich zum ersten Mal voll geschüttet habe, dein Vater war bei seinem letzten Mal sechzehn, Himmel hilf, Prost«, sagte Rein, und der Wodka schien sich über seine Stimmbänder zu legen und seine Stimme jünger werden zu lassen.

Dan nickte. Zu Lebzeiten ihrer Eltern war niemals Alkohol im Haus gewesen, und Dan erinnerte sich daran, wie der Vater bei einer Zeltmission von der Kanzel aus eine Flasche Bier ausgeleert hatte.

»So«, hatte der Vater gerufen. »So kann die Seele eines Menschen vergehen.« Dann hatte er die leere Flasche am Hals gepackt und sie gegen die Kanzel geschlagen. »Und so«, hatte er dann gesagt, jetzt mit rauer, brüchiger Stimme, während die festlich gekleideten Pfingstkirchler in der ersten Reihe sich Glasscherben aus den Haaren gefischt hatten, »so kann sie gerettet werden.«

Dan konnte sich nicht mehr genau erinnern, wann er sich zum ersten Mal richtig betrunken hatte, aber er und Jakob hatten jedenfalls auf dem Rücksitz irgendeines Autos gesessen, jeder mit einem Sechserpack lauwarmen Bieres. Der Bruder hing aus dem Fenster und verzierte den Wagen von außen mit Pizzaresten und halb verdautem Tuborg, während Dan sich nicht mit Hängen begnügte. Als der Wagen plötzlich an der Badestelle hielt, wo sie sich im Sommer immer alle trafen, fiel er aus dem Fenster hinaus und badete danach in einer Lache aus Bier, Sand und Kotze. Danach hatte er sich an Wodka gehalten, aber Alkohol hatte für ihn noch immer etwas Freudloses. Die Kumpels wurden davon munter, albern und aufdringlich, während Dan sich zumeist in eine düstere Ecke seines Inneren trank. Bei seinen ersten Versuchen mit Hasch war er dagegen nicht gesunken. Das Lächeln hatte nicht mehr wie ein straffes Gummiband sein Gesicht umspannt, und die Gespräche flossen plötzlich locker dahin, die Wörter kamen nicht länger stoßweise und wie Morsezeichen. In Ullersmo hatte es reichlich von jeder Sorte Drogen gegeben, aber Dan hatte die Hand auf die Bibel gelegt, geschworen, das Gefängnis so schnell wie möglich wieder zu verlassen, und wenn er erst einmal draußen wäre, niemals wieder zurückzukehren.

»Kannst die Augen auch gleich ganz zumachen«, sagte der Onkel und knallte seine leere Tasse auf den Teller.

»Hä«, fragte Dan und riss seinen Blick von dem wie lackiert glänzenden Kaffee los.

»Du schläfst doch mit offenen Augen.«

»Tut mir leid«, sagte Dan. »Meine Gedanken sind mit mir weggelaufen.«
»Denk nicht, hol lieber vom Wagen draußen auf dem Gang mehr Kaffee, dann trinken wir noch einen Schluck.«
Dan erhob sich ein wenig zu plötzlich und musste einen Schritt zur Seite machen, ehe er die Tür anpeilen konnte. Der Kaffeewagen stand ungefähr in der Mitte des Ganges, neben dem Gehgerät eines Mannes mit Apostelgesicht und grauem Kinnbart.
»Ich nehm mir noch ein bisschen«, sagte Dan, als er den Wagen erreicht hatte. Der Mann gab keine Antwort, er starrte ihn nur mit müdem Blick an. Die Kaffeekanne seufzte tief, als er den Deckel aufdrehte, und Dan füllte rasch die Tassen, ohne den Mann anzusehen. Er hoffte bei Gott, dass er niemals an einem solchen Ort landen würde. Ein Stich bohrte sich in sein Zwerchfell, ein Messer wurde umgedreht. Der Onkel hatte sich immerhin um Jakob und ihn gekümmert. Und der Dank? Gratis Schlaftabletten, Kaffee auf einem Wagen und ein Zimmer mit Blick auf die Glomma.
»Ist dir eine Verflossene begegnet?«, fragte der Onkel, als die Tür hinter Dan ins Schloss fiel.
»Wie meinst du das?«
»Du siehst so verdammt ernst aus.«
»Hier ist dein Kaffee«, sagte Dan, und der Onkel wiederholte sein Ritual, erst einen energischen Zug aus der Flasche, dann Wodka in die Tasse.
»Weißt du, so schlimm ist es hier nun auch wieder nicht«, sagte der Onkel und fuhr sich mit der Hand über die Stirn, als könne er damit die letzten Jahre aus seinem Leben streichen.
»Das ist gut«, sagte Dan.
»Ja, das ist es wohl. Meine Güte, wenn ich beide Beine noch

hätte, dann würde ich damit vor allem wohl aus Löchern kriechen. Darum geht es doch jetzt, Daniel. Was früher war, ist jetzt nicht mehr.«

»Das klingt nebulös.«

»Das ist nebulös. Feuchte Hölle, Dan, ich war immer schon nebulös. Ich bin jetzt scheißnebulös.« Der Onkel knallte wieder die leere Tasse auf die Untertasse. »Die Wahrheit ist, dass ich nie irgendeinen Ort hatte, wo ich sein konnte. Dein Vater hatte seine Berufung und fuhr den Rest seines Lebens mit Autopilot. Als ich vor den Zug gefallen bin, hatte ich noch immer nicht den Kompass aus der Hosentasche gezogen. Und so ist es doch auch bei dir, nicht wahr? Du läufst auch die ganze Zeit zum Bahnhof und wieder zurück.«

Dan nickte.

»Und was hast du jetzt vor?«

»Ich weiß nicht, das Haus verkaufen, nach Thailand ziehen. Ich hab noch nicht viel Zeit gehabt, mir das zu überlegen.«

»Dann lass es, hol lieber noch mal Kaffee«, sagte der Onkel.

»Ganz ruhig, ich hab an meinem ja kaum genippt«, sagte Dan, und plötzlich fiel ihm ein, dass er mit dem Auto gekommen war und dass er die Tasse deshalb gar nicht leeren dürfte. Er trank noch einen Schluck. Sah vor sich eine Fahrrinne draußen auf einem See, Steine, die über das Eis glitten, Steine, die die ganze Zeit an dem schwarzen Loch vorbeiglitten, bis endlich einer traf.

Der Onkel goss Wodka in seine Tasse und mischte ihn diesmal mit Saft. Draußen franste der Tag so langsam aus. Dan ließ sich im Sessel zurücksinken, er konnte gerade noch die Flasche an sich reißen, als die Tür geöffnet wurde.

»Noch mehr Kaffee, ehe wir den Wagen wegfahren?«, fragte dieselbe Frau wie vorhin.

»Mmh«, sagte Dan und legte die Hand auf seine Tasse.
»Mm«, sagte der Onkel und nickte.
Die Frau füllte die Tasse des Onkels und hielt vor Dan die Kanne hoch.
»Sicher?«, fragte sie.
Dan nickte.
Sie wollte schon gehen, blieb in der halb geöffneten Tür dann aber stehen.
»Was riecht denn hier so?«
»Tigerbalsam«, sagte der Onkel und klopfte auf seine Stelzen.
»Na gut.« Sie lächelte und ließ die Tür zufallen.
»Ahoy and there she blows«, rief der Onkel und ließ ein brüchiges Blasebalglachen hören, so dass Dan schon sicher war, dass die Tür gleich wieder aufgerissen werden würde.
»Jetzt hast du wieder diese Maske aufgesetzt«, sagte der Onkel. »Wieso denn eigentlich? Du sitzt nicht mehr im Käfig und kannst alle Frauenzimmer haben, die du willst. Wann glaubst du, dass ich zuletzt ein Frauenzimmer hatte?«
Dan zuckte mit den Schultern, versuchte zu lächeln.
»Nein, ich weiß es auch nicht mehr«, grölte der Onkel, goss mehr Wodka in beide Tassen. Und damit war die Sache ins Rollen gekommen.

6

Der Rest des Tages war ein mieser Film mit elender Beleuchtung, Handkamera und fragmentarischer Handlung. Dan konnte sich an mehrere Schnäpse in einer Kneipe erinnern, ja, er konnte sogar ein Bier hinunterwürgen, das ihm jemand ausgab, dann wechselte ein Zweihunderter den Besitzer, und er wurde im Amazon nach Skogli gefahren. Unterwegs war er offenbar eingeschlafen, denn als Nächstes wusste er dann wieder, dass er zur Tür des Bürgerhauses hineintorkelte, sich Stufe für Stufe die Treppe hinunterließ und den Kopf in die Kloschüssel steckte. Danach blieb er mit dem Gesicht unter dem Wasserhahn stehen, bis das Rauschen in seinen Ohren verstummt war, aber noch immer kam er sich vor wie die Luftblase in einer Wasserwaage. Es hatte das Gefühl zu schwappen, wenn er einen Schritt machte, und er brauchte die Wand, um nicht dauernd kleine Stützschritte einlegen zu müssen. Am Tresen bat er um Kaffee, blieb dort stehen und sah sich die Band an. Sechs Typen in blauen Seidenhemden mit Zipfelkragen und eine Sängerin mit Minirock und langen schwarzen Haaren, die ihr bis zum Hintern fielen. Irgendwann hatte er solche Tanzbands gern gehört. Jetzt blieb er einfach auf den Tresen gestützt stehen und sah sich die tanzenden Paare an. Fast alles vertraute Gesichter. Einige waren seit der Grundschule zusammen, aber es gab auch neue Paarläufe. Nach dem letzten Weihnachtsfest im Dorf hatte Jakob geschrieben, im Grunde sei alles unverändert, nur hätten zwei Frauen an anderen Stellen gesessen als im Jahr davor. Meistens merkte man daran, dass in Skogli eine Scheidung vorgekommen war; beim alljährlichen Weihnachtsfest setzte die Frau sich dann an einen anderen Platz.

Auf der Tanzfläche sah Dan mehrere Unbekannte. Er ging davon aus, dass sie aus Kongsvinger kamen. Sicher Leute, die das Fieberlicht in den Discos der Stadt satt hatten oder denen die großen Tanzrestaurants zu sehr vorkamen wie die Fähre nach Dänemark. Ihm fiel ein Zeitungsartikel ein, den der Onkel ihm gezeigt hatte. Ein Interview aus Anlass des 60. Geburtstags des damaligen Gemeindepastors. Der Artikel stammte aus dem Jahre 1975, und der Pastor hatte erklärt, die Leute aus Skogli würden niemals fleißige Kirchgänger werden, dazu hätten sie zu viel vom Rauschen und vom Gesang des Waldes im Blut. Noch immer sahen viele aus der Stadt die Wäldler an, als wären sie gerade erst von den Bäumen heruntergeklettert. Dan bildete sich ein, dass etliche Leute aus Kongsvinger heute Abend hier eine mit Angst gemischte Freude empfanden darüber, dass sie mitten im Wald ein Fest besuchten. Tatsache war, dass aus Leuten, die aus Skogli kamen, heutzutage Zahnärzte, Politessen, Systemprogrammierer und Ingenieure wurden.

Dan bat um noch einen Kaffee, seine Beine trugen ihn jetzt, seine Haut saß nicht mehr so eng um seinen Schädel. Er konnte gerade einen Schluck trinken, da schlug ihm ein heftiger Stoß gegen den Rücken die Tasse aus der Hand, und der heiße Kaffee ergoss sich über seinen Arm und seine Hose.

»He«, setzte er an und fuhr herum. Kristian Thranes Gesicht sah aus, als sei ihm in jeden Mundwinkel ein Angelhaken gebohrt worden. Die weizenblonden Haare waren seit ihrer letzten Begegnung fast bis auf die Kopfhaut geschoren worden, ansonsten war alles beim Alten. Die Augen leuchteten wie ein Johannishimmel, der nie eine Wolke gesehen hat, und dieses durchdringende Blau mitten im Gesicht hatte ihn immer wie einen Mann ohne Geheimnisse wirken lassen. Seine Züge waren klar und gleichmäßig, und an einem anderen Ort, in einem anderen Leben, hätte Kristian Thrane möglicherweise von seinem Gesicht leben können.

»Ach, tut mir leid, ich hab dich gar nicht gesehen. Verzeihung, wirklich, Danny.« Kristian Thrane packte Dans Hand, noch ehe der reagieren konnte. Dans Hand brannte nach der Kaffeedusche, Kristian Thrane drückte zu, und mitten in der Bewegung zog Dan seine Hand zurück.

»Versager. Für die Sache mit meinem Opa werden sie dich kreuzigen. Ich weiß, dass du auf der Wache warst. Du hast schon wieder verschissen«, flüsterte Kristian Thrane Dan ins Ohr, und laut sagte er: »Traurig, das mit Jakob. Er war ein feiner Bursche. Einer von den Besten. Sein Tod ist ein Verlust für das ganze Dorf.«

Die Band legte eine Pause ein, und alles drängte sich vor dem Tresen. Dan spürte zwei Augen, die sich in seine Haut einbrannten. Er trat einen Schritt zurück. Kristian Thrane trampelte ihm auf den Fuß. Dan ballte die Fäuste, spürte, wie diese Bewegung in seinen Fußballen einsetzte.

»Komm«, sagte eine Frau, die plötzlich neben ihm stand. »Ich muss dir etwas zeigen.« Sie zog ihn so energisch am Arm, dass er einen Doppelschritt einlegen musste, um nicht zu fallen. Erst nach einigen Sekunden konnte sein benebeltes Gehirn Namen und Gesicht miteinander in Verbindung bringen. Mona Steinmyra hatte ihre rote Mähne unter einer weißen Strickmütze versteckt, aber sie war genauso hübsch wie bei ihrer ersten Begegnung.

»Jetzt siehst du aus wie eine Pfingstlerin«, sagte Dan und

gab sich alle Mühe, langsam zu sprechen, alle Mühe, deutlich zu sprechen.

»Wie meinst du das?«, fragte Mona und lachte unsicher.

»Mit so einer Mütze hätte meine Mutter zur Andacht gehen können.«

»Ist das ein Kompliment? Ich hab's nicht mehr geschafft, mir die Haare zu waschen«, sagte Mona und hatte beim Lächeln Eskimoaugen. Hinten beim Tresen stand Kristian Thrane und sprach mit zwei Typen in seinem Alter. Er nickte zu Mona und Dan hinüber.

»Vergiss die doch einfach«, sagte sie und legte ihm die Hand auf den Arm.

»Mit wem ist er da zusammen?«

»Die kommen aus Oslo und sind einfach so in Overaas aufgetaucht.«

»Und Kristine?«

»Die hab ich heute Abend noch nicht gesehen. Komm, wir suchen uns einen Tisch.« Sie nahm seine Hand.

Gleich unter einem Fenster gab es freie Plätze. Die Tische waren mit roten Papierdecken, Teelichtern und Weihnachtssternen aus Plastik dekoriert. Unter der Decke hingen mit bunten Körbchen und Glaskugeln geschmückte Girlanden. Die Fahne des Heimatvereins, die sonst über der Bühne hing, war einem riesigen Flickenteppich gewichen, der eine Art Weihnachtsbaum zeigte. Dan und Mona setzten sich einander gegenüber an den Tisch.

»Und dein Bruder, ist er mit dem Wagen zufrieden?«, fragte Dan. Seine Zunge war steif, als wäre er eben aus einer Narkose erwacht.

»Er hat sich jedenfalls nicht beklagt.«

Wieder dieses Lächeln, das ihre Augen zu Schlitzen machte. Dan fragte sich, ob er sich ein Bier oder noch einen Kaffee holen sollte, in den er dann einen Schuss aus seiner

Jackentasche geben könnte. Es wäre ebenso übel, so früh am Abend schon mit dem Ausnüchtern anzufangen, wie unter Nüchternen der einzige Betrunkene zu sein. Er hatte aber auch Angst, der Aufprall könnte zu hart sein, wenn er zum zweiten Mal an diesem Tag den Kopf in den Nebel schöbe.

»Du bist ja nicht gerade gesprächig, du«, sagte sie und hielt seinen Blick auf eine Weise fest, bei der er sich schuldig fühlte.

»Doch, na ja.« Dan lächelte, aber sie hatte Recht, natürlich hatte sie Recht. Es brauchte seine Zeit, seine Worte nicht mehr abzuwägen, weil jedes Gespräch abgehört werden konnte. Es brauchte seine Zeit, sich daran zu gewöhnen, dass man eine Wahl hatte, wenn man mit jemandem sprach, ein Gespräch nicht zu führen, weil er das musste, sondern weil er das konnte. Er wollte wirklich nicht weg hier, wollte durchaus nicht anderswo sein, aber es war schon seltsam, endlich wieder bei einem Menschen zu sitzen, bei dem er sitzen wollte, und dann so wenig zu sagen zu haben.

»Ich war immer auf Jakob und dich eifersüchtig, als ich klein war«, sagte Mona.

Eifersüchtig, dachte Dan. Klein. Er sagte:

»Wie meinst du das?«

»Mein Bruder wollte nie mit mir spielen, weil ich ein Mädchen war. Aber ihr wart immer zusammen. Ich hab mir vorgestellt, ihr hättet gegenseitig eure Sätze fertig gesprochen, so wie Tick, Trick und Track. Eine Zeit lang hab ich euch für Zwillinge gehalten.«

»Zwillinge?«, fragte Dan.

»Ja, ich weiß, das hört sich blöd an. Wenn ich heute ein Kinderbild von dir und deinem Bruder sähe, dann würde ich sicher lachen und nicht begreifen, warum ich euch so ähnlich gefunden habe. Aber manchmal war es schwer zu wissen, wo der eine aufhörte und der andere anfing. Du und Jakob, ihr wart Landmarken füreinander. Wenn man den einen sah, brauchte man nur ein wenig nach rechts oder nach links zu schauen, und schon sah man auch den anderen. Und das fand ich schön. Das war etwas ganz Besonderes.«

Dan hatte die Lage nicht mehr im Griff. Er hätte sich ein Bier holen müssen. Schwarzgebrannten aus der Flasche schlürfen. Sich stumm saufen. Sich wieder in die Nebelbank fallen lassen.

»Schön. Etwas Besonderes. An uns gab es nichts Besonderes, außer dass wir zwei Brüder waren.«

Dan versetzte dem Tischbein einen Tritt, und ein halb volles Halbliterglas kippte um und zerbrach auf dem Boden. Das bereute er sofort. Ihr Gesicht erinnerte ihn immer an irgendein Wetter, jetzt erinnerten ihre Augen ihn an zwei kalbende Eisberge.

»Verzeihung«, sagte sie und ließ ihren Blick zu ihrer Tasche auf dem Stuhl neben ihrem wandern. »Ich werde nicht mehr über deinen Bruder reden.«

Ehe sie aufstehen und Dan antworten konnte, stand Kristian Thrane am Tischende. Er verneigte sich übertrieben höflich vor Mona, dann beugte er sich über Dan und hustete heftig. Erst als sein Gesicht rot anlief und er keine Luft zu bekommen schien, begriff Dan, was Kristian Thrane meinte. In ihm schien etwas zu bersten, eine heiße Welle durchjagte ihn, etwas Uraltes, etwas, das die ersten Menschen aus dem Paradies mitgenommen hatten. Dan war nur noch Hände, Füße und Hände. Seine rechte Stiefelspitze traf Kristian Thrane unter dem Knie, nicht hart, nicht gerade präzise, aber ausreichend, um ihn umzuwerfen. Dan stürzte sich auf ihn, noch ehe er auf den Boden auftraf.

Die Fingerknöchel seiner rechten Hand stießen gegen Zähne, und Dan spürte den Stoß bis in die Schultern. Er sah, wie seine beiden Hände sich um Kristian Thranes Hals schlossen, er hörte sich rufen: »So, du Arsch! So macht man das! So fühlt sich das an, wenn man keine Luft kriegt!«

Hinter ihm schrie jemand auf. Um ihn herum bildeten die Leute einen Kreis. Eine Lichtung in einem Wald. Er lag auf den Knien, so groß wie sein Onkel. So klein. Seine Hände bohrten sich in das feuchte Moos. Er fing an zu graben. Tannennadeln und Erde quollen zwischen seinen Nägeln durch. Er konnte die Hände nicht vom Boden losreißen. Über ihm wuchsen die Baumwipfel zusammen. Es wurde dunkler. Er fing an zu sinken. Etwas traf ihn an der Schulter. Er klammerte sich weiterhin an. Dann noch ein Schlag. Arme, die ihn um Hals und Taille fassten. Er fiel rückwärts auf den Boden. Kristian Thrane, der leblos unter ihm gelegen hatte, kam plötzlich wieder zu Kräften und wurde von seinem einen Kumpel auf die Beine gezogen. Der andere ließ Dan los.

»Schon gut«, sagte Kristian Thrane mit Donald-Duck-Stimme. »Ganz okay. Danny ist nur nicht so ganz bei sich, er hat doch gerade erst seinen Bruder verloren.«

Seine Jacke war unter dem einen Ärmel zerrissen, seine Nase blutete, und als er aufstand, gab das eine Bein unter ihm nach. Jemand schob ihm einen Stuhl hin, auf den er sich setzte. Kristians Hände griffen nach einem der Biergläser auf dem Tisch, und er würgte einige Schlucke hinunter, ehe er wieder loshusten musste. Er spuckte Blut in eine Papierserviette und erhob sich. Hielt Dan die Hand hin.

»Freunde?«, fragte er.

Dan schlug die Hand beiseite, trat einen Schritt zurück und

warf einen letzten Blick auf Kristian Thrane. Sein Mund lächelte, aber es war ein trauriges Lächeln. In seinen Augen lag ein Ausdruck wie bei einem Mann, der vor dem Höllentor steht und nicht weiß, ob er anklopfen soll. Auf der Bühne spielte die Band jetzt wieder, und die meisten Schaulustigen begaben sich auf die Tanzfläche. Dan sah zur Tür hinüber, jemand hatte den Türsteher geholt. Er hob die Hände.

»Ich gehe«, sagte er. »Freiwillig. Okay? Keinen Ärger. Okay?«

Der Türsteher nickte und begleitete ihn über den Tanzboden und zur Garderobe.

Der Wodka, den Dan früher am Tag getrunken hatte, lag wie ein saures Grummeln oben in seinem Magen, und seine Augen fühlten sich starr und sandig an, doch als er die Arme in den Mantel schob, beschloss er, zu fahren. Es waren doch nur etwas mehr als zwei Kilometer. Er schob die Tür auf und ging auf den Amazon zu. Eine einsame Lampe tunkte den Parkplatz und die Autos dort in ein bleiches Licht. Dan musste an sich und seinen Bruder und die Stearintropfen denken, die sie auf die Bilder in ihren Mickymaus-Heften hatten fallen lassen. Ehe sie alt genug geworden waren, um die Kamera ihrer Eltern benutzen zu dürfen, hatten sie auf diese Weise Bilder gemacht. Wenn Jakob und er das Stearin dann vom Bild gelöst hatten, hatte sich ein spiegelverkehrter Abdruck gebildet, aber wenn sie nicht sehr vorsichtig waren, zerbrach das Bild. So erlebte Dan jetzt diese Nacht, wie einen brüchigen Wachsabdruck der Wirklichkeit. Wenn er zu hart aufträte, würden die Bäume auf der anderen Seite des Parkplatzes in kleinen Stücken über den Autos zerbröckeln.

Dan wäre froh gewesen, wenn der Bruder seinen Elchhund nicht hätte einschläfern lassen müssen. Er hätte gern

Geräusche gehabt, zu denen er nach Hause kommen könnte. Hinter ihm fiel die Tür ins Schloss. Er suchte nach den Autoschlüsseln. Konnte sich nicht daran erinnern, in welche Tasche er sie gesteckt hatte. Vielleicht waren sie ihm in der Garderobe aus der Manteltasche gerutscht? Er wollte sich schon umdrehen, aber diese Bewegung wurde dadurch unterbrochen, dass ihm beide Hände auf den Rücken gedreht und sein Körper nach vorn gestoßen wurden, zu Boden, wie bei einem halb abgeschlossenen Judowurf. Dan konnte auf jeder Seite ein Paar Stiefel sehen, Militärstiefel alle beide, ein Paar wies Stahlspitzen auf. Einer dieser Stiefel traf ihn, so dass er zusammenbrach, während das Gefühl, sich in Glasscherben zu wälzen, sich durch die ganze rechte Seite seiner Brust fortpflanzte. Er sammelte alle seine Kräfte und konnte dann die Arme ein wenig an sich ziehen, und das reichte dafür, dass der Tritt seine Rippen nur streifte und sich in seinem Mantel verwickelte. Hinter ihm ging ein Autoalarm los, und jemand schien angelaufen zu kommen. Eine heisere Stimme schrie neben ihm auf, und der Zugriff um seine Arme lockerte sich. Dan streckte sich aus, wurde aber auf den Rücken gedreht und starrte in Mona Steinmyras Gesicht. Er versuchte zu lächeln und zu fragen, ob er in den Himmel gekommen sei, aber sein Atem reichte nur zum Husten. Mona zog ihn am Auto auf die Beine, und bei dieser Bewegung musste Dan sich erbrechen.

»Kannst du stehen?«, fragte sie und schien durch einen Blechtrichter zu sprechen.

Dan nickte. Der Autoalarm verstummte, und das Blinken, das er in seinem eigenen Kopf vermutet hatte, erlosch.

»Wir müssen dich ins Krankenhaus bringen.«

Dan schüttelte den Kopf. Jetzt, im Stehen, fiel das Atmen ihm leichter.

»Es geht schon«, sagte er. Kleine Pause, und dann: »War das Thrane?«
»Nein, der war noch drinnen, als ich gegangen bin. Aber seine Kumpels hab ich nicht gesehen. Bestimmt waren die das, aber ich konnte hier im Schatten keine Gesichter erkennen.«
Bei der Ausfahrt zur Hauptstraße fuhr jetzt ein Wagen an und verschwand mit Rücklichtern, die wie zwei überdimensionale Zigaretten glühten, in Richtung Heide. Dan konnte die Automarke nicht erkennen.
»Offenbar muss Kristian heute Abend per Anhalter fahren. Bist du sicher, dass du dir nichts gebrochen hast?«, fragte Mona.
»Ja«, log Dan. »Ich will nur nach Hause.«
»Hast du den Schlüssel?«
»Den hab ich wohl verloren. Vielleicht in der Garderobe.«
»Na gut.« Mona machte kehrt, um wieder hineinzugehen, aber aus einem Impuls heraus zog sie am Türgriff. Die Wagentür öffnete sich knackend. Sie schaute hinein.
»Der steckt«, sagte sie.

Der Kunstledersitz saugte ihm die Wärme aus den Oberschenkeln, und Dan war froh darüber, dass Mona auf dem Schaffell sitzen konnte. Im grünen Schimmer des Armaturenbrettes wirkte ihr Gesicht teenagerhaft glatt, und Dan ertappte sich abermals bei der Überlegung, wie alt sie wohl sein mochte.
»Das eben am Tisch tut mir leid«, sagte er. »Ich weiß noch nicht so ganz, wie ich über Jakob sprechen soll, weiß noch nicht so recht, wie ich mich überhaupt verhalten soll.«
Mona sagte nichts, sie starrte einfach nur vor sich hin. Die Heizung war voll aufgedreht, doch ihr Atem ließ weiterhin die Windschutzscheibe beschlagen.

»Danke für die Rettung. Das hätte schrecklich kalt werden können«, sagte Dan und versuchte zu lachen.
Sie sagte noch immer nichts, aber ihr Gesicht wirkte offener, als sie beim Briefkasten von der Hauptstraße abbog. Der Amazon schaffte die Steigung ohne Probleme, und sie hielt genau vor der Treppe.
»Noch mal, danke für die Hilfe, und tut mir wirklich leid. Du kannst den Wagen nehmen, dann hol ich ihn morgen ab«, sagte Dan, öffnete die Tür und streckte die Beine hinaus.
Ehe er diese Bewegung beendet hatte, hatte sie den Motor abgewürgt und warf ihm die Schlüssel zu.
»Ich hab keine Lust, dein Auto rumstehen zu haben. Kann ich bei dir mal telefonieren?«, fragte sie und sah ihn an.
Dan nickte nur und ging vor ihr die Treppe hoch. Drehte den Schlüssel um und öffnete die Tür mit einem Tritt. Wurde seltsam verlegen, als er sah, wie sie über die Schwelle trat. Er fand seinen Zeigefinger und zeigte ihr den Weg zum Telefon.
»Danke«, sagte Mona und ging an ihm vorbei. »Dann rufe ich meinen Bruder an.«
Er nickte und warf einen Blick auf die Uhr über dem Kühlschrank. Es war Viertel vor zwölf.
»Ist es nicht ein bisschen spät, um jemanden anzurufen?«, fragte er. »Ich geb dir ein Taxi aus.«
»Er ist wach«, sagte Mona und nahm den Hörer ab.
»Kann ich dir etwas zu trinken anbieten? Kaffee, Tee, Cola oder selbstgemachten Wein. Ja, und dann noch Wasser und Johannisbeersaft und Kletterschnaps.«
»Kletterschnaps?«
»Ja, du weißt doch, gekauften, wo der Verkäufer auf einen Stuhl steigen muss, um ihn aus dem Regal zu holen.«
»Ach, du meinst Leiterschnaps.«

»Ja«, sagte Dan und spürte, wie seine Wangen warm wurden. »Leiterschnaps.«
Die Jahre, in denen sein Name auf immer neuen Briefkästen gestanden hatte, hatten dafür gesorgt, dass er überall gleichermaßen daheim war – oder heimatlos, und sein Dialekt war das geworden, als was er sich fühlte: nichts. Irgendwo im Haus lag noch immer eine Kassette, die er in der vierten Klasse aufgenommen hatte. Sein Großvater hatte Geschichten über einen Wäldler erzählt, der nach Amerika ausgewandert war und sich für einen Dollar hatte überreden lassen, in einer Amüsierbude seinen Kopf durch ein Loch in der Wand zu stecken. Hinter dieser Wand hatte eine nackte Negerin getanzt. Nach einer Weile fing sie an, ihren Hintern am Gesicht des Wäldlers zu reiben. »Nakiches Nejerfraunzimmer« und »Hinnernreim«, so hatte der Großvater diese Wörter ausgesprochen, und als Dan sich später die Aufnahme angehört hatte, bei der seine eigene helle Stimme immer wieder dazwischenzwitscherte, hatte er das Gefühl gehabt, alles durch eine Tür zu hören. Dort, wo sein Großvater sich echt und natürlich anhörte, klang Dan fremd, und das lag nur in zweiter Linie daran, dass er noch nicht im Stimmbruch war. Nein, es lag an den Wörtern. Sie schienen seitwärts aus seinem Mund zu kommen, er schien eine Sprache zu sprechen, die er nicht mehr verstand. Nach und nach hatte er angefangen, typische Dialektausdrücke und gedehnte Konsonanten abzulegen, bis Skogli dann nur noch ein Wort auf seiner Geburtsurkunde gewesen war.
»Leiterschnaps«, wiederholte er, diesmal mit größerer Überzeugung.
Mona hielt noch immer den Hörer in der Hand, dann legte sie auf.
»Ich hab den ganzen Abend keinen Alkohol getrunken,

und für Kaffee ist es jetzt zu spät. Ich nehm Tee. Hast du übrigens Socken oder Pantoffeln, ich hab immer so kalte Füße«, sagte sie und setzte sich auf denselben Stuhl am Küchentisch, auf dem sie bei ihrem ersten Besuch hier gesessen hatte.

Dan nickte, holte aus dem Flur die Filzpantoffeln seines Bruders und zog die Tür zu. Es war nicht kalt in der Küche, es herrschte aber auch keine gemütliche Temperatur zum Sitzen, deshalb legte er einige Holzscheite in den Küchenofen und machte auch im Wohnzimmer Feuer.

»Warum hast du das getan?«, fragte Mona.

»Was denn?«

»Amphetamin nach Norwegen geschmuggelt.«

»Nicht Amphetamin«, sagte Dan. »Hasch. Ich habe heute mit meinem Onkel darüber gesprochen. Jakob meinte, ich hätte es getan, weil ich zu impulsiv bin. Das stimmt auch zum Teil. Es kam mir vor wie leicht verdientes Geld. Ich dachte damals, ich hätte nichts zu verlieren. Aber das stimmte nicht.«

»Warum hat Kristian sich heute so an dich geklebt? Ich an seiner Stelle würde doch einen großen Bogen um dich machen. Ganz Skogli weiß schließlich, dass er mit der Schmuggelei zu tun hatte.«

»Ja, aber was genau hatte er damit zu tun?«, fragte Dan und goss heißes Wasser auf das Teesieb.

»So viel immerhin, dass er sich bedeckter halten müsste«, sagte Mona, schaute Dan in die Augen und fügte sicherheitshalber hinzu: »So war das nicht gemeint. Ich kapier überhaupt nicht, wie irgendwer Drogen schmuggeln kann, auch wenn das Geld leicht verdient ist, aber du hast deshalb ja immerhin im Gefängnis gesessen. Kristian aber scheint nicht einmal ein schlechtes Gewissen zu haben. Er scheint sowieso niemals ein schlechtes Gewissen gehabt zu haben.«

»Vielleicht ist das auch richtig so«, murmelte Dan und schob ihr Tasse und Zuckerdose hin.
Mona schüttelte den Kopf, gab zwei Löffel Zucker in ihre Tasse und fing an zu rühren.
Dan dachte an Jakob. Er hatte Kristian Thrane in seinen Briefen nie erwähnt, aber das musste ja nicht viel bedeuten. Könnte Jakob versucht haben, Dan zuliebe die Sache zur Sprache zu bringen?«
»Sind Jakob und Thrane aneinander geraten, während ich gesessen habe?«, fragte er.
»Nicht, dass ich wüsste«, sagte Mona und trank einen Schluck Tee. »Aber das, was Kristian heute Abend gemacht hat, bei uns am Tisch ...«
Wieder schüttelte sie den Kopf. »Ich kann verstehen, warum du so reagiert hast.«
»Es war doch seltsam, dass seine Kumpels dabei nur geglotzt haben?«
»Vielleicht haben sie sich nicht getraut, vor so vielen Zuschauern einzugreifen.«
Dan zuckte mit den Schultern.
»Seltsam, und Thrane selbst, wie ein Mehlsack. Das war fast so, als ob er Prügel haben wollte.«
»Vielleicht hat er ja doch ein schlechtes Gewissen?«
Dan zuckte wieder mit den Schultern, und ein jäher Schmerz, wie nach einem Stoß gegen den Ellbogen, durchjagte seine Seite. Er versuchte, sich in die alte Stellung zurücksinken zu lassen, ohne zu atmen.
»Tut es weh?«, fragte Mona.
»Nein, ich bin nur so steif«, sagte Dan, legte die Hände auf den Tisch und umschloss seine Teetasse, die er bisher nicht angerührt hatte.
»Ist es hier still ohne Jakob?«
»Nicht gerade still. Ich habe eher das Gefühl, dass er jeden

Moment zur Tür hereinkommen und sich bei mir bedanken könnte, weil ich auf das Haus aufgepasst habe.«
Mona nickte.
»Hat Kristine ihn oft hier besucht?«, fragte er dann.
»Ich habe keine Ahnung, aber sie waren viel in den Restaurants in Kongsvinger – am Wochenende jedenfalls.«
»Jakob im Restaurant?«
Wieder nickte sie.
»Wie lange waren sie zusammen?«
»Ein halbes Jahr vielleicht.«
»Ich kann das einfach nicht verstehen. Jakob war nie länger als zwei Wochen oder höchstens einen Monat mit einer Frau zusammen, und dann ausgerechnet Kristine Thrane, die Königin von Skogli.«
»Stille Wasser und so weiter.«
»Kristine Thrane ist auf keinen Fall tiefer als eine Regenpfütze.«
»Ich hatte an Jakob gedacht.«
»Ja, natürlich.«
»Dein Bruder war nicht gerade ein begeisterter Tänzer.«
»Nein, das hat ihm nie gefallen.«
»Wenn Jakob und Kristine miteinander aus waren, kamen und gingen sie zusammen. Aber dazwischen gab es ein Loch, denn sie war fast immer auf der Tanzfläche oder saß an anderen Tischen. Ich kann nicht behaupten, sie hätte geflirtet oder sich an andere herangemacht, aber es sah seltsam aus, so, als sei Jakob ihr Privatchauffeur. Aber vielleicht hat es ja funktioniert. Er wirkte niemals eifersüchtig oder unglücklich, wenn sie zusammen waren, aber du weißt ja, wie er war. Er hat nie direkt über Kristine gesprochen, weder vorher noch nach der Sache mit den Ringen.«
»Habt ihr euch auf diese Weise kennengelernt, während er auf sie gewartet hat, meine ich?«

»Ja«, sagte Mona, stellte die Tasse hin und schaute aus dem Fenster. Dan hatte vergessen, die Hoflampe einzuschalten, und die Nacht hing wie ein schwarzer Vorhang vor dem Küchenfenster. Ihre Gesichter im Glas sahen aus wie eine grobkörnige Fotografie, die an irgendeiner Wand hängen müsste. Dan hatte seinen Bruder jetzt langsam satt, er hätte gern mitten in seiner eigenen Fotografie gestanden. Hätte gern die Bilder von Jakob zur Wand gedreht und vergessen, dass es Menschen wie Kristine Thrane gab.

»Ich muss wohl anrufen«, sagte Mona, stand vom Tisch auf, ließ die Blicke zur Küchenuhr schweifen und streifte unter dem Tisch die Pantoffeln ab.

»Musst du das?«, fragte Dan. »Das Taxiangebot gilt noch, und bald ist es warm genug, um uns ins Wohnzimmer zu setzen. Wir können Musik hören oder mehr Tee trinken. Hast du Hunger?« Seine Mundwinkel kräuselten sich zu einem Lächeln.

»Nein«, sagte sie. »Ich habe keinen Hunger, aber ja, ich kann noch ein bisschen bleiben, wenn ich telefonieren darf.«

Während sie leise in den Hörer sprach, durchsuchte Dan die Küchenschränke nach Aspirin, Paracet, Globoid – nach allem, was den Schmerz in seiner Seite dämpfen könnte. Aber sein Bruder hatte solche Dinge nicht besessen, natürlich hatte er das nicht.

Dan ging ins Wohnzimmer hinüber und schaltete den Plattenspieler ein. Wieder verspürte er diese Stöße in der Seite, aber er glaubte nicht, dass etwas gebrochen war. Dann wären die Schmerzen noch schlimmer gewesen. Er bückte sich vor den Platten wie ein Gewichtheber und fischte die erste von Joey, Dee Dee und den übrigen Ramones-Brüdern heraus.

Er schloss die Augen, während die Nadel sich durch das

Vinyl grub und sich in seine Vergangenheit hineinknisterte. Was hatten sie noch über Countrymusik gesagt? Genau, wenn man die Platte rückwärts abspielt, dann kriegt man den Job zurück, die Frau will sich nicht scheiden lassen, und das Pferd ist nicht tot. Vielleicht galt das auch für andere Musiksorten?

»Nicht gerade die Pia Pirellis«, sagte Mona und ließ sich hinter ihm aufs Sofa sinken.

»Was?«

»Die aus dem Bürgerhaus.«

»Himmel, nein.« Dan lächelte, hielt ihr die Plattenhülle hin und manövrierte sich in den Fernsehsessel. »Das ist die erste Platte, die ich mir je gekauft habe. Ich hatte Geld für den Friseur bekommen, bin stattdessen aber in einen Plattenladen gegangen. Und irgendwas an diesem Cover hat mich angesprochen. Danach hab ich mir die Haare von einem Kumpel schneiden lassen.«

»Der war ja offenbar tüchtig?«

»Ja, sehr tüchtig. Er war homo.«

»Hä?«

»Nicht doch. Sollte nur ein Witz sein. Meine Eltern haben natürlich gesehen, dass ich nicht beim Friseur gewesen war, aber ich habe ihnen erzählt, ich hätte das Geld verloren und deshalb nicht vergeblich mit dem Rad nach Kongsvinger fahren wollen.«

»Du hast deine Eltern angelogen«, sagte Mona und machte ein strenges Gesicht.

»Was heißt schon gelogen«, sagte Dan. »Alle haben doch davon profitiert, fast jedenfalls.«

»Aber haben deine Eltern nicht Lunte gerochen, als sie die Platte gesehen haben?«

»Sie haben sie nicht gesehen, ich hab das Cover im Kleiderschrank versteckt und die Platte in einem von Elvis'

Gospelalben untergebracht. Sie haben das nie rausgekriegt, aber es hat doch lange gedauert, bis Jakob und ich gewagt haben, sie auch dann zu hören, wenn unsere Eltern zu Hause waren.«

Mona lachte und schwang die Füße aufs Sofa. Sie trug eine blaue Stretchhose und eine weite Seidenbluse. Ihr Parfüm hing schwer in der Luft, und Dan spürte, wie Ameisen über seine Leisten liefen. Es wäre so schön gewesen, wenn sie ihre Mütze abgenommen hätte.

»Krach«, sagte Mona, behielt ihr Lächeln aber bei.

»Krach?«, fragte Dan aufgesetzt mürrisch. »Das ist eine der besten Platten, die je erschienen sind. Wie alt bist du?«

»Sechsundzwanzig.«

»Sechsundzwanzig«, sagte Dan und hoffte, dass sie das Neue in seiner Stimme nicht bemerkte. Etwas Zähes. Etwas Heißes, etwas, das die Wörter belegt klingen ließ. Ehe er noch mehr sagen konnte, geriet die Nadel an einen Kratzer und hakte bei »I wanna be your boyfriend« auf der Stelle. Ehe die symbolische Bedeutung dieser Szene zu deutlich wurde, versuchte Dan, aufzustehen, sank jedoch mit einem Stöhnen zurück in den Sessel. Er hatte das Gefühl, aus nächster Nähe mit einem Geschoss aus einer Gummischleuder getroffen worden zu sein.

»Was ist los?«, fragte Mona und beugte sich über ihn, zum zweiten Mal an diesem Abend.

»Ach, nichts. Ich hab nur ein bisschen Stiche in der Seite.«

»Du gehörst eben ins Krankenhaus.«

»Nein, nein, das geht schon, wenn ich mich nur nicht zu abrupt bewege. Aber nimm die Nadel von der Platte.«

Mona ging zum Plattenspieler, schob den Tonarm in die Mitte, hob die Nadel aber nicht richtig hoch. Das Kratzen ließ Dan abermals aufstöhnen.

»Verzeihung.«

»Bei CDs ist alles leichter.«
Sie kniete neben seinem Sessel nieder.
»Zeig mal deine Seite.«
Dan zögerte. Spürte, wie sein Gesicht heiß wurde.
»Bist du Krankenschwester?« Er versuchte zu lächeln.
»Nein, aber ich sehe viel fern. Also los.«
»Das ist noch nicht nötig«, sagte Dan, aber sie zog ihm einfach das Hemd aus der Hose. Öffnete die Knöpfe, zog den linken Arm heraus und bugsierte den rechten behutsamer aus dem Ärmel. Dan dachte an den Kindergarten, daran, tief durchzuatmen, die Zunge herauszustrecken und Aah zu sagen.
Sie schob sein T-Shirt bis zur Brust hoch und drehte die Stehlampe hinter dem Sessel herum.
»Kräftige Blutergüsse«, sagte sie. »Die ganze Seite sieht aus wie eine einzige Schramme. Tut's weh?« Sie fuhr vorsichtig mit den Fingern über seine Haut.
Er schüttelte den Kopf.
»Und jetzt?« Sie drückte fester zu.
»Nicht so sehr.« Er sank ein wenig in sich zusammen. Was ihm jetzt Sorgen machte, waren nicht die Schmerzen, sondern die heißen Wellen, die von seinen Oberschenkeln bis zu seinem Zwerchfell hochjagten. Er war sicher, dass sie an seinen Schläfen den Puls pochen sehen konnte.
»Ich kann nicht erkennen, ob du eine Rippe gebrochen hast, aber angeknackst sind sie bestimmt. Hast du eine elastische Binde?«
Dan versuchte zu überlegen. Ihm fiel ein, dass er Jakob einmal verbunden hatte, als beim letzten Besuch des Schlachterwagens in Bergaust ein Stier auf ihn losgegangen war.
»So was liegt normalerweise im Badezimmer. Über dem Waschbecken, im Schrank, zusammen mit dem Pflaster.«
Mona kehrte mit einer Rolle zurück. Die Binde war gelb

geworden, und Dan fragte sich, ob Jakob sie wohl häufig verwendet hatte. Ihm schauderte.

»Wir müssen dir das T-Shirt ausziehen«, sagte Mona.

»Warum das denn?«, fragte Dan, lauter als beabsichtigt.

»Es ist leichter, wenn du nur das Hemd darüber trägst, das kannst du einfacher an- und ausziehen.«

Er nickte, und sie streifte ihm das T-Shirt über den Kopf. Fing an, ihn einzuwickeln. Ihre Nägel waren schwarz lackiert, ihre Bluse knisterte über seiner Haut, und der Parfümgeruch legte sich über ihn wie Dampf in einer Sauna. So viel weibliche Nähe war überwältigend. Auf seiner Stirn brach Schweiß aus.

»Tut das jetzt weh?«, fragte Mona.

»Nein, es ist eher nervig.«

»So, jetzt bin ich fertig.« Sie befestigte die Binde mit zwei Klammern und half ihm, das Hemd anzuziehen, knöpfte es aber nicht zu.

»Kannst du die Mütze abnehmen?«, fragte er, mit einer Stimme. die er bisher nicht benutzt hatte.

»Hä?«

»Deine Haare gefallen mir.«

»Aber ich hab doch gesagt, dass ich sie nicht gewaschen habe.«

»Bitte.«

Sie lachte unsicher und zog sich die Mütze vom Kopf.

Er war zwölf, er war hundert. Ein Affe, der sich von einem Ast schwang, $E = mc^2$. Ein Verführer, ein Idiot. Ein Wikinger mit Helm und Brünne, eine Blume, die sich zur Sonne streckt. Zwei Hände, ein Mund, Augen und ein Herz. Ja, nicht zuletzt ein Herz, das so viel Blut durch seine Adern jagte, dass sein Kopf von einem gewaltigen Muschelrauschen erfüllt wurde. Er fuhr mit der Hand durch ihre Haare. Die waren füllig, füllig und weich. Sie öffnete den

Mund, wollte etwas sagen, Dan zog sie an sich, ihre Haut glühte wie im Fieber. Was gab es sonst noch? So konnte er sitzen, bis die Welt wieder erwachte, und wenn sie das nicht tat, nie wieder – na und?

Es war ein Augenblick von der Sorte, die in einem Album aufbewahrt werden sollte. Eine Tür, die in der Zeit rückwärts führte, ein Funken, der ausreichte, um ein ganzes Leben zu beleuchten. Es hätte eine Möglichkeit geben müssen, um diesen Moment aufzubewahren, irgendeine Weise, die dafür sorgte, dass er sich immer an den Geruch von Blumen erinnern würde, die nach dem Regen trocknen, daran, dass ihre Haut glatt war wie blanchierte Mandeln, dass ihre Augen glühten wie zwei Streichholzflammen unmittelbar vor dem Erlöschen. Aber es gibt immer ein Hinterher, wenn das Jetzt zum Damals wird, und das Gefühl, nie mehr reden, sich nie wieder bewegen zu müssen, zu Sand unten im Stundenglas.

Ihre Lippen begegneten einander. Sie roch nach Äpfeln. Er versuchte, ihre Bluse aufzuknöpfen, aber der Schmerz in seiner Seite versuchte weiterhin, alles Warme aus ihm herauszunagen. Dan begnügte sich damit, mit den Händen über den Seidenstoff auf ihren Brüsten zu streichen. Mona nahm seine Hände und half ihm aus dem Sessel und zur Wand neben dem Ofen. Er setzte sich, lehnte den Rücken an die warme Täfelung. So saßen Männer in Filmen oft, am Ende. So starben Männer in Filmen. Unrasiert und erschöpft, während sie einen erhobenen Revolver anstarren. Sie öffnete seinen Hosenschlitz, streifte seine Hose hinunter und ließ die Haut in seinem Schritt noch straffer werden. Dann zog sie sich die Bluse über den Kopf und befreite sich von ihrer eigenen Hose. Stand vor ihm und zögerte ein wenig; er wusste nicht so recht, ob sie angesehen werden wollte oder ob seine Blicke sie verlegen machten, aber er hätte nie im Leben in eine andere Richtung schauen können – an diesem Abend hätte er sie auch durch eine Schweißerflamme hindurch angestarrt. Mona bewegte sich nun wieder, hakte ihren blauen BH auf und zog ihn aus. Verschränkte die Arme vor der Brust und ließ sich auf seinen Schoß gleiten.

»Tut's weh?«, fragte sie und faltete die Hände hinter seinem Hals.

Dan schüttelte den Kopf. Seine Stimmbänder waren zu einem wehen Knoten angeschwollen, und seine Herzschläge hallten in seinem Kopf wider wie die Treffer eines Basketballs, der auf Asphalt prallt. Ihre schweren Brüste kamen an seiner Haut zur Ruhe, ihre Lippen streiften sein Gesicht. Dan hätte so sitzen bleiben mögen, einfach, um weiter alles hinzunehmen, aber nun musste er drücken, musste fühlen. Seine rechte Hand hing unbrauchbar an seiner Seite, die linke schloss und öffnete sich über ihren Brüsten. O Gott, ein Knabe, der sein Auge an das Schlüsselloch vor der Mädchendusche presst. Er schob sie ein Stück von sich weg. Biss in ihre Brustwarzen, küsste sie. Sie versuchte wieder, seine Lippen zu finden, aber er konnte jetzt nicht aufhören. Verlor sich in dem vielen Warmen, dem vielen Weichen, war es das, was ihm am meisten gefehlt hatte? Nicht Wind im Gesicht, nicht die Möglichkeit, das Licht zu löschen, wenn er das wollte, sondern die Brust einer Frau, die Haut einer Frau? War es so einfach? War es so banal? Oder war es weder einfach noch banal? Die Schweinereien unter der Dusche, die Geräusche von den Toiletten, die Paare, die sich im Gefängnis fanden, weil ihnen die Phantasien ausgingen oder weil sie sich langweilten, weiß Gott was, wie schafften sie das nur? Wie konnte ein Heterosexueller einen anderen Mann zur Frau werden lassen, wenn das Wichtigste von allem fehlte?

Dan merkte, dass sein Kinn nass wurde. Himmel, etwas floss aus ihren Brüsten, er hatte so fest zugebissen, dass sie blutete. Er schaute seine Hand an, aber es war kein Blut. Ihr Gesicht hatte einen Ausdruck, der ihn an Wild erinnerte – an ein Reh vielleicht –, das beim Trinken plötzlich aufgescheucht wird.

»Ich stille«, sagte sie.

»Was?«

»Ich habe einen Sohn von einem halben Jahr.«

»Aber …«

»Ich bin nicht verheiratet oder verlobt, ich habe nicht einmal einen Freund.«

Dan versuchte, sich wieder in ihr zu verlieren, aber der Augenblick war vorüber. Alles Licht, das sie an sich gesaugt hatte, schmolz plötzlich in ihrem Gesicht. Das ganze Zimmer stellte sich wieder ein, wie eine Sturzwelle aus Wahrnehmungen. Das Stechen in seiner Seite, die Flecken auf der Tapete, die fast neuen Flickenteppiche, die die Unterseite seiner Oberschenkel jucken ließen, die mit einer Waldbrandszene bemalte Lampe, die sein Bruder als nostalgische Erinnerung behalten hatte, der Qualm, der aus dem Ofen entwich. Er kam sich vor wie ein Dieb. Irgendwo in Skogli sehnte ein kleiner Junge sich nach seiner Mama. Die Liebste des einen Mannes ist die Mutter eines anderen. Ein Tränenschimmer lagerte sich ganz unten in seinen Augen. Er wünschte, er hätte sich mit einer Umarmung begnügt.

»Tut mir leid, in meinem Kopf ist zu viel los, ich kann mich nicht mehr konzentrieren.«

Mona erhob sich, kehrte ihm den Rücken zu, zog ihre Bluse an und drehte sich dann wieder um.

»Ich hätte es dir gleich sagen müssen, entschuldige, ich kann ja verstehen, wenn du das widerlich findest.«

»Mona.« Dan schaffte es, aufzustehen. »Nicht du musst dich hier entschuldigen. Es ist nicht widerlich, nichts an dir ist widerlich, Mona, wirklich nichts. Es war nur ein seltsamer Tag. Aber nachdem du mich auf dem Parkplatz gerettet hast, war es der beste Abend seit ewigen Zeiten. Das sagt vielleicht nicht besonders viel bei einem, der gerade aus dem Gefängnis kommt, aber ich bin gern mit dir zusammen.«
»Ich muss gehen«, sagte Mona und zog sich vollständig an.
»Nein, bitte nicht. Falls du nicht wegen deines Kleinen nach Hause musst, dann bleib. Bitte.«
Mona blieb auf der Türschwelle zwischen Wohnzimmer und Küche stehen und sah ihn an. Dan konnte ihren Blick nicht deuten, wusste, nicht, ob es »Da kam eine Maus und das Märchen ist aus« bedeuten sollte oder »Und wenn sie nicht gestorben sind«. Er wünschte, sie wäre eine Countryplatte, die er rückwärts spielen könnte.
»Bitte«, sagte er. »Geh nicht.«
»Ich glaube, du musst doch ein Taxi kommen lassen«, sagte Mona Steinmyra.

7

Sonntag war ein Hundetag. Es war immer ein Hundetag gewesen. Ein Sonntag war so lang wie alle anderen Tage in der Woche zusammen. Erst im Gefängnis hatte Dan sich von diesem Gefühl befreien können, jetzt war es wieder da. Etwas an Sonntagen machte ihn nervös. Sonntag war immer ein Tag zum Sterben gewesen. »Ich sehe den Himmel vor mir«, sagten etwa die Prediger im Haus der Gemeinde Eben Ezer, »und das ist so, als sähe man die Parade am Nationalfeiertag durch ein Schlüsselloch. Erst wenn wir dort hinkommen, wenn wir endlich daheim sind, werden wir begreifen, wie wunderbar der Himmel ist.« Die Prediger benutzten immer Wörter wie wunderbar und herrlich, und dabei rollten sie das R wie frühlingsmuntere Lerchen. Aber nach dem vielen Herrlichen wurde es dann ernst: »Sei vorsichtig, kleine Hand, bei allem, was du tust.« Die Prediger, die die Zeigefinger hoben, senkten die Stimmen und verkündeten, man lebe in den letzten Zeiten, den letzten der letzten Zeiten, so dass man sich vielleicht am nächsten Wochenende nicht mehr wiedersehen werde, jedenfalls nicht in Eben Ezer.

Dan drehte sich von der Wand fort. Draußen war es schon hell, und der Himmel wirkte jetzt verträglicher. Im Wetterbericht war von zwei Tagen Atempause die Rede gewesen, von etwas milderem Wetter, ehe eine Kältefront von der Ostsee das Land erreichen werde. Dan zog sich im Bett hoch. Der rechte Teil seines Oberkörpers tat weh, und seine Haut fühlte sich steif an, wie bei einem Sonnenbrand. Das Letzte, was Mona noch gemacht hatte, ehe sie gefahren war, war, die elastische Binde straff zu ziehen und ihn zu ermahnen, diese noch einige Tage zu benutzen. Als Dan versucht hatte, sie zu küssen, war aus dem Kuss eine kurze Umarmung geworden, und sie hatte sich verabschiedet, ohne ihm in die Augen zu blicken. Dan versuchte sich vorzustellen, wie es wäre, wenn Mona jetzt neben ihm läge. Ob sie einander etwas zu sagen hätten, oder ob sie aufgewacht wären wie zwei Menschen, die sich über Nacht fremd geworden sind. Er konnte noch immer ihren Körper an seinem spüren, aber es war nicht Begehren, was er empfand, jedenfalls nicht nur, jedenfalls nicht in erster Linie. Die Muttermilchtropfen an seiner Wange hatten etwas Trübes in ihm gelöst, hatten ihm das Gefühl gegeben, größer und kleiner zu sein, als er es jemals gewesen war.

Ein Geräusch draußen brachte ihn auf die Beine. Zuerst glaubte er, es sei so mild geworden, dass der Schnee vom Dach rutschte, aber dann ging ihm auf, dass jemand vor der Tür stand. Er schaute auf die Uhr. Zehn nach zehn. Konnte es Mona sein? Er zog den verschlissenen Bademantel seines Bruders an und krempelte sich die Ärmel hoch. Ging so rasch er konnte die Treppe hinunter.

»Wir haben ein paar Fragen an dich«, sagte Rasmussen, seine grauen Pupillen waren rot gerändert, und die Löcher unter seinen Augen wiesen die gleiche Farbe auf wie Flecken auf Fallobst. Auch diesmal stand ein uniformierter Polizist hinter dem Kommissar, es war jedoch ein anderer als beim letzten Mal.

»Die Frage ist, ob ich Antworten für euch habe«, sagte Dan und spürte die Enttäuschung darüber, dass es nicht Mona war, wie ein hohles Saugen unter dem Brustbein.

»Du musst dich anziehen und mit zur Wache kommen«, sagte Rasmussen.

»Mir wären gestern fast die Rippen in die Lunge getreten worden. Ich bin nicht gerade gut in Form«, sagte Dan.

Rasmussens Miene änderte sich, die Runzeln um seine Augen glätteten sich ein wenig.

»Wie ist das passiert?«

»Kommt doch rein«, sagte Dan.

Rasmussen sah seinen Kollegen an, zögerte, dann nickte er.

Dan ging vor ihm her in die Küche, achtete nicht darauf, dass am Tisch nur zwei Stühle standen, und setzte sich mit dem Rücken zur Wand. Die Filzpantoffeln, die Mona benutzt hatte, lagen unter dem Stuhl, und er schob die Füße hinein. Fragte sich, was sie jetzt wohl machte. Sonntag mit einem kleinen Kind, vielleicht konnte auf diese Weise der Tag lebendiger werden.

»Unter anderem wollten wir mit dir über das reden, was gestern passiert ist«, sagte Rasmussen und setzte sich auf den zweiten Stuhl. Der uniformierte Polizist blieb bei der Tür stehen, als fürchte er, Dan könne einen Fluchtversuch planen.

»Ja, was ist mit gestern?«, fragte Dan.

»Du hast im Bürgerhaus von Skogli versucht, Kristian Thrane zu erwürgen.«

Dan starrte seine Hände an, die Fingerknöchel an der rechten Hand waren geschwollen und zerkratzt. Er schüttelte den Kopf.

»Hä?«

»Nein«, sagte Dan. »Ich habe nicht versucht, Kristian Thrane zu erwürgen.«

»Amen, er hat dich nämlich wegen Körperverletzung und Morddrohungen angezeigt. Er hat Zeugen dafür, dass du gesagt hast, du wolltest ihm zeigen, wie es ist, wenn man keine Luft mehr kriegt.«

»Es stimmt, wir haben uns geprügelt.«

»Hat er dich angegriffen?«

»Er hat sich vom ersten Moment an wie eine Klette an mich gehängt«, sagte Dan und fragte sich, ob es stimmte, dass Rasmussen einen Verhafteten einmal in den Kofferraum seines Autos gesperrt hatte, um ihn zu einem Geständnis zu zwingen.

»Beantworte meine Frage.«

»Er hat mich mit Kaffee verbrannt, er wollte eine Prügelei.«

»Aber du hast als Erster zugeschlagen?«

Dan nickte.

»Und dich danach geweigert, ihm die Hand zu geben?«

Wieder nickte Dan. Der Uniformierte an der Tür änderte seine Stellung. Rasmussen schob die rechte Hand in die Jacke, zog eine Zigarette hervor und zündete sie an, ohne um Erlaubnis zu bitten. Dan fiel auf, dass er keinen Trauring trug, übrigens hatte er auch sonst keinen Schmuck.

»Kristian Thrane sagt, er habe die Situation als bedrohlich aufgefasst, und im Hinblick auf seinen Großvater sei alles noch viel unangenehmer gewesen.«

Dan atmete durch die Nase aus. Was sagte sein Onkel immer? Wenn du in Skogli am Freitagabend jemanden küsst, ist das am Samstagmorgen im Supermarkt das Hauptgesprächsthema. Aber das hier war mehr als nur ein Kuss. Das hier war das Geräusch von Türen, die ins Schloss fallen – die abgeschlossen werden. Das war der Versuch, mit auf den Rücken gefesselten Händen zu boxen. Es war eine einfache Fahrkarte für die Tour hinter Gitter.

»Ich hab nicht viel mehr zu sagen«, sagte Dan und spürte, wie der Trotz in ihm aufstieg. »Aber jede Münze hat zwei

Seiten. Und nicht immer ist es der erste Schlag, der eine Schlägerei auslöst.«

»Und deine Rippen?«

»Nachher«, sagte Dan.

»Ja?«

»Ich bin überfallen und zu Boden getreten worden, als ich gehen wollte.«

»Kristian Thrane?«

»Nein, nicht Thrane, aber ich glaube, es waren zwei von seinen Freunden.«

»Das glaubst du?«

»Ich habe ihre Gesichter nicht erkannt, aber jemand, mit dem ich gleich danach geredet habe, hat gesehen, dass Thranes Kumpels gleich nach mir das Lokal verlassen haben.«

»Und jemand hat vielleicht auch gesehen, was passiert ist.«

»Ja.«

»Dann hat er vielleicht auch gesehen, wer das war?«

»Es war kein Er, aber nein, es war dunkel, und die Typen, die mich getreten haben, sind mit ihrem Auto verschwunden.«

»Amen. Und jemand kann das alles bestätigen?«

»Da musst du sie schon selbst fragen, aber gestern waren ja auch noch andere im Bürgerhaus. Leute, die gesehen haben müssen, wer gleich nach mir gegangen ist.«

Rasmussen hatte sich anfangs Notizen gemacht, dann aber lag das Notizbuch offen auf dem Tisch, wie ein toter Vogel mit ausgebreiteten Flügeln. Jetzt hob er es wieder hoch und schob es Dan zusammen mit einem Kugelschreiber zu.

»Name und Telefonnnummer«, sagte er.

Dan schaute ihn verständnislos an.

»Von jemand.«

Dan kritzelte den Namen hin und schob das Notizbuch zurück.

»Die Nummer musst du im Telefonbuch nachsehen.«
Rasmussen schob das Notizbuch in die Jackentasche, ohne sich anzusehen, was Dan geschrieben hatte.
»Und sonst?«
»Sonst?«, fragte Dan.
»Ja, hast du noch mehr Schweine geschlachtet, oder kannst du dich jetzt genauer erinnern, was du nach der Beerdigung deines Bruders gemacht hast? Du weißt schon, der Tag, an dem Oscar Thrane halb totgeschlagen worden ist.«
»Ich habe gesagt, was ich weiß.«
Rasmussen erhob sich und schob den anderen Polizisten vor sich her in den Gang, blieb auf der Schwelle aber stehen.
»Viele haben an dem Tag dein Auto unterhalb der Sætermokreuzung gesehen.«
»Na gut«, sagte Dan und musste sich große Mühe geben, nicht die Tischplatte anzustarren.
»Aber niemand weiß genau, wie lange du dort gestanden hast.«
Dan zuckte mit den Schultern.
»Wir haben auch den LKW-Fahrer gefunden. Er erinnert sich, dass er um ein Haar einen alten Amazon zu Schrott gefahren hätte, aber das war später am Tag, als du behauptet hast.«
»Das kann schon sein, aber bei Oscar Thrane war ich trotzdem nicht.«
»Amen«, sagte Rasmussen, und Dan saß abermals mit dem Geräusch von jemandem da, der ging.

Da er nur drei Fernsehsender zur Auswahl hatte und sich nur minimal für das Langlaufrennen in Reit im Winkl interessierte, blätterte Dan nun im alten Fotoalbum. Die Großeltern und die übrige Gemeinde von Eben Ezer stan-

den auf der Ladefläche eines alten LKW, sicher waren sie unterwegs zu irgendeiner Zeltmission. Die Eltern servierten sich gegenseitig Hochzeitstorte. Der neue Amazon, der Trollstigen hochkroch. Dan und die Mutter im Krankenhaus. Jakob, der gebadet wurde. Der Vater mit einem Jungen unter jedem Arm, auf dem Weg zum Badekolk im Baklengselv. Dan und Jakob mit Papierhüten und Sahnetorte. In neuen Kleidern am ersten Schultag und bei der Konfirmation. Jakobs erstes Moped. Dan mit dem Führerschein, den er in die Kamera hielt wie ein Schiedsrichter beim Fußball die rote Karte. Und dann war Schluss. Weiter ging die Chronik der Familie Kaspersen nicht. Dan hatte sich nie die Mühe gemacht, Bilder zu knipsen, und Jakob hatte die von den Eltern hinterlassene Kamera nur zweimal benutzt, dann hatte er sie auf einer Klassenreise verloren. Die Gewissheit, dass es kaum Bilder seines Bruders in Erwachsenenalter gab, traf Dan hart. Bald würde er nichts mehr haben, durch das er sich an ihn erinnern könnte. Nichts, was er vorweisen könnte, wenn das Leben ihn jemals dahin brächte, dass es natürlich wirkte, über verstorbene kleine Brüder zu reden.
Dan suchte sich im Telefonbuch Monas Nummer, aber bei ihr meldete sich niemand. Er hörte zwei Platten, blätterte in einigen Büchern und machte noch einen Versuch.
»Hallo?«, fragte eine Stimme.
Dan legte wortlos auf und hoffte, dass es ihr Vater gewesen war. Er ging in den ersten Stock, ins alte Zimmer seiner Eltern, das Jakob als Büro genutzt hatte. Er öffnete die Kommode und zog den Ordner heraus, in dem der Bruder Rechnungen, Quittungen, den Grundbrief für den Hof, seine Zeugnisse aufbewahrt hatte. Dan hatte den Inhalt schon am Tag der Beerdigung kurz durchgesehen, jetzt ging er aber gründlicher ans Werk. Nahm ein Papier nach

dem anderen heraus, öffnete alle Umschläge und schaute hinein. Es roch nach altem Papier, aber auch noch nach anderem. Nach Tinte? Schweiß? Staub? Banknoten? Wenn es möglich wäre, den Geruch eines Lebens aufzubewahren, dann würde es vielleicht so riechen. Die Briefe, die Dan geschrieben hatte, wenn er auf Reisen war, lagen in einem eigenen Fach, zusammen mit einigen Karten des Onkels und zwei Geburtstagsgrüßen, die Jakob als Kind erhalten hatte. Ansonsten gab es keinen Brief, keine persönliche Korrespondenz, keine Gedanken, die auf Tagebuchseiten gekritzelt worden wären. Kaum etwas, abgesehen von Geburtsurkunde und Fleißbildchen aus der Sonntagsschule wiesen daraufhin, dass Jakob Kaspersen überhaupt existiert hatte.

Dan griff zu der Bibel, die Jakob zur Konfirmation bekommen hatte, sein Name war in Goldbuchstaben in den Einband gestanzt. Die Bibel sah ganz neu aus, obwohl sie eine Zeit lang auf Jakobs Nachttisch gelegen hatte. Dan blätterte durch die Bücher Mose und das Alte Testament. Kein einziger Satz war unterstrichen, nicht ein einziges kleines Wort mit Bleistift oder Kugelschreiber hervorgehoben. In Dans eifrigster Zeit hatte seine Bibel von Unterstreichungen und Querverweisen nur so gewimmelt. Jakob hatte dagegen alle Wörter in der Bibel für gleich wichtig gehalten.

Dan wollte die Bibel schon wieder in die Kommode legen, als ihm auffiel, dass der Ledereinband sich hinten löste. Er schaute genauer nach. Etwas war hineingeschoben worden. Zwei Fotos. Zwei Polaroidfotos. Kristine Thrane war mit schwarzen, bis über die Knie reichenden Musketierstiefeln bekleidet, das war aber auch alles, was sie anhatte. Sie hatte ihre blonden Haare zu kurzen Zöpfchen gebunden, und sie hielt ihre Brüste so, wie ein Schlachter seine besten Fleischstücke anbietet. Kauft, kauft. Wie viel darf es denn sein? Aber nur ihre Haltung wirkte so, als habe sie etwas zu verkaufen. Ihr Mund war zu einem Strich zusammengekniffen, zu einem dicken roten Strich, und die streichholzkopfgroßen Blitzlichtfunken in ihren Pupillen waren zwei Löcher, aus denen alles Licht strömte. Auf dem anderen Bild lag sie auf einem großen Eisenbett. Es gab hier keine weiteren »Kauft, kauft«-Bewegungen, Kristine Thrane wirkte wie schon geschlachtet und zerlegt. Gütiger Jesus, Dan kam sich vor wie damals, als er seine Eltern im Doppelbett überrascht hatte. Das beschämende Gefühl, etwas zu sehen, das nicht für ihn bestimmt war, wurde verstärkt durch das Hämmern in seiner Leiste und durch seine Zunge, die sich plötzlich trocken und rissig anfühlte. Im Gefängnis konnte man solche Amateurfotos für hundert Kronen das Stück ausleihen – hundertfünfzig, wenn sie die eigene Frau des Häftlings zeigten.

Es spielte keine Rolle, dass die meisten dieser Lebensgefährtinnen, Freundinnen und Ehefrauen aussahen, als stammten sie aus Asien oder Osteuropa, und dass sie häufig nur wenig Ähnlichkeit mit den Frauen aufwiesen, die sich an den Besuchstagen einstellten. Abends und nachts, wenn die Herzschläge in der Brust besonders dumpf klangen, befriedigten diese Bilder eine Sehnsucht – ein Gefühl, etwas Echtes zu besitzen –, der die zurechtgemachten Pornomodels in den Hochglanzmagazinen nicht gewachsen waren. Dan war mehrmals mit solchen Bildern auf dem Kopfkissen eingeschlafen.

Aber das hier war anders. Das hier waren Bilder von einer, die er nicht zur Wirklichkeit zurechtlügen musste, es waren Bilder einer Frau, mit der er selbst geschlafen hatte und die die Verlobte seines Bruders gewesen war. Dan fragte sich, ob Jakob wohl als Fotograf fungiert hatte. Auf den Bildern hatte sie etwas, das ihm den Eindruck vermittelte, sie sei allein im Zimmer. Er schob die Fotos wieder in die

Bibel und klappte die Kommode zu. Keine Bilder von Jakob und Kristine Thrane zusammen. Keine Bilder von Kristine Thrane, auf denen sie aussah wie die Geliebte irgendeines Mannes. Eine, die man ins Restaurant einlud, mit der man sich im dunklen Kino in einen Sessel sinken ließ oder mit der man nach Charlottenberg einkaufen fuhr. Auf den Bildern im Gefängnis hatten die meisten Frauen auf unbeholfene Weise sexy gewirkt. Kristine war nur ausgezogen – gehäutet –, auch wenn ihre Haltung noch so herausfordernd war. Bei dem Gedanken an die Tierkadaver, die er vor der Scheune aufgehängt hatte, musste er sich erbrechen. Er sah vor sich die Bilder von Kristine Thrane, als er die Treppe hinuntertaumelte und sich über das Klosett beugte.

Als der Sonntag sich immer mehr über ihn senkte, konnte Dan es im Haus nicht mehr aushalten. Also manövrierte er sich hinter das Lenkrad des Amazon und fuhr über die Hauptstraße in Richtung Ortskern, doch als er die dritte Acht durch Skogli fuhr, während zugleich der Tag sein letztes Licht verlor, hatte er sich noch immer keine Ruhe erfahren können. Beim Badestrand, über einem der vielen Schilder, die den Weg fort und hinweg zeigten, hatte der Stern von Bethlehem – Skoglis einzige Straßenlaterne – zu glühen begonnen, und vor dem Supermarkt lungerten einige Jungen mit Tretschlitten herum. Dan beschloss, nach Kongsvinger zu fahren und dort etwas zu essen, und er wollte schon vor dem Laden eine U-Kurve fahren, als er in Eben Ezer, wo mehrere Autos standen, Licht sah. Aus einem Impuls heraus ließ Dan das U zu einem L werden und stellte den Amazon am Rand des Parkplatzes ab. Als er die Wagentür öffnete, konnte er aus dem Gebetshaus Gesang hören.

Dan ging zum Eingang und schloss die Augen. Immer war es der Gesang gewesen. Die Harmonien. Das alte Gefühl zu schweben. Himmel und Hölle waren bei den Pfingstlern immer näher gewesen als bei den Lutheranern, vielleicht hatten die Lieder deshalb eine solche Kraft, eine solche Stärke.

Als Jungen hatte es Dan deprimiert, dass Andachten, vor allem die im Winter, immer abends stattfanden. Die Lutheraner begannen schon um zehn Uhr morgens mit den Gottesdiensten und konnten anderthalb Stunden später nach Hause schlendern und bei Sonntagsbraten und Backpflaumenkompott abschalten und sich im Fernsehen vielleicht ein Skispringen ansehen. Im Winter war es nach den Andachten in Eben Ezer immer stockdunkel, und die vom Prediger heraufbeschworenen Bilder brannten auf dem Heimweg deshalb nur umso stärker.

»Willst du nicht mit reinkommen?«, fragte hinter ihm eine Stimme.

Dan brauchte nicht die Augen zu öffnen, er brauchte sich nicht umzudrehen, um zu wissen, dass es Tordenskiold war, der Prediger, der nach dem Tod des Vaters den Posten des Gemeindevorstehers übernommen hatte.

»Ich habe nur das Licht gesehen und die Musik gehört«, murmelte Dan.

Tordenskiold trat neben ihn.

»Daniel Kaspersen?«

»Ja.«

Tordenskiold griff nach seiner rechten Hand und schüttelte sie mit seinen Gebrauchtwagenhändlerpranken wie einen Pumpenschwengel. Bei jeder Bewegung quoll der Geruch seines Rasierwassers aus der Kleidung, und Dan erkannte darin den Geruch seines Vaters. Nicht nur die Nähe von Himmel und Hölle unterschieden Pfingstler und Lutheraner. Bei den Schulfeiern, die vor Weihnachten in der Kirche abgehalten worden waren, hatte Dan niemals einen besonderen Geruch wahrgenommen, abgesehen vom Staub der Gesangbücher und vielleicht des Stearins, wenn Kerzen gebrannt hatten. Bei den Pfingstlern dagegen war der Geruch des Glaubens sinnlich wahrnehmbarer. Schweißnasse Nylonhemden und Mundgeruch. Drei Stunden ohne Wasser oder einen Bissen, mit dauernder Rede in Zungen und Hallelujarufen stellten hohe Anforderungen an Deodorant und Mundwasser. Ehe der Vater zur Andacht ging, hängte er deshalb immer sein Jackett über einen Stuhl und besprühte den Tweed vorn und hinten mit Aqua Velva. Mindestens zweimal pro Woche wurden die Andachtsjacketts dieser Behandlung unterzogen, und nach zwei Wintern rochen sie so seltsam, dass die Mutter sie zu Putzlappen zerschnitt.

»Das war nicht gestern«, sagte jetzt Tordenskiold. »Das muss mindestens fünfzehn Jahre her sein.«

»Fast zwanzig.«

»Die Zeit vergeht.«

»Ja.«

»Das mit Jakob hat allen leid getan, wir können uns ja gut an euch beide erinnern.«

Dan nickte.

»Die Andacht hat gerade anfangen. Wir haben heute Taufe. Du kommst doch sicher mit herein.«

»Ich weiß nicht«, sagte Dan.

»Doch, komm jetzt«, sagte Tordenskiold, packte Dan an Oberarm und Ellbogen und führte ihn wie eine alte Dame in den Saal.

Gleich hinter der Tür riss Dan sich los und ließ sich auf den am Rand stehenden Stuhl sinken. Vor der Kanzel hing noch immer das weiße Schild mit den roten gotischen

Buchstaben; das war ungefähr das Letzte, was die Mutter vor ihrem Tod noch geschafft hatte. Der Vater und sie hatten lange darüber diskutiert, was auf dem Schild stehen sollte, schließlich hatten sie sich auf »Jesus lebt« geeinigt. An der Wand hing die eigentliche Hauptperson am Kreuz, das mädchenhübsche Gesicht gen Himmel gekehrt. Immer hielt er das Gesicht auf diese Weise: Mein Gott, mein Gott, warum hast du mich verlassen? Leiden. Über dem Kopf hing ein kleines Schild mit Buchstaben von der Art, wie auch die Mutter sie verwendet hatte. INRI. »Jesus von Nazareth, König der Juden«, oder hieß es »Jesus Christus, König der Juden«, Dan wusste es nicht mehr genau. Egal, ihm hatte immer schon das Bild Jesu am Altar in der Kirche besser gefallen. Dort streckte Jesus die Hände aus, in einer Art Lasset-die-Kindlein-zu-mir-kommen-Positur.
Im Saal waren an die dreißig Menschen, fast die Hälfte saß auf der Plattform und gehörte zur Musikkapelle. Rechts, unten vor der Kanzel, saßen die beiden Täuflinge. Ein Junge und ein Mädchen in weißen Kitteln. Unbekannte Gesichter. Sicher Zugezogene, oder konnte wirklich jemand von denen, die mit ihm zur Sonntagsschule gegangen waren, Kinder haben, die groß genug waren, um getauft zu werden? Ja, natürlich war das möglich, aber Dan konnte auch die Eltern nicht erkennen.
Vor der Kanzel waren die Bodenbretter zur Seite geschlagen worden, und die Taufsenke lag dort wie ein frisch geschaufeltes Grab. Im Album gab es mehrere Bilder von Taufen im Baklengselv. Die Leute strömten am Flussufer zusammen, während der Vater mit der linken Hand unter dem Hinterkopf und Daumen und Zeigefinger der rechten Hand um die Nase geklemmt weiß gekleidete Männer und Frauen im Namen des Vaters, des Sohnes und des Heiligen Geistes taufte. Dan hatte nie begriffen, warum die Pfingst-

ler die Taufe unter freiem Himmel aufgegeben hatten, es musste doch eine größere Nähe zu Gott bringen, in fließendes Wasser getaucht zu werden und dann die Augen zu einem blauen Himmel aufschlagen zu können. Vielleicht hatte es mit einem Bedürfnis danach zu tun, moderner zu sein, weniger primitiv, vielleicht fühlten Pfingstler wie Lutheraner einen immer stärkeren Drang danach, ein Dach über ihrem Glauben zu haben? Als Kind hatte Dan sich gewünscht, kein Pfingstler zu sein, sondern als Baby bereits kopfüber in das seichte Wasser des Taufbeckens in der Kirche getunkt worden zu sein und damit fertig. Von seiner eigenen Taufe erinnerte er sich vor allem daran, wie tief die Senke gewesen war und dass er in beiden Waden einen Krampf bekommen hatte, obwohl es erst August gewesen war. Ja, und dann wusste er noch, dass sein Bruder seine Hand umklammert hatte, als sie zwischen den Brettern in den Gebetshausboden gestiegen waren. Nicht einmal als sein Vater ihm den Kopf unter Wasser gedrückt hatte, hatte Jakob die Hand seines Bruders losgelassen.
Dan ließ sich auf dem Stuhl zurücksinken und schloss die Augen. War er es, der sich von allem hier entfernt hatte, oder hatte sich alles von ihm entfernt? Dan versuchte, sich selbst oben auf der Kanzel zu sehen, große Schweißrosetten unter den Armen, eine Stimme so heiser wie Tordenskiolds. Nicht, dass er nicht gläubig gewesen wäre, nein, er hatte niemals aufgehört zu glauben, nicht einmal nach dem Tod seiner Eltern, aber er hatte keinen Glauben, mit dem er andere hätte aufrichten können. Dans Glaube war etwas, woran er den Rücken lehnte, wenn es ganz finster wurde, zwei gefaltete Hände, die zu einem Haus wurden, wenn der Sturm lostobte. Aber seine Güte war immer wie eine Zeitzünderbombe gewesen, und er konnte sich nicht vorstellen, wie es wäre, ohne diese Finsternis, die ihn immer

wieder erfüllte, zu glauben. Wie wäre es, einfach gut zu sein? Gab es überhaupt einen Menschen, dem das gelang? Er dachte an etwas, das der Onkel oft sagte: »Es reicht nicht, Jesus im Herzen zu haben, du musst ihn auch in Händen und Beinen tragen.« Die Leute auf der Plattform stimmten jetzt ein Lied an, und als Dan die Augen wieder öffnete, stand Tordenskiold in einem weißen Kittel auf der Kanzel. Dan starrte auf den Ausgang, erhob sich und ging. Als er ganz leise die Tür hinter sich zuzog, hoffte er für die beiden Täuflinge, dass das Wasser in der Taufsenke heutzutage erwärmt wurde.

Draußen schneite es jetzt, und Dan musste die Scheibenwischer einschalten, als er den Parkplatz verließ. Es machte ihm aber trotzdem keine Probleme, das vorüberjagende Auto zu erkennen, er kannte sonst niemanden in Skogli oder sogar in Kongsvinger, der wie Kristine Thrane einen rosa BMW fuhr. Dan trat aufs Gaspedal, aber obwohl die Tachonadel in der gesamten 60-Zone in Skogli gegen die 80 anrannte, konnte er sie nicht einholen. Als er am Fuß des Hangs ankam, der hinauf nach Sætermoen führte, verschwand der BMW bereits in einem Korridor aus Licht oben zwischen den Tannen. Bei der Kreuzung mit der Hauptstraße konnte er ihre Rücklichter nur noch wie zwei Punkte ahnen, aber immerhin blinkte sie nicht in Richtung Overaas, sondern fuhr weiter in Richtung Kongsvinger. Dan brachte den Amazon so weit auf Touren wie überhaupt nur möglich, und holte dann auf, als sie die Stadtgrenze überquert hatten. Beim ersten Kreisverkehr musste sie anhalten, weil zwei Lastwagen von der Hauptpost kamen, und Dan konnte an ihren Fersen bleiben, durch zwei, drei, vier Verteilerkreise, über die neue Brücke, durch einen weiteren Kreisverkehr und dann in Richtung Zen-

trum. Kristine fuhr bis zum Rathaus und brachte den BMW mit der Front zu dem zu stehen, was früher das beliebteste Restaurant in der Stadt gewesen war.
Dan hielt auf der anderen Seite des Platzes, blieb sitzen und sah, wie sie allein aus dem Auto stieg und im Restaurant verschwand. Als er dann selber die Tür öffnete, war das Lokal fast leer, abgesehen von zwei heruntergekommenen Männern von Mitte vierzig, die über ihren halb leeren Biergläsern hingen. Ein fetter Hund schlief zu Füßen des einen. Kristine Thrane hatte sich einen Tisch in einer Ecke gesucht und kehrte dem zweiten Eingang den Rücken zu. Als Dan die Tür losließ, sprang ein eifriger Kellner hinter dem Tresen hervor und schwenkte eine Speisekarte. Dan schüttelte nur den Kopf und zeigte auf Kristine Thrane.
»Lange nicht mehr gesehen«, sagte Dan und ließ sich auf der anderen Seite des Tisches nieder, ehe Kristine Thrane aufblicken konnte. Wenn sie überrascht war, so blieb ihr Gesicht doch so glatt wie das einer Schaufensterpuppe.
»Dan«, sagte sie und vertiefte sich wieder in die Speisekarte.
»Bist du oft mit Jakob hier gewesen?«, fragte Dan und versuchte, nicht an die Fotos in der Bibel seines Bruders zu denken. Daran, wie sie sich der Kamera vorgezeigt hatte.
»Manchmal«, sagte sie, steckte die Hand in ihre Jackentasche, zog ein Gummiband hervor und band ihre kastanienbraunen Haare zu einem Pferdeschwanz. Sie hatte die gleichen scharf gemeißelten Züge wie ihr Zwillingsbruder, doch ihre Augen waren anders, zwei schmale Kratzer mit klickerblanker brauner Iris. Ihre Lippen waren groß, glänzend und mit einer Farbe bemalt wie zu lange gelagertes Steak. Dan versuchte sich zu erinnern, ob er diese Lippen geküsst hatte. Er wusste es nicht mehr.
»Ich habe dich bei der Beerdigung nicht gesehen«, sagte er.

»Ich habe gehört, dass du früh gegangen bist«, sagte Kristine Thrane.
»Kristine.« Dan atmete schwer durch die Nase. »Ich versuche herauszufinden, was mit Jakob passiert ist.«
»Er hat sich umgebracht.«
Dan faltete unter dem Tisch so hart die Hände, dass die Haut über seinen Knöcheln zu bersten drohte.
»Ich versuche herauszufinden, warum.«
»Mein Großvater ist vor kurzem zu Hause in unserem Wohnzimmer überfallen worden. Die Polizei weiß kaum, wie, und sie weiß auf jeden Fall nicht, warum. Shit happens.«
Dan versuchte, sich Jakob und sie zusammen hier im Restaurant vorzustellen, vielleicht an diesem Tisch. Hatten sie Händchen gehalten, das Essen auf dem Teller des Gegenübers gekostet, miteinander angestoßen? »Sie sind zusammen gekommen und gegangen, aber dazwischen gab es ein Loch, in dem Kristine verschwunden ist«, hatte Mona Steinmyra gesagt. Aber es war doch sicher nicht immer so gewesen? Es musste doch Abende gegeben haben, an denen nur die beiden zusammen gewesen waren? Dan schaffte ein Lächeln, ja, er schaffte es fast, sie mit den Augen seines Bruders zu sehen, mit den Augen, mit denen Jakob sie angesehen hatte, als er den Ring auf ihren Finger geschoben hatte.
»Wie lange wart ihr verlobt?«, fragte er.
»Das weiß ich nicht mehr.« Kristine Thrane schaute wieder die Tischplatte an.
»Warum wurde die Verlobung gelöst?«
»Diese Frage hättest du deinem Bruder stellen müssen.«
Dan spürte einen kalten Luftzug im Rücken, als die Tür geöffnet wurde. Kristine Thrane schaute über seine Schulter und runzelte ein wenig die Stirn.

»Erwartest du jemanden?«, fragte Dan.
Kristine Thrane nickte.
»Einen guten Freund?«
Sie nickte wieder.
»Einen neuen Geliebten?«
Sie zuckte mit den Schultern.
»Herzlichen Glückwunsch.«
»Hast du noch mehr von Rasmussen gehört?«, fragte sie, stand auf und umarmte einen hochgewachsenen Mann in einem wadenlangen Mantel.
Dan blieb sitzen. Der hochgewachsene Mann starrte erst ihn und dann Kristine verwundert an.
»Das ist jemand, den ich früher zu Hause gekannt habe. Er hat sich einfach zu mir gesetzt.«
»Stimmt, und jetzt gehe ich«, sagte Dan, stand auf und hielt dem Mann die Hand hin. »Dan Kaspersen, Kristine war mit meinem Bruder verlobt, aber er hat sich umgebracht. Shit happens.«
Der Mann sagte nichts, trat aber einen Schritt zurück.
»Guten Appetit«, sagte Dan und hatte schon halb die Tür erreicht, als er sich umdrehte und Kristine Thranes Augen sah. Er hatte diesen Blick schon früher gesehen, im Gefängnis, bei Häftlingen, die ihre Unschuld beteuerten und wussten, dass niemand ihnen glaubte.
»Ich habe übrigens heute Jakobs Sachen aufgeräumt. Es ist erstaunlich, was man zwischen den Seiten eines Buches für Andenken finden kann, ja, fotografische Andenken meine ich.«

8

Als der Montagmorgen begann, sich über die Hügel nach unten sinken zu lassen, blätterte Dan in den Katalogen mit dänischen Ferienhäusern hin und her. Malte einen Kreis um einige am Limfjord gelegene. Den Limfjord hatte er schon immer gemocht. Die Küste. Die Landschaft, die sich um ihn öffnete. Den weißen Teppich aus Sand an den Stränden. Den Wind, der Anlauf nahm und nicht durch eine Palisadenwand aus riesigen Tannen gezähmt wurde. Er hatte sich schon fast für ein Haus entschieden, als das Telefon klingelte.

»Hallo?«, fragte er.

»Hier ist das Vinger Wohn- und Servicecenter. Sie müssen bitte sofort kommen. Ihr Onkel hat sich eingeschlossen«, sagte eine Frauenstimme.

»Hallo?«, fragte er wieder. »Mit wem spreche ich?«

»Martha Thøgersen vom Vinger Wohn- und Servicecenter. Rein Kaspersen hat sich auf der Toilette eingeschlossen.«

»Dann schließen Sie auf.«

»Er ist außer sich vor Wut.«

»Warum denn?«

»Er will nicht hier sein.«

Dan fuhr über die neue Straße längs der Glomma. Der Frostrauch, der aus der Eisrinne stieg, teilte die Stadt in zwei Teile, und er konnte die Häuser auf dem anderen Ufer nicht einmal ahnen. Das Festungsviertel war verschwunden, es schien nicht zu existieren. Bis hierher und nicht weiter. Hier endete die Welt. Er musste an den Vater denken, wenn der ein seltenes Mal nach Oslo gefahren war. Die Predigerselbstsicherheit war bei jeder Kurve vor Kløfta kleiner geworden, und wenn sie auf der Brücke die Autobahn überquerten, dann ließ er den Kopf hängen wie einer der Schächer am Kreuz.

»Seht doch, zwei Fahrspuren in dieselbe Richtung, das kann nicht richtig sein«, hatte der Vater mit schwacher Stimme beim ersten Mal gesagt. Später hatte Dan gedacht, so hatten sicher auch die Seeleute auf »Santa Maria«, »Pinto« und »Nina« empfunden, als sie glaubten, Christoph Kolumbus werde mit ihnen über den Rand der Welt segeln.

Er hörte die Stimme des Onkels schon lange, ehe er die Tür zu Zimmer 311 erreicht hatte. Er schien zu reden oder zu singen, oder zu reden und zu singen. Dan war sich da nicht sicher. Als er die Tür zum Zimmer seines Onkels öffnete, stand eine Heimangestellte vor der Klotür und versuchte, mit ihm zu reden. Dan erkannte eine der Frauen, die er bei seinem letzten Besuch gesehen hatte, und wollte schon etwas darüber sagen, dass die Kälte sich offenbar halte, aber da brüllte Rein los und übertönte damit alle Gesprächsversuche. Die Frau nickte Dan zu, damit er das Zimmer verließ, und kam dann hinterher.

»Er ist schon seit dem Aufstehen da drin«, sagte die Frau und kratzte sich auf dem einen Handrücken, als habe der Aufenthalt im Zimmer des Onkels ihr ein Ekzem beschert.

»Was will er denn?«

»Er sagt, dass es keinen Sinn mehr hat, morgens das Licht einzuschalten.«

Dan kratzte sich den Kopf, seine Schulter fand die Wand, er spürte in seiner Seite einen Schmerz wie Seitenstechen.

»Ich werde mit ihm reden«, sagte er, und als die Frau sich abwandte: »Hören Sie, er war früher Seemann …«

»Holen Sie ihn einfach da raus«, sagte die Frau und ging.

Dan legte seinen Mantel auf einen Stuhl und hämmerte gegen die Klotür.

»Onkel … Rein, hier ist Dan. Willst du nicht rauskommen?«

»Wozu denn?«

»Weil du das Eingesperrtsein sattkriegen wirst. Glaub mir!«

»Meine Güte. Du hast immerhin essbaren Fraß gekriegt. Und selbst entschieden, wann du das Licht ausmachst.«

»Hör jetzt auf, du klingst ja, als ob du die Rechtspopulisten wählen wolltest. Komm jetzt raus.«

»Der Sozialdemokrat in meiner Brust ist schon längst abgekratzt, und der Rest von mir macht das auch bald«, sagte der Onkel und stieß einige Kehllaute aus, die auf Atembeschwerden hinwiesen.

»Komm jetzt raus.«

»Wozu soll ich denn zu dem Scheiß rauskommen, kapierst du das nicht? Feuchte Hölle. Ein neuer Tag ist für mich, wie eine neue Seite im Telefonbuch aufzuschlagen. Spielt keine Rolle, ob ich auf Seite 7 oder auf Seite 249 lande, immer finde ich nur einen Haufen Namen und Nummern.«

»Jetzt komm schon raus, Onkel Rein.«

»Du kannst gern reinkommen«, sagte Rein Kaspersen und drehte das Türschloss um.

Dan zwängte sich durch die Türöffnung, und der Onkel zog die Tür ganz schnell wieder zu.

Rein Kaspersen saß zusammengekrümmt in einem Rollstuhl, die eine Prothese lag auf seinem Schoß, die andere hatte er mit dem dickeren Ende unter seinen Arm geklemmt wie einen Gewehrkolben. Rein nickte zum Klodeckel hinüber. Dan gehorchte und dachte, so ein schönes

Badezimmer habe der Onkel wohl noch nie gehabt. Der Onkel hatte immer nur zur Untermiete gewohnt, und wenn er zu Hause in Skogli gewesen war, hatte er sich meisten auf Kätnerstellen einlogiert, deren vorige Bewohner gerade verstorben waren. Alte Häuser mit Klohäuschen im Garten, auf denen König Olav, die Dolomiten, vielleicht das eine oder andere Model in altmodischem Bikini oder Elvis dem Onkel Gesellschaft leisteten, wenn er sich auf dem Styroporbrett niederließ.

»Was machst du hier eigentlich?«, fragte Dan.

»Selbstgespräche führen.«

»Warum führst du Selbstgespräche?«

»Weil ich dann gescheite Antworten kriege.«

»Onkel Rein?«

»Stimmt doch. Ich rede gern mit mir. War immer schon am liebsten allein.«

»Du bist doch der geselligste Mensch in der ganzen Verwandtschaft.«

»Ja, das stimmt schon. Meine Güte, ich fühl mich jetzt offenbar am wohlsten, wenn ich eingesperrt bin. Man wird sich ja wohl noch ändern dürfen, oder was?«

»Sicher«, sagte Dan.

»Noch etwas. Ich führe Selbstgespräche und schließe mich ein, um wegzukommen. Damit die mich mit Drogen vollknallen und mich damit von hier wegholen. Ich will einfach nicht mehr. Ich habe keinen anderen Grund aufzustehen als dieses Zimmer, und dieses Zimmer hab ich zum Kotzen satt«, sagte der Onkel und setzte sich so heftig im Rollstuhl auf, dass die Prothese, die er unter dem Arm gehalten hatte, auf seinen Schoß fiel.

»*Dieses* Zimmer?«

»Das Altersheim. Dass sie über mich bestimmen, mich rumkommandieren. Ich bin neunundsechzig Jahre alt und kriege Taschengeld. Kann nicht rausgehen, wann ich will. Muss mich zu einer bestimmten Uhrzeit ins Bett legen.«

»Aber wenn du ein bisschen Geld hast, dann kannst du doch …«

»Vergiss es, Daniel, ich habe mehr als ein bisschen Geld, und an Matratzen fehlt es mir auch nicht, aber wenn meine Rente kommt, dann geht die sofort aufs Konto des Altersheims. Ich bekomme in der Woche dreihundert Kronen. Dreihundert Kronen von meinem eigenen Geld, um die ich betteln muss.«

Dan ließ seine Jacke neben die Toilette fallen und krempelte seine Pulloverärmel auf.

»Ich darf in meinem Zimmer nicht mal rauchen!«

»Ich dachte, du hättest aufgehört.«

»Himmel, ja, aber darum geht es doch nicht. Es bringt nichts mehr, aufzustehen, es bringt nichts mehr, überhaupt irgendwas zu tun.«

»Als ich zuletzt hier war, hast du gesagt, dass es gar nicht so schlimm ist.«

»Ich hab gelogen, Daniel, hab dir die Hucke voll gelogen. Oder, was heißt schon so schlimm, feuchte Hölle, es ist eher so, dass alles in mir, was Mann ist, das nicht mehr sein darf.«

Dan suchte nach Worten. Bei seinem ersten Besuch hatte der Onkel so lebhaft gewirkt. Jetzt sah er einfach aus wie irgendein müder, alter Mann mit eigenem Fenster, aber ohne etwas, auf das er schauen könnte.

»Warum bist du hergezogen? Du kommst doch allein zurecht, oder?«

»Doch, das schon. Ich kann aus dem Bett aufstehen und mir den Dreck vom Leib kratzen. Aber du weißt, ich und die Kocherei. Ich brauche Leute, die das für mich erledigen, die aufräumen und für Sauberkeit sorgen. Als dieses Heim

hier neu war, hielt ich es für das Beste, mir hier einen Platz zu sichern. Hab es wohl eher für eine Pension gehalten.«
»Und?«
»Es ist ein Altersheim. Und das Neueste, Daniel, weißt du das Neueste?«
Dan schüttelte den Kopf.
»Vor ein paar Tagen hab ich mir einen kleinen Ausgang erlaubt, und dabei ist die eine Stelze an der Halterung beschädigt worden. Und jetzt muss ich die neue selbst bezahlen, weil das nicht hier passiert ist. Die krallen sich meine ganze Rente und tun die auf ihre Bankkonten, und trotzdem muss ich jetzt blechen.«
»Onkel Rein, ich habe keine Ahnung, was ich sagen soll, aber jetzt weißt du immerhin, was du dir zu Weihnachten wünschen kannst«, sagte Dan, und zum ersten Mal, seit er hier war, verzog der Onkel den Mund zu einem Lächeln. Die Furchen in seiner Stirn glätteten sich, und er wurde wieder eher zu dem Rein Kaspersen, der er immer schon gewesen war.
»Können wir nicht hier rausgehen?«, fragte Dan. »Mir wird schlecht, wenn ich in so kleine Räume eingeschlossen bin. Wir schießen uns den Weg frei.«
Rein sah seinen Neffen an, sein Blick wirkte nicht mehr so wässrig. »Schießen uns den Weg frei?«
»Wir nehmen deine Stelzen als Gewehr, oder, besser noch, jeder nimmt eine als Baseballschläger, und dann schlagen wir uns durch. Sundance Kid und Butch Senior. *Beat on the brat, beat on the brat with a baseballbat ahaha.*«
»Feuchte Hölle, wovon redest du denn da bloß?«
»Ramones. Du hast doch immer schon gern Musik gehört, nicht wahr?«
»Ram… hä?«
»Scheiß drauf. Wir haben keinen Bock, hier noch weiter in

Selbstmitleid zu schwimmen. Komm schon. Oder soll ich vielleicht jodeln?« Er packte die eine Prothese des Onkels und holte damit aus, als wollte er den besten Home run aller Zeiten hinlegen.

»Gib mir meinen Kamm und mach, dass du rauskommst. Himmel, ich hab doch nicht gemeint, dass *du* mich umbringen sollst, jedenfalls nicht so«, sagte Rein, und Dan fand den Kamm des Onkels in einem Glas auf dem Waschbecken.

Als der Onkel einige Minuten darauf aus dem Badezimmer gerollt kam, hatte er sich die Haare nach hinten gekämmt, und die Prothesen saßen an Ort und Stelle.

»Ich dachte, die eine ist kaputt«, sagte Dan.

»Die sitzt noch, aber sie schlackert, ich kann damit nicht gehen, jedenfalls keine Treppen. Ich krieg am Mittwoch eine neue.«

Der Onkel schob sich an seinen Platz an der Wand, vor dem Fenster.

»Ich hasse den Winter«, sagte er.

»Möchtest du Kaffee?«, sagte Dan und war schon draußen, ehe der Onkel antworten konnte. Die Frau, die er vorhin getroffen hatte, stand vor dem Eingang zum Personalzimmer.

»Jetzt ist alles gut. Ich hab meinen Onkel vom Klo geholt. Jetzt müssen wir miteinander reden«, sagte Dan.

»Aber …«

»Ich nehm ein bisschen Kaffee mit.«

»Wir müssen doch …«

»Nachher«, sagte Dan, schnappte sich zwei Tassen vom Servierwagen, goss sie halb voll und trug sie zum Onkel ins Zimmer.

»Weißt du«, sagte Rein, »der Winter war hier in Kongsvinger immer schon richtig hart. Ich hab die Geschichte der Festung gelesen. Die Frau des einen Kommandanten, zu Anfang des 19. Jahrhunderts, hat gesagt, mit einem anderen Klima könnte Kongsvinger ein Paradies sein. Sechs Monate allerstrengster Winter. Sechs Monate absolute Finsternis, wegen der gewaltigen Schneemengen. Sechs Monate Nordwind, der oberhalb der Stadt besonders kräftig war.«

»Diese Frau hat bestimmt übertrieben, und auf jeden Fall dauert der Winter jetzt nicht mehr so lange.«

»Noch länger. Für mich schon! Der Winter kommt mir viel schlimmer vor, jetzt, wo ich im Warmen sitze und nach draußen schaue. Ich komme mir vor wie so ein Sklave«, sagte Rein.

»Sklave?«

»Ja, wie ein Gefangener in der Festung, die wurden Sklaven genannt. Harte Zwangsarbeit. Manchmal hatten sie bis zu fünfzig Sklaven. Mehr als Soldaten. Ohne die Sklaven wäre die Festung im Winter komplett eingeschneit gewesen. Die Sklaven trugen eigene Uniformen. Graue. Und abgesehen von denen, die in der Bäckerei gearbeitet haben, mussten alle Fußketten tragen. So komme ich mir jetzt auch vor, als lägen mir Fußketten um die Knöchel, die ich nicht mehr habe.«

»Aber vielleicht kann die Gemeinde dir eine andere Wohnung besorgen?«

»Meine Güte, die stecken Leute, die noch keine dreißig sind, ins Altersheim, glaubst du, die rühren einen Finger für einen Seewolf ohne Beine, der ohnehin bald krepiert?«

»Opa ist dreiundneunzig geworden!«

»Erinnere mich da bloß nicht dran.«

»Hat Jakob dich nie gefragt, ob du zu uns ziehen willst – zu ihm?«

»Fast bei jedem zweiten Besuch.«

»Und?«

»Und?«, sagte Rein Kaspersen. »Ich hatte doch immer geglaubt, du würdest zurückkommen, dich irgendwann in Skogli niederlassen. Und es würde in Bergaust vielleicht wieder Familienleben geben. Kinder.«

»Jetzt bin ich wieder da, Jakob ist nicht mehr da, und ich bin noch immer nicht verheiratet. Außerdem ist es ein großes Haus.«

»Du hast was von Thailand gesagt.«

»Ich hab dir die Hucke voll gelogen. Ich hab das einfach nur so gesagt. Ich hab doch viel gequasselt.«

»Nein. Wenn Dan Kaspersen eins nicht tut, dann ist das viel quasseln.«

»Du weißt schon, was ich meine.«

»Ja, Daniel, ich weiß, was du meinst. Aber ich kann nicht nach Bergaust ziehen. Meine Güte. Wie lange hast du dir das schon überlegt?«

»Nicht so schrecklich lange, ungefähr drei Sekunden, aber als ich zuletzt hier war, hast du mir die Ohren mit Kolumbus vollgedröhnt. Dass Kolumbus nur eins entdeckt hat, nämlich, dass er sich verirrt hatte. Du hast dir auf die Brust geschlagen und vom Spurenhinterlassen geredet.«

»Das schon, aber ich habe nicht darum gebeten, zu dir ziehen zu dürfen.«

»Nein, ich bin das, der hier bittet.«

»Ich kann nicht.«

»Doch.«

»Nein. Wenn du keine Ruhe mehr hast und wieder loswillst, wenn du verkaufen möchtest, soll ich dann auf der Straße wohnen?«

»Onkel, ich kann dir nicht versprechen, dass ich den Hof nicht verkaufen werde, aber erstens bist du erst neunundsechzig, zweitens brauchst du keine Pflege, jedenfalls nicht besonders viel. Vielleicht verkaufe ich in drei Monaten, vielleicht in einem Jahr, vielleicht nie, aber wenn ich das tue, dann werden wir schon eine neue Wohnung für dich finden.«

»Daniel, ich kann das nicht von dir verlangen. Ich hab dich nie um so was bitten wollen.«

»Noch einmal: Wer hier bittet, das bin ich.«

»Danke für das Angebot, aber ich kann nicht nach Bergaust ziehen. Das geht nicht. Das wäre falsch.«

Dan füllte seine Lunge mit Luft. Ohne eigentlich geschnuppert zu haben, registrierte er, dass es im Zimmer nicht nach altem Mann roch. Er war froh darüber, dass es nicht nach altem Mann roch.

»Gefällt dir Dänemark?«

»Dreimal darfst du raten.«

»Ich würde gern ein Ferienhaus am Limfjord mieten. Kommst du mit?«

»Im Sommer.«

»Ich dachte eher, gleich nach Neujahr. In der Nebensaison kostet das so gut wie nichts.«

»Vielen Dank, Daniel, aber Jütland im Januar? Ich weiß nicht. Wenn du wenigstens Florida gesagt hättest. Ein Ferienhaus in Key Largo. Himmel, ich hätte einen guten Bogart abgegeben.«

Der Onkel lachte über seinen eigenen Witz, und Dan ließ den Blick aus dem Fenster schweifen. Versuchte, sich Palmen, Mangroven und Brackwasser vorzustellen, das sich kräuselte, während glitzernde Alligatoren vorüberglitten. Versuchte sich daran zu erinnern, was es für ein Gefühl gewesen war, in einen Atlas zu schauen und nur Wege zu sehen, die in die Welt hinausführten. Seltsam. So hatte er das noch nie gesehen. Man weiß erst, was man hat, wenn man es nicht mehr hat.

»Ich glaube, nach Amerika würden die mich nicht reinlassen«, sagte er.
»Daniel. Einen Witz hast du noch nie erkannt. Dänemark ist schön. Dänemark im Sommer ist schön.«
»Wir können ja erst mal hier in der Gegend üben.«
»Meine Fresse, ich würde gern dieses Königreich gegen andere Wände eintauschen, die ich anglotzen kann.«
»Du könntest eine Agnes machen.«
Der Onkel schaute ihn verständnislos an.
»Agnes Bergkvist. Nachdem sie im Heim gelandet war, hat sie jeden Sommer zwei Wochen bei uns verbracht. Ich glaube, sie hielt mich und Jakob für ihre persönlichen Bediensteten. Wir mussten sie im Rollstuhl durch die Gegend schieben. Schönes Königreich, was?«
»Soll ich da sitzen wie diese alte Mumie?«
»Nein, aber …«
»Witz, Daniel, Witz. Lächeln! Das war ein Witz!«
Dan gelangt eine Grimasse.
»Wie geht's denn da draußen mit dir?«, fragte nun der Onkel und streckte die Hand nach der Kaffeetasse aus. Dan tat es ihm nach. Der Kaffee war lauwarm geworden, und er spuckte ihn zurück in die Tasse.
»Gut. Besser.«
»Haben sie schon irgendwen hopsgenommen, für den Überfall auf den Alten in Overaas?«
»Nein«, sagte Dan. Die Augen des Onkels schienen klarer zu werden, und er fügte rasch hinzu:
»Den Alten? Der kann doch nicht so viel älter sein als du.«
»Meine Güte. Oscar Thrane ist fünfundachtzig. Er hat damals gegen die Deutschen gekämpft. Und einen Schuss ins Bein abgekriegt.«
»Das wusste ich nicht. Er wirkte immer so rüstig.«
»Oscar Thrane ist unverwüstlich. Der kann hundert wer-

den. Er kommt mehrere Male im Jahr mit dem Männergesangsverein her und ist außerdem Wagenschieber.«

»Wagenschieber?«

»Patientenfreund, Besucher oder wie das sonst heißt, verdammt noch mal. Einmal pro Woche kommt er her und schiebt einen Wagen mit Zeitschriften, Büchern und Schokolade durch die Bude.«

»Machst du Witze? Skoglis reichster Mann als barmherziger Samariter?«

»Damit hat er in den letzten Jahren eben angefangen. Er ist sanfter geworden. Vielleicht aus Reue. Feuchte Hölle, wäre doch komisch, wenn er nicht bereute. Ich glaube nicht, dass es eine Sonntagsschule war, in Overaas aufzuwachsen. Nicht alles ist für Geld zu kaufen.«

»Wie meinst du das?«

»In der Familie Thrane gab es immer Geld, aber das ist auch alles, was sich Gutes über sie sagen lässt.«

»Viel Geld ist doch gut?«

»Genug Geld ist gut. So viel, dass du dir die Schuhe kaufen kannst, auf die du Lust hast, oder eine Flasche, wenn du eine brauchst, ja, und dass du nicht das Hemd von deinem Leib verkaufen musst, um die Miete zusammenzukratzen. Es ist nicht alles mit rechten Dingen zugegangen, als Familie Thrane Overaas übernommen hat. Da war so eine Geschichte mit einem Wechsel, der zwangseingelöst wurde. Als der frühere Besitzer den Hof verlassen musste, ist er verschwunden.«

»Verschwunden?«

»Er ist nie wieder gesehen worden, weder tot noch lebendig. Und da hat seine Alte zu Oscar Thranes Großvater gesagt, dass er niemals sehen würde, wie die Apfelbäume in Overaas blühen.«

»Und?«

»Die Alte hat Recht behalten. Sein Pferd ist durchgegangen. Und so ging es weiter mit der Familie Thrane. Aber der Hof ist immer weiter gewachsen. Als Thrane zuletzt hier war, hat er einem alten Kriegskameraden erzählt, er wünschte, es hätte da oben weniger Holz und mehr Kinder gegeben.«

»Mehr Kinder?«

»Enkelkinder. Feuchte Hölle, diese Kinder sind doch mit Wergeland und Collett als Eltern aufgewachsen, nachdem ihre eigenen Eltern umgekommen waren.«

»Wie meinst du das?«

»Wergeland und Collett, auf den Geldscheinen. Den Thranezwillingen hat es nie an neuen Fahrrädern und Puppen gefehlt, aber ich glaube nicht, dass sie oft angeln waren. Thrane hat seinem Kriegskameraden erzählt, dass es ihm schwer gefallen ist, Gefühle zu zeigen, dass das in seiner Generation einfach nicht natürlich war.«

»Du hast Gefühle gezeigt. Du bist mit uns angeln gegangen.«

»Meine Güte. Ich glaube, du bist nicht klar bei Verstand. Ich bin fünfzehn Jahre jünger als Thrane, hast du das nicht gehört? Elvis und ich wären jetzt gleichaltrig, wenn er nicht den Löffel abgegeben hätte. Ich habe auf See alles gelernt, was ich über Gefühle weiß.«

Der Onkel lachte abermals über seinen Scherz, und Dan suchte in seiner Jackentasche nach der Camelpackung, dann aber fiel ihm ein, dass Rauchen verboten war. Er griff nach der Kaffeetasse, und ihm fiel ein, dass der Kaffee kalt war.

»Hast du mit dem Enkel gesprochen, seit du wieder draußen bist?«, fragte der Onkel jetzt.

»Nein«, sagte Dan und überlegte, was er nun noch sagen könnte, als die Tür aufgerissen wurde und eine Dame vom Personal ihn nach draußen bat.

»Hat das nicht noch Zeit?«
Die Frau schüttelte den Kopf.
»Personalwechsel.«
Dan nickte, und der Onkel machte ein zerstreutes Gesicht.
»Ja?«, fragte Dan, als die Zimmertür hinter ihm ins Schloss glitt.
»Die Leiterin will mit Ihnen reden.«
Die Leiterin war eine Frau in Dans Alter in lila Krankenhauskittel, die ihren Namen auf einem mit Blümchen bemalten Schild auf ihrer Brust trug. Sie hatte ihn angerufen. Ihre Stimme klang schärfer als am Telefon.
»Hat Ihr Onkel sich jetzt beruhigt? Er war ja einfach unmöglich.«
»Ja, er hat sich beruhigt.«
Dan wusste nicht, was er sagen sollte. Die ganze Situation war absurd. Plötzlich war er zum Onkel seines Onkels geworden. Und zum Elternabend befohlen. Eintragungen ins Klassenbuch und schlechte Betragensnoten.
»Solche Ausbrüche können wir hier nicht dulden. Sie stören die anderen. Vielleicht müssen wir ihn verlegen.«
»Wohin?«
»In eine andere Abteilung für pflegeintensivere Patienten.«
»Pflegeintensiv? Senil, meinen Sie?«
»Wir werden sehen, wo etwas frei ist.«
»Ich werde mit ihm reden. Es gibt jetzt keinen Ärger mehr«, sagte er dann und ging ganz schnell, um Martha Thøgersen nicht die Hand geben zu müssen. Ging ganz schnell, ehe seine Abneigung gegen Leute hinter breiten Schreibtischen ihn dazu brachte, etwas zu sagen, was er später bereuen würde. Etwas, das er des Onkels wegen bereuen würde.
»Wie war's?«, fragte der Onkel.

»Du musst nachsitzen.«
»Meine Güte, du kannst ja doch Witze machen!«
»Nein, ehrlich, Onkel Rein. Ruf mich das nächste Mal an, wenn etwas ist, versprich mir das. Bitte, keinen Ärger mehr.«
»Daniel, wenn ich nicht mal sagen darf, dass das Wasser mir über den Stiefelschaft reicht, ein ganzes Stück über den Stiefelschaft, dann bin ich nicht besser als ein Tier. Ein stummes Tier. Ein Köter. Ein dressierter Köter. Ich hab noch nie auf Kommando mit dem Schwanz gewedelt. Und ich hab nicht vor, jetzt damit anzufangen.«
»Onkel, du brauchst nicht mit dem Schwanz zu wedeln, aber bitte: Hör auf zu bellen. Und dann komme ich dich bald holen, ja? Ich bin doch jetzt wieder draußen. Ich bin wieder da. Ich habe Zeit genug.«
Der Onkel nickte und hob die rechte Hand zu einem halbherzigen Gruß.
»Bis dann«, sagte Dan, und wieder nickte der Onkel.
Als er das Zimmer verlassen hatte, erfüllte ihn dasselbe Gefühl der Leere wie bei den letzten Malen, wenn er den Großvater zu Hause besucht hatte, ehe der dann im Krankenhaus geendet war. Der alte Mann stand immer auf dem Hofplatz und schaute ihm hinterher, wenn Daniel den Hang hinunterfuhr. Und wenn alte Leute anfangen, einen zur Tür zu bringen, dann, weil sie wissen, dass sie bald sterben werden. Er hätte gern gewusst, ob der Onkel ihn ein Stück begleitet hätte, wenn die Stelze nicht defekt gewesen wäre. Das war eine traurige Vorstellung. Eine großartige, traurige Vorstellung. Eine Vorstellung, die ihn klein und groß zugleich werden ließ. Gefüllt mit Worten. Mit Gerede. Mit knapper Zeit. Ein Sperrballon aus Versprechungen. Der verlorene Sohn, der das Verlorene zurückholen will.
Als er über den Parkplatz ging, sah er oben im Fenster den

Kopf seines Onkels. Im Badezimmer brannte noch immer Licht. Und er überlegte sich, dass Elvis seine letzten Bewegungen, seine letzten *moves,* in einem Badezimmer gemacht hatte – auf seinem eigenen Toilettenboden. Die Bilder vom letzten Konzert: Elvis, schweißnass und fett, wie ein Fisch, der willenlos mit dem Bauch nach oben im Kielwasser eines Schiffes schwimmt, aber nicht so würde er schließlich in Erinnerung bleiben. Nicht so lebte er weiter, nein, sondern wie das Bild auf einem der Plumpsklos des Onkels. Das Bild aus dem Comeback-Konzert, auf dem Elvis den schwarzen Lederanzug trägt.

Und der Onkel?

War noch am Leben. Ohne Beine zwar, aber noch am Leben. Er trug ein Hawaiihemd und eine blaue Trainingshose. Dan versuchte, sich Elvis mit fast siebzig vorzustellen, den Onkel so vor sich zu sehen, wie er gewesen war, ehe er zu altern begonnen hatte. Besser sterben als verrosten, oder doch nicht? Wofür hätte Elvis sich entschieden, wenn er eine Wahl gehabt hätte? Und der Onkel? Kann man solche Entscheidungen überhaupt treffen? Ja, das kann man. Jakob hatte es getan.

9

Es war im Laufe der Nacht kälter geworden, und die Straße, die ins Zentrum von Skogli führte, war mit Eisbuckeln bedeckt, in die andere Autos schon Rinnen gefahren hatten. Gleich beim Ufer des Baklengselv begegnete ihm der Schneepflug, und Dan musste alle Kraft aufwenden, um den Wagen aus den Reifenspuren und nach rechts zu manövrieren. Der Fahrer des Pflugs grüßte, und Dan fiel auf, dass der andere hinter seiner Windschutzscheibe ein elektrisches Weihnachtsbäumchen angebracht hatte. Es war immer eines der sichersten Anzeichen dafür, dass Weihnachten näher rückte, wenn die LKW-Fahrer ihre Weihnachtsbäumchen oder die nickenden Weihnachtsmännlein von Coca-Cola hervorkramten und sie an den Zigarettenanzünder im Armaturenbrett anschlossen.

Es ging auf zwölf Uhr zu, als er vor dem Büro des Lensmanns vorfuhr. Vom Fluss her wehte ein kalter Wind, die Fenster zum Parkplatz waren unten alle bereift, und Dan musste die Schulter zu Hilfe nehmen, um die Tür aufschieben zu können. Früher einmal hatte der Lensmann mehrere Angestellte und eine eigene Sekretärin gehabt. Jetzt war nur noch Markus Grude übrig, Markus Grude und eine prähistorische Kaffeemaschine, die in der Ecke des Vorzimmers asthmatisch vor sich hin gurgelte.

Der Lensmann hackte mit steifen Zeigefingern auf der Schreibmaschine herum, und neben ihm auf der Fensterbank brummte ein altes Transistorradio. Erst als Dan zum zweiten Mal an den Türrahmen klopfte, ging ihm auf, dass er Besuch hatte.

»Daniel«, sagte er, schob sich die Brille auf die Stirn und drehte das Radio leiser.

»Lensmann«, sagte Dan und zog den Stuhl hervor, der Grude gegenüber unter den Schreibtisch geschoben war.

»Ist etwas passiert?«, fragte Markus Grude und ließ sich mit im Nacken verschränkten Händen im Stuhl zurücksinken.

»Es passiert doch immer etwas. Eigentlich wollte ich schon gestern vorbeischauen, aber da bin ich im Altersheim bei Onkel Rein aufgehalten worden. Ich wollte nur vom Samstag erzählen. Rasmussen hat dir sicher von der Sache im Bürgerhaus berichtet.«

Grude nickte.

»Ich wollte vor allem sorry sagen, tut mir leid.«

»Du hast aber nicht mich angegriffen.«

»Nein, aber ich hatte ja versprochen, dass ich mit diesen Dingen fertig bin.«

»Und?«

»Ich weiß, das klingt so, als wollte ich um Rücksicht auf meine kranke Mutter bitten, aber ich war am Samstag wirklich nicht auf eine Schlägerei aus.«

»Aber du bist ihr auch nicht ausgewichen?«

»Nein«, sagte Dan und ließ sich auf den Stuhl sinken. Dachte an den Tag der Beerdigung, an den Schnee, der gefallen war, an das Licht, das seine Tränen hatte strömen lassen, als er unten im Tunnel stand und nach Overaas hinaufschaute. Dachte an seine Hände, die zu Fäusten geworden waren, als er Kristian Thrane vor sich gesehen hatte, den Prinzen von Skogli, der sich niemals hatte bücken müssen, außer, um seine Schnürsenkel zu binden. Und vielleicht selbst dann nicht, denn nachdem die Mutter von Kristian und Kristine gestorben war, als die Zwillinge erst einige Jahre alt waren, und nachdem das Wasserflugzeug des Vaters über Alaska abgestürzt war, war ein gleichmäßiger Strom von Kindermädchen durch das Leben der Kinder gezogen. Das alles war Dan durch den Kopf gewirbelt, als er unten am Hang stand, am Anfang der Straße nach Overaas, die vor ihm so viele mit der Mütze in der Hand hinaufgewandert waren. Arbeiter, die mit einem Kreuz ihre Leben verschrieben, für einen kleinen Flecken, auf dem sie mitten im Wald wohnen konnten. Es war noch nicht viele Generationen her, dass die Menschen in Skogli abends schlafen gegangen waren, ohne zu wissen, was sie in der restlichen Woche essen sollten, während das Licht von Overaas den Hang hinunterfloss. Als Dan dort stand und nach oben schaute, dorthin, wohin er eigentlich gar nicht blicken konnte, hatte er sich vorgestellt, was es wohl für ein Gefühl wäre, die Straße hochzugehen, die Tür aufzureißen, Kristian Thrane beim Essen zu überraschen – bei einem späten Frühstück vielleicht, an dem langen Tisch in Wohnzimmer. Dan konnte sehen, wie er die Hände zum Schlag erhob, während er Thrane fragte, wie viel zwei Jahre, in denen man sein Essen mit einem Plastikbesteck verzehren musste, zwei Jahre im Knast denn wert seien. Eigentlich wert seien.

Markus Grude erhob sich hinter seinem Schreibtisch und ging hinaus ins Vorzimmer. Kam mit zwei Bechern Kaffee zurück, stellte den einen vor Dan hin. Der Kaffee sah aus wie Teer und hatte einen seltsamen Beigeschmack, der Dan an Lötkolben denken ließ. Der Lensmann war keiner, der bei jeder neuen Kaffeerunde Filter und Kaffee erneuerte.

»Ich hab mit Rasmussen gesprochen, und die Sache mit der Schlägerei kannst du vergessen. Die Anzeige wird vermutlich nicht weiter verfolgt werden. Nach allem, was ich gehört habe, bist du heftig provoziert worden. Gestern Abend hat Mona Steinmyra angerufen, sie sagt, dass Kristian Thrane sich den ganzen Abend an dich gehängt hat. Sie hat auch erzählt, was dann später passiert ist.«

»Mona Steinmyra hat dich angerufen?«

»Jepp.«

»Es war nicht so, dass du sie angerufen hast?«

»Nein.«

»Ich habe Rasmussen ihren Namen genannt, ich dachte, er würde mit ihr sprechen.«

»Rasmussen hatte noch nicht mit ihr gesprochen, als sie angerufen hat. Nettes Mädchen«, sagte Grude.

»Sehr nettes Mädchen«, sagte Dan und suchte eine Möglichkeit, weiterzumachen, eine Karte, die er ausbreiten, eine Stelle, auf die er mit dem Zeigefinger tippen könnte.

»Sonst noch was?«

»Rasmussen. Ich hab die ganze Zeit das Gefühl, dass er meinen Arm gepackt hält. Und wenn ich mich gerade entspannen will, dann drückt er wieder fester zu.«

»Ich glaube, damit musst du leben.«

»Er ist wie ein Hund, der irgendeine Witterung genommen hat.«

»Daniel. Zwei Dinge treiben Rasmussen um, und selbst wenn du in die Heilsarmee eintrittst, wird er dich nicht loslassen. Sein Sohn ist drogensüchtig. Für Rasmussen ist das hier eine persönliche Angelegenheit.«

»Das war das eine.«

»Rasmussen geht im Februar in Rente. Sein Nachfolger ist schon da. Und das hier kann sehr schnell zu Rasmussens letztem großen Fall werden.«

»Zu seinem letzten großen Fall?«

»Oscar Thrane ist schon einiges über achtzig. Die Frage ist, ob er überlebt. Gib Rasmussen keinen Vorwand, alles noch ungemütlicher für dich werden zu lassen.«

Dan nickte nur. Nickte und schluckte. Er hatte gehofft, der Lensmann werde sagen, dass Rasmussen die Sache jetzt etwas lockerer angehen würde. Dass alles jetzt eine Wendung zum Besseren nehmen würde. Aber nein. Er hatte das Gefühl, in einem Beichtstuhl zu knien, wo der Geistliche sich einfach nur abwandte. Er erhob sich.

»Lensmann?«

Grude nickte.

»Du hältst mich auch am Arm fest, aber du drückst nicht. Warum?«

»Weil ich an neue Chancen glaube, daran, dass jemand, der seine Strafe abgesessen hat, auch wieder die Möglichkeit haben muss, hochzukommen.«

»Okay, oder danke. Bis dann.«

Er hatte schon die Ausgangstür erreicht, als Grude hinter ihm herrief:

»Noch eins zum Schluss!«

»Ja?«

»Heute ist der letzte Dienstag vor Weihnachten.«

»Ja?«, fragte Dan und blieb leicht verwirrt mit der Hand auf der Türklinke stehen. »Und?«

»Es ist der letzte Dienstag vor Weihnachten«, wiederholte Grude.

»Ist schon klar«, sagte Dan, der noch immer nicht wusste, was der Lensmann damit sagen wollte.

»Herrgott, du warst doch wohl nicht so lange weg von Skogli, dass du den großen Badetag vergessen hast – Purkala, die Sauna?«

»Nein«, sagte Dan. »Ich habe weder Badetag noch Sauna vergessen, ich habe nur eine Zeit lang nicht daran gedacht.«

»Na, dann denk jetzt los, wir füllen den Lastwagen um sieben. Ich halte beim Briefkasten nach dir Ausschau, ach,

zum Henker, wir kommen auf jeden Fall rauf«, sagte Markus Grude und ließ die Brille wieder auf seine Nase rutschen.
»Danke, aber ich habe für heute Abend andere Pläne«, sagte Dan.
»Andere Pläne?«
»Ja.«
»Frauenpläne?«
»Nein, noch andere Pläne.«
»Dann hol ich dich ab«, sagte der Lensmann und wandte sich seiner Schreibmaschine zu.

Als Dan von der Hauptstraße abbog, um zum Hof zurückzufahren, hatte der Postbote dermaßen viel Weihnachtsreklame in den Briefkasten gesteckt, dass der Deckel offen stand. Ohne sich die knallbunten Angebote genauer anzusehen, warf Dan sie gleich in die Mülltonne, nahm sich aber vorher die Zeit, zwei Weihnachtskarten von alten Tanten und die Lokalzeitung herauszufischen. Der Überfall auf Oscar Thrane verlor langsam an Nachrichtenwert. Erst auf Seite sieben fand Dan eine kleine Notiz darüber, dass die Polizei jetzt eine entscheidende Phase der Ermittlungen erreicht habe, dass Kommissar Rasmussen aus Rücksicht auf die laufende Untersuchung jedoch keine weiteren Kommentare abgeben könne. Drei Seiten weiter vorn wurde Daniel und seiner Prügelei mit Kristian Thrane übrigens ebenso viel Platz gewidmet.
In der Küche kochte er sich Tee, nahm Honig statt Zucker und ging mit der Tasse ins Wohnzimmer. Suchte zwischen den Platten des Bruders nach »Destroyer«, fand sie aber nicht und spielte deshalb an der Kassette herum, die er im Hiace gefunden hatte. Eldkvarn. Daniel hatte nie besonders viel schwedische Musik gehört, er verband sie nur mit

heiseren Stimmen, die nach allzu viel Wein sentimental wurden. Softer Kram. Sachen, die man auflegte, ehe man eine Frau richtig kennen gelernt hatte und wagte, das aufzulegen, was man wirklich gern hörte. Er schob die Kassette in den Recorder und drückte auf den Startknopf. Was? Wieder das Gebetshaus. Nein, doch nicht ganz. Aber da war etwas, in dieser Intensität. Schmerz. Halleluja. Wieder die Stimmen im Keller. Ah, Herodes, Saulus und Judas Ischariot, alles, wovor der Bruder sich als Kind so gefürchtet hatte. Der Eingang zur Finsternis, der Eingang zu dem, was hinter dem Schmerz lag. »*Nichts tut noch weh. Nichts tut noch weh. Nichts tut weh. Es ist viel, viel mehr.*« Jakob im Auto, das Vibrieren des Motors, die Abgase, die ihn durch den Gartenschlauch anhauchen. Hatte er im Takt der Musik auf das Lenkrad getrommelt und die Augen geschlossen? Hatte er die Musik genossen, hatte er wirklich zuhören können, während ein seliges Gefühl von Schläfrigkeit langsam in ihm aufgestiegen war? Dan drückte auf »Eject«, riss die Kassette aus dem Gerät und feuerte sie unter das Sofa, blieb allein im Raum, mit seinen eigenen Geräuschen. Sein erstes Weihnachtsfest in Freiheit seit zwei Jahren, aber kein Mensch, dem er ein Geschenk kaufen könnte. Kein Mensch, mit dem er essen gehen könnte.

Dan ging in Jakobs Schlafzimmer und zog ein Kleidungsstück nach dem anderen aus dem Kleiderschrank. Hemden, Pullover, Hosen, fast alles stopfte er in einen schwarzen Müllsack, er behielt nur das, was er selbst brauchen konnte, einige Pullover, bei denen es keine Rolle spielte, dass sie ein bisschen groß für ihn waren. Einige Pullover und etliche T-Shirts mit den Namen von Bands, die Jakob gern gehört hatte, Musik, nach denen Jakob und er ihre Leben navigiert hatten, in einer Zeit, in der drei Akkorde und Lieder von 1:57 Länge mehr zu sagen zu haben schienen als alle Schulbücher auf der Welt. Dan hatte gestikuliert und erklärt, Jakob hatte genickt. War es so, der große Bruder zu sein, sollte es so sein, oder hatte er einfach den Pfad ausgetreten und hatte es als selbstverständlich angenommen, dass Jakob ihn gehen wollte? Hatte er dem Bruder überhaupt eine Wahl gelassen? Einmal, als sie im Fernsehen ein Fußballspiel gesehen hatten und Leeds am Ende 3:0 gesiegt hatte, war Dan jubelnd durch das Wohnzimmer gesprungen, hatte dem Bruder auf den Rücken geschlagen und gefragt: »Wieso hältst du eigentlich zu Leeds?«, und er hatte eine Antwort erwartet wie: Die haben so gute Spieler, Mir gefallen die Trikots oder Sie sind einfach die Besten. Jakob antwortete: Weil du das auch tust.

Er zog das letzte Hemd aus dem Schrank, eins von Jakobs guten Hemden, ein weißes Baumwollhemd mit bestickten Taschen. Dan drückte das Gesicht in den Stoff, versuchte etwas in sich aufzusaugen, was nur der Bruder gewesen war. Versuchte sich zu erinnern, wie er gerochen hatte, aber er nahm nur ein wenig Weichspüler wahr. Als Jakob ihn zuletzt im Gefängnis besucht hatte, hatte er ihn zum Abschied lange umarmt. Dan konnte sich nicht erinnern, ob sie sich seit ihrer Kindheit sonst noch umarmt hatten, abgesehen von der Beerdigung der Eltern natürlich. Als er wieder in die Zelle gesperrt wurde und mit geschlossenen Augen auf dem Bett lag, schien die Zelle ein wenig gewachsen zu sein. Die Matratze gab unter seinem Rücken nach, und er sank durch sich selbst hindurch. Er wusste für einen plötzlichen Moment, wie es gewesen wäre, es hätte sein können, wenn Jakob der Erstgeborene gewesen wäre. Ein Bär von Bruder, der immer wieder stehen blieb, damit der kleine Bruder ihn einholen könnte, der ihm ab und zu einen Vorsprung gab.

Die Luft in Jakobs Schlafzimmer kam ihm trocken und

staubig vor, als habe seine bloße Anwesenheit dort wahre Staubwolken aufgewirbelt, die sich jetzt hinter seinen Augenlidern ablagerten. Aber Dan wagte nicht, die Augen zu schließen, er hatte Angst, die Dunkelheit könne ihn fallen lassen, und er werde dann nicht aus eigener Kraft wieder aufstehen können. Er stieß das Fenster auf und lehnte an dem Rahmen, bis das Zimmer nicht mehr den Schlund nach ihm aufzureißen schien. Rasch stopfte er die restlichen Kleidungsstücke in den Plastiksack, schleppte ihn zur Treppe und stellte ihn neben die Haustür. Versuchte sich einzuprägen, dass er ihn bei seinem nächsten Abstecher nach Kongsvinger dort bei der Heilsarmee abgeben wollte. Dann ging er ins Badezimmer, drehte die Dusche auf und blieb so lange darunter stehen, wie es noch warmes Wasser gab, hatte aber trotzdem nicht das Gefühl aufzutauen. Es wurde immer schwieriger, das Haus zu heizen, und der Keller kam ihm vollständig vereist vor, es war ein Frost, der langsam die Grundmauern hochkroch, durch den Boden und weiter die Wände hoch, und der das ganze Haus in ein Skelett aus Kälte verwandelte.

Er legte mehr Holz in den eisernen Ofen im Wohnzimmer, streckte sich auf dem Sofa aus, fühlte sich schläfrig. Im Gefängnis hatte er Probleme mit dem Einschlafen gehabt. In den ersten Wochen hatte er kaum die Augen schließen können, und er hatte sich zuerst vom Gefängnisarzt ein Beruhigungsmittel geben lassen müssen, um seinem Körper beizubringen, dass er Schlaf brauchte, dass er sich nachts entspannen musste. Hier, in Skogli, wo er die Tage verwenden konnte, wie er wollte, konnte er zwölf Stunden am Stück schlafen und trotzdem müde genug sein, um sich dann mittags noch einmal hinzulegen.

Als er eine Stunde später hochfuhr, hatte er das Gefühl, eben erst die Augen geschlossen zu haben, aber draußen war es dunkel, und im Zimmer war es kalt. Aber nicht das hatte ihn geweckt. Nein, da war jemand an der Tür. Jemand, der nun wieder klopfte. Dan kam schlaftrunken auf die Beine, stolperte über seine eigenen Füße und wäre fast gegen das Bücherregal geknallt, ehe er das Gleichgewicht wiederfand. Er schaltete die Hoflampe ein und öffnete die Tür.

»Ja, kommst du jetzt«, sagte Markus Grude, und bei ihm hörte es sich eher wie ein Befehl an als wie eine Frage.

»Äh«, sagte Dan und versuchte, das schläfrige Gefühl loszuwerden, dass sein ganzer Kopf mit Watte gefüllt sei, nein, nicht mit Watte, mit Candy Floss, Zuckerwatte. Dann kehrte ein Sinn nach dem anderen zurück. Er fror. Die Scheinwerfer eines mitten auf dem Hofplatz stehenden Lastwagens taten seinen Augen weh. Das Brummen des Motors kitzelte in seinen Ohren.

»Na los, Daniel, komm mit nach Purkala. So eine Runde Sauna wird dir gut tun, so eine Runde Sauna tut allen gut, du glaubst doch wohl nicht im Ernst, dass es besser für dich ist, hier allein herumzusitzen?«

»Nein, ich weiß nicht«, sagte Dan, er sah, dass jemand sich im Lastwagen bewegte, er konnte aber nicht sehen, wer das war.

»Was weißt du nicht?«

»Wer kommt denn sonst noch?«

»Fast nur Leute, die du kennst. Leute aus Skogli. Leute, die wissen, wer du bist, oder zumindest, woher du kommst.«

Fünf Minuten später hockte Dan auf der mit einer Persenning verhangenen Ladefläche von Omar Svartbergs altem Scania. Omar hatte für die Gärtnerei gearbeitet und nach deren Konkurs den Lastwagen kaufen können. Nachdem Omar mit Fahren aufgehört hatte, wurde der Bananenexpress – so wurde der Wagen genannt – vor allem bei der

Parade zum Nationalfeiertag benutzt, und um am letzten Dienstag vor Weihnachten die männliche Bevölkerung von Skogli nach Purkala zu verfrachten. Der Lastwagen war mit soliden Bänken auf jeder Seite versehen, und im Winter hatte er eine doppelte Persenning und drei Petroleumöfen mitten auf der Ladefläche. Solche grünen, runden Petroleumöfen, wie es sie auch in Bergaust gab. Es waren 21 Grad unter null, als Dan die Haustür abschloss, aber auf der Ladefläche war es nicht kalt, nein, es war nicht einmal kühl. Mehrere Männer saßen in Hemdsärmeln da, ja, Hink-und-Hopp, der neben Dan saß, trug nur ein T-Shirt. Zwischen seinen Beinen stand eine Kühltasche mit mehreren ausländischen Biersorten, die er anbot. Dan lehnte Budweiser und Löwenbräu ab, trank aber einen Schluck Jameson gleich aus der Flasche, die der Briefträger ihm hinhielt – Dan hielt ihn jedenfalls für den Briefträger. Ansonsten waren zwei Männer da, die eine Klasse unter Dan gewesen waren, dann einige Elchjäger, ein ehemaliger Fußballspieler, ein pensionierter Lehrer und einer, der sicher Omars Sohn war. Omar selbst und der Lensmann saßen vorn. Grude hinter dem Lenkrad.

Dan wusste nicht, woher die Sitte gekommen war, am letzten Dienstag vor Heiligabend die Sauna in dem alten Finnenweiler aufzusuchen, vermutlich lag es daran, dass die Leute zu Weihnachten wirklich sauber sein wollten. Seit ganz Skogli fließend Wasser bekommen hatte, war die Hygiene nicht mehr so wichtig, nun galt es, einige Stunden verschwinden zu können, während die Häuser unter den Weihnachtsvorbereitungen ächzten. Onkel Rein war früher auch immer mit nach Purkala gefahren, aber Dan konnte sich nicht erinnern, dass der Vater jemals dabei gewesen wäre.

Die Sauna in Purkala sah aus wie ein kleines Vorratshaus

und war das einzige noch vorhandene Gebäude. Das kleine Holzhaus stand direkt am Ufer des Baklengselv, und eine riesige Kiefer ließ auf der Vorderseite ihre Zweige über die Sauna hängen. Markus Grude hatte vormittags bereits eingeheizt, und als die Männer auf der Ladefläche ihre Kleider abgestreift hatten und ins Haus rannten, zeigte das Thermometer etwas unter 95 Grad. Irgendwo hatte Dan gelesen, das hier sei die älteste Sauna der Gegend, die Wände waren rußgeschwärzt und die Sitzbretter durch Generationen geglättet. Der Geruch von Birkenholz und Rauch hing unter der Decke, und da keiner der Männer vorher geduscht hatte, lief bald der Schweiß über Gesichter und Rücken.

Dan fing langsam an, er setzte sich neben Hink-und-Hopp auf das unterste Brett. Er lehnte abermals ein Bier ab, ließ sich aber von Markus Grude ein Mineralwasser reichen. Es hatte ein grünes Etikett, das konnte er im flackernden Kerzenlicht immerhin sehen.

»Zufrieden mit dem Hiace?«, fragte Dan Hink-und-Hopp, einfach um etwas zu sagen.

»Das ist ein Spitzenauto«, sagte Hink-und-Hopp und trank ein paar Schluck Bier, dann sagte er: »Ich soll übrigens von Mona grüßen, ich hab ihr erzählt, dass der Lensmann gesagt hat, du wolltest vielleicht mitkommen.«

»Danke«, sagte Dan und spürte, dass ihm noch wärmer wurde. »Grüß zurück.«

Hink-und-Hopp nickte.

»Ist Mona heute Abend irgendwo?«, fragte Dan.

»Nein, sie ist mit dem Kleinen zu Hause.«

»Kümmert der Vater sich nie um sein Kind?«

»Nein«, sagte Hink-und-Hopp.

»Sie haben vielleicht nicht so viel Kontakt?«

»Nein, nicht dass ich wüsste. Mona hat mir nie gesagt, wer der Vater ist«, sagte Hink-und-Hopp.

Dan wollte gerade fragen, wie das denn möglich sein könne, als der Briefträger sich auf dem Brett hinter ihm vorbeugte und ihm auf die Schulter tippte.
»Das mit deinem Bruder war schade. Er war wirklich ein feiner Bursche, und das ist sicher kein Trost, aber er schien im Frieden mit sich selbst zu sein, als ich ihn gefunden habe. Wie jemand, der gerade träumt. Nicht so, als ob er gelitten hätte.«
Plötzlich war die Sauna nicht dunkel genug, und der Schweiß brannte ihm in den Augen. Dan bereute, dass er mitgekommen war, er sehnte sich nach seinem Bett, der Bettdecke, der Dunkelheit. Sehnte sich nach einem Ort, an dem er noch nie gewesen war, sehnte sich danach, sich in einer neuen Stadt an einen Tresen zu lehnen, ein Gesicht unter allen anderen. Ein Mann ohne Geschichte, allein mit seinem Glas.
»Oddvar, darüber reden wir heute Abend nicht mehr«, sagte Markus Grude, und jemand drückte Dan eine Schnapsflasche in die Hand. Er nahm einen großen Schluck, dann noch einen, zwei, drei. Das brennende Gefühl in seiner Speiseröhre betäubte das Bohren in seinem Bauch, und hinter ihm erzählte jetzt jemand einen Witz über den Norweger, den Schweden und den Dänen, die mit einem Schwein um die Wette furzen wollten. Dan schloss die Augen und verbarg sich in dem auf den Witz folgenden Lachen. Dem Lachen freier Männer. Hatte das Gefühl, sich zu öffnen, empfand eine winzig kleine Freude über die plötzliche Erkenntnis, dass er zum ersten Mal seit langer Zeit – seit sehr langer Zeit – mit so vielen Männern zusammen war, ohne dabei überwacht zu werden.
»Lensmann, gibt es bei Thrane was Neues?«, fragte Omar.
»Omar, den Fall hat Kongsvinger, und du weißt doch, dass ich auch sonst nicht darüber reden dürfte.« Der Lensmann

bückte sich nach einem Heineken aus der Tasche von Hink-und-Hopp, wippte den Verschluss ab und trank einige Schlucke.

»Ich hab gehört, dass ein Haufen Geld und alles Silberbesteck verschwunden ist. Das die Familie sich zugelegt hat, als sie Overaas übernommen hatte«, sagte Omar Svartberg, als habe er nicht gehört, was der Lensmann gesagt hatte.

»Omar! Prost und fröhliche Weihnachten«, sagte Markus Grude und schlug mit der Bierflasche gegen Omars Flachmann.

»In der letzten Zeit hat es arg viel Scheußlichkeiten hier im Dorf gegeben. Und Thrane wird sicher auch noch draufgehen«, meinte der Briefträger.

»Oddvar, Prost und auch dir fröhliche Weihnachten«, sagte Markus Grude, stieß mit der Flasche des Briefträgers an und leerte seine auf einen Zug.

»Du, Daniel«, sagte der pensionierte Lehrer. »Dein Vater, der war schon richtig, er war streng, aber gerecht. Die Leute glauben heute nicht mehr auf diese Weise.«

»Dein Vater hätte einen Elefanten in den Himmel reden können«, sagte Markus Grude, und alle lachten.

»Ich weiß noch, einmal«, sagte der Lehrer, »als ich bei einer Zeltmission unten vor dem Bahnhof war und Zigeuner-Aksel und seine Leute vorbeikamen. Das war ein Jahr, ehe er bei der Mittsommerfeier am Flyktningsjø seine zweite Frau umgebracht hat. Jedenfalls war Aksel reichlich blau und unangenehm – so widerlich, wie nur er das sein konnte. Wie die meisten von seiner Art hatte er so einen Ein-und-Ausschalter, was den Glauben anging, an diesem Abend wollte er allerdings nur Krach schlagen. Aber dein Vater hat ihn in Grund und Boden gepredigt. Hat ihn in Fetzen gerissen und wieder zusammengesetzt. Ich habe nie einen erwachsenen Mann so bitterlich weinen sehen. Er musste aus dem Zelt geführt werden. Nach dem Mord hat dein Vater ihn im Gefängnis besucht und bekehrt – noch einmal. Und diesmal hat es für den Rest seines Lebens vorgehalten.«

»Wie war es gestern bei Rein?«, fragte Markus Grude.

»Ziemlich gut, fast wie immer«, sagte Dan.

»Ungleichere Brüder hab ich kaum je gekannt, ja, man könnte fast meinen, die wären sozusagen als Gegengewicht füreinander auf die Erde gekommen. Jepp, um eine Art Gleichgewicht ins Dasein zu bringen, aber ich kann mich nicht daran erinnern, dass sie sich je gestritten hätten. Oder dass der eine je ein böses Wort über den anderen gesagt hat.«

Dan nickte und hatte das Gefühl, dass sein Vater mit jeder Silbe lebendiger wurde, mit jedem Wort wuchs. Es war ein gutes Gefühl, wieder an den Vater zu denken.

»Hast du gewusst, dass beide als Schweinepfleger gearbeitet haben?«, fragte Markus Grude.

Dan schüttelte den Kopf.

»Ja, sie haben als Schweinepfleger und Schweizer gearbeitet, als sie noch ganz jung waren, oben auf Overaas, aber eines Morgens hatte dein Vater eine Art religiöser Vision und beschloss, sein Leben von nun an der Verkündigung zu weihen. Rein ist gleich darauf zur See gegangen.«

»Stellt euch vor, es wäre umgekehrt gewesen«, sagte der Briefträger, und alle lachten. Dann erzählte der Fußballspieler einen Witz über seine Frau oder gab ihn zumindest als einen solchen aus.

»Sohn eines Schweinepflegers, ist doch nicht schlecht, was? Jeder kann der Sohn von Holzfällern, Rohrlegern und Bankangestellten sein, aber Schweinepfleger sind selten, sehr selten. Doch Grund zum Protzen, was?«, fragte Hink-und-Hopp nur an Dan gewandt.

»Ja, aber meinst du, ich kann damit die Frauen anlocken?«, fragte Dan, und beide lachten. Hink-und-Hopp gab ihm wieder eine Bierflasche, und diesmal nahm Dan sie an und ließ ein paar Schluck durch seine Zähne sickern, während er versuchte, den Geschmack zu ignorieren.

»Was machst du denn so?«, fragte er dann.

Hink-und-Hopp leerte sein Bier, ehe er antwortete:

»Ich arbeite für Thrane auf Overaas. Das ist okay, oder es war okay. Einen anderen Job hab ich nie gehabt.«

»Overaas? Na ja, das ist sicher gut.«

»Ja, ich glaube, es gibt nicht viele andere Orte, wo die Elchjagd mit zum Job gehört. Ich kann mir keine andere Arbeit vorstellen, aber ich weiß ja nicht, wie es jetzt wird.«

»Es muss doch nicht unbedingt eine Veränderung geben.«

»Wenn der alte Thrane stirbt, dann wird's auf Overaas keinen Wald mehr geben. Kannst du dir die Zwillinge bei der Forstwirtschaft vorstellen?«

»Ich stell mir die Thrane-Zwillinge bei gar nichts vor«, sagte Dan und bereute das sofort. Das Thema war schließlich wichtig für Hink-und-Hopp, für den Bruder von Mona Steinmyra. Der wich ein wenig zurück, und Dan fügte rasch hinzu:

»Vielleicht verlegen die sich auf irgendwelchen Erlebniskram. Und auf jeden Fall werden sie Hilfe brauchen.«

»Kristian hat wohl an seinen Kumpels aus Oslo Hilfe genug. Die wohnen seit Wochen ja fast schon in Overaas.«

»Hat deine Schwester auch dort gearbeitet?«, fragte Dan und rülpste.

»Nein, Mona hat zuerst studiert, ja, und dann hat sie Vertretungsstellen als Lehrerin gehabt. Aber du, hast du Pläne mit dem Hof? Ich hab mit einem geredet, der hat die

Schweine abgeschafft und züchtet im Stall jetzt Champignons. Das wäre vielleicht was für Bergaust?«
»Ja, vielleicht«, sagte Dan und verzog die Lippen zu einem Lächeln.
»Ich weiß, dass der Lensmann gesagt hat, wir sollten nicht mehr über Jakob sprechen, aber ich möchte doch noch dasselbe sagen wie der Briefträger. Dein Bruder war ein feiner Bursche.«
»Okay«, sagte Dan. »Schön, dass du das findest.«
»Mona hat einmal gesagt, dass sie mit niemandem so gut reden konnte wie mit deinem Bruder. Sie waren ziemlich eng befreundet.«
»Ehe Mona es mir erzählt hat, wusste ich nicht mal, dass sie sich kannten.«
»Doch, sie haben sich angefreundet, während du … nicht da warst. Jakob hat alle zu einem Konzert von Eldkvarn nach Karlstad gefahren. Und Mona war auch dabei. Ja, ich glaube, sie haben auch noch andere Konzerte besucht.«
»Nein, jetzt kann ich nicht mehr. Raus in den Kolk«, rief Markus Grude und sprang vom obersten Brett.
»Den Kolk?«, fragte Dan. Schweißnasse Fußsohlen klatschten um ihn herum auf den Holzboden.
»Du kommst dem Leben nie näher als in dem Moment, wo du glaubst, dein Herz will seinen Hut nehmen«, sagte Markus Grude und klopfte Dan aufmunternd auf die Schulter. Briefträger und Lehrer waren schon draußen.
»Ich weiß nicht. Wenn wir uns nun Erfrierungen holen«, sagte Dan.
»Wer zuerst im Wasser ist«, rief Hink-und-Hopp, und dann rannte einer nach dem anderen aus der Sauna. Dan dachte so etwas wie, dass die Hinterbacken der Saunagäste im Mondlicht aussahen wie leuchtende Meteoriten, die gerade in den Baklengselv stürzten. Der Untergang der

Welt. Der Kampf der Gestirne. Ein Lächeln löste sich aus seinem Gesicht. Dann dachte er nichts mehr. Sein Körper durchbrach den Wasserspiegel, und er hatte das Gefühl, in einen endlos langen Streifen Klebeband eingewickelt zu werden. Er wurde zu einem einzigen Muskelkrampf, dann wurde das Klebeband abgerissen, und ein Schrei, der älter war als Adam, wurde durch seine Kehle gepresst. Über den Hügeln bei Overgrenda zeigte der Mond jetzt seinen kahlen Schädel, und am nächsten Tag begann in Skogli das Weihnachtsfest.

10

Honolulu, Singapur, Santiago und sogar Port Elizabeth, aber niemals Schweden«, sagte Rein Kaspersen.

»Was?«, fragte Dan und stellte die Scheibenwischer des Amazon noch höher. Das Eis umkränzte die Windschutzscheibe wie eine gezackte Zierborte, und die Seitenfenster waren fast zugefroren.

»Ich hab noch nie in Schweden Weihnachten gefeiert«, sagte Rein.

»Dann wird's aber mal Zeit«, sagte Dan und ging in den zweiten Gang, um die vorgeschriebenen dreißig Stundenkilometer zu erreichen, als sie gleich hinter der Grenze die Zollstation passierten. Da schien niemand Wache zu haben, jedenfalls ließ niemand sich sehen, und das Einzige, was sich im Büro bewegte, war der nickende Kopf eines mechanischen kleinen Weihnachtsmanns.

»Meine Güte, ich kann es fast nicht glauben, dass zu Heiligabend wirklich ein Lokal geöffnet hat. Das ist doch bestimmt kein gutes Geschäft.«

»Auch in Kongsvinger gibt es Restaurants, die offen haben, wenn auch vielleicht nicht mehr so spät.«

»Im Altersheim gab's ein Riesenessen.«

»Wir können noch umkehren.«

»Feuchte Hölle, nein, ich bin froh, dass du mich mitschleifen magst, ja, geradezu dankbar, und hast du Zimmer bestellt?«

»Ja.«

»A room with a view?«
»Ja, Zimmer mit Aussicht, wenn auch nicht gerade auf den Hafen, dann doch auf die Gleise der Grenzbahn.«
»Das wird schön, Daniel, das meine ich wirklich. Feuchte Hölle, wirklich toll.«
»Ich hätte es nicht über mich gebracht, heute Abend zu Hause zu sitzen, und ich finde, ich bin dir einen Ausflug schuldig. Außerdem können wir doch nicht die Einzigen sein, die heute Abend nicht wissen, was sie mit sich anfangen sollen?«
»Nein«, sagte Rein Kaspersen.
Aber das Bahnhofsrestaurant in Charlottenberg war menschenleer, abgesehen von einem schwarzhaarigen dünnen Barmann, der auf einem Barhocker saß und sich einen Lassie-Film mit einer jungen Elizabeth Taylor ansah. Dan ließ ihre Taschen vor dem Tresen auf den Boden fallen und bat um zwei Bier und einen Whisky.
Sein Onkel war nach hinten in den Raum gegangen, der Ähnlichkeit mit einem Eisenbahnabteil hatte, und hatte einen Tisch an einem Fenster gefunden. Über seinem Kopf hing ein ausgestopfter Elchkopf zwischen fünf klaffenden Hechtschlünden. In der Ecke, ungefähr auf Höhe des Tisches, gab es eine Miniaturlandschaft, auf der eine Modellbahn, ein Güterzug mit Holz und einigen geschlossenen Waggons, immer wieder eine Acht abfuhr. Die Landschaft war mit puderzuckerhaftem Schnee bedeckt, und es gab vor dem Haus, das wohl das Bahnhofsgebäude sein sollte, sogar einen kleinen Weihnachtsbaum mit blinkenden Lichtern. Dan hätte gern gewusst, was sie im Sommer mit der Modellbahn machten, vielleicht ließen sie etwas Grünes über die Landschaft rieseln und ersetzten den Weihnachtsbaum durch eine saftige Birke?
»Ich war schon mal hier im Bahnhof, aber nie im Restau-

rant. Platz genug haben wir ja jedenfalls«, sagte Rein und kippte fast das ganze Bier, ohne das Glas abzusetzen. Der Schaum hinterließ einen dünnen Schnurrbart auf seiner Oberlippe, und er wischte ihn mit dem Hemdsärmel ab. Dan konnte sich fast nicht erinnern, wann er den Onkel zuletzt in einem langärmligen Hemd ohne buntes Hawaiimuster gesehen hatte. An diesem Abend aber sah Rein Kaspersen fast elegant aus. Seine graumelierten Haare waren mit Wasser aus der Stirn gekämmt, er trug ein einfarbiges hellblaues Hemd mit langem Kragen, ein schwarzes Sakko und eine schwarze Hose, die fast aussahen, als gehörten sie zusammen.

»Na, dann Prost«, sagte Dan und kehrte dem Lokal den Rücken zu. Aus der Küche kam der Geruch von gebratenem und verbranntem Essen.

Der Onkel gab keine Antwort, er schlug mit seinem beschlagenen Bierglas gegen das Whiskyglas und leerte das Bier in einem Zug. Stieß ein dröhnendes Rülpsen aus, ließ sich mit zufriedener Miene im Sessel zurücksinken und streckte die Hand nach dem zweiten Glas aus.

»Weißt du was, Daniel? Das ist mein erstes Bier in diesem ganzen Jahr. Meine Güte. Bald siebzig, bald Fraß für die Würmer, aber ich kann nicht mal einen Schluck Bier trinken, wenn ich Lust darauf hab. Na, danke, dass du mich hierher mitgenommen hast, Junge. Allein das Bier war die ganze Reise wert. O verdammt, besser kann es doch kaum noch werden!«

»Wir können ja hoffen«, sagte Dan, schnippte mit den Fingern und bat um mehr Bier, Cola und die Speisekarte.

Der Onkel entschied sich für einen Heringsteller, Dan bestellte Schweinerippe mit einer doppelten Portion Kümmelkohl.

»Weißt du«, sagte der Onkel jetzt, »früher war Schweden

mein Amerika, ja, ehe ich zur See gegangen bin, ehe ich wirklich über den großen Kolk segeln konnte. Ich träumte von einer Bude in Schweden. Als dein Vater und ich nach dem Krieg jung waren, war die Grenze unendlich wichtig. Das war zur Zeit der Rationierung, vor dem Öl. Ja, und ich hab dasselbe, also fast dasselbe, in Mexiko gesehen, in den kleinen Dörfern entlang der Grenze. Die Leute starren die ganze Zeit auf den Horizont in Amerika und scheinen darauf zu warten, dass Jesus von dort zurückkehren wird.«

»Jakob und ich haben alle Postkarten gesammelt, die du uns von unterwegs geschickt hast, aber am Schönsten fanden wir die aus den USA. Ich kann mich an eine mit den Wolkenkratzern in New York erinnern, an eine vom Hafen in Baton Rouge und an Sandstrände in Texas. Als wir klein waren, haben wir die Postkarten an die Wand gehängt, und abends saßen wir in unserem Etagenbett und haben sie mit der Taschenlampe angeleuchtet.«

»Taschenlampe, wieso denn das?«

»Weil Vater immer das Licht in unserem Zimmer ausgemacht hat, wenn er uns vorgelesen hatte und wir mit dem Abendgebet fertig waren. Wir hatten nur eine Taschenlampe, und da hätten wir nur abwechselnd lesen können. Deshalb haben wir gespielt, dass wir zur See fuhren, dass wir du waren und in eine neue Stadt kamen.«

»Eine neue Stadt in der Dunkelheit?«

»Ja, ich weiß noch, dass wir später darüber gesprochen haben. Jakob meinte, das müsste die beste Reiseart überhaupt sein, irgendwo anzukommen, wenn es dunkel ist, und dann in dieser Stadt am nächsten Morgen aufstehen zu können.«

»Jakob war nicht dumm«, sagte Rein und trank den Rest seines Biers mit einem langen Zug, als das Essen auf den Tisch gestellt wurde.

Sie aßen schweigend. Der Kohl war süßer, als Dan es gewohnt war, aber die Rippe war gut, saftig und leicht zu schneiden, die Kartoffeln waren groß und mehlig, und die Preiselbeeren – die er zusätzlich hatte bestellen müssen – so säuerlich, dass es im Mund prickelte, wenn er sie zwischen den Zähnen zerplatzen ließ. Rein schmierte sich eine dicke Schicht grobkörnigen Senf über einen Hering, teilte ihn in drei Teile, schnitt ein Stück Zwiebel und ein Stück Kartoffel ab und konnte das Ganze in den Mund balancieren, ohne dass etwas von der Gabel fiel. Dan sah auf die Uhr, Viertel nach sieben, sie hatten noch viel Zeit, das Restaurant blieb offen, bis um neun der letzte Zug kam.
Als die Teller leer waren, schob Rein seinen Stuhl zurück und lehnte den Kopf an die Wand. Er verschränkte die Arme über der Brust wie ein Lehrer, der über die soeben korrigierten Klassenarbeiten reden will, über Arbeiten, in denen man die guten Noten mit der Lupe suchen muss. Dan schob ebenfalls seinen Stuhl zurück und legte die Füße auf den freien Stuhl am Tischende.
»Wann willst du losziehen und leuchten?«, fragte der Onkel.
»Wie meinst du das?«
»Losziehen und die Stadt in der Dunkelheit anleuchten.«
»Nein, ich weiß nicht. Ich hab keine Ahnung, was ich machen soll.«
»Du solltest dir eine Frau suchen. Leute über dreißig dürften nicht allein leben. Für die Menschen ist es besser, zu zwei und zwei zusammen zu sein. Himmel, du hast ein eigenes Haus und einen kleinen Hof. Gib einfach eine Anzeige auf, wenn du nicht weißt, wie du das sonst schaffen sollst.«
»Nerv nicht so rum, du bist doch auch problemlos dreißig und vierzig geworden, ohne geheiratet zu haben.«
»Ich war aber auch auf See, Daniel, immer zwischen zwei

Orten. Du musst dich auf die Hinterbeine stellen; dass du gesessen hast, darf für dich nicht zum Ruhekissen werden, zu einer Entschuldigung dafür, dass du aufgibst. Jeder kommt irgendwann mal ins Stolpern. Aber wenn du dir nicht den Dreck von den Knien wischst und weitergehst – sondern wenn du dich ganz mit dem Scheiß einschmierst –, dann kann die Wunde auch nicht vernarben.«

»Aber ...«, setzte Dan an.

Der Onkel zog einen gelben Briefumschlag aus der Jackentasche und drückte ihn Dan in die Hand. »Hier«, sagte er. »Fröhliche Weihnachten.«

»Danke«, murmelte Dan und riss den Umschlag auf. Ein Scheck. Ein Scheck über hunderttausend.

»Aber«, sagte Dan noch einmal, sein Gesicht kam ihm starr vor, und ihm traten Tränen in die Augen.

»Reg dich ab, die hättest du ja sowieso geerbt. Betrachte es als Vorschuss, so als ob wir den Staat um die Erbschaftssteuer betrogen hätten.«

Dan schloss die Augen. Die Bilder im Album. Vater und Onkel beim Fotografen, in identischen Matrosenanzügen. Der Onkel in der Schule. Im feinsten Staat bei der Konfirmation. Mit Lotsenjacke und Strickmütze vor irgendeinem Schiff. Nach Jakobs Geburt zu Besuch am Wochenbett. Hand in Hand mit Dan auf einem Fest in Kongsvinger. Die Eltern, Rein, Jakob und er am Nationalfeiertag, das letzte Bild, das von allen zusammen aufgenommen worden war. Und jetzt? Drei rote Kreuze. Du bist raus. Gesichter, die schon undeutlich wurden. Einige Zeilen aus einem Gedicht. »Ein Streichholz, um deine Lippen zu sehen. Ein Streichholz, um deine Augen zu sehen. Ein Streichholz, um deine Haare zu sehen, die auf deiner Stirn wogen. Dann die Dunkelheit, um mich an alles zu erinnern.« Dunkelheit jetzt. Dunkelheit.

Dan nahm die Füße vom Stuhl, stand auf und lief um den Tisch herum. Er hatte dem Onkel eigentlich nur die Hand drücken wollen, ertappte sich aber plötzlich dabei, dass er sich über ihn bückte, hatte die sandpapierraue Wange an seiner eigenen. Nahm den Geruch von Old Spice und altem Schweiß wahr. Es war wie immer, wie früher, wenn der Onkel die Straße hochgekommen war, den Seesack voller Geschenke für Dan und Jakob, den Kopf voller Geschichten, die er erzählte, wenn die Kinder im Bett lagen.
»Danke«, sagte Dan und versuchte, sich wieder klare Sicht zu erzwinkern.
»Ich könnte noch ein Bier brauchen. Der Hering war ganz schön salzig«, sagte der Onkel und schlug Dan auf den Rücken.
»Du kriegst so viel Bier, wie du willst«, sagte Dan und richtete sich wieder auf. Bestellte zwei Bier, dazu Kaffee und Cognac. Zog die Tasche mit zurück zum Tisch, öffnete den Reißverschluss und schob den Umschlag in den Beutel auf der Innenseite, gleichzeitig zog er ein viereckiges Päckchen heraus. Er hatte sich nicht die Mühe gegeben, eine Schleife herumzubinden, er hatte das Weihnachtspapier einfach mit Klebeband umwickelt.
»Danke«, sagte der Onkel und packte ein Schwarzweißbild aus. Ein Foto. Das Foto eines Indianers auf einem Schimmel. Hinter ihm, über den Hügeln, ging gerade die Sonne auf.
»Das ist Red Cloud«, sage Dan. »Er war beim Little Big Horn dabei. Du hast doch von der Schlacht dort gehört? Custer?«
»Ja«, sagte Rein. »Ich war schließlich auch mal ein Junge, ich hab sogar Montana besucht, großes Indianerehrenwort.«
»Ich hatte es im Gefängnis an der Wand hängen. Hab es als

Fenster benutzt. Hab jeden Morgen die Augen geschlossen und versucht, mir vorzustellen, wie es wäre, auf dem Pferd zu sitzen. Und diesen Hügel hinabzureiten.«
»Eines Tages wirst du das vielleicht feststellen.«
»Vielleicht«, sagte Dan und brachte fast ein Lächeln zustande.
Hinter ihnen klingelte die Glocke über der Eingangstür, und sie drehten sich um. Zwei asiatisch aussehende Frauen kamen herein und blieben am Tresen stehen. Die eine trug eine rote Strickmütze, die andere hatte ihre Kapuze über den Kopf gezogen. Sie setzten sich auf die Barhocker und schüttelten ihre Haare aus. Ahmten dann wie zwei Synchronschwimmerinnen eine die Bewegungen der anderen nach, zupften ihre Frisuren zurecht und strichen ihre Blusen glatt.
»Führe uns nicht in Versuchung, sondern erlöse uns von dem Übel, denn dein ist die Macht und das Recht und die Herrlichkeit in alle Ewigkeit«, sagte der Onkel und blies den Schaum von seinem Glas, um ans Bier zu kommen.
»Was?«, fragte Dan.
»Ja, Herrgott, Mann, schau doch einfach hin. Vergiss, dass wir den Krieg gegen die Japaner gewonnen haben, ich würde mich sofort Kaiser Hirohito und seinem ganzen Heer ergeben. Ich würde sofort auf Borneo verzichten, wenn ich eine von denen an der Hand halten könnte.«
»Das sind ja wohl kaum Japanerinnen.«
»Nein, aber sie sind genauso schön; ich hab die Japaner immer schon für das schönste Volk auf der Welt gehalten.«
»Ja, das weiß ich«, sagte Dan, und dann war das Glas des Onkels wieder leer, sein Blick dagegen hatte etwas frisch Poliertes, als sei er nach langem Schlaf ausgeruht erwacht.
»Ich glaube, ich warte noch mit dem Bier, aber könntest du mir einen Schluck Whisky besorgen? Von Cognac krieg

ich Sodbrennen, aber Whisky verbindet alles miteinander, wenn du ihn auf die richtige Weise trinkst. Whisky nimmt die scharfen Kanten weg«, sagte der Onkel. Er rappelte sich mühsam auf und fragte den Barmann nach dem Weg zum Klo.

Kaum waren die breiten Schultern des Onkels in der Türöffnung verschwunden, da stand Dan auch schon am Tresen. Zwängte sich zwischen die beiden Frauen und zeigte auf eine Flasche Famous Grouse, die ganz unten am Boden stand. Als der Barmann sich nach dem Whisky bückte, legte Dan der größeren Frau die Tausender auf den Schoß. Sie nickte der anderen zu und schob das Geld, das Dan ihr zugesteckt hatte, in ihre Jackentasche.

Der Barmann stellte ein Glas auf den Tresen und füllte es mit einem doppelten Whisky. Dan gab ihm einen Zweihunderterschein und fragte, ob er eine Frozen Margarita mixen könne.

»Ich kann es versuchen«, sagte der Mann auf Schwedisch und stellte eine Flasche Tequila auf den Tresen. Während er das Eis zerstieß, bat Dan die Frauen, sich auf ein Zeichen hin zu ihnen an den Tisch zu setzen. Die, die das Geld eingesteckt hatte, nickte und lächelte.

Als Dan zum Tisch zurückkam, hatte der Onkel seine Tasche mit dorthin gezogen, die Teller und die leeren Biergläser weggeräumt und auf den freien Stuhl eine Mandoline gestellt. Das Instrument sah aus wie ein langhalsiger Vogel und erinnerte Dan an die Gänse in Frankreich, die gestopft werden, damit ihre Leber fett wird.

»Ich hab gar nicht gewusst, dass du noch spielst«, sagte er und stellte die Gläser auf den Tisch.

»Doch, sicher«, sagte der Onkel. »Diese Mandoline hab ich in all den Jahren immer mitgenommen, von Eben Ezer nach Edmonton, vom Gebetshaus in die Hafenkneipe, vom

Baklengselv zum Mississippi. Jetzt spiele ich im Heim für die Putzfrauen, ein Kerl ohne Beine kriegt ja sonst nur selten eine Frau aufs Zimmer.«
Rein trank zweimal ausgiebig aus seinem Whiskyglas, und der Schatten einer Grimasse huschte über sein Gesicht, dann hob er die Mandoline vom Stuhl.
»Möchtest du was Besonderes hören?«, fragte er und lächelte Dan an.
»Ich hab keine Ahnung von Mandolinenmusik.«
»Aber an das hier erinnerst du dich doch sicher?«
Rein fing an, vorsichtig mit Ring- und Zeigefinger zu klimpern, drehte ein wenig an den Stimmschlüsseln, trank noch einen Schluck Whisky und räusperte sich ausgiebig. Dann fischte er ein Plektrum aus seiner Tasche und ließ es mit einem scharfen, knirschenden Geräusch über die Saiten fahren. Dan hatte den Eindruck, dass Staubteilchen aufgewirbelt wurden, er bildete sich ein, den Geruch langer Gebetshausabende zu erkennen, Nylonhemden und Predigerschweiß. Helles Bier, das über Tresen schäumte, süßes Parfüm und Zigarettenrauch.

»In diesen Tagen versucht man nun dreist
den Turm zu Babel neu zu erbauen
jetzt wird zum Mond und zum Mars gar gereist,
das kostet Millionen, das kann man sich trauen.«

Dieses Lied hatten sie in der Sonntagsschule oft gesungen, und als Dan die Augen schloss, schien es diese vielen Jahre nicht gegeben zu haben. Er saß nicht länger im Bahnhofsrestaurant von Charlottenberg, er war noch immer in Skogli, hatte niemals die Gemeindegrenze überquert, war noch nie im Ausland gewesen. Er war derjenige, der geblieben war. Er war über den Hofplatz hin und her gelaufen und hatte gesehen, wie ein Tag den anderen ablöste, hatte gesehen, wie die Sonne aufgab und hinter den Bergen starb, nur um dann am nächsten Tag wieder aufzuerstehen. Er spürte, wie sein Körper vom Stuhl abhob, hatte das Gefühl, über den Baklengselv zu schweben, über das stillgelegte Postamt und den Bahnhof, in dem schon längst keine Züge mehr hielten. Vorbei an dem Hof und der alten Espe, wo er und Jakob eine Hütte gebaut hatten, die niemals fertig geworden war. Und weiter zur Anhöhe über Skogli. Wo fast keine Bäume wuchsen, wo aber eine große Birke sich festgekrallt hatte. Zu dieser Birke schwebte Dan, legte den Kopf an den Stamm und horchte, er horchte wirklich. Das Knacken unter der Rinde schien etwas zu sein, das er verstand. Es war nicht Norwegisch, nicht Englisch, sondern etwas anderes. Etwas, das nur gespürt werden konnte, so, wie Zugvögel spüren.

»Jetzt fahren wir zum Mond,
jetzt fahren wir zum Mars,
wir jagen durch die Sternenwelt im All,
dann fahren wir zu Jesus, und der ist unser
bester Freund,
bei ihm sind wir willkommen allzumal.«

Die beiden Frauen und der Barmann applaudierten, als Rein fertig war. Dan steckte sich eine Camel an und leerte seinen Cognac in zwei Zügen. Nippte an seiner Margarita. Die war sauer.

»Das hört sich genauso gut an wie in alten Tagen«, sagte er.

»So ein Seelöwe, der alles erlebt hat, ist für Lobhudeleien nicht empfänglich«, sagte Rein, aber Dan konnte ihm ansehen, dass es nicht die ganze Wahrheit war. Seine Mundwinkel zogen sich nach oben, und als er sich über die

Tasche beugte, wollte er nicht die Mandoline weglegen, sondern einen Lappen hervorziehen und die Saiten abwischen.

»Onkel Rein, hast du mit Vater jemals über Babel gesprochen?«

»Über den Turm zu Babel, so wie im Lied?«

Dan nickte.

»Warum willst du das wissen?«

»Da gibt es einen Bibelspruch, den Jakob aufbewahrt hat.«

»Jesaja?«

»Woher hast du das gewusst?«

»Dieser Tiergartenvers, Eulen, Strauße, Feldgeister und Schakale?«

Wieder nickte Dan.

»Das war der erste Bibelspruch, den Halvor nach seiner Bekehrung aufgeschlagen hat. Er hat ihn oft zitiert, auch wenn er ihn nie ganz verstanden hat. Eulen und Feldgeister, das klingt doch mehr nach einem Märchenbuch als nach der Bibel. Ich glaube, er wollte damit sagen, dass man Dinge, die man nicht verstehen kann, einfach hinnehmen muss.«

»Hast du die Mondlandung damals zusammen mit Vater gesehen?«

»Als die Amis auf dem Mond gelandet sind, war ich vor der mexikanischen Küste unterwegs.«

Rein hatte nun die Saiten abgewischt, und als er sich bückte, um den Lappen wieder in die Tasche zu legen, nickte Dan der kleineren Frau zu.

Der Onkel wollte gerade ein neues Lied anstimmen, als die Frauen an den Tisch traten und in atemlosem Schwedisch fragten, ob sie sich setzen dürften.

»Himmel, ja«, sagte der Onkel und sprang so eilig auf, dass die Mandoline zu Boden fiel und die Saiten sich dabei anhörten wie eine berstende Kirchturmglocke. Rein Kaspersen stand schwankend am Tischende. Für einen Moment fürchtete Dan, die jähe Bewegung könne den Prothesen geschadet haben, denn plötzlich schien der Onkel wie ein Kranich die Beine nach hinten abknicken zu können. Doch dann stand er gerade da und schob für die Damen Stühle zurecht.

»Gesellschaft ist doch immer nett. Ich bin Rein, und das ist mein Neffe Daniel«, sagte der Onkel, als alle sich gesetzt hatten.

Die Frauen nannten Namen, die klangen wie Pahn oder Tahn und Yong oder Jing.

»Zu trinken?«, fragte der Onkel.

Die Damen baten um etwas Süßes. Dan bestellte zwei Bailey's.

»Soso«, sagte der Onkel. »Wartet ihr auf den Zug?«

Die Damen schüttelten die Köpfe.

»Zu Besuch«, sagte die Kleinere.

Rein sah Dan an, und der zuckte einfach mit den Schultern.

»Wir besuchen Freundin, sie auch arbeitet in Krankenpflege, also wir warten.«

»In Charlottenberg gibt's doch gar kein Krankenhaus«, sagte Rein.

»Sie meint bestimmt das Altersheim«, sagte Dan, und die Kleinere lächelte, lächelte und nickte.

»Du bist Spielmann?«, fragte Pahn oder Tahn und nahm dem Barmann das eine Bailey's-Glas ab, noch ehe er es auf den Tisch stellen konnte.

»Ich kann ein wenig spielen, ja«, sagte Rein und sah plötzlich verlegen, fast schon peinlich berührt aus.

»Dann spiel was«, sagte die Kleinere.

»Elvis«, schlug die andere vor. Sie sprach das aus wie Äll-vis, und Dan fiel auf, dass beide am Ende des Satzes mit dem Tonfall in die Höhe gingen.

»Elvis«, sagte der Onkel. »Das ist schon schwieriger. Aber nein, eins kann ich.«

»Moody Blue?«, fragte die Kleinere.

»Hä?«

»Spiel einfach«, sagte Dan.

Der Onkel griff zur Mandoline, schloss die Augen und fing an, die Begleitmelodie zu klampfen. Zuerst glaubte Dan, der Onkel betreibe irgendeine Form von Vokalübungen, ehe Rein die Stimme in eine Art Jodelton brachte und nur noch viele und lange U, Y und I herauszuhören waren. Dann erkannte Dan den Text von »Blue Moon of Kentucky«. Aber wo Elvis sich gleich dem Abgrund entgegen wirft, walzte der Onkel seitwärts, 1-2-3, 1-2-3, 1-2-3.

»Tanzen?«, fragte die Kleinere.

Dan nickte nur, nahm ihre Hand und führte sie zum Tresen, wo am meisten Platz war. Ihre Atem war wie Sahne und Zimt, ihre langen Haare streichelten seine Hand, und ihre kleine Seidenbluse, die gerade weit genug geöffnet war, um den Brustansatz zu zeigen, das alles sorgte dafür, dass er sich beengt fühlte, so als sei er draußen im Regen gewesen, und jetzt trockneten seine Kleider auf seiner Haut.

»Wen er soll kriegen?«, fragte sie, als der Onkel sich in einem langen Goodbye festhängte, ehe er dreimal auf den Boden trampelte und einen abrupten Taktwechsel vornahm.

»Es soll so aussehen, als ob er das entscheidet«, flüsterte Dan ihr ins Ohr.

»Was?«

»Stell fest, wer dem Onkel gefällt – am besten gefällt«, sagte Dan, während Rein die Begleitakkorde zu einem feinen Vibrato anschlug, immer auf einer Saite nach der anderen. Es hörte sich rostig an, es klang schräg, wenn der Onkel nicht richtig traf, aber dann fand er sich immer besser zurecht. Seine Greisenhaut schien sich plötzlich straffer um seinen Schädel zu legen, seine Finger wurden weicher. Als sich Rein durch die letzten Vokale des Refrains hindurchge-ut, ge-yt und ge-it hatte, konnte Dan Elvis problemlos wiedererkennen.

»Komischer Ällvis«, sagte die Größere, als Dan und Pahn – oder Tahn – sich wieder an den Tisch setzten.

»Nicht Elvis hat dieses Lied geschrieben, Elvis konnte keine Lieder schreiben«, sagte der Onkel. »Das war Bill Monroe und …«

»Jetzt hol ich das Bier«, fiel Dan ihm ins Wort. »Noch einen Bailey's?«, fragte er die Damen, die synchron nickten.

Dan ging zum Tresen, bestellte und bat um die Zimmerschlüssel.

Der Barmann nickte und reichte Dan zwei Schlüssel, die an einem kreditkartengroßen roten und grünen Plastikstück hingen.

»Und sie?«, fragte er Dan und nickte zu den Damen hinüber. Erst jetzt fiel Dan auf, dass dem Mann die oberen Vorderzähne fehlten, was sein Gesicht mager wirken ließ.

»Das sind einfach Damen, die wir hier kennengelernt haben«, sagte Dan.

»Ja, genau, fröhliche Weihnachten«, sagte der Mann und stellte die Gläser auf ein rundes Plastiktablett mit Bierreklame.

Der Onkel hatte inzwischen die Mandoline weggelegt und die kleinere Frau auf den Schoß genommen. Seine rechte Hand umschloss ihren Bauch, und Dan musste an einen Feuerwehrmann denken, der gerade jemanden aus einem brennenden Haus gerettet hat.

»Ach, gutes Bier kam und gutes Bier sank, für gutes Bier ich Haus und Hof einst vertrank«, sang der Onkel, legte die linke Hand um sein Glas und trank in großen Schlucken, wobei Pahn – oder Tahn – auf seinem Schoß auf und ab wippte.

»Nein, jetzt müssen wir tanzen, jetzt müssen wir verflixt nochmal tanzen. Es ist Heiligabend, ich bin mit meinem Neffen in Schweden, und ich hab keine weiteren Geschenke mehr auszupacken. Barmann!«, johlte er. »Leg Musik auf, bei der man das Tanzbein schwingen kann. Etwas Langsames, so was mit Herz und Schmerz.«

Der Barmann bückte sich unter den Tresen, und Dan konnte hören, wie die CD-Cover gegeneinander schlugen. Bald füllte das Lokal sich mit Saxofonklängen. Aus den Lautsprechern hoch unter der Decke flossen die konservierten Klänge zäh und klebrig auf sie herab. Das war Musik, die unten anfing, Musik, die in die Beine ging und nicht den Umweg über das Herz brauchte, um für die Menschen eine Bedeutung zu erlangen.

»Darf ich bitten?«, fragte Rein und hob Pahn – oder Tahn – von seinem Schoß. Dan konnte die Vorstellung eines Gesprächs mit der Größeren nicht ertragen, weshalb er sie den beiden hinterher auf die Tanzfläche führte. Ihr Körper lag nicht so gut an seinem wie der der anderen, aber das spielte jetzt keine Rolle, Dan brauchte vor allem eine, auf die er sich stützen konnte. Er hatte das Gefühl, ganz oben an einer Wendeltreppe zu stehen, und wenn er die Augen schloss, würde sein Körper Stufe um Stufe – schneller und schneller – dem Boden entgegenstürzen. Für einen kleinen Moment empfand er den Drang – die Sehnsucht – danach, sich leichter zu rauchen, sich fortzurauchen, dann fanden seine Augen das Gesicht des Onkels, sein Lächeln, sein ganzes Wesen, das von guter Laune sprach, während er über den Boden trottete und Pahn – oder Tahn – sich an ihn klebte. Wieder dieses Bild des Onkels wie ein Retter, die

starken Arme, die Menschen aus brennenden Häusern trugen, sie aus dem Wasser zogen oder plötzlich die Türen eines Autowracks aufstemmten.
Plötzlich bemerkte Dan ein Vibrieren im Boden, die Flaschen hinter dem Tresen fingen an zu klirren, und er konnte sich nicht mehr auf den Takt der schwedischen Schlager konzentrieren. Hinter den bis zur Decke reichenden Fenstern glitt der Stockholmexpress in den Bahnhof, das Schneegestöber, das zu beiden Seiten der Lokomotive aufgewirbelt wurde, ließ den Zug aussehen wie ein klobiges, riesiges Tier, das umkippt und nach dem Fangschuss ein letztes Mal nach Atem schnappt. Ein Mann mit roter Pudelmütze und schwarzem Mantel sprang auf den Bahnsteig und schaute sich einige Male um, dann ging er in die dem Restaurant entgegen gesetzte Richtung davon. In der Mitte des Zuges schaute der Schaffner aus dem Fenster, schaute sich nach beiden Seiten um und leuchtete dann zweimal mit einer grünen Lampe. Dan konnte in den Abteilen einige Gesichter sehen, aber das Licht vom Bahnsteig strömte über die Zugfenster und verwischte die Gesichter der Fahrgäste zu runden, weißen Flecken, wie unerforschte Gebiete auf einer alten Weltkarte. Dann war der Zug verschwunden, und der Barmann knipste die Lampen ein und aus.
»Letzte Bestellung, in einer Viertelstunde schließen wir«, rief er durch die Musik hindurch.
»Ich hab genug«, sagte Dan zu seinem Onkel.
»Ebenfalls, für den Moment jedenfalls«, sagte Rein und sah die Damen an. »Girls?«
Die Damen schüttelten den Kopf, und Dan ging zum Tisch und holte ihre Jacken und die Tasche des Onkels. Am Tresen hatte Rein die Arme um beide Damen gelegt und drückte jede an sich. Sein Hemd war aus seiner Hose gerutscht, seine mit Wasser gekämmte Frisur war vollständig in Auflösung

übergegangen. Dan ließ sich die Rechnung bringen, gab zweihundert Kronen Trinkgeld und konnte ohne allzu große Probleme die angebrochene Flasche Famous Grouse kaufen, die er dann in die Tasche des Onkels legte. Wie immer schob er sich die Brieftasche in den Hosenbund. Alte Gefängnisgewohnheit. Versteck, was du hast.
Die bestellten Zimmer lagen im ersten Stock. Dan trug beide Taschen hoch und wartete dann ganz hinten im Gang, zwischen der roten und der grünen Tür, auf die anderen.
»Rot oder grün«, fragte er den Onkel und winkte mit den Schlüsseln.
»Muss ja wohl grün werden«, sagte der Onkel, schloss die Tür auf und führte die kleinere Frau über die Schwelle. Dan warf die Tasche hinter ihnen her und ging mit der anderen zur roten Tür.
Im Zimmer roch es stickig und nach Schlaf, wie in einem Schlafzimmer, das fast niemals ausgelüftet wird. Das Bett stand eingeklemmt zwischen einem Sessel und dem Fenster, und die Toilette sah so klein aus, dass Dan nicht begreifen konnte, wie sich darin jemand aufs Klo setzen sollte. Die Frau zog sich mit kurzen, raschen Bewegungen aus, ihre Unterwäsche war knallrot und aus einem glänzenden Synthetikstoff, und als sie ihren BH aufknöpfte, ragten ihre Brustwarzen hervor wie zwei Korken. Sie ließ sich rücklings auf das Bett fallen und streifte sich die Unterhose über die Hüften. Hob ihre Tasche vom Boden auf und nahm eine Tube Salbe und eine Packung Kondome heraus. Sie nahm sich mit Ring- und Zeigefinger der rechten Hand eine Prise Salbe und rieb sich damit die Dose ein.
Dan dachte an Mona, an ihre kupferroten Haare, an das Gewicht ihrer Brüste auf seinem Bauch.
»Jetzt komm schon«, sagte die Frau auf dem Bett, deren Namen er noch immer nicht wusste. Dan hatte noch

immer kein einziges Kleidungsstück abgelegt, und er versuchte, irgendwo in sich die Kraft zu finden, um rückwärts das Zimmer zu verlassen und die Tür zu schließen. Er könnte sich ins Auto setzen. Den Motor anwerfen. Sich vielleicht in das geschlossene Restaurant schleichen. Die Frau spreizte die Beine, und Dan sah, dass sie glatt rasiert war. Er versuchte, sich abzuwenden, versuchte, den Kloß in seinem Hals hinunterzuschlucken, aber jetzt hatte er einfach keine Kontrolle mehr über die Situation. Er kam sich vor wie mitten im Fluss, beim Schwimmen, wenn man plötzlich merkt, dass man rückwärts gezogen wird, vorbei an der Stelle, von der man losgeschwommen ist. Seine Hose wurde immer enger, und irgendwo hinter dem Enddarm setzte die Erektion ein. Es war nicht nur eine Ansammlung von Blut, es war auch eine Ansammlung von Schmerz, Schmerz wie beim ersten Mal, als er versucht hatte, die Eichel durch die enge Vorhaut zu pressen. Scham und Verlegenheit, aber zugleich dieses alles überschattende Gefühl, das von den Fußsohlen her in ihm nach oben jagte. Er riss sich die Kleider vom Leib und merkte, wie seine Brieftasche wie ein flacher Stein in sein Hosenbein rutschte, und dann stand er nackt da. Ihre Hände rochen nach Spülhandschuhen, als sie ihm beim Gummi half. Dan versuchte sie zu küssen, aber sie drehte ihr Gesicht weg, und er suchte sich stattdessen ihre Brustwarzen. Bohrte sich mit einer einzigen langen Bewegung bis zum Heft in sie hinein, dann ging es einige Male hin und her, und schon war alles vorbei. Als er aus ihr herausfiel und auf den Rücken plumpste, fanden seine Augen ein Loch in der Eisschicht auf dem Fenster. Der Mond hing gelb und trächtig über dem Dach des alten Holzhauses auf der anderen Seite der Gleise, und plötzlich fiel ihm ein, dass er an diesem Tag nicht das Grab besucht hatte. Zum ersten Mal seit zwanzig

Jahren hatte er keine Kerze auf dem Grab seiner Eltern angezündet, auf Jakobs Grab. Seine Augen füllten sich mit Tränen, als er an das Grab eben als Grab dachte, das der Eltern und Jakobs.

Dan hatte Alpträume, er träumte von Marterpfählen, er war Gefangener der Irokesen, musste Spießrutenlaufen, während die Indianer ihn mit langen Stöcken schlugen und seinen Namen sangen wie eine Beschwörung. Er erwachte schweißgebadet und musste nach dem Lichtschalter suchen. Er war allein im Zimmer, aber das Geschrei wollte nicht verstummen. Dann erkannte er die Stimme des Onkels und seinen eigenen Namen. Er schnappte sich seine Boxershorts, die auf dem Boden lagen, er zog sich das Hemd über den Kopf. Riss die Tür auf und sprang wie ein hinkender Hürdenläufer über den Onkel, der nackt mitten im Gang lag.
»Die haben meine Stelzen gestohlen, meine Stelzen und meine Brieftasche«, rief der Onkel, und Dan spurtete hinter den Damen her, die schon den halben Gang hinter sich gebracht hatten. Gleich vor der Treppe konnte er sie einholen und er stieß sie von hinten an wie ein amerikanischer Footballspieler. Die Frauen kreischten auf, die, mit der er geschlafen hatte, versuchte, ihm das Gesicht zu zerkratzen, während die Kleinere herumfuhr und auf seinen Schritt zielte. Dan merkte, dass er die Kontrolle verlor, dass die Frauen sich fast schon losgerissen hatten, doch dann war der Onkel da. Wie ein Seelöwe robbte er über den Boden und drückte beide mit seinem Gewicht zu Boden. Zuerst zuckten die beiden noch, dann wurden sie ganz still. Als Dan dem Onkel half, sich zu setzen, machten sie das resignierte Gesicht von Kindern, die wissen, dass es jetzt Prügel setzt.

»Kann ich meine Stelzen wiederhaben?«, fragte Rein.
Die größere Frau sah Dan an.
»Seine Beine. Die Prothesen«, sagte Dan, und die Größere legte die beiden Stahlröhren mit den Fußblättern vor den Onkel hin.
»Und die Brieftasche«, sagte Dan.
Die Kleinere zog die Brieftasche aus ihrer Bluse und warf sie Dan hin.
»Wie viel Geld hattest du?«, fragte er und öffnete das Fach für die Geldscheine.
»Einen Tausender.«
»Ich seh kein Geld.«
»Visitenkarten und Kreditkarte?«
»Die stecken hier.«
»Dann scheißen wir auf den Rest.«
»Aber …«
Die Nutten tauschten verwirrte Blicke, die Kleinere sagte etwas, fragte, ob sie wieder mit aufs Zimmer kommen sollten. Dan hob die eine Prothese wie eine Schlagwaffe über den Kopf, und die Frauen wurden zu einem Kleiderbündel, das die Treppe hinuntergeworfen wurde.
Dan half dem Onkel auf die Beine, und zusammen gingen sie in das grüne Zimmer. Dan versuchte, nicht auf die Blöße des Onkels zu achten, und schlug die Augen nieder, als er sich bückte, um die Whiskyflasche aufzuheben, wobei sein Penis zwischen Bauch und Matratze eingeklemmt wurde.
»Tut mir leid, wirklich. Das war eine schlechte Idee. Am Telefon klangen sie ganz in Ordnung«, sagte Dan und schaute auf, als der Onkel unter der Decke lag.
»Daniel, feuchte Hölle, red kein Blech. Das ist der beste Heilige Abend, an den ich mich überhaupt erinnern kann.«
»Die wollten deine Beine stehlen.«

»Daniel, ich hab mit einer Frau vögeln können, deren Vater ich sein könnte, ich hab getanzt, und fast hätte es eine Schlägerei gegeben. In diesen Stunden ist mehr passiert als in den letzten Jahren in meinem Leben zusammen.«

»Sie hätten deine Beine nicht stehlen dürfen.«

»Ich bin über dreißig Jahre zur See gefahren, glaubst du, ich hätte nicht gewusst, was das für welche waren, sowie sie zur Tür hereingekommen sind? Glaubst du, ich hätte nicht gesehen, dass du mit ihnen geredet hast, als ich aufs Klo musste? Bestimmt hast du ihnen Geld zugesteckt. Und wenn ich auch nur noch den geringsten Zweifel gehabt hätte, dann ist der verschwunden, als sie sich zu uns an den Tisch gesetzt haben. Ich werde dir ein Geheimnis erzählen, Daniel: Nutten sind auf der ganzen Welt gleich.«

»Tut mir leid, sorry.«

»Bist du schwerhörig geworden? Das war der beste Heilige Abend, den ich ohne Beine je erlebt habe. Ich mag Nutten. Nutten sind ehrlich genug, um sich nicht zu verstellen. Wenn es keine Nutten gäbe, hätte ich noch mehr sternenlose Nächte verbracht.«

»Aber …«

»Fröhliche Weihnachten, Daniel.«

»Fröhliche Weihnachten«, sagte Dan und nahm die Flasche Famous Grouse, versuchte, den klebrigen Geschmack aus seinem Mund zu spülen. Dann ließ er sich im Sessel zurücksinken und hörte dem Onkel zu, bis er nicht mehr registrierte, was der eigentlich sagte, bis die Wörter zu Geräuschen wurden, bis sie sich anhörten wie Wellen, die gegen das Ufer schwappen.

11

Dritter Weihnachtstag. Dan aß in der Küche kalte Schweinerippe, als das Telefon klingelte. Es war noch keine zwölf. Er spülte sich den Hals mit einem Schluck Kaffee und ging zum Telefon.

»Hallo?«

»Hallo. Hier ist Thomassen.«

»Wer?«

»Von Eikås & Sohn. Sie waren vor vierzehn Tagen bei uns, um ein Grundstück zu verkaufen.«

»Richtig. Und Sie haben gesagt, vor Weihnachten lohne es sich nicht, Anzeigen aufzugeben.«

»Ja, der Markt war jetzt einige Monate lang tot, aber ich habe Bilder Ihres Hofes … äh …«

Dan konnte hören, wie Thomassen in Papieren blätterte.

»Bergaust, nicht wahr?«

Er nickte in den Hörer und riss sich dann zusammen. »Ja«, sagte er. »Bergaust.«

»Ich habe Bilder von Bergaust auf unsere Homepage gestellt, und jetzt sitzen zwei Niederländer hier, die sich den Hof gern ansehen wollen.«

»Niederländer?«

»Ein Ehepaar. Maler, also Künstler. Sie haben die letzten zehn oder elf Neujahrstage in Finnskogen verbracht und sind in diesem Jahr etwas früher gekommen. Sie spielen mit dem Gedanken, sich hier auf Dauer niederzulassen. Sind Sie tagsüber zu Hause?«

»Ja, ich bin zu Hause. Den ganzen Tag«, sagte er und ließ sich in einen Sessel neben dem Telefon sinken.
Seine Bauchmuskeln krampften sich zusammen. Es war einfach gewesen, bei Eikås & Sohn die Treppe hochzusteigen, an die Tür zu klopfen und seinen Spruch aufzusagen. Es war einfach gewesen, Thomassen zu empfangen. Ihn auf Bergaust herumzuführen und ihn Fotos machen zu lassen. Es war so gewesen, wie den Totozettel abzuliefern, er hätte ein ungutes Gefühl gehabt, wenn er es nicht getan hätte, hatte aber zugleich nicht geglaubt, dass es etwas bringen würde. Aber jetzt hatte es etwas gebracht. Oder: Jetzt könnte es etwas bringen, und er empfand keine Freude, aber auch keinen Kummer. Innerlich war er hohl, wie ein Kürbis zu Halloween.

Als das niederländische Ehepaar aus Thomassens Audi stieg, hatte Dan sein Lächeln wiedergefunden. Hatte sich dazu gezwungen, sein Lächeln wiederzufinden. Das hier wollte er doch. Das hier war doch sein Wunsch. Den Rücken frei und die Nase wie eine Kompassnadel in Richtung Leben gehalten.
Thomassen stellte das Ehepaar als Bettie und Ruud Rensenbrink vor. Sie drückten Dan die Hand und stellten Fragen auf fast perfektem Norwegisch, während er sie durch Wohnhaus und Wirtschaftsgebäude führte. Ab und zu blieben sie stehen, klopften an die Täfelung, fuhren mit den Fingerspitzen über die Fußbodenleisten, sprachen auf Niederländisch miteinander und bedachten Dan großzügig mit Lächeln. Er versuchte, dieses Lächeln zu erwidern, aber jeder Flickenteppich, den sie hochhoben, war eine weitere Hand voll Erde in Jakobs Gesicht, jede Schublade, die sie öffneten, war ein weiterer Nagel zu seinem Sarg.
Als sie sich ausreichend umgeschaut hatten, blieben sie ein

wenig ratlos auf der Treppe stehen. Dan überlegte, ob er sie zum Kaffee einladen sollte, aber er hätte es jetzt nicht über sich gebracht, mit Fremden in der Küche zu sitzen.
»Malen Sie so wie van Gogh?«, fragte er, einfach um etwas zu sagen.
»Fan Choch«, sagte Bettie Rensenbrink.
»Was?«
»Auf Niederländisch wird das Fan Choch ausgesprochen. Nein, so malen wir nicht, aber uns ist das Licht genauso wichtig. Das Licht von Skogli ist etwas ganz Besonderes. Es hat in ganz Europa nicht seinesgleichen.«
Dan nickte, und sie plauderten über norwegische Malerei, bis das Ehepaar Rensenbrink wieder in den Audi stieg. Nachdem er hinter Bettie die Tür geschlossen hatte, drehte Thomassen sich mit breitem Lächeln zu Dan um.
»Ich glaube, das wird ein Geschäft«, sagte er.
An diesem Abend ging Dan früh schlafen. Mochte nicht fernsehen. Er blieb liegen und blätterte in alten *National Geographics*, die dem Onkel gehört hatten, doch sein Gehirn konnte das, was das Auge sah, nicht aufnehmen. Die Fotos waren einfach auf dem Papier verschmierte Farben. »Das Licht von Skogli.« »In Europa nicht seinesgleichen.« Wie ihm Jakob fehlte, wie es ihm fehlte, mit Jakob darüber sprechen zu können. Aber wenn Jakob am Leben gewesen wäre, dann hätte es keinen Grund gegeben, über den Verkauf von Bergaust zu sprechen. Als Dan endlich einschlief, hatte er sich so oft von einer Seite auf die andere gewälzt, dass er in seine Decke eingewickelt war wie in eine Toga.

Am nächsten Morgen stand er früh auf. Noch ehe es richtig hell geworden war. Sein Großvater hatte immer lange Spaziergänge unternommen, wenn er nachdenken musste, wenn er eine wichtige Entscheidung treffen musste. Vielleicht glaubte er, dass die Bewegung für Klarheit sorgen konnte, und wenn er das geglaubt hatte, dann kam Dan nach ihm. Am Küchentisch trank er im Stehen zwei Tassen Kaffee, die nach Satz schmeckten, dann ging er ins Wohnzimmer und nahm sich die Flasche mit den vergilbten Zehnkronenscheinen und dem Bibelspruch. Wieder fragte er sich, woher der Vater diese Flasche gehabt haben mochte. Konnte die Mondlandung ihm wirklich dermaßen zugesetzt haben, dass er sie selbst geleert hatte? Dan ging mit der Flasche in den Flur, steckte sie in die Jackentasche und zog Mantel und Stiefel an.

Er war wirklich dazu entschlossen, seine Beine zu benutzen. Die Abende im Gefängnis, die Nächte hinter Stahl und Beton, der Vorgeschmack auf den langen Schlaf, das alles hatte ihm Sehnsucht nach Kies unter den Füßen gebracht. Nach kleinen Steinen. Nach Sand. Schotter. Zweigen. Eisbuckeln. Schnee. Egal was, wenn es nur Widerstand leistete. Wenn es nicht planiert war, nicht von Menschen geschaffen. Aber als er über den Hofplatz ging, raubte das bleiche Morgenlicht ihm den Mut. Seine Nasenlöcher schienen mit Kleister gefüllt zu sein. Ein scharfer Wind, der die Hänge von Overgrenda herunterkam, rieb sich an seiner Gesichtshaut und drängte sich unter den Kragen seiner Jacke. Dan ging wieder ins Haus, holte die Autoschlüssel und setzte sich in den Amazon. Glitt langsam an den Feldern vorbei nach Skogli hinunter. Hielt beim Briefkasten an, ohne zu wissen, in welche Richtung er blinken sollte, bog dann nach links auf die Hauptstraße ab. Hier und da Rauch aus den Schornsteinen, zwei Wagen in Richtung Kongsvinger, sonst hatte er Skogli für sich. Am Flyktningsjø legte er den dritten Gang ein. An diesem Tag konnte er ein gemessenes Tempo vorlegen. Jakob und er waren nie schneller als fünfzig gefahren, wenn sie auf Tour gewesen waren. Fünfzig Stundenkilometer bedeuteten Kontrolle, mehrere Entscheidungsmöglichkeiten, die Chance, Stichstraßen zu folgen, die plötzlich auftauchten, oder abrupt für eine Frau zu stoppen. Sie hatten nur selten abrupt für eine Frau gestoppt.

Er folgte der Straße zum Baklengselv. Dachte an die Sturmflut des Jahres 95, wo das Wasser die Gegend vollkommen abgeriegelt hatte. Skogli war immer schon vom Wetter gebeutelt gewesen, und der Großvater hatte behauptet, gerade hier stießen zwei Klimazonen aufeinander. Im Frühling hatte Dan immer das Gefühl gehabt, durch zwei Jahreszeiten zu fahren, wenn er von Skogli nach Kongsvinger oder in die Gegenrichtung, nach Schweden, fuhr.

Er hielt bei der Brücke über den Kolk. Hier hatten Jakob und er schwimmen gelernt. Hier hatte er geglaubt, jetzt erwachsen zu sein, im Gebüsch auf dem anderen Ufer, zusammen mit einem Mädchen aus Oslo, das eine Zahnklammer trug. Hier strömten die Wäldler zusammen, um Rindenboote fahren zu lassen, sowie das Eis unter der Brücke losbrach. Auch der Vater und der Onkel hatten sich aus ihrer Kindheit an die Rindenboote erinnern können, ohne jedoch zu wissen, wie dieser Brauch entstanden war. In der Mitte der sechziger Jahre hatte der Kaufmann John Gjemshus ihn neu belebt.

Dan ging hinaus auf die Brücke. Die groben Bretter schlugen gegeneinander wie die Bestandteile eines zerbrochenen Xylophons. Er war in die erste Klasse gegangen, als die alte Brücke unter dem Notschlachtungslastwagen zusammengebrochen war. Drei Traktoren und fast alle Männer aus dem Ort hatten helfen müssen, um den Scania wieder auf festen Boden zu schaffen. Später hatte er in *National Geographic* ein Bild von Inuit in Alaska gesehen, die sich in dem Versuch abmühten, einen Wal aufs Eis zu hieven. Obwohl diese Männer andere Züge hatten, war ihr Gesichtsausdruck derselbe. Dan hatte das Bild ausgeschnitten, und als er nun, einige Tage zuvor, die Hinterlassenschaften seines Bruders durchgesehen hatte, war es wieder aufgetaucht. Eigentlich war sein Leben auch so gewesen. Ein Album voller loser Bilder, Papierschnipsel, auf die er einige spontane Einfälle gekritzelt hatte, Zeitungsartikel, die ihm irgendwann einmal etwas zu sagen gehabt hatten, die jedoch jetzt, bei ihrem erneuten Auftauchen, wie Teile aus unterschiedlichen Puzzlespielen wirkten. Er ging in die Hocke, konnte aber zwischen den Brettern kein Wasser erkennen, keine wogende graublaue Strömung, die seine ganze Sehnsucht weiter nach Schweden tragen könnte. Nur Eis. Dickes Eis. Die Zehner und der Bibelspruch in seiner Tasche. Noch weitere Stücke seines Lebens. Und von Jakobs Leben. Er zog die Flasche hervor. Dachte daran, was der Vater zu Jakob gesagt hatte, dass man durchaus mit dem Leben einen Ausflug ins Freie unternehmen darf, wenn man nur nicht vergisst, wo man zu Hause ist. Ungefähr zwanzig Meter von der Brücke entfernt, ungefähr dort, wo der Baklengselv eine Kurve in Richtung Skogli macht, konnte er im Eis eine offene Stelle entdecken. Und er hörte die Stimme seines Bruders: »Um uns daran zu erinnern, dass wir immer miteinander sprechen sollen, immer teilen.«

Jetzt spreche ich mit dir, Bruder, ich teile.

Fetzen aus einem Lied. »*Flow, river, flow, flow to the sea. Wherever that river flows, that's where I want to be.*« Er hob die Flasche über seinen Kopf. Zur Hölle mit allem. Noch mehr Stücke, die nicht zusammenpassten. Er holte aus wie ein Speerwerfer, ließ sich von der Bewegung vorantreiben, zielte auf die offene Stelle im Eis, auf das Dunkle in dem vielen Hellen, und dann fiel es ihm auf: der weiße Kondensstreifen eines Flugzeugs oben am Himmel, wie eine Sahnespur auf einer Torte, die gerade sauer wird. Die Bewegung kam irgendwo in ihm zum Stocken. Er schloss die Augen und ließ die Flasche in den Schnee fallen. Spürte das leichte Vibrieren im Flugzeugrumpf, die Watte in den Ohren, das Brummen des Jetmotors, wie einen Ton, den er im Kopf mit sich herumtragen konnte.

Er sah, wie Skogli unter ihm flacher wurde. Alles schien in Watte gepackt zu sein. Weiß. Die Eiswürfel, die in einem Glas in seiner Hand klirrten. Der Anfang von etwas. Das Ende von etwas. Spürte, wie es war, sich der Bewegung hinzugeben, dem Tempo, immer hatte er sich entspannen oder jedenfalls sich selbst vergessen können – sich verstecken – im Jetzt, im Geradehier. Plötzlich drängte sich das Gesicht eines der anderen Häftlinge auf – eines Chilenen. Augen wie Astlöcher in einer Holztäfelung, die Haare zu einem langen Zopf geflochten. »Das Beste am Reisen ist es, einen Ort zu haben, an den man heimkehren kann«, hatte der Chilene gesagt, und dann schien sich in seinem Hals etwas losgerissen und sich über seine Stimmbänder gelegt zu haben.

Dan öffnete die Augen. Er hatte das Gefühl, diesen Ort noch nie gesehen zu haben. Und schon immer so hier gestanden zu haben. Er war nicht weitergekommen. Er war überall. Er war nirgendwo. Er war hier. Dan hob die Flasche auf und warf einen letzten Blick auf den Fluss. Versuchte sich daran zu erinnern, wie oft er schon hier gewesen war. Familienidylle. Grillwürstchen, Kakao und marokkanische Apfelsinen. Isomatte, Campingstühle und vergilbte Schafsfelle, die über den Schnee gebreitet wurden. Die Eltern, die die Kinder festhielten, während die Boote ins Wasser gesetzt wurden. Aber noch immer hatte niemand diesem Tag einen Namen gegeben. In den USA wäre er mit Flaggen und Feuerwerk gefeiert worden. Die Leute wären aus der Nachbargemeinde gekommen, ja sogar aus anderen Regierungsbezirken, nach Skogli, *The home of the world's most famous Rindenboot-Tag!* Das war zu schwach. Viel zu schwach. Es musste ein Name mit einem Namen sein. Wie wäre es mit Kolumbustag? Nein. Der Onkel hatte Recht, Kolumbus war in die Irre gesegelt. Marco-Polo-Tag? Marco Polo war doch sogar wieder nach Hause gelangt. Oder noch besser: Jakob-Kaspersen-Tag.

Dan steckte die Flasche ein, verließ die Brücke und setzte sich wieder ins Auto. Er hätte gern einen Kassettenrecorder gehabt, oder noch lieber einen CD-Player. Jakob hatte niemals einen CD-Player besessen. Er hatte immer behauptet, eine CD nähme der Musik etwas von ihrer Magie, von dem geheimnisvollen Knistern zwischen den Stücken, der Nadel, die die Lieder immer wieder herausgraben musste. Aber das alles hätte jetzt keine Rolle gespielt. Es hätte keine Rolle gespielt, wenn er überhaupt Musik hätte hören können, Klang, mit dem er seine Gedanken teilen konnte. »*'cause Skogli is drowning and I, I live by the river.*«

Er setzte zur Straße zurück, gab Gas und fuhr im Dritten um die letzte Kurve vor der geraden Strecke zur Hauptstraße. »Hör mal! Rennwagen im zweiten Gang.« Der alte Witz des Vaters, wenn er zurückschaltete und nach Bergaust hochfuhr. Dan lächelte, dann sah er zwischen den Bäumen etwas, etwas Blankes, einen Mercedes. Zuerst glaubte er, der Wagen sei in den Straßengraben gerutscht, aber als er freie Sicht hatte, sah er, dass noch alle Räder auf der Straße standen. Er ließ das Gaspedal los. Vor dem Mercedes standen einige Menschen. Drei Menschen. Vor ihnen lag ein Bündel. Etwas, das sich bewegte. Ein Bein, das vor dem Blau aufragte. Ein Reh. Offenbar hatten sie ein Reh angefahren. Er stieg auf die Bremse. Die Menschen blickten auf. Es schienen drei Männer zu sein. Es waren drei Männer. Der eine sprang auf die Straße. Hob die linke Hand über den Kopf und winkte. In der rechten Hand hielt er einen Stab. Einen Skistock? Dan erkannte ihn, als der Mann die Hände abrupt sinken ließ. Kristian Thrane. Für einen Moment wurde dieser Tag zu einem einzigen großen Nichts. Einem Tunnel. Dann hob Kristian Thrane den Skistock wie einen Degen. *En garde!* Haha. Die drei Musketiere. Einer für alle, alle für einen and all that shit. Dans Fuß trat das Gaspedal durch. So war es früher einmal gewesen. So müsste es immer sein. Mano a mano. Hier kommt nur noch einer lebend heraus. Er schaltete in den zweiten Gang. Seine Zähne klapperten. Ein Bombenflieger. Fighterpilot. Bum-bum-bum. Lebwohl, Kristian Thrane. Die Kumpels sprangen in den Straßengraben. Schrien etwas zur Straße hoch. Die Geburtstage oben in Overaas. Die Kinderfeste, zu denen Jakob und er immer eingeladen worden waren. Da hätten sie so dastehen sollen. Die Arme um den Rücken des anderen geschlungen. Zwei Ringer, die beide versuchen, den anderen auf die Matte zu legen. Es war nicht zu spät, um Kristian Thrane auf die Matte zu legen. So war es früher einmal gewesen. So müsste es immer sein. So war es. Zahn um Zahn. Danke für unsere letzte Begegnung. Danke für alle Tage im Gefängnis. Danke dafür, dass er seinen Bruder niemals wiedersehen würde. Er war jetzt so nah, dass er Kristian Thranes Züge erkennen konnte. Dan hätte gern gewusst, wie das Gesicht aussehen würde, wenn es auf die Straße geschmiert wäre. Der Briefträger hatte gesagt, Jakobs Gesicht im Auto habe so friedlich gewirkt. Kristian Thrane würde nicht friedlich aussehen. Sondern wie eine Puppe, aus der die Füllung ent-

fernt worden war. Die Stimme des Onkels: »Es ist schlimmer, nachts wachzuliegen und an das zu denken, was du nicht getan hast, als das zu bereuen, was du getan hast.« Die alten Indianer. Hugh, hugh. Es ist ein guter Tag zum Sterben. Hugh, hugh für Kristian Thrane. Zwanzig Meter. Fünfzehn, zehn, fünf. Dan riss das Steuer nach rechts, als Kristian Thrane sich zur anderen Seite warf. Den Skistock ausgestreckt wie eine Lanze. Sie schrappte an der Seite des Autos vorbei, als Dan vorüberfuhr, dann lag alles hinter ihm. Sein Fuß ließ das Gaspedal los. Die Tachonadel ging zurück. Er hatte den Tunnel hinter sich gelassen. Im Rückspiegel sah er, wie Kristian Thrane auf die Beine kam. Seine Kumpels krabbelten aus dem Straßengraben. Das Reh wurde von der Straße gezerrt. Die Musketiere setzten sich ins Auto.
Dan legte den dritten Gang ein, ehe er die Hauptstraße erreichte. Es war ein klarer Tag. Gute Sicht, in beide Richtungen. Er bog ab, ohne die Bremsen zu berühren. Geriet ein wenig ins Schlingern, konnte den Wagen aber auf der Straße halten. Spielte mit dem Gedanken, beim Lensmann vorbeizuschauen. Drosselte sein Tempo, hielt aber nicht an. Zögerte bei der Auffahrt nach Bergaust ein weiteres Mal. Sollte er nach Kongsvinger weiterfahren? Sie durch die Straßen der Stadt zerren? Nein. Er blinkte, hugh, hugh. Kristian Thrane würde es nicht wagen, ihn hier anzugreifen. Dan *glaubte* nicht, dass Kristian Thrane wagen würde, ihn hier anzugreifen. Nicht vor den Augen aller Nachbarn. Nachbarn, die den Wagen sehen könnten. Kristian Thrane war keiner, der offen handelte. Er war ein Nachttier. Dan bog ab. Schaute zurück auf die Hauptstraße. Der Mercedes war nicht zu sehen. Er kam nicht hinter ihm her. Er kniff die Augen zusammen. Blieb sitzen, bis die roten und gelben Punkte sich in der schwarzen Nacht hinter seinen

Augenlidern auflösten. Sein ganzer Kopf schien mit Samt gefüllt zu sein. Als er in Bergaust anhielt, kam seine Zunge ihm wie ausgedörrt und rissig vor, und ein schriller Laut quälte seine Gehörgänge.

Er stieg aus dem Amazon. Fuhr mit der Hand über den Lack. Der Skistock hatte einen welligen Streifen über die ganze Seite gezogen, und gleich über dem Hinterreifen befand sich eine Vertiefung; es sah aus, als sei der Wagen mit einem Luftgewehr beschossen worden. Dan nahm sich eine Hand voll Schnee und rieb seine Wangen damit ein. Blieb eine Weile auf dem Hofplatz stehen. Er hätte gern gewusst, ob Jakob jemals diese tiefe Ratlosigkeit empfunden hatte. Ob er sich so auf beide Beine gestützt und geglaubt hatte, sich nach Rädern unter sich zu sehnen.

Als er die Treppe hochging, konnte er das Telefon klingeln hören. Rasch schloss er die Tür auf, brachte den Flur mit zwei Schritten hinter sich, wäre fast über die Türschwelle gestolpert und riss den Hörer von der Gabel.

»Hallo?«

»Ja, hallo, Dan. Hier ist Thomassen. Die Niederländer schreien nach der Tinte.«

»Was?«

»Sie zahlen, was du willst. Sie kaufen.«

»Ja.«

»Sie sind so versessen darauf, dass sie schon wieder zurückgefahren sind. Haben sich nicht mal die Zeit gelassen, hier oben Silvester zu feiern.«

»Ja.«

»Sie kommen irgendwann nächste Woche wieder. Kommst du bei mir vorbei, damit wir die Papiere ausfüllen können?«

»Ja«, sagte Dan und legte auf.

Als es dunkel geworden war, glaubte er mehrere Male, auf

dem Hofplatz ein Dröhnen zu hören, und zweimal lief er mit der Taschenlampe hinaus. Aber er sah nichts. Und niemand kam. Als er fernsehen wollte, kam er sich vor wie in der Zelle. Das Guckloch in der Tür, das geöffnet wurde. Die Augen, die ihn von der anderen Seite her anstarrten. Es brauchte seine Zeit, sich an dieses Gefühl zu gewöhnen.

12

Der Teufel soll dich holen. Warum musst du alles so schwierig machen«, sagte Dan und versetzte dem Boden einen Tritt, dass Schnee und Eis nur so aufstoben und klirrend an dem Stein zersplitterten. Bei einem der hinter ihm gelegenen Gräber drehte eine grauhaarige Dame sich herum.

Dan bückte sich und zündete die Kerzen an, die er früher an diesem Tag für fünfundzwanzig Kronen das Stück gekauft hatte. Der Stein war aus Marmor und kam ihm glatter vor als bei seinem letzten Besuch. Vielleicht war etwas damit gemacht worden, als der letzte Name eingemeißelt worden war. Dan hatte vergessen, den Onkel zu fragen, über den Grabstein hatten sie überhaupt nicht gesprochen.

»Warum hast du dich einfach verpisst, du Arsch, für so feige hätte ich dich nicht gehalten«, sagte Dan und ging vor dem Stein in die Hocke. Die grauhaarige Dame kam unten auf dem Weg vorbei, und Dan konnte auch noch andere Menschen auf dem Friedhof sehen. Die Flammen der drei Kerzen auf den Tannenzweigen züngelten am Stein hoch, wie die deformierten Finger einer Hand. In einigen Stunden würden Raketen die Dunkelheit am Himmel zerfetzen. Die Tannenzweige. Plötzlich musste er daran denken, dass Jakob sie hier hingelegt hatte. Er war im Wald gewesen und hatte Äste abgehackt, hatte sie mit dem Hiace hergefahren und sie dann auf dem kleinen Viereck aus Erde verteilt, um das Grab den Winter über zu beschützen. Konnte er

da schon gewusst, konnte er geahnt haben, dass er noch vor Ende des Winters unter ebendiesen Zweigen liegen würde?
»Herrgott, warum konntest du keinen Brief hinterlassen? Und irgendwas erklären?«
Dan versuchte sich zu erinnern, was der Bruder bei seinem letzten Besuch im Gefängnis getragen hatte, versuchte, sein Gesicht klar vor sich zu sehen, aber das gelang ihm nicht. Die Erinnerung an den Bruder hatte etwas Undeutliches angenommen, etwas Zitterndes, wie ein Film im Kino, der nicht scharf genug eingestellt war. Wenn Dan von Jakob träumte, dann war Jakob zehn oder zwölf Jahre alt, niemals älter.
Hinter ihm, gleich unterhalb der Festung, knallte etwas. Eine Rakete streute gelbe, rote und blaue Schneesterne über die Stadt. Dan zog seine Mütze weiter über die Ohren. Gegen Ende seiner Haftzeit hatte er sich auf diesen Tag gefreut. Nicht auf Heiligabend, Schweinerippe und Bratwurst, nicht auf »Macht hoch die Tür« und Filme für die ganze Familie, die im Fernsehen wiederholt werden, sondern auf das hier. Er und Jakob, gebückt beim Schweinestall, die Flaschen, die aus dem Schnee ragen wie eine riesengroße Panflöte, und dann er und der Bruder, die abwechselnd die Raketenlunten anzünden. Der Geruch des Pulvers, das Heulen und die kleinen Explosionen, das Gefühl, das alte Jahr hinter sich zurückzulassen. Dann hätte er dem Bruder einen Schluck aus einer Flasche anbieten können. Etwas mit Geschmack, etwas Süßes. Apfelsinenlikör? Sie hätten sich auf der Treppe eine Zigarre anstecken und über alles reden können, was sie nun endlich machen würden. Das gute Gefühl in der Brust, das man nur bekommt, wenn man mit seinem besten Freund große Pläne zusammenlügt.

Die mittlere Kerze kippte um und erlosch im Schnee mit einem Zischen. Dan hatte keine Lust, sie noch einmal anzuzünden.
»Prost Neujahr«, sagte er und ging zum Auto, ohne sich umzusehen.

Die Straßen waren fast menschenleer, nur hier und dort hastete ein dick vermummter einsamer Mensch vorbei, den Atem wie einen ausgefransten Heiligenschein um den Kopf tragend. Bei der ersten Ampel blieb Dan bei Grün so lange stehen, dass der Wagen hinter ihm hupte. Er hätte beim Onkel vorbeischauen können, aber er konnte den Gedanken an das treibhauswarme Zimmer nicht ertragen. Und sich in den Aufenthaltsraum zu setzen, kam ihm noch deprimierender vor. Er durfte nicht vergessen, den Onkel anzurufen und ihm ein schönes neues Jahr zu wünschen – im Voraus – und dann in den nächsten Tagen hinzufahren. Vielleicht schon morgen.
Dan hatte die Stadt hinter sich, hielt am Føskersjø die Geschwindigkeitsgrenze von 90 ein und blinkte bei der Sætermokreuzung nach links. In Overaas war wirklich hinter allen Fenstern Licht, und in der Dunkelheit erinnerte das längliche, rechteckige Holzgebäude Dan an den Film über die »Titanic«, an die Szene, wo das Schiff nach dem Zusammenstoß mit dem Eisberg zu sinken beginnt. In der Zeitung – zwischen den vielen Promis, die irgendetwas über das alte und das neue Jahr zu sagen gehabt hatten – hatte ein kurzes Interview mit Rasmussen gestanden, er hatte erzählt, dass Oscar Thrane noch immer im Koma lag und dass die Polizei die Ermittlungen energisch weiterführte. »Ich bin Optimist«, hatte der Untertitel gelautet.
Wie Kongsvinger war auch Skogli so gut wie menschenleer. In den meisten Häusern brannte Licht, doch als Dan

nach Bergaust abbog, hatte er draußen nicht einen einzigen Menschen gesehen.
Der Amazon war an diesem Tag nur bockig angesprungen, und deshalb hielt er hinter dem Schweinehaus und zog die Leitung an der Wand entlang zum Stecker des Motorwärmers. Erst als er um die Scheunenecke bog, sah er, dass auf dem Hofplatz ein Mazda 323 stand. Ein weißer Mazda. Er wollte sich schon bücken, um sich das Auto genauer anzusehen, als er im Wohnzimmer eine Bewegung registrierte. Dan kam sich plötzlich vor wie in einem eiskalten Wind, und als er sich neben das Auto fallen ließ, bekam er nur mit großer Mühe Luft. Einbruch? Vielleicht, aber gerade jetzt? Zu Silvester? Verdammt. Er wusste, wer ein solches Auto fuhr. Kristian Thrane. Er musste es sein. Kristian Thrane und die Jungs aus Oslo. Sie waren sicher ziemlich blau – oder stoned – und waren gekommen, um ihn fertig zu machen, zum Dank für alles. Für die Szene im Bürgerhaus. Und den Auftritt am Baklengselv. Nein, keine Panik, dann würden sie nicht im Haus warten. Vielleicht wollten sie das Haus verwüsten? Nein, das wäre zu blöd. Oder? Die Bilder. Verdammt, verdammt, verdammt. Bestimmt waren sie gekommen, um die Bilder zu suchen, die er törichterweise Kristine gegenüber erwähnt hatte. Die das Einzige waren, was ihm ein wenig Macht über die Zwillinge gab, zumindest über die Schwester.
Dan war unten kurz vor der Abfahrt von der Hauptstraße ein fremder Wagen aufgefallen. Sie hatten ihn die ganze Zeit im Auge behalten. Aber warum gerade heute? Weiß Gott, es war noch nie leicht gewesen, Kristian Thrane zu verstehen.
Er bereute, kein Mobiltelefon zu haben, mit dem er die Polizei verständigen könnte. Wenn Kristian Thrane hier auf dem Hof bei einem Diebstahl festgenommen würde, dann

müsste Rasmussen Dans Arm doch wohl loslassen? Für einen Moment spielte er mit dem Gedanken, zum Nachbarn zu laufen, doch der wohnte hinter dem Feld auf der anderen Seite der Hauptstraße. Und wenn die anderen inzwischen losführen? Das würde seine Glaubwürdigkeit bei der Polizei nicht gerade stärken. Er musste selbst etwas unternehmen. Er musste die anderen auf irgendeine Weise ausschalten. Wenn sie nach den Bildern suchten, hielten sie sich nicht alle drei im selben Zimmer auf. Er musste versuchen sie zu überraschen.

Er robbte am Mazda vorbei und packte unten an der Treppe einen Spaten. Schlich vorsichtig nach oben, stellte die Füße auf das Ende der Stufen, wo es nicht knackte. Die Jungs wussten, was sie taten, er konnte keinerlei Spuren an der Tür sehen, die darauf hinwiesen, dass sie aufgebrochen worden war. Unendlich langsam drückte er die Türklinke nach unten, schob die Tür auf und packte den Spatenschaft mit beiden Händen. Er nahm gerade noch einen fremden Geruch im Haus wahr, dann hörte er Schritte in der Küche. Er holte zweimal tief Luft, wie ein Skispringer oben am Hang, trat einen Schritt vor und machte einen Satz über die Schwelle, wobei er den Spaten vor sich hielt wie einen zum Zuschlagen bereiten Tennisschläger. Fast hätte er Mona Steinmyra damit zu Boden gefegt. Sie sagte nichts, schrie nicht auf, sie stand nur da und sah ihn an, während die Brotschüssel aus ihrer rechten Hand zu Boden rutschte, als habe die Hand alle Kraft verloren.

»Herrgott, ich hätte dich umbringen können«, rief Dan. »Ich dachte, das sei Kristian Thranes Auto, und er und seine Kumpels wühlten hier im Haus herum.«

Mona stand noch immer so steif da wie eine Schaufensterpuppe, aber ihre Unterlippe fing jetzt an zu zittern.

Dan ließ den Spaten sinken, räusperte sich so lange, bis

seine Stimme sich wieder normal anhörte, und legte die Arme um sie.
»Tut mir wirklich leid. Ich freue mich, dich zu sehen, aber ich konnte doch nicht ahnen, dass du das gleiche Auto fährst wie Kristian Thrane. Wie bist du reingekommen?«
»Jakob hat mir im Schweinehaus gezeigt, wo der Schlüssel liegt, und es ist nicht das gleiche Auto wie das von Kristian Thrane. Es ist dasselbe. Ich hab es seit fast zwei Jahren«, sagte Mona. Ihre kupferroten Haare dufteten nach Blumen und hatten einige Strähnen bekommen, die fast violett aussahen.
»Ich war mit deinem Bruder in Purkala. Ich hab ihm Grüße an dich aufgetragen«, sagte Dan.
»Danke.«
»Ich hab versucht, dich anzurufen.«
Sie nickte und legte die Arme um sein Kreuz. Erst jetzt fiel ihm auf, dass der Tisch im Esszimmer gedeckt war. So einen grünen Suppenbehälter, wie jetzt auf dem Tisch stand, hatte er zuletzt bei den Pfadfindern gesehen, er sah aber nur einen Teller.
»Hast du gekocht?«, fragte er.
Wieder nickte sie.
»Aber wieso steht da nur ein Teller?«
»Ich wusste nicht, ob du heute Abend noch weg wolltest, und Rolf hat gesehen, dass du gefahren bist und …«
»Dein Bruder?«
»Ja, er wollte mit dem Wagen unseres Vaters tanken fahren, und dann hatte er unterwegs Probleme. Dabei hat er dich nach Kongsvinger fahren sehen. Ich dachte, du wolltest zu deinem Onkel und vielleicht in die Stadt. Ich wollte dir gerade einen Zettel schreiben.«
»Warum hast du nicht angerufen?«
»Weil mit der Verbindung etwas nicht stimmt. Ich wollte

vorbeischauen, sowie Rolf wieder zurück wäre. Er wollte heute babysitten. Aber das mit dem Telefon musst du doch bemerkt haben, ganz Skogli ist ohne Telefon.«

»Ich hab nicht so viele, die ich anrufe«, sagte Dan, ließ ihre Schultern los, ging ins Wohnzimmer und nahm den Deckel von der Isolierbox. Es roch asiatisch. Es roch nach Ingwer, Knoblauch und Soya. Es roch gut.

»Himmel«, sagte Dan und schaute Mona an, die noch immer in der Küche stand. »Das riecht ja wie im Restaurant.«

»Es gibt viel Leckeres in Gläsern zu kaufen.«

»Warst du bei den Pfadfindern?«

»Wieso das?«

»Der Suppenbehälter.«

»Den benutzen wir im Bürgerhaus. Das Essen wäre warm gewesen, auch wenn du spät nach Hause gekommen wärst.«

»Ja, aber ich bin jetzt zu Hause. Wollen wir essen?«, fragte Dan und streckte die Hand aus, in dem Versuch, galant zu sein.

»Ich weiß nicht. Das Ganze kommt mir jetzt blöd vor.«

»Mona«, sagte Dan, ging zu ihr und griff nach ihrer Hand. »Blöd wäre es nur, wenn du jetzt gingst, denn dann müsste ich allein essen. Kannst du nicht bleiben? Der Rest des Abends kann doch nur in eine Richtung gehen. Schließlich fängt nicht jedes Essen damit an, dass die Köchin um ein Haar erschlagen wird.«

Er schlug die Augen nieder, als sie lachte. Er war nicht daran gewöhnt, Frauen zum Lachen zu bringen. Verdammt, er war nicht daran gewöhnt, überhaupt einen Menschen zum Lachen zu bringen.

Mona hatte eine Flasche Rotwein mitgebracht, irgendeine spanische Sorte, und er trank, immer wieder, bis er das Gefühl hatte, dass seine Zunge anschwoll. Mona nippte nur an ihrem Glas. Als Dan fertig gegessen hatte, blieb sie einfach sitzen und stocherte die restlichen Ananasstücke aus dem Topf. Eins nach dem anderen legte sie auf ihren Teller, schrappte mit dem Messer die Soße ab und schob sie dann in den Mund.

»Du erinnerst mich an einen Waschbären«, sagte Dan.

»Hä?«

»Waschbären waschen ihre Nahrung immer, ehe sie essen. Du könntest aus einem Tierfilm entsprungen sein.«

»Danke. Hast du im Gefängnis gelernt, so schöne Komplimente zu machen?«

»Es gibt Schlimmeres, als Ähnlichkeit mit einem Tier zu haben. Wenn du die Wahl hättest, welches Tier wärst du dann gern?«

»Ich weiß nicht.«

»Na komm schon.«

»Ein Chamäleon.«

»Warum?«

»Dann könnte mich niemand sehen.«

»Ich seh dich aber gern«, sagte Dan, und sein Schwanz rührte sich, nur weil er diese wenigen Worte sagte. Seine Stimme hallte in seinem Kopf auf seltsam fremde Weise wider.

»Welche Tiere magst du denn?«

»Welches Tier ich gern wäre, meinst du?«

Mona nickte, ohne ihm ins Gesicht zu sehen.

»Viele würden jetzt Katze sagen, weil die frei und wild ist. Selbstständig. Pisskram, ich kann Katzen nicht leiden. Nein, ich wäre gern ein Rentier.«

»Ein Rentier, warum denn?«

»Dann könnte ich den Schlitten des Weihnachtsmanns ziehen.«

Mona legte den Kopf schräg und lachte perlend. Wieder spürte Dan, wie eine Flamme der Verlegenheit durch seinen

Körper jagte. Es war eine Verlegenheit, durch die er sich ungeschickt vorkam – hilflos.
»Wollen wir spülen?«, fragte Mona und fing an, Teller und Gläser vom Tisch zu räumen.
Dan wollte sagen, das habe doch Zeit, aber schon war Mona in der Küche verschwunden. Ließ Wasser ins Becken laufen und suchte im Küchenschrank nach dem Spülmittel. Dan blieb einfach in der Türöffnung stehen und sah ihr zu. Er hörte Besteck und Teller klirren, sah das Seifenwasser aufschäumen und die Griffe der Töpfe wie ein Antilopengeweih aufragen.
Dan griff nach der Camelpackung in seiner Hemdentasche, doch die Schwelle, die Türöffnung, die ihn einrahmte, das Gefühl, draußen zu stehen und hineinzuschauen, füllte ihn mit etwas Altem. Amsterdam. Red light district, die Augen an das Fensterchen gepresst, durch das die Stripperin zu sehen war, er atmet schwer durch die Nase, die Zigarette weist einen Zentimeter Glut auf, die Hand mit den roten Nägeln, die einen schwarzen Dildo umfasst, die Augen der Frau wie zwei Waldseen, die gerade vom ersten Eis bedeckt werden, ein Begehren, das sich aufdrängt wie Brechreiz. Mona stellte die Bratpfanne ins Wasser, Dan riss die Camelpackung aus der Tasche, lief zum Ofen und warf die Zigaretten hinein, sah, wie die Plastikfolie schmolz und das Dromedar sich zusammenkrümmte, hörte das Zischen, als der Tabak Feuer fing. Er schlug die Ofentür mit dem Fuß zu.
»Was machst du?«, fragte Mona und drehte sich zu ihm um.
»Neujahrsvorsatz.«
»Mit Rauchen aufhören?«
Dan nickte.
»Es ist blöd, das zu Silvester zu tun. Fast niemand kann

einen solchen Vorsatz durchhalten. Wie oft hast du es schon versucht?«
»Mit Rauchen aufzuhören … zu Silvester?«
»Ja.«
»Nie.«
»Und sonst?«
»Mit Rauchen aufzuhören?«
»Ja.«
»Nie.«
»Irgendwann passiert alles zum ersten Mal«, sagte Mona und warf ihm ein Geschirrtuch zu.

Danach, als sie Kaffee trinken wollten, ließ Mona sich auf das Sofa sinken. Eisblumen bedeckten hinter ihr das halbe Fenster, und das Thermometer schien wie eine Indianerfeder aus ihren roten Haaren zu ragen. Das Quecksilber war auf 25 gesunken und wollte hinter der Reifschicht offenbar noch weiter nach unten klettern.
»Ich wünschte, das Wetter änderte sich bald. Die Kälte setzt sich in meiner Brust fest. Ich hab die ganze Zeit das Gefühl, ein zu enges Hemd anzuhaben«, sagte Dan und ließ sich in dem Sessel nieder, der neben dem Couchtisch stand.
»Komisch. Bei mir ist es umgekehrt. Im Winter fällt mir das Atmen leichter. Die Tage werden größer.«
»Größer?«
»Ja, oder höher. Weiter. Man kann weiter sehen. Alles wird klarer. Deutlicher.«
»Vielleicht liegt es daran. Im Gefängnis möchte man nicht, dass die Dinge deutlicher werden. Zu Anfang, sozusagen jede Nacht – wenn ich endlich einschlafen konnte –, träumte ich, ich sei frei, und es war immer Sommer, ich saß immer im Auto, war unterwegs, hatte Orte, an denen ich sein konnte.«

»Träumst du jetzt vom Knast?«
»Nein.«
»Und von Jakob?«
»Manchmal. Heute hab ich viel an ihn gedacht. Ich war an seinem Grab. Wir haben zu Heiligabend immer das Grab unserer Eltern besucht. In diesem Jahr hab ich das vergessen, deshalb bin ich heute hingegangen.«
Mona erhob sich vom Sofa, kam zu ihm und setzte sich auf die Armlehne des Sessels. Wieder dieser Blumengeruch, ihre Wärme, es war, wie an einer Wand zu lehnen, die den ganzen Tag von der Sonne beschienen worden war, hinter ihrem Ohr glitt eine rotlila Haarsträhne hervor, dann fühlte er ihren Handrücken an seiner Wange.
»Ist es dir Recht, wenn ich noch eine Weile bleibe?«, fragte sie.
»Ja«, sagte Dan und kam sich arm vor, weil er es nicht schaffte, mehr zu sagen. Dass er das gerne wollte, dass ihm nichts größere Freude machen könnte.
»Ich brauche heute Abend andere Zimmer, andere Stimmen. Ich brauche Umarmungen.«
»Okay«, sagte Dan. Dann fiel ihm plötzlich ihr Sohn ein.
»Aber dein Kleiner?«
»Rolf ist Babysitter. Er und mein Vater haben ihren Alan-Ladd-Abend.«
»Der Westernheld?«
Mona lächelte und machte mit den Zeigefingern Peng-peng-Bewegungen.
»Du hast einen lieben Bruder.«
»Ja.«
»Und einen lieben Vater.«
»Er weiß nicht, dass ich hier bin.«
»Wohnst du zu Hause?«
Mona nickte, und diese Bewegung ließ ihre Bluse wogen.

Dan konnte seinen Blick nicht von dem weichen Inhalt des Seidenstoffes abwenden, von den beiden obersten Knöpfen, die geöffnet waren. Sie hob mit ihren Augen seinen Blick.

»Sebastian isst jetzt Brei, und Rolf gibt ihm die Nuckelflasche«, sagte Mona. Dan rutschte aus dem Sessel. Streckte die Hand aus und führte Mona in den ersten Stock.

»Willst du keine Raketen abschießen?«, fragte Mona oben auf der Treppe.

»Hab vergessen, welche zu kaufen«, sagte Dan und ließ auf der obersten Stufe ihre Hand los. Ihn überkam das alte heimatlose Gefühl, an einer Straßenkreuzung zu stehen und nicht zu wissen, wohin.

»Macht doch nichts. Aber ich dachte, Jungs lieben Feuerwerk, Pulverdampf, alles, was knallt.«

»Den Feuerwerkskram hat immer Jakob besorgt, aber wir haben alles zusammen abgefeuert.«

Dan konnte spüren, wie er die Treppe hinunterging, zu den LPs, wie er die Lautstärke ganz weit aufdrehte. Wieder sehnte er sich danach, high zu sein. Verspürte das Verlangen, diese Wände verschwinden zu sehen, den Kopf zu reinigen, ihn zu leeren, so wie Wasser, das durch einen Abfluss verschwindet.

»Ich will dich wirklich nicht dauernd an Jakob erinnern. Verzeihung.«

Jetzt nahm sie ihn an die Hand, sie zog ihn durch den Gang, fragte nicht, welches sein Zimmer sei, sie öffnete einfach mit der Schulter die Tür. Zum zweiten Mal an diesem Abend blieb er auf einer Schwelle stehen und sah sie an. Mona stand mitten im Zimmer und starrte die Bücher an, die in Kartons unter dem Schreibtisch Staub sammelten. Die Tagesdecke mit der Karte der USA, die auf dem Boden lag. Die offenen Schranktüren, die armselige Kleiderbügel

mit fünf Hemden und einem Sakko sehen ließen. Die Fotoalben auf dem Nachttisch, den Fernseher, den Dan aus Jakobs Zimmer geholt hatte.
»Schön«, sagte Mona, und Dan wusste nicht so recht, ob sie das ehrlich meinte oder ob es ein Witz sein sollte.
»Wir können das Feuerwerk von hier aus sehen«, sagte Dan und ging zum Fenster.
»Schön«, sagte Mona noch einmal und setzte sich auf die Bettkante.
Dan ließ sich auf die andere Seite sinken.
»Machst du die Tür zu?«, fragte Mona, und als er zögerte, fügte sie hinzu: »Es ist ziemlich kalt.«
»Na gut, ich hab mich nur daran gewöhnt, bei offener Tür zu schlafen.«
Er erhob sich und musste die Schulter anwenden, um die Tür schließen zu können. Es knackte im Rahmen, es schluchzte metallisch auf, als die Klinke nachgab, so viele tote Stunden hatte er so gestanden und auf die Schritte gehorcht, die auf der anderen Seite verschwanden. Die Gewissheit, dass er jetzt selbst den Schlüssel besaß, um die Tür zu schließen und vor allem, um sie wieder zu öffnen, ließ den Weg zurück zum Bett doppelt lang wirken.
»Ich bin zu Silvester immer niedergeschlagen. Alle anderen scheinen so genau zu wissen, was sie mit dem Rest ihres Lebens anfangen sollen«, sagte Mona und klopfte neben sich auf die Bettdecke.
Dan ließ sich aufs Bett sinken und legte den Arm um ihre Schultern.
»Mir geht's genauso«, sagte er, und Mona nahm seine linke Hand. Lehnte sich an ihn. Gleich über dem Scheunendach hatte der Große Bär sich niedergelassen, und die einsamen Lichter eines Flugzeugs in der Einflugschneise über Gardermoen blinkten ungeduldig.

»Weißt du noch, wie du zum ersten Mal die Sterne bemerkt hast, wirklich bemerkt, meine ich?«, fragte Mona. Dan schüttelte den Kopf.

»Ich glaube, ich war in der zweiten Klasse. Es war am Luciatag, und Mama weckte uns, ehe mein Vater zur Arbeit ging. Rolf und ich sollten mit zu unserer Tante kommen.«

»Wo wohnte die?«

»Einen Kilometer weiter die Straße hoch, und wir sollten beim Plätzchenbacken helfen. Ich war noch nie so früh aufgestanden und fand das alles spannend und geheimnisvoll.«

»Wie meinst du das?«

»Ich hatte nie gesehen, wie mein Vater zur Arbeit gegangen war, und ich kam mir groß vor, bedeutend, als wäre ich in die Welt der Erwachsenen aufgenommen worden, weil ich mein Brot am selben Tisch wie er gegessen hatte. Und dann war ich nur noch traurig.«

»Wieso das?«

»Mein Vater war immer munter, er pfiff und sang mit dem Radio Duette, aber jetzt sah sein Gesicht aus wie das von Jesus auf dem Bild über meinem Bett, dem Bild, wo er im Garten Gethsemane auf den Knien liegt. Als mein Vater losgehen wollte, um den Zug nicht zu verpassen, nahm er Mama ganz lange in den Arm, und ich dachte, es mache wohl doch keinen Spaß, erwachsen zu sein. Weil man dann im Dunkeln aufstehen musste und einfach nur traurig war.«

»Und?«, fragte Dan.

»Als wir Mama an der Hand nahmen und losgingen, knirschte der Schnee, als ob in meinem Kopf etwas zerbrach. Rolf sagte, er wolle nicht zur Tante, und wenn wir weitergingen, würden wir in den Weltraum hinausgesaugt. Meine Mutter antwortete, vor der Dunkelheit brauche man keine

Angst zu haben, die Sterne im Himmel seien die Augen toter Menschen. Die von Oma, Opa und anderen, die wir gekannt hatten und die immer auf uns aufpassen würden.«

»Das ist eine schöne Geschichte.«

»Das ist ein schöner Anfang für eine Geschichte. Als wir bei meiner Tante angekommen waren, musste meine Mutter sofort zurück nach Hause laufen, weil sie die Kartoffeln vergessen hatte, die wir beim Backen verwenden wollten. Ich habe sie nie wieder gesehen.«

»Was?«

»Sie hatte einen Liebhaber. Einen Schweden. Ich glaube, sie haben einige Monate in Arvika gelebt, dann haben sie sich nach Süden vorgearbeitet. Als ich zuletzt von ihr gehört habe, wohnte sie in Helsingborg.«

»Aber wusste dein Vater, dass sie euch an diesem Tag verlassen wollte?«

»Er will nicht darüber sprechen, aber ich weiß, dass sie sich gestritten hatten. Vielleicht hat sie gesagt, dass sie es nicht mehr aushielt, aber mein Vater wusste nichts von dem Schweden, glaube ich.«

Mona ließ seine Hand los und hob den Handrücken, um eine einsame Träne zu fangen, die über ihre Wange lief.

»Damals habe ich die Sterne zum ersten Mal bemerkt. Und ich habe nie wieder solche Sterne gesehen«, sagte sie und ließ Dan mit zwei Händen auf dem Schoß dasitzen, die sich schmerzhaft danach sehnten, Knöpfe zu öffnen und Haken zu lösen, die stattdessen jedoch Mona neben sich ins Bett zogen. Zwei Hände, die streichelten, wo sie hätten drücken können, die hielten, wo Kratzen möglich gewesen wäre. Als die ersten Raketen über den Himmel zischten, war Mona Steinmyra in seinem Arm eingeschlafen. Ihr Atem an seinem Gesicht, das Rauschen im Schornstein, das Haus, das sich für die Nacht zur Ruhe begab, ein letztes

Knacken wie das Ächzen eines alten Mannes, der die Schultern hängen lässt und die Bettdecke über sich zieht, die Geräusche der Stille, seine Herzschläge (oder waren es ihre?), die Kälte, die die Wände hochkroch, als die Öfen langsam erloschen, und draußen: die Sterne. Dan hoffte, dass es auch für ihn dort oben einige Augen gab.

13

Als Dan erwachte, lag nur ein Zettel auf dem anderen Kissen. »Bis bald, ich rufe an – oder schaue vorbei«, hatte sie geschrieben und darunter einen Lippenstiftabdruck gesetzt. Dan suchte auf dem Nachttisch nach seinen Zigaretten, dann fiel ihm ein, dass er aufgehört hatte. Also bohrte er den Kopf in das Kissen, auf dem sie geschlafen hatte. Sog ihren Geruch als ersten Lungenzug des Tages in sich hinein. Er hatte sie so vieles fragen wollen, wollte so viel wissen. Aber sie bedrängte ihn ja auch nicht mit Fragen. Stocherte nicht mit Worten in ihm herum, sprach vom Gefängnis fast nie und hatte den Schmuggel auch nur einmal erwähnt. Dan versuchte, in Bezug auf Mona ebenso locker zu sein, aber es fiel ihm schwer, nicht an das Kind zu denken, daran, wer der Vater war.

Er legte seinen Kopf bequemer hin, versuchte, die Erinnerung an Mona wie eine warme Decke über sich zu ziehen, versuchte, mit dem Arm auf dem Abdruck ihres Körpers zu schlafen, der sich auf der Matratze noch immer abzeichnete. Aber das gelang ihm nicht. Er konnte seinen Kopf nicht auf null stellen. Dan griff zur Fernbedienung und schaltete den Fernseher ein. Auf NRK gab es nur Schnee. TV 2 sendete auch nicht mehr, aber auf den Textseiten fand er die Meldung, dass ein älteres Ehepaar am Vorabend in seinem Haus erfroren war. Das Ehepaar war in einem Zimmer voller niedergebrannter Kerzen gefunden worden.

Dan suchte andere Sender. In Schweden wurden die letzten

Nachrichtensendungen wiederholt. In Australien wüteten Waldbrände. Die Bilder zeigten erschöpfte Feuerwehrleute, die in Straßengräben schliefen, rostbraune, ausgebrannte Autowracks, tote Kängurus, die Skelette von Häusern, in denen Menschen gelebt hatten, und Flammen, die sich wie glühende Lavamassen auf dem Weg zu einem weiteren Vorort durch den Wald wälzten.

Dan schloss die Augen und ließ den Kopf wieder auf das Kissen sinken, doch die Bilder waren in ihm noch vorhanden, als er dann einschlief. Er war Feuerwehrmann. Etwas explodierte, und dann wurde Alarm gegeben. Dan versuchte, den Alarm zum Verstummen zu bringen, indem er die Pappe einer Klorolle zwischen das Hämmerchen und die Glocke schob, aber es klingelte einfach immer weiter. Langsam ging ihm auf, dass er sich nicht in einer Feuerwache befand und dass das Telefon klingelte. Er lief in drei Sprüngen die Treppe hinunter, sah, dass die Küchenuhr zehn zeigte, und hob den Hörer von der Gabel.

»Hallo«, sagte er und versuchte sich anzuhören wie einer, der nicht auf einen Anruf wartet.

»Hallo, hier ist Thomassen. Könnten Sie heute wohl vorbeikommen?«

»Heute?«

»Ja.«

»Heute ist der erste Neujahrstag.«

»Ja, tut mir leid, Sie stören zu müssen, aber ich muss einige Tage verreisen, und die Niederländer sind gerade hier. Sie haben es eilig.«

»Wollten die nicht in den Niederlanden Neujahr feiern?«

»Das haben sie sich anders überlegt. Sie sind am Tag vor Silvester wieder hergefahren. Können Sie also vorbeikommen?«

»Ja.«

»Sofort?«
»Ich muss ja erst losfahren«, sagte Dan und legte auf.

Er musste dem Amazon gut zureden. Den Starter mehrmals anstupsen, ehe die Zündung reagierte. Als Dan Kongsvinger erreichte, war es noch nicht elf, und die Stadt lag wie ein sterbender Riese mitten im Tal der Glomma. Der Fluss selbst wirkte wie eine verkalkte Ader und die Hügel wie ein klaffender Schlund, der nach Luft schnappt. Das leere Gefühl des Neujahrstages, das Gefühl, dass nichts zu dem kommt, der wartet, hätte ihn normalerweise getroffen, wie Erde einen Sargdeckel trifft, an diesem Tag aber war es nicht so. Nicht jetzt. Dan war erfüllt von Vogelwörtern, von Daunen und Federn, leichten Dingen. Davon, dass er zum ersten Mal seit langer Zeit anderen Menschen etwas bedeuten konnte. Das hauchte ihm Leben ein, blähte die Segel.
Als er über die alte Brücke fuhr, schlaffte der Wind jedoch ab. Vor dem Rathaus und in der Storgate war er zu einer flauen Brise geworden. Bei der Kirche herrschte Windstille. Er fuhr auf den Parkplatz und hielt mit dem Heck in Richtung Fluss. Hinter allen Fenstern bei Eikås & Sohn auf der anderen Straßenseite brannten Kerzen. In der Anwaltskanzlei im selben Haus leuchtete nichts. Erster Januar. Pünktchen Pünktchen Pünktchen Pünktchen Pünktchen. »Unterschreiben Sie hier, und Ihre Initialen bitte hierher. Danke. Meinen Glückwunsch, ja, und fröhliche Weihnachten, wenn auch ein wenig verspätet, und ein wunderschönes neues Jahr. Was sind wir froh, was sind wir froh, unsre Herzen brennen lichterloh.«
Es wäre so einfach gewesen. Es wäre so problemlos gewesen. Nein, eigentlich wäre es weder einfach noch problemlos gewesen, es war noch nie einfach oder problemlos

gewesen, aber er hatte sich damit abgefunden, dass er seinen Namen unter den Kaufvertrag kritzeln würde. Verdammt, Familie Kaspersen hatte immer gepunktete Vertragszeilen gehabt, auf die sie ihre Namen kritzeln musste. War es ein so großer Unterschied, das Verfügungsrecht über sein Leben der Bank zu überschreiben oder den Hof aus der Familie gehen zu lassen? Er war der letzte Mohikaner. Unkas. Zeit, den Sonnenuntergang anzupeilen. Fuck. Der Onkel. Rein. Der Letzte vom Blut, seinem Blut. Und Mona. Mona, Mona, Mona. Ein Abend mit ein wenig Knutschen, eine Nacht mit ein paar Umarmungen, und hier war er, wo er eigentlich immer gewesen war. Er wanderte im Kreis und hoffte, über irgendetwas zu stolpern, das ihm noch nicht aufgefallen war, das seine Schritte zu einem anderen Ort führen könnte als seinem Ausgangspunkt. Noch ein Tag oder noch einige Tage, das spielte keine Rolle. Er würde unterschreiben.

Gummi auf Gummi. Schuhsohle auf Gaspedal. Der Amazon machte einen Sprung über den Parkplatz, als die Reifen auf Kies auftrafen. Er musste bei seinem Onkel vorbeischauen. Wusste nicht, ob es es über sich bringen würde, von Thomassen und dem Angebot der Niederländer zu erzählen, noch nicht jedenfalls, aber er musste Rein ein gutes neues Jahr wünschen. Er fuhr vorbei an der Gärtnerei, am stillgelegten Kiosk und der Grundschule, dann hielt er vor dem Altersheim. Das Foyer war fast leer, und als er im zweiten Stock den Fahrstuhl verließ, sah er nur ganz hinten im Gang eine alte Dame in einem Rollstuhl. Er ging ins Zimmer des Onkels. Niemand. Das Bett war gemacht, die Fenster standen offen, Zeitungen und Bücher waren vom Nachttisch verschwunden. Dan blieb mitten im Zimmer stehen. Er wagte nicht, den Schrank zu öffnen und nachzusehen, ob dort noch Kleider hingen. Er brachte es nicht über sich, ins Badezimmer zu gehen. Hinter ihm wurde die Tür geöffnet.

»Suchen Sie Ihren Onkel?«, fragte die Pflegerin, die versucht hatte, Rein herauszulocken, als der sich im Badezimmer eingeschlossen hatte.

Dan konnte nur nicken, sein Herz schien sich in seiner Brust nach oben zu pressen.

»Der ist nicht hier«, sagte sie.

Er musste den Mund öffnen, um genug Luft zu bekommen.

»Was ist denn passiert?«

»Nichts ist passiert, wir lüften nur ein wenig. Alle, die das wollten, sind heute im Rathaus, zum Seniorenessen.«

»Am ersten Neujahrstag?«

»Ja, das ist seit über zwanzig Jahren so Brauch.«

Dan machte kehrt und ging aus dem Zimmer, ging zum Fahrstuhl, ohne etwas zu sagen. Sein Herz hämmerte noch immer, aber er fühlte sich unbeschreiblich erleichtert, als er durch das Foyer lief. Eine kleine Ewigkeit war er sicher gewesen, dass sein Onkel tot sei. Noch ein Name. Noch ein Stein. Er fuhr zur Stadt zurück, ohne eigentlich irgendwohin unterwegs zu sein. Dachte, er könne vielleicht einen Abstecher nach Schweden machen, aber die Geschäfte würden nicht geöffnet sein, und er war zu nervös, um zu fahren, nur um zu fahren. Als er dann wieder in Skogli war, fuhr er aus einem Impuls heraus bei der stillgelegten Skifabrik geradeaus und dann weiter in Richtung Hauptstraße. Die Kiefer neben dem Lensmannsbüro blinkte verlockend mit grünen und roten Lichtern, aber als er aus dem Auto stieg, war die Eingangstür abgeschlossen. Dan versuchte es mit der Klingel der über dem Büro gelegenen Wohnung, ging auf der Treppe eine Stufe nach unten und wartete. Nichts passierte. Dan machte noch einen Versuch.

Er hatte vergessen, eine Mütze aufzusetzen, und in seiner Schläfe pochte es, als wenn er zu rasch ein Glas Leitungswasser getrunken hätte. Dan drehte sich um und hatte sein Auto schon halbwegs erreicht, als er ein Knacken und dann Markus Grudes Stimme hörte.

»Ist irgendwas los?«

Der Lensmann hatte eines der Kippfenster im zweiten Stock geöffnet und beugte sich mit bloßem Oberkörper heraus.

»Nein, ich kann an einem anderen Tag wiederkommen«, sagte Dan und ging noch einige Schritte in Richtung Auto.

»Komm ruhig rauf. Ich bin allein«, sagte Markus Grude und schloss das Fenster wieder.

Es war jetzt zu spät zur Reue, und Dan wünschte sich, er wäre direkt nach Hause gefahren. Der Anblick des Lensmanns im Fenster hatte ihm eine Art Erkenntnis der Tatsache gebracht, dass alle Menschen allein sind, dass alles vergänglich ist. Dan war daran gewöhnt, dass die Dinge sich mit einem Fingerschnippen veränderten. Die Eltern: Am einen Tag, im einen Augenblick waren sie hier, im nächsten nicht. Der Onkel lebte zwar noch, aber auch hier war das Fingerschnippen zu hören gewesen. Keine langsame Veränderung, sondern bum, bum, Zeit, das Gehen neu zu lernen. Und der Bruder? Now you see me, now you don't. Und Markus Grude? Dan hatte das Gefühl, ihn jetzt in seinem intimsten Moment gesehen zu haben, in seiner tiefsten Einsamkeit. Der Anblick des Lensmanns im Fenster ließ Dan an eine unbenutzt verrostende Axt denken.

Er hörte ein Poltern auf der Treppe, und Markus Grude drehte das Schnappschloss um und öffnete die Tür mit einem Tritt. Er trug einen grünen Wollpullover, wie Jäger ihn oft tragen, und hatte die Haare glatt an den Kopf gekämmt. In seinem Mundwinkeln klebte Zahnpasta.

»Daniel«, sagte er.
»Lensmann«, sagte Dan und folgte ihm in den ersten Stock. Auf halber Höhe der Treppe fiel ihm Thomassen ein.
»Kann ich mal telefonieren? Ich muss dringend jemanden anrufen.«
Markus Grude blieb stehen, ragte über ihm auf und zeigte auf die unten neben der Treppe gelegene Tür.
»Das kannst du vom Büro aus machen.«
Auf dem Schreibtisch fand Dan nur ein altes Telefonbuch, er musste bei der Auskunft anrufen, um sich die Nummer des Immobilienmaklers geben zu lassen. Thomassen meldete sich beim ersten Klingeln.
»Eikås & Sohn. Thomassen.«
»Hier ist Dan Kaspersen. Ich bin krank geworden. Ich kann nicht Auto fahren. Wir müssen den Vertrag später unterschreiben.«
Er hielt sich die Nase zu, und seine Stimme knirschte wie eine ungeölte Tür.
»Dann kommen wir eben zu Ihnen. Die Interessenten möchten die Sache gleich erledigen.«
»Das geht nicht. Es ist plötzlich losgebrochen, nachdem Sie angerufen hatten, ich hänge die ganze Zeit über der Toilette.«
Thomassen sagte nicht sofort etwas, und Dan konnte ihn sozusagen denken hören.
»Können Sie wohl anrufen, wenn sich Ihr Zustand im Laufe des Tages bessert?«
»Sicher«, sagte Dan. »Aber ich glaube nicht, dass das passieren wird. Mir ist so schwindlig, dass ich mich wieder hinlegen muss.«
»Na, dann hoffe ich nur, dass die Interessenten Verständnis für diese Situation haben, und dann kommen Sie vorbei, wenn ich von meiner Reise zurück bin«, sagte Thomassen.

»Ja«, sagte Dan und legte auf.
Oben in Markus Grudes Wohnung hing ein weihnachtlicher Geruch, den Dan seit vielen Jahren nicht mehr wahrgenommen hatte. Hyazinthen? Ja, das mussten Hyazinthen sein. Im Wohnzimmer, an der zum Parkplatz hin gelegenen Wand, hingen runde Schwarzweißfotos von Markus Grudes Familie. Wenn sie wie ein Stammbaum gruppiert waren, dann thronten die Urgroßeltern ganz oben. Zugeknöpfte Männer und Frauen mit strengen Gesichtern, deren Augen ihnen in die Haut gedrückt worden zu sein schienen wie Kohlenstücke bei einem Schneemann. Nach und nach und weiter unten an der Wand wurden die Bilder farbig. Das Foto von Skoglis Lensmann, lächelnd und frisch examiniert, war handkoloriert. Neben Markus Grude hingen keine Bilder. Unter Markus Grude hingen keine Bilder.
Der Lensmann nickte zum Sofa hinüber und setzte sich selbst in einen Sessel, der einer alten Philips-Anlage den Rücken zukehrte. In mehreren Regalen neben dem Plattenspieler stapelten sich die LPs, und auf dem Boden waren Plattenhüllen verstreut, so, als habe Markus Grude gerade seine Plattensammlung aufgeräumt. Erst jetzt bemerkte Dan, dass der Tonarm des Plattenspielers sich bewegte und dass die Musik im Zimmer nicht aus einem Radio stammte.
»Wie geht's?«, fragte der Lensmann.
Dan suchte nach einem Eingang, einer Startlinie.
»Es geht schon. Der Weg zum Briefkasten wird immer kürzer und ist so ungefähr das Einzige, was ich jeden Tag erledigen muss, ja, und eigentlich muss ich nicht einmal das.«
»Du hast jetzt zu Weihnachten wohl besonders wenig zu tun?«
»Ja«, sagte Dan. »Besonders wenig. Fast nichts. Ich brauche etwas, wozu ich mich brauchen kann.«

»Wo willst du dich denn zu etwas brauchen?«

»Das ist die Frage. Die große Frage.«

»Erinnerst du dich an den Tag der Beerdigung? Wer hat damals behauptet, nur hergekommen zu sein, um wieder wegzugehen?«

»Ich.«

»Und?«

»Ich weiß nicht. Hab nie das Gefühl gehabt, dass Skogli mich braucht. Zugleich habe ich dieses zerstückelte Leben satt. Hab es satt, mich zu fühlen wie eine Figur in einem Eishockeyspiel. Ich werde nie zur Seite geschoben, und auch nie weiter vor als zurück.«

»Also?«

»Also, irgendwie habe ich keinen Grund, wegzugehen, als eben wegzugehen. Und ich möchte eigentlich wieder gehen lernen, ehe ich losrenne, aber jetzt habe ich eben Käufer für Bergaust. Ein niederländisches Ehepaar.«

»Meinen Glückwunsch«, sagte der Lensmann, und seine Augen hatten plötzlich denselben abgrundtiefen Blick wie die seiner Großeltern oben an der Wand.

»Danke. Aber … ja.«

»Aber?«

»Nein, ich weiß nicht. Ich will ja verkaufen. Das muss ich, aber welche Aussichten hab ich auf einen Job, was meinst du? Leute, die wegen Drogen gesessen haben, kommen ganz hinten in der Reihe, minus zehn, gehe zurück auf Los.«

»Kommt drauf an, was für einen Job du dir vorstellst. Leicht wird es nicht, aber du selbst entscheidest, was möglich ist.«

»Lensmann, ich weiß, es ist viel verlangt, aber könntest du für mich bürgen? Für mich bürgen, wenn ich je einen Job finde, auf den ich mich bewerben kann?«, fragte Dan.

»Ja, ich werde dir helfen, wenn du weißt, was du willst. Aber kennst du die Geschichte von dem Schweden, der in der Nähe von Göteborg mit dem Auto unterwegs ist?«

Dan schüttelte den Kopf.

»Plötzlich kommt im Radio eine Meldung, dass die Autofahrer vorsichtig sein sollen, weil auf der Autobahn ein Auto in der falschen Richtung fährt. Und der Schwede ruft: Wieso einer? Die fahren doch alle in der falschen Richtung! Verstehst du?«

Dan nickte.

»Skogli ist, was du daraus machst.«

Wieder nickte Dan, und Markus Grude erhob sich und drehte die zu Ende gelaufene Platte um.

»Dieser plötzliche Zweifel, hängt der irgendwie mit einer gewissen Dame zusammen, die hier angerufen hat, um dich zu verteidigen?«

»Vielleicht. Ich kann mich fast nicht daran erinnern, wann ich zuletzt mehrere Möglichkeiten gehabt habe, aber jetzt sieht es immerhin so aus. Ich habe nicht mehr das Gefühl, durch eine Gegend voller Einbahnstraßen zu fahren«, sagte Dan und ließ sich auf dem Sofa zurücksinken. Zum ersten Mal, seit er gekommen war, kam sein Rücken in Kontakt mit der Lehne. Tap-tap-taa-ta. Tap-tap-taa. Ein verschliffenes Saxofon hauchte einem neuen Lied Leben ein. Es war eine schlechte Aufnahme, und das Knistern der Rillen klang wie Regentropfen auf einem Autodach.

»Nicht gerade dein Stil?«

Dan schüttelte den Kopf.

»Das ist Charlie Parker. Ich habe immer gern Jazz gehört. Jazz lebt anders als andere Musik. Wie ein Eisberg, der größte Teil liegt unter der Oberfläche.«

Der Lensmann stand wieder auf und holte aus der Küche eine Thermoskanne, eine Schüssel mit Weihnachtsplätzchen und zwei Becher. Stellte die Schüssel mitten auf den Tisch, und ohne zu fragen, ob Dan Kaffee wolle, füllte er beide Becher zur Hälfte. Als er sich wieder in den Sessel sinken ließ, fischte er zwischen Kissen und Armlehne einen Flachmann hervor.

»Sahne?«, fragte er lächelnd.

Dan schüttelte den Kopf.

»Du kannst den Wagen hier stehen lassen.«

»Nein, vielen Dank«, sagte Dan, während Markus Grude seinen eigenen Kaffee anreicherte.

»Ich wäre gern Musiker geworden, oder was heißt schon gern geworden … ich habe davon geträumt. Hab Saxofon spielen gelernt, aber du weißt ja, mein Vater und mein Großvater waren auch schon Lensmann. Und niemand sprang vor Freude auf und ab und klatschte in die Hände, weil ich Negermusik spielte, und vielleicht war das auch besser so. Ich war nicht gut genug.«

Der Lensmann trank ausgiebig aus seinem Becher, in den Lautsprechern knisterte ein neues Lied los.

»Das swingt.«

»Ich hab keine Ahnung von Jazz, aber das da hört sich Norwegisch an.«

»Norwegisch?«

»Ja, das, was da gerade läuft. Es erinnert an Grieg. Das Klavier.«

Markus Grude ließ den Kopf in den Nacken sinken und schloss die Augen.

»Daran hab ich noch nie gedacht, aber du hast Recht«, sagte er. »Der Anfang kann an Grieg erinnern. Ein bisschen. Das Stück heißt ›Yardbird Suite‹, aber dass du das mit Grieg gehört hast, was bedeutet das? Dass du ein Ohr für Details hast oder dass du nur Bruchstücke registrierst? So hat Daniel Kaspersen bisher gelebt, nicht wahr, von

Bruchstück zu Bruchstück oder um die kleinen Details herum.«

»Vielleicht.«

»Weißt du, woran Charlie Parker gestorben ist?«

Dan schüttelte den Kopf.

»Drogen.«

Dan zuckte mit den Schultern, das Kunstleder ließ seine Oberschenkel jucken, er beugte sich vor und griff nach seinem Becher.

»Bist du jetzt mit den Drogen fertig? Wirklich fertig? Hand auf die Bibel, Hand auf den Grabstein Jakobs und deiner Eltern?«

»Ich hab ja eigentlich nie damit angefangen«, sagte Dan und versuchte, seinen ausgedörrten Mund mit Kaffee auszuspülen.

»Danach hab ich nicht gefragt.«

»Ja, okay. Ich bin fertig, das war nichts für mich. Es war, wie mit der falschen Frau zu tanzen und danach von ihrem Freund niedergeschlagen zu werden. Ich versuche noch immer, wieder auf die Beine zu kommen.«

»Sag Bescheid, wenn ein Job auftaucht, dann werde ich versuchen, ein gutes Wort für dich einzulegen«, sagte Markus Grude.

Als Dan nach einem Abend mit viel Kaffee und Saxofon sein Auto anließ, einem Abend, der damit geendet hatte, dass Markus Grude selbst zum Instrument griff, dachte er, dass wir alle irgendetwas durch unser Leben tragen. Eine Vorstellung davon, dass das Schicksal oder das Leben uns an einen ganz anderen Ort hätten führen müssen.

Zu Hause heizte Dan in den Eisenöfen ein, ehe er die Nummer des Altersheims wählte. Es dauerte mehrere Minuten, bis der Onkel ans Telefon gekommen war.

»Hallo! Sprich!«, sagte er.
»Hier ist Dan.«
»Das höre ich.«
»Hat das Essen gut geschmeckt?«
»Das Essen?«
»Das Seniorenessen.«
»Der Fraß war gut, die Gesellschaft elend. Zu viele Alte.«
»Onkel, ich war heute im Heim. Ich wollte dir nur ein gutes neues Jahr wünschen.«
»Gutes neues Jahr auch dir, und danke für den Ausflug neulich. In Schweden war doch mehr los als hier. Meine Güte, vielleicht können wir am Wochenende mal wieder so einen Ausflug machen?«
»Ich weiß nicht, ob ich …«
»Scherz, Dan, Scherz! Feuchte Hölle, muss ich auf Trommeln einschlagen oder eine Fanfare blasen, damit du ein einziges Mal kapieren kannst, dass ich einen Witz mache?«
Dan lachte nur. Er lachte und bekam eine Gänsehaut, als er an die Frauen in Charlottenberg dachte. Es war seltsam, die Stimme seines Onkels am Telefon zu hören. Seltsam, mit ihm zu sprechen, ohne sein Gesicht sehen zu können. In all den Jahren hatten sie wohl nur einige wenige Male miteinander telefoniert, und das nie, um einfach zu plaudern, um Höflichkeiten auszutauschen, so wie sie es jetzt taten. So wie sie es jetzt fast taten. Er hatte das Gefühl, wieder ein Kind zu sein, ein kleiner Junge mit einem viel zu großen Geheimnis, und deshalb begann er zu erzählen. Begann von Mona zu erzählen, von dem Gefühl, sich verirrt zu haben, gewaltig verirrt, und nicht sicher zu sein, ob es so schlimm wäre, wenn er niemals gefunden würde.

14

Freitag, 2. Neujahrstag, nur verwendete niemand mehr die Bezeichnung 2. Neujahrstag. Dann eben Freitag, 2. Januar. Mona rief gleich nach zehn Uhr an und fragte, wozu er den Vortag genutzt habe.
»Charlie Parker.«
»Charlie Parker?«
»Nein, vergiss es, ich hab beim Lensmann vorbeigeschaut, und da sind die Stunden nur so verflogen.«
»Wir hatten Verwandte zu Besuch, und die Zeit scheint immer langsamer zu vergehen, wenn sie bei uns sind. Ich hab nur darauf gewartet, dass sie wieder gingen, aber sie sind bis nach Mitternacht geblieben. Und da war es zu spät, um anzurufen.«
Dan konnte nicht sofort etwas sagen, er nickte nur in den Hörer. Der Klang ihre Stimme, ihrer Wörter und der Bedeutung dieser Wörter, ließ seinen Rücken prickeln und sorgte dafür, dass sich die Haare an seinen Armen sträubten. Sie hatte an ihn gedacht. Hatte sich vielleicht sogar nach Bergaust gewünscht.
»Hallo?«, fragte Mona.
Dan musste sich räuspern.
»Ja, hallo, ich bin hier.«
»Eins würd ich gern tun …«
»Ja?«
»Ich würde gern Jakobs Grab sehen.«
Dan hatte auf Schweden gehofft, auf Semmeln und eine

dicke Wurst mit Pommes. Oder vielleicht auf ein Restaurant mit einer richtigen Tischdecke und Blumen auf dem Tisch. Nein, nicht auf dieses Gefühl, das er jetzt hatte, die Schmetterlinge, die in ihre Kokons zurückkrochen, die Erwartung, die in Unruhe umschlug, die Sehnsucht nach Asphalt, danach, sich selbst genug zu sein. Wenn andere Leute manchmal ihr Visier sinken lassen konnten oder zumindest so taten, als könnten sie sich anpassen, musste ihm das doch wohl auch gelingen. So schwer konnte es doch nicht sein?

»Na gut«, sagte er. »Wenn du willst.«

»Und, Dan?«

»Ja?«

»Kann ich jemanden mitbringen?«

»Wen?«, fragte Dan und spürte, wie der letzte Rest Licht aus ihm herausgesaugt wurde und sich in seiner Brust ein Abgrund auftat. Ihr Bruder. Sie wollte ihren Bruder mitbringen. Hink-und-Hopp würde vor den Tannenzweigen stehen und über Verteilerkabel, Zwischenachsen und direkte Einspritzungen oder über die Elchjagd in Overaas reden.

»Sebastian«, sagte Mona.

»Deinen Sohn?«

»Ja, meinen Sohn.«

»Ich freue mich darauf, ihn kennenzulernen«, sagte Dan und kämpfte mit der Stummheit, mit dem Gefühl, nichts zu sagen zu haben, nicht ein einziges Wort in sich zu haben, das nicht konstruiert und hohl klingen würde. Er versuchte, etwas zu finden, an das sie sich immer erinnern würde, aber er fand nur:

»Wann soll ich dich abholen? Euch?«

»Ich komme zu dir, das ist leichter«, sagte Mona, und Dan stand noch mit dem Hörer in der Hand da, als sie schon

längst aufgelegt hatte. Als die Tut-Tut-Signale schon längst in nichts übergegangen waren, in Rauschen.
Er lief ins Badezimmer, drehte die Dusche auf, drehte den Thermostat auf Rot und blieb mit an die Wand gelehntem Kopf stehen, bis seine Haut anfing zu prickeln, als wenn eine vor Frost taube Stelle sich wieder belebt. Als an die Tür geklopft wurde, hatte er sich noch nicht wieder angezogen, deshalb streifte er nur rasch den Bademantel seines Bruders über, lief durch den Gang, drehte das Schnappschloss um und drückte auf die Türklinke.
»So rasch …«, begann er.
»Findest du?«, fragte Kristine Thrane und drängte sich an ihm vorbei. Sie hatte ihre Haare zu zwei Zöpfen geflochten und die Lippen fast braun gemalt. Sie trug glänzende rote Handschuhe und einen langen schwarzen Ledermantel, Jeans mit Zebrastreifen und eine rote Wollmütze, die sie sich fast bis zu den Augen gezogen hatte. Dan konnte eben noch denken, dass sie sich elegant anzog, da ließ sie ihren Mantel sinken, so wie eine Schlange sich ihrer Haut entledigt. Er wich zurück, Kristine Thrane folgte ihm. Er machte noch einen Schritt, dann hielt die Wand ihn auf. Kristine Thrane kam hinterher und legte ihm die Hände auf die Hüften.
»Ich werde heiraten«, sagte sie und ließ ihre Zungenspitze über ihre Lippen gleiten, als hätten diese Wörter ihren Mund ausgedörrt.
»Schön für dich«, sagte Dan und gab sich alle Mühe, um sich normal anzuhören. Kristine Thrane trug eine silbrig glänzende Bluse, die wie angegossen saß. Für zwanzig Grad unter null war sie kalt angezogen.
»Und zwar den Mann, den du im Restaurant gesehen hast«, sagte sie und ließ ihre Hände an seinen Oberschenkeln hinabgleiten.

Er nickte nur. Hatte kein Zutrauen zu seiner Stimme.
»Du hast Bilder erwähnt. Die waren ein Geschenk für Jakob. Du hast keine Verwendung dafür«, sagte Kristine Thrane, band den Gürtel des Bademantels auf, schob die Hand darunter und begann, seine Hoden zu massieren, wobei sie seinen Blick mit ihren Augen festhielt und wieder ihre Lippen anfeuchtete. Dan atmete durch den Mund, um sein Herz zu langsamerem Schlagen zu bewegen.
Kristine Thrane öffnete seinen Bademantel, biss ihn in beide Brustwarzen und ließ ihre Zunge über seine Brust gleiten, über seinen Bauch, hinunter zum Schritt. Er musste sich alle Mühe geben, um nicht die Augen zu schließen. Zwei Jahre im Gefängnis. Zwei Jahre ohne andere Hände als seine eigenen. Zwei Jahre mit dem Versuch, Bilder in Zeitschriften lebendig zu starren. Zwei Jahre ohne irgendwen. Ja, abgesehen von der Sache in Charlottenberg, aber das war gekauft und bezahlt gewesen. Das hier war etwas anderes. Wer hätte ein Recht, ihm Vorwürfe zu machen, wenn er sich einfach mitreißen ließe. Jemand – etwas – ohne Gedanken und Wörter würde es tun. Nur Brunst. Ein Tier. Es war nur so, dass er die Augen als ein anderer öffnen würde, wenn er sie jetzt schlösse. Etwas in ihm würde zerbrechen. Mona. Die Sterne. Die Augen der Toten. Immer jemand, der über ihn wachte. Kristine Thrane war jetzt ganz unten bei ihm, ließ ihre behandschuhte Hand über das Pochende, Schmerzende gleiten und öffnete den Mund. Ein Fisch, der vor dem Haken das Maul aufreißt. Dann dachte er an Jakob. Jakob und Kristine Thrane.
»Nein«, sagte er mit einer Stimme, die nicht ganz seine war, und stieß sie so heftig zurück, dass sie wie ein Schaukelstuhl rückwärts kippte. Er sprang von der Wand fort und schloss den Bademantel wieder.
Kristine Thrane blieb auf der Seite liegen; etwas war mit

ihren Augen, wie große Rußflocken, die sich hinter dem Glas eines Kaminofens lösen. Dan warf ihr ihren Mantel zu und zeigte auf die Tür.

»Geh!«

Kristine Thrane erhob sich und zog mit einer einzigen langen Bewegung ihren Mantel an, ohne seinen Blick loszulassen.

»Du brauchst dir wegen der Bilder keine Sorgen zu machen. Aber geh jetzt«, sagte er und stieß die Tür auf.

Kristine Thrane glitt auf ihn zu, und als sie an ihm vorüberging, griff ihre Hand nach seinem Bademantel, aber darauf war er nun vorbereitet, und er sprang wie ein Stierkämpfer zur Seite.

»Du bist ein kleiner großer Bruder – in jeder Hinsicht«, sagte sie, und dann hatte Kristine Thrane die Tür von Bergaust hinter sich geschlossen. Dan drehte den Schlüssel um und lehnte sich mit seinem ganzen Gewicht gegen das abgenutzte Holz, als könne Kristine Thrane versuchen, die Tür aufzubrechen. Er blieb stehen, bis er hörte, dass sie den Wagen anließ und vom Hofplatz fuhr. Dann ging er ins Badezimmer und drehte die Dusche wieder auf. Es dampfte noch immer nach der letzten Runde, aber er drehte den Thermostat jetzt in die Gegenrichtung und versuchte, dieses heiße, schmutzige Gefühl wegzuwaschen. Er bearbeitete seinen ganzen Körper mit der Rückenbürste seines Bruder und frottierte sich, bis seine Haut flammend rot war. Als Monas weißer Mazda auf den Hof fuhr, hatte er das Gefühl, tagelang wach bleiben zu können.

Er rutschte neben sie. Sie trug schwarze Ohrenwärmer, eine rote Daunenjacke und schwarzweiße Wollhandschuhe. Hinter ihrem Sitz war der obere Teil eines Kinderwagens befestigt. Dan konnte nur einen Teil einer Decke und einen Teddybären sehen, der am Rand Wache hielt.

Mona beugte sich vor und gab ihm einen Kuss, zuerst vorsichtig auf die Wange, dann Lippe auf Lippe, ihre Zunge fuhr über seine Zähne, eine behandschuhte Hand strich über seinen Oberschenkel, dann war sie verschwunden, ebenso jählings wie ein Pflaster, das von einer Wunde gerissen wird, und er saß da mit den Händen im Schoß.
Im Autoradio sangen einschmeichelnde Popdamen über Mädchen, die ihre Geheimnisse an den seltsamsten Stellen verstecken, und Mona redete, nicht über Geheimnisse, sondern über Sterne und Planeten, über Schauspieler und Filme, über Lieder und Sänger und über die Sonne, die bald über die Hügel bei Skogli klettern würde. Dan nickte nur, murmelte einsilbige zustimmende Wörter und ließ sich von Mona Steinmyra und dem Gefühl füllen, plötzlich zu jemandem geworden zu sein, mit dem einfach geplaudert wurde. Zu jemanden, den sie nicht nur ins Kellerfinstere mitnahm, sondern auch ins Triviale und Normale, ins Alltägliche in ihrem Leben. Er konnte sich nicht mehr daran erinnern, wie Kristine Thrane sich angefühlt, wie sie gerochen hatte, ja, ob sie denn wirklich bei ihm gewesen war. Sie war zu einem Bild in einer Zeitschrift geworden.
Als sie vor der Kirchenmauer hielten, blieb Dan sitzen und wartete darauf, dass Mona ihm sagte, was er zu tun hatte. Sollte er den Kinderwagen herausheben oder die Tür für sie aufhalten?
»Was ist los?«, fragte Mona.
»Der Kleine, er …«
»Sebastian schläft.«
»Und was machen wir jetzt?«
»Ihn schlafen lassen.«
»Allein?« Dan war bestürzt.
Mona lachte.
»Wir schließen ab.«

»Aber es ist zwanzig Grad unter null.«
»Wir lassen den Motor laufen.«
»Aber …«
»Ich hab Reserveschlüssel«, sagte Mona und streichelte seine Wange auf eine Weise, bei der Dan sich vorkam wie ein Tollpatsch.
Auf dem Parkplatz standen nur zwei andere Autos, und die ganze Gegend hatte etwas Unbewohntes, etwas Verlassenes. Dan gab sich alle Mühe, um nicht über die Straße zum Büro des Immobilienmaklers zu blicken.
Er dachte daran, was der Onkel über die Kommandantengattin in der Festung erzählt hatte. »Sechs Monate mit größter Strenge«, murmelte er.
»Hä?«, fragte Mona.
»Nichts«, sagte Dan und fühlte sich seltsam gerührt, als sie die Hand unter seinen Arm schob und sie auf das Tor zugingen. Er musste an ältere Menschen denken, die er gesehen hatte, wenn sie mit im Rücken verschränkten Händen über den Friedhof spazierten und sich einen Grabstein nach dem anderen ansahen wie Bilder auf einer Kunstausstellung. Er hatte sich immer schon gefragt, ob sie das machten, um sich dem Leben näher zu fühlen, oder ob sie den Tod für eine Art Freizeitgestaltung hielten.
»Eigentlich sind Friedhöfe ziemlich makaber«, sagte Mona.
Dan nickte.
»Ich verstehe, was du meinst.«
»Früher, als meine Mutter noch die Gräber unserer Großeltern gepflegt hat, hat mein Vater immer draußen im Auto gewartet. Ich glaube, seit sie weg ist, war er nicht einmal mehr auf dem Parkplatz. Als ich klein war, hab ich nie begriffen, warum er nie mit auf den Friedhof wollte. Rolf und ich haben zwischen den Grabsteinen Verstecken gespielt, und ich habe nicht eine Sekunde daran gedacht, an

was für einem Ort wir hier waren. Aber jetzt wird mir jedes Mal schwindlig, wenn ich an einem Friedhof vorbeikomme. Die Skelette der Menschen, die einmal gelebt haben, sind dort aufeinander gestapelt wie Dinosaurierknochen. In einer Million Jahre werden vielleicht deine und meine Überreste als Treibstoff benutzt werden. Typischer Fall von Pack den Tiger in den Tank. Hast du dir das schon mal überlegt?«, fragte Mona.
»Nein«, sagte Dan. Ihm fiel ein Fischer in England ein, über den er kürzlich gelesen hatte. Nach seinem Tod wollte dieser Engländer zermahlen und ins Fischfutter gemischt werden. Wir haben eben alle unsere eigenen Methoden, um uns nützlich zu machen.
Dann hatten sie den Grabstein erreicht. Mona ließ seine Hand los und fing an, Schnee von den Tannenzweigen zu wischen. Sie warf die heruntergebrannten Kerzen weg und richtete die auf, die bei Dans letztem Besuch hier umgekippt war. Sie hielt ihr Feuerzeug an den Docht, aber die Flamme drohte gleich wieder auszugehen. Sie hob die Kerze hoch und hauchte den Docht an wie einen Kugelschreiber, der nicht schreiben will. Noch immer wollte die Flamme nicht brennen, deshalb stellte sie die Kerze wieder in den Schnee neben den Stein, zog ein Kruzifix hervor und stellte es genau unter Jakobs Sterbedatum.
»Was ist das?«, fragte Dan.
»Das hab ich einmal in einem Sommer in der Stadt von einem Straßenhändler gekauft. Jakob hat behauptet, Jesus sehe wie Elvis aus. Siehst du da auch eine Ähnlichkeit?«
Dan bückte sich, um Jesus zu betrachten, den Heiligenschein, die Dornenkrone, die Blutstropfen, die über seine Wangen liefen, die Haare, die das Gesicht einrahmten, aber er konnte keine Ähnlichkeit entdecken. Höchstens eine mit Frank Zappa, aber keine mit Elvis.

»Doch«, sagte Dan und versuchte zu lächeln. »Sogar eine ziemlich große.«
»Kann ich das hier stehen lassen?«, fragte Mona.
Dan nickte, versuchte Freude darüber zu verspüren, dass sein kleiner Bruder auch anderen wichtig war, aber er empfand einen Stich der Eifersucht, weil Mona und Jakob es geschafft hatten, dasselbe zu sehen.
»Schöner Stein«, sagte Mona.
»Es ist nur ein Stein, ein Stein mit Buchstaben, mit vielen Buchstaben«, sagte Dan und hätte sich gern umgedreht. Sich ein für allemal umgedreht, diesem Stein den Rücken gekehrt und nie mehr herkommen müssen, um Bußübungen zu betreiben, er wollte mit dem fertig sein, was gewesen war, wollte seinen Blick hinaus in die Welt richten. Aber das hier war ein Teil von ihm, Tod und schlechtes Gewissen würden immer ein Teil von ihm sein. Tod und schlechtes Gewissen waren das Einzige, was es gab, alles, was es gab.
Monas Hand legte sich um seinen Oberarm, und er musste einen Schritt zur Seite machen, um nicht zu fallen. Sie zog ihm die Handschuhe aus und ließ ihre eigenen in den Schnee fallen. Verflocht ihre Finger mit seinen, und sie blieben stehen, wippten auf ihren Füßen auf und ab und schauten einander ins Gesicht.
»Ich bin froh darüber, dass ich Jakobs Grabstein mit dir zusammen sehen konnte. Ich bin froh darüber, dass ich mitkommen durfte.«
Mona zog seinen Kopf zu sich herab und hielt ihn fest. Dan musste die Augen schließen, damit sie den Salzrand ganz unten in seinen Augen nicht sah. Ihre Hand auf dem Friedhof, Haut an Haut, Leben an Leben. Das war mehr, als er sich hatte erhoffen können. Plötzlich hatte er das Gefühl, alte Häuser zu sehen, die einstürzen. Ein letzter Geruch

von Tagen, die vorüber sind, gelebten Leben, Staub und Sägemehl. Brechende Bretter, Nägel, die herausgezogen werden, der Wind, der plötzlich Anlauf nimmt. Das ungewohnte Gefühl von Bewegung, ein Hauch dessen, was dorthin kommen wird, wo einst solide Wände gestanden haben.
»Ich bin froh, dass du mitgekommen bist«, sagte er, und so blieben sie stehen, bis die Kälte sie zwang, die Handschuhe wieder anzuziehen. Hand in Hand und wortlos gingen sie zurück zum Auto.

»Wenn du hier unterhalb der Scheune hältst, kann ich den Motorwärmer anschließen«, sagte Dan, als sie nach Bergaust hochfuhren.
»Die Batterie ist fast neu«, sagte Mona und hielt zwischen dem Haus und einer der Schneewehen am Ende des Hofplatzes.
Dan schloss ganz schnell auf und kam sich vor wie ein Immobilienmakler, der nicht weiß, was er mit seinem Lächeln anfangen soll, als er für Mona und Sebastian die Tür aufhielt. Der Frost folgte ihnen in den Gang, und sie trug die Tasche mit dem Kleinen ins Badezimmer. Er machte sofort Feuer in den Öfen, und als Knistern und Knacken das Haus lebendig werden ließen, überkam ihn ein vergessenes Gefühl, als habe er nach vielen Jahren eine alte Lieblingsjacke wiedergefunden und festgestellt, dass die noch immer passte.
Wärme. Wärme hatten sie immer gehabt, ja, nicht nur, dass sie niemals hatten frieren müssen, sie hatten sogar Wärme im Überfluss gehabt, sie hatten sich in Wärme gesuhlt. Die genügsame, fast asketische Haltung der Eltern, im Schweiße deines Angesichtes sollst du dein Brot essen und so weiter, war vollständig vergessen, wenn es galt, das

Haus zu heizen. Die Mutter konnte Jakob und Dan bitten, sich nur ein Stück Wurst aufs Brot zu legen und einen Teebeutel zweimal zu verwenden, aber wenn es wirklich kalt wurde, fauchten die drei Öfen um die Wette, und im Schornstein war ein verspieltes Gurgeln zu hören. Als Dan ein Junge gewesen war, waren im Winter Teile der Häuser von Skogli abgesperrt worden, damit nicht zu viel Holz verbraucht wurde. Er konnte sich an einen Abend erinnern, an dem er einen Freund besucht hatte. Die Böden in dessen Haus waren eiskalt, und das Gästezimmer neben dem Kinderzimmer war über den Winter abgeschlossen worden. Als der Freund aufs Klo musste, öffnete Dan verstohlen die Verbindungstür zwischen beiden Zimmern. Es hingen Bilder an den Wänden, auf dem Boden lagen Teppiche, dort stand ein Sofa und in den Ecken Sessel. Es war ein ganz normales Zimmer. Ein Zimmer, das die Leute im Sommer benutzten, in dem sie Zeitung lasen und Mittagsschlaf hielten. Aber ohne Wärme verlor das Zimmer seine Seele und erfüllte ihn mit dem gleichen verlassenen Gefühl wie später, als er seine Eltern noch einmal sah, ehe der Sarg geschlossen wurde.

Der Frost hatte sich um seinen Atem gelegt, er hatte dieses prickelnde Gefühl in der Kopfhaut, und der aufdringliche Geruch von Nichts ließ den Raum vor ihm wirbeln. Die Wände wurden zur Decke, die Decke zu Wänden, die Möbel zu Menschen, toten Menschen, und Dan hatte Angst, zu verschwinden, unsichtbar zu werden. Ohne Wärme keine Schwerkraft, war das nicht so, war es nicht kalt auf dem Mond? Er würde zu nichts werden. Hilflos würde er umhertreiben, wie eine durchsichtige Wolke, und Jakob und seine Eltern nur als undeutliche Bleistiftstriche ahnen, wenn er an ihnen vorüberschwebte.

Danach, als er sich aufgerafft und die Tür zum Gästezimmer

wieder zugetreten hatte, dachte er: So ist die Hölle. Kein dampfender, heißer Schwefelpfuhl, sondern ein Ort voller Nichts, in dem man hilflos durch den Raum gewirbelt wird wie ein Staubkorn, wie ein Partikel ohne eigenen Willen, das nur im Sog fremder Bewegungen existieren kann.

Die meisten seiner Kindheitserinnerungen waren warm. Jakob und er Kopf an Kopf wie siamesische Zwillinge im Doppelbett der Eltern, während die Mutter aus der Kinderbibel oder aus »Das Beste für Kinder« vorlas, der Zeitschrift, die alle zwei Wochen in der Sonntagsschule verteilt wurde.

Der Vater, im Netzunterhemd am Wohnzimmertisch, der Geschichten aus den Missionsgegenden erzählte, und Fotos von Missionaren zeigte. Jakob und Dan hatten auch selbst einige Schwarzweißfotos von lächelnden Evangeliumsverkündern unter afrikanischem Himmel, der sich über armen Negerdörfern wölbte. Manchmal waren auch die bekehrten Eingeborenen zu sehen, und Jakob und Dan mochten diese lieber als die Bilder der norwegischen Missionare. Lange bevor die Brüder sich die ersten Bilder von Kiss und Glamrockhelden gekauft hatten, hatten sie Postkarten mit kongolesischen Predigern mit vokalarmen Namen wie Kgkomo Brwani und Mgibe Mtodo gesammelt.

Manchmal wurden im Wohnzimmer von Bergaust Missionstreffen abgehalten. Schweißnasse Gesichter, die in der Birkenhitze noch mehr kochten als unten in Eben Ezer. Leuchttürme des Glaubens, dachte Dan jetzt. Der Vater, der die Ärmel seines Nylonhemdes aufgekrempelt hatte. Der Vater, der die Andachten immer im Sakko eröffnete und der seine Korkenzieherlocken mit Haarcreme an seinen Kopf klebte. Mit Haarcreme, die in der Hitze in Auflösung überging und die Haare wogend ins Gesicht fallen ließ und den Vater zu einem glänzenden, tropfenden Wesen machte, das allzu rasch aus der Tiefe hochgezogen worden ist. Dann der Gesang. Die mehrstimmigen Harmonien über die Liebe zu dem uralten Kreuz. Geige und Akkordeon. Gebetshausgitarren, die sich in der Hitze verstimmten und immer übellauniger wurden, bis die Lieder klangen, als würden sie in asiatischen Tonarten gespielt. Nie war Dan Gott näher gewesen als bei diesen Andachten zu Hause in Bergaust. Diesen Andachten, die zu einem eigenen Tag in der Nacht wurden, einem kleinen Land, das der Rest der Welt nicht erreichte. Und das Beste von allem war: Ihm blieb danach die Kälte erspart, der Abgrund, der sich im dunklen Auto auf der Heimfahrt von Eben Ezer immer auftat. Ja, vielleicht lag die Vorliebe des Vaters für das Heizen gerade darin begründet, dass er, so wie er mit Bibelsprüchen, gefalteten Händen und von Halleluja erfülltem Herzen die Finsternis bezwang, eben auch die Kälte besiegte, sie mit Birke, Tanne und Espe vertrieb. Immer mit Birke, Tanne und Espe, der zweiten heiligen Dreifaltigkeit des Vaters.

Durch das Holz konnte der Vater sich außerdem nützlich machen. Obwohl er von der Kanzel her verkündete, das Leben sei mehr als Essen und der Körper mehr als Kleidung, hatte Jesus die Gene aus Savolaks doch niemals ganz neutralisieren können. Es waren Gene, die auf der Wanderung durch drei Länder kultiviert worden waren, ehe sie sich dann in den wettergebeutelten Wäldern längs der schwedischen Grenze weiterentwickelt hatten. Gene, die aus einem Mann einen Sammler machten, einen Selbstversorger, einen, der Scheunen und Vorratshäuser füllt, auch wenn Lukas doch sagt, dass Gott die Seinen satt macht. Halvor Kaspersen, der sich in allen Dingen fast blind auf seinen Gott verließ, wirkte im Verborgenen, wenn es galt, Vorräte für den Winter anzulegen.

Durch das Holz kamen die beiden Knaben ihrem Vater näher. Der Erweckungsprediger, der unten in Eben Ezer wie Moses mit einer Handbewegung das Rote Meer teilen und Dürresommer und Heuschreckenschwärme herbeirufen konnte, wenn er nur mit dem Zeigefinger einen Bibelspruch antippte, ließ den Himmel in der stillen Periode zwischen dem Abendmahl zu Ostern und dem Beginn der großen Treffen zu Pfingsten ruhen. Der Vater schwitzte durch Arbeit, nicht durch Worte, er erschöpfte sich an der Motorsäge, nicht durch die Finsternis, die alle Menschen mit sich herumtragen. Und abends, an den ersten Tagen, an denen der Vater mit der Säge in den Wald zog und einen munteren Warnruf für jeden fallenden Baum ausstieß, musste die Mutter die ungeübten Pfingstlermuskeln mit Tigerbalsam einreiben.

Das Holz lockte eine andere Seite in Halvor Kaspersen hervor. Seine Anzüge und seine Nylonhemden, die er wie eine Brünne trug, wurden einmal im Jahr abgelegt, und Dans Vater verwandelte sich in einen Riesen mit bloßem Oberkörper, bedeckt von einer Schicht aus Schweiß und Sägespänen. Einen stöhnenden Riesen, sein Hrmf und sein Fuh und sein Uff, die er ausstieß, wenn er die Axt über den Kopf hob. Das hohle Geräusch, wenn er einen Ast traf, und das spröde, knackende Splittern, wenn die Axt sich durch die Holzscheite arbeitete. Jakob und Dan, die halfen, das Holz wegzuschaffen und vor der Scheunenwand aufzuschichten. Die Jungen, die am sonnigen Hang Saft tranken, während der Vater Geschichten aus der Kindheit erzählte, von damals, als er und Rein im Alter von Jakob und Dan gewesen waren und als das Leben mit der Strömung geflossen war.

»Einen Kuss für deine Gedanken«, sagte Mona, als sie und Sebastian plötzlich vor ihm im Wohnzimmer standen, ohne dass er bemerkt hätte, dass sie im Badezimmer fertig waren.

»Na ja«, sagte Dan, dessen Kopf mit demselben Brausen gefüllt war, als würde er plötzlich aus einem Traum herausgerissen. »Ich glaube, ich habe gedacht, dass alles, was ich brauche, was ich mir wünsche, sich in diesem Raum befindet.«

»Und das hast du gedacht, während wir im Badezimmer waren?«, fragte Mona.

»Nein«, sagte Dan und merkte, dass seine Wangen heiß wurden. »Ich meine, dass ich das jetzt denke.«

Mona setzte sich neben ihn aufs Sofa, Sebastian kniff in ihrem Arm die Augen zu, riss sie aber wieder auf, als die Uhr zwischen den Bücherregalen dreimal schlug.

»Er hat Hunger, und dann wird er bald wieder einschlafen«, sagte sie, begann ihre Bluse aufzuknöpfen, schob die Hand hinein und zog dann die rechte Brust heraus. Das alles passierte so schnell, so selbstverständlich, dass Dan es nicht mehr schaffte, den Blick zu senken oder verlegen zu werden. Sebastian schloss die Augen und sah aus wie ein gieriges Vogeljunges, als er den Mund an die strotzende dunkelbraune Warze hielt. Zum ersten Mal erlebte Dan Sebastian als etwas anderes als ein Stoffbündel. Die blauen Adern, die unter der dünnen Schläfenhaut pochten, die kleinen Fäuste, die den Zeigefinger der Mutter umklammerten, die Haare, die durchsichtig und feucht über dem Schädel lagen. Dan versuchte sich zu erinnern, ob er einem kleinen Kind je so nahe gekommen war, er glaubte das aber nicht. Jedenfalls nahm er zum ersten Mal den Geruch eines Babys wahr, den Geruch, der große Männer im Gefängnis zum Weinen brachte, wenn sie Besuch bekommen hatten und danach wieder in ihrer Zelle eingeschlossen wurden. Es roch ein wenig wie Erde, nicht wie trockene Erde, nicht staubig, sondern wie feuchte, frisch gepflügte Ackerkrume. Mona legte sich Sebastian über die Schulter, damit er sein Bäuerchen machen konnte, und ihre Brust schaute noch immer ungehindert aus ihrer Blusenöffnung. Dan spürte, wie sein Puls sich beschleunigte, und jeder Nerv, jede Sehne, jeder Muskel sehnte sich danach, sie zu umarmen. Er sprang vom Sofa auf und drehte den Ofen im Wohnzimmer herunter, dann ging er zu den beiden anderen Öfen weiter. Als er seine Runde gedreht hatte, hatte Mona Sebastian wieder in seine Tragetasche gelegt.

»Wenn wir ihn in dein Schlafzimmer stellen und wenn keine Uhr schlägt, dann schläft er sicher bald wieder ein«, sagte sie, ging vor ihm die Treppe hoch, stellte die Tasche ans Fußende des Bettes und legte den kleinen Teddybären zu ihrem Sohn unter die Decke. Sebastian schaute zuerst nach links, dann nach rechts, und als er zur Decke hochblickte, fielen ihm die Augen zu. Dan fand, es sehe aus wie ein Ritual, so ähnlich wie ein Kreuzzeichen.

»Kinder sind toll«, sagte Dan und meinte das ehrlich. Und dann war sie bei ihm. Sie hatten fast eine ganze Nacht nebeneinander geschlafen, und nach dem Abend im Bürgerhaus hatten sie sich gestreichelt, liebkost, gedrückt und geküsst, aber das hier war anders. Das hier war Hunger. Hungersnot. Große Raubkatzen nach Tagen ohne Nahrung, die endlich, nachdem sie ihre Beute gerissen haben, das Fleisch in große Fetzen reißen und unzerkaut hinunterschlingen. Das hier waren Teile, die nur fast zueinander passten, die aber mit Gewalt ineinander gepresst wurden. Ihre Lippen, die nicht ganz seinen Mund fanden und wie ein feuchter Lappen über seine Wange glitten. Das hier war freier Fall, Erde, die unter ihm nachgab. Füße, die sich abstießen, Hände, die versuchten, besser zuzupacken, zwei Menschen, die in einer dunklen Höhle eingesperrt ge-

wesen waren, die jetzt aber um die Wette zum Licht emporkrochen, nachdem der Stein von der Öffnung weggerollt worden war. Und dann musste das Flüchtige dem Gründlichen weichen, die Stromschnellen wurden zu einem stillen Kolk, und wie bei zwei Bäumen, die gelernt haben, nebeneinander zu wachsen, ohne sich gegenseitig die Zweige zu zerknicken, wurden ihre Bewegungen leichter. Sie bewegte sich jetzt beharrlicher, zielbewusster, sie zog seinen Kopf zu sich hoch, hielt ihm die weichen, marmorweißen Brüste hin, die Warzen streiften seine Wange, ihre Augen versuchten, ihm etwas zu sagen, wofür es keine Worte gab, und dann schienen ihre Pupillen sich zu öffnen, und er konnte in sie hineinschauen, er hatte das Gefühl, hochgehoben zu werden, fort, hinweg. Wortlos sank sie von ihm herunter, und sie blieben liegen wie ein in zwei Teile geborstenes Schiff.
Mona wurde zu einem vom Fenster eingerahmten Bild. Die Hügel hinter ihr wurden zu einer schäumenden Welle, und als sie sich auf die Seite drehte, folgte ihre Hüfte fast symmetrisch dem Gipfel des Austbergs, als sei ihr Körper ein Stück davon, das sich gelöst und sich unten im Tal zur Ruhe gelegt hatte. Wie oft hatte er, Dan, der Indianer Adlerherz, mit Pfeil und Bogen versucht, über den Hügel zu schießen, hatte abends in diesem Bett hier gelegen und den Hang hinaufgestarrt, dem der Ort seinen Namen verdankte, und hatte sich ein Pferd erträumt, seine eigene Donnerwolke, das stark genug war, um ihn auf diesen Gipfel zu tragen. Dort oben wollte er dann ein letztes Mal anhalten, während das Pferd sich unter einem wolkenlosen Himmel aufbäumte, und er, Dan, der Indianer Adlerherz, hob triumphierend den Bogen über seinen Kopf, bohrte dem Pferd die Fersen in die Seite und ritt davon, ohne sich auch nur ein einziges Mal umzublicken. Jetzt hatte er das

Gefühl, die Äcker, den Wald und die Hügel mit den Augen seines Großvaters sehen zu können, ohne die Zugvogelsehnsucht nach der anderen Seite zu verspüren. Dan schloss die Augen. Vor sich sah er Monas Silhouette, sah eine segensreich weite Dunkelheit aus Nichts.

Als er die Augen wieder öffnete, wusste er nicht sofort, wo er war. Neugeborene Augen fanden die Zeiger des Weckers, die zwei Runden getanzt hatten, und dann Mona, Mona und Sebastian neben ihm im Bett. Das Köpfchen, das sich zwischen ihren Brüsten bewegte, so nah, dass er die Hand ausstrecken und Sebastians Haare streicheln konnte.

»Er hat wieder Hunger«, sagte Mona und lächelte. Dan nickte nur.

»Stimmt was nicht?«, fragte sie.

Dan schüttelte den Kopf.

»Wenn du nicht willst, dass ich Sebastian mitbringe, dann sag das lieber gleich«, sagte Mona, und ihre Augen erinnerten Dan an einen See, über dem der Himmel sich plötzlich mit Wolken überzieht.

»Nein«, sagte er und suchte nach einer Bemerkung, die nicht hohl oder banal klänge.

»Mona, vor etwas mehr als einem Monat habe ich im Gefängnis auf dem Bett gelegen und die Decke angestarrt. Ich habe versucht, mich darauf zu konzentrieren, was ich draußen als Erstes tun wollte, und …«

»Und?«

»Mir fiel rein gar nichts ein, außer zu gehen.«

»Zu gehen?«

»Ich hatte keinen Menschen, der auf mich wartete, ja, abgesehen von Jakob. Ich hatte keine Frau, keinen Ort, den ich eilig erreichen wollte. Hatte das Gefühl, gar nichts zu haben, abgesehen vom Gehen. Zu gehen, wohin ich wollte.«

»Und das soll heißen?«

»Das soll heißen, dass ich mir nicht vorstellen konnte, dass ich am zweiten Neujahrstag neben einer Frau in meinem Kinderzimmer liegen und das Gefühl haben würde, dass es keinen Ort auf der ganzen Welt gibt, wo ich lieber wäre.«
Mona teilte die Lippen zu einem Lächeln und fuhr ihm mit der rechten Hand über die Wange.
»Und, Mona, ich war einem Baby wohl noch nie so nahe, kann mich nicht daran erinnern, dass ich jemals eins auf dem Arm gehabt hätte«, sagte Dan und setzte sich im Bett auf. Überlegte, ob er jetzt fragen könnte. Ob er jemals fragen könnte, oder ob er einfach warten müsste, bis sie es ihm von selber erzählte. Wer der Vater war. Plötzlich hatte er wieder dieses Gefühl, klein zu sein, wie an den Tagen vor dem Heiligen Abend, wenn er sich früher eingeredet hatte, die Eltern hätten keine Weihnachtsgeschenke gekauft. Wenn er sie offen danach fragte, riskierte er, schon Tage im Voraus das Weihnachtsfest zu verderben. Dan hatte das Ungewisse dem Gewissen immer schon vorgezogen und versucht, sich so lange wie möglich an das Gute zu klammern. Er wollte diesen Moment nicht ruinieren, wollte dieses Warme, dieses Sorglose nicht um einen Bissen von der Frucht der Erkenntnis ruinieren und sich durch die Gewissheit aus dem Paradies vertreiben lassen. Es war nur so, dass er immer an Jakob denken musste, wenn er Sebastian sah, aber das waren schließlich gute Gedanken.
»Und?«, fragte Mona noch einmal.
»Dadurch fühle ich mich auf eine Weise lebendig, wie ich es noch nie erlebt habe«, sagte Dan und war dermaßen überwältigt davon, dass er überhaupt einen solchen Gedanken gehabt hatte, dass er Mona nicht in die Augen schauen konnte.

»Wie ist das passiert, dass du dich mit Jakob angefreundet hast?«, fragte er dann eilig.

»Wir sind im Bürgerhaus einfach ins Gespräch gekommen. Es war so leicht, mit ihm zu reden. Jakob betrachtete das Leben nicht als einen Wettbewerb, anders eben als die meisten anderen Männer, die ich gekannt habe.«

»Wie meinst du das?«

»Na ja, ich habe nie gehört, dass er schlecht über andere gesprochen oder irgendwen beneidet hätte. Er hatte einfach nicht das Bedürfnis, sich hervorzutun.«

»Nein. So war er wirklich«, sage Dan und versuchte ein Sesam-öffne-dich zu finden, das ihm begreiflich machen würde, was Jakob für Mona gewesen war, doch dann klingelte unten das Telefon. Es war nicht viel lauter als das Pfeifen von kochendem Teewasser, aber Mona fuhr zusammen. Dan blieb liegen.

»Willst du nicht rangehen?«, fragte sie.

»Sicher bloß jemand, der mir irgendwas verkaufen will.«

Das Telefon verstummte, wartete einen Moment und legte dann wieder los.

Dan stand auf, zog den Bademantel an und lief mit drei großen Schritten die Treppe hinunter. Versuchte sich daran zu erinnern, wann zuletzt ein Telefonanruf etwas Gutes bedeutete hatte, aber jetzt hatte er immerhin keinen Menschen mehr, den er verlieren könnte. Dann fiel ihm Mona ein. Die Telefongespräche mit ihr bedeuteten immer etwas Gutes.

»Hallo?«, fragte er.

»Hier ist Thomassen. Ich rufe aus den Bergen an.«

»Ja?«

»Können Sie übermorgen am Nachmittag ins Büro kommen?«

»An einem Sonntag?«

»Ja, die Niederländer sind schon sehr ungeduldig. Wir müssen die Sache jetzt zu Ende bringen.«
»Okay. Ich komme.«
»Um fünf.«
»Sehr gut.«
»Und, Kaspersen, diesmal müssen Sie wirklich erscheinen.«
»Natürlich. Ich bin ja wieder gesund«, sagte er und legte auf.
Als Dan wieder ins Schlafzimmer nach oben kam, hatte Mona sich angezogen und Sebastian in die Tasche gelegt.
»LHL?«, fragte sie und lächelte.
»Was?«
»Waren das Losverkäufer, die da angerufen haben?«
»Nein, das war nur ein Typ aus Kongsvinger. Musst du wirklich schon weg?«
»Es ist spät, ich muss nach Hause, aber das war ein schöner Tag, Dan«, sagte sie. »Ein sehr schöner Tag. Einer der schönsten Tage, an die ich mich überhaupt erinnern kann.«
Dan nickte, streichelte ihre Haare und fand ihre Lippen, und so blieben sie stehen, bis Sebastian anfing zu weinen und Mona sich bückte, um die Tasche hochzuheben.
Dan ging hinter ihr her die Treppe hinunter, blieb hinter dem Couchtisch stehen und sah zu, wie sie Sebastian anzog.
»Willst du den Wagen nicht erst anlassen?«, fragte er und hoffte, dass er sich aufrichtig besorgt anhörte, nicht nur so, als wolle er sie unbedingt noch ein wenig länger bei sich behalten.
»Das geht schon. Wir haben es ja nicht weit.«
»Wollen wir mal essen gehen oder so?«, rief er hinter ihr her, als sie die Tür öffnete.
»Gern. Bald«, sagte sie, fuhr ihm noch einmal über die

Wange, gab ihm einen eiligen Kuss und zog die Tür ins Schloss.

Den restlichen Abend lag Dan auf dem Sofa, aß Nudelsuppe, trank heißen Tee und zappte zwischen den drei Sendern hin und her. Alte Soaps aus den USA, norwegische und schwedische Jahresrückblicke. Dan hatte eben seinen Suppenteller in die Küche gebracht, hatte in allen Öfen Holz nachgelegt und stand vor dem Bücherregal im Wohnzimmer und überlegte, ob er vielleicht versuchen sollte, etwas zu lesen, als an die Tür geklopft wurde. Verdammt. Offenbar hörte er plötzlich nicht mehr richtig. Bei mindestens der Hälfte aller Besuche hatte er vorher das Auto nicht gehört. Er versuchte, sich zum Küchenfenster zu schleichen und hinauszuschauen, konnte aber kein Auto sehen. Wieder wurde geklopft. Ungeduldig. Er nahm einen Hammer aus dem Küchenschrank und ging hinaus auf den Gang. Öffnete vorsichtig die Tür mit der linken Hand.

»Kann ich hier bleiben?«, fragte Mona undeutlich, und Dan begriff nicht sofort, dass es an der Zahnbürste in ihrem Mund lag. Sie drückte Sebastian und den Teddy an sich. Über ihrer rechten Schulter hing eine Tasche mit Babysachen.

»Natürlich«, sagte Dan, und ohne zu wissen, warum, machte er eine ungeschickte Verbeugung, wie um sie zum Tanzen aufzufordern.

»Willst du tischlern?« Sie zeigte auf den Hammer in seiner Hand.

»Ich wollte nur ein paar Bilder aufhängen«, sagte er und ließ den Hammer auf den Boden fallen.

»Rolf und mein Vater sind übers Wochenende weggefahren. Und ich mochte einfach nicht mit Sebastian allein in dem großen Haus sitzen. Und weißt du was?«

Dan schüttelte den Kopf.
»Du hast mir gefehlt.«
Dan musste zu Boden starren.
Er spürte, dass etwas schmolz. Ein altes Gefühl, ungefähr wie früher, wenn sie Sport gehabt hatten und er fast immer als Erster genommen wurde, wenn Mannschaften gewählt wurden. Nein, doch nicht, es war eher ein Gefühl wie an Geburtstagen und zu Weihnachten, wenn die Pakete der Eltern und des Bruders doch das enthielten, was er gar nicht hatte bekommen sollen, was sie sich wirklich nicht leisten konnten.
»Ich bin froh, dass du hier bist«, sagte er und spürte seine Lippen lächeln.
Es würde sich alles finden. Es würde gut ausgehen. Das hier war nur der Anfang. Ich bin klein, mein Herz ist rein. Danke, Gott, danke. Dann ein kurzer Stich, weil der Augenblick nicht von Dauer sein würde. Es würde ein Morgen kommen. Aber dann sollte die Welt sich eben weiterdrehen. Alles, was er sich im Moment wünschte, war, dass sie einfach zusammen sein könnten und nicht mehr voneinander verlangten als ein wenig Zeit, die Fortsetzung sollte dann folgen. Das, was der Anfang einer Geschichte sein könnte. Das, was der Anfang einer Geschichte über sie beide, über sie drei sein musste. Es war einmal und so weiter. Morgen würde er fragen können, ob Mona und Sebastian ihn zu Thomassen begleiten wollten. Sie könnten im Büro Papa, Mama, Kind spielen. Den Niederländern angesichts des niedlichen Kleinen ein Lächeln entlocken. Mona, die seinen Arm hielt und ihm die schwierige Entscheidung erleichterte. Vielleicht würde sie sagen, dass sie ihn verstehen könnte, oder vielleicht würden ihre Augen traurig aussehen und ihn alles in einem anderen Licht sehen lassen. Morgen würde der Nebel sich lichten, morgen würde

er mit klarem Kopf erwachen. Morgen würde er wissen, was er zu tun hätte.
»Gehen wir ins Wohnzimmer«, fragte er. Das kam ihm vor wie der passende Aufenthaltsort. Zusammen im Wohnzimmer zu sitzen war wie ein Schritt weiter. Dort hatten im Winter seine Eltern gesessen und gesehen, wie der Abend und die einsetzende Nacht sich über Skogli gesenkt hatten, während die beiden kleinen Söhne vor Zähneputzen und Schlafanzug auf dem Boden noch einen letzten Ringkampf absolvierten. Mona legte Sebastian auf den Küchentisch, wie eine umgekippte kleine Buddhafigur, zog Jacke und Schal aus und hängte sie über den nächststehenden Stuhl. Dann befreite sie ihren Sohn aus seinen dicken Kleidern, und erst jetzt fing er an, Arme und Beine zu bewegen, so, als sei er sehr eng, sehr straff eingewickelt gewesen.
»Der ist ja wirklich ruhig«, sagte Dan, und Mona nickte.
»Er war immer schon sehr lieb – und still. Anfangs hab ich ihn nachts in den Arm gekniffen, weil ich mir einbildete, dass er nicht atmete. Und dann war ich erleichtert, wenn er losgebrüllt hat.«
Ein Duft wie Rosinen stieg von Sebastian auf, als sie sich aufs Sofa setzten. Eine Erinnerung an Dans Kindheit. Der Onkel, der ihm immer im Nacken schnupperte, wenn er zu Besuch kam, und behauptete, er rieche wie ein frisch gebackenes Rosinenbrötchen.
»Sind das deine Eltern?«, fragte Mona und zeigte auf das Hochzeitsbild an der Wand.
Dan nickte. Es war kalt gewesen am Hochzeitstag seiner Eltern – zweiunddreißig Grad unter null –, aber auf dem Bild sahen sie warm aus. Beide lächelten in die Kamera. Der Vater ein wenig verlegen, die Mutter zeigte ihre Zähne.
»Sie haben im Januar geheiratet. Am 29. Januar.«

»Du hast Ähnlichkeit mit deinem Vater.«
»Ja, das hab ich mir immer schon anhören müssen, und Jakob kam auf die Familie unserer Mutter.«
»Hier hängen aber nicht viele neue Familienbilder.«
»Nein«, sagte Dan. »Das stimmt. Von Jakob und mir im Erwachsenenalter gibt es auch nicht viele. Er hat den Fotoapparat bei einem Schulausflug verloren, und wir haben nie einen neuen angeschafft. Aber hast du nicht mit Jakob über diese Dinge gesprochen, hat er die Familie nie erwähnt?«
»Er hat über dich und seinen Onkel gesprochen, deinen Onkel. Über die, die noch lebten. Ich kann mich nicht erinnern, dass er seine, deine Eltern erwähnt hätte, abgesehen davon, dass sie bei einem Verkehrsunfall ums Leben gekommen sind. Sie waren übrigens ein schönes Paar, sie passten gut zueinander«, sagte Mona.
Dan nickte und stand auf, ging zur Kredenz und rückte das Bild des Großvaters gerade. Hob die Wodkaflasche hoch und wischte mit dem Hemdsärmel den Staub ab. Setzte sich wieder aufs Sofa und legte die Flasche in Monas Schoß.
»Hier«, sagte er. »Die ist für Sebastian.«
Mona sah ihn an, sagte nichts, hob die Flasche hoch und sah sich den Inhalt aus nächster Nähe an.
»Was ist das?«
»Jakob und ich auf dem Mond.«
»Hä?«
Und Dan erzählte vom Mond, vom Vater, von 1969, von Buzz Aldrin, vom Turmbau zu Babel, von Feldgeistern und dem Handgemenge zwischen den Brüdern. Während er das alles sagte, saß Mona ganz still mit der Flasche auf dem Schoß da. Als er fertig war, stellte sie sie auf den Tisch.
»Die kannst du nicht weggeben«, sagte sie, ohne ihn anzusehen.

Dan hatte erwartet, dass sie gerührt sein würde, sich vorbeugen und ihm einen Kuss geben würde, während sie die Augen zusammenkniff, um die Tränen zu vertreiben. Er erhob sich. Nahm die Flasche vom Tisch, blieb vor der Kredenz stehen und kehrte Mona den Rücken zu.

»Dan, ich verstehe, was du sagen willst. Es ist ein schöner Gedanke, aber mach das in einem Monat, einem halben Jahr. Mach es, wenn es wirklich etwas bedeutet, wenn du weißt, was du tust, wenn du nicht nur einem momentanen Impuls folgst.«

»Tut mir leid, das war blöd, ich hätte …«

»Dan, bisher hast du noch nichts Blödes gemacht. Komm jetzt her«, sagte sie. »Setz dich und rede nicht mehr. Können wir nicht einfach still sein?«

15

Dan saugte Kaffee durch das Zuckerstück und hatte plötzlich das Gefühl, Jakobs Leben schmecken zu können. So hatte Jakob Morgen für Morgen dagesessen und der Welt beim Entstehen zugesehen. Die erste Tasse Kaffee, die in die Untertasse gegossen wurde, die Schachtel mit den Zuckerstücken, deren Hersteller auch den königlich dänischen Hof belieferte, und die geblümte kleine Dose mit den Bibelsprüchen. Der Bruder hatte nicht ruckzuck gelebt, sondern mit langen Bewegungen und durch diese Morgenstunden, die niemals überraschend über ihn hereingebrochen waren. Dan glaubte jetzt zu verstehen, warum. Es hatte damit zu tun, zu etwas zu gehören. Damit, dass Jakob hier in der Küche sitzen und den ganzen Mond hatte sehen können, statt durch die Welt zu kullern und nur Teile der Mondsichel zu ahnen, durch verstaubte Zugfenster oder in Pfützen im Rinnstein. Dan hatte es morgens immer eilig gehabt, sogar dann, wenn er nirgendwo hatte sein müssen, außer eben dort, wo er erwacht war. Er goss Kaffee nach und kippte ihn über der Untertasse aus, und dabei spürte er in sich eine Art Seligkeit heranwachsen. Eine Gewissheit, dass die Zeit nichts ist, was geht, sondern etwas, das kommt und kommt.

Er stand auf und drehte den Ofen herunter. Draußen war es noch immer dunkel, aber er war schon seit einer halben Stunde auf und hatte eingeheizt. Er hatte den Kaffeekessel vom alten Kaffeesatz befreit und am Radio herumgedreht, während das vergessene Gefühl, dass es nicht schnell genug Morgen werden könnte, in ihm brodelte. Mona und Sebastian schliefen noch, genauer gesagt, sie schliefen wieder. Sebastian war zweimal aufgewacht und war beim zweiten Mal erst an Monas Brust wieder eingeschlafen. Dan dachte an die vielen Male, in denen er mit der aufgeschlagenen Bibel auf dem Bauch dagelegen hatte, und dass es wirklich stimmte, was in Eben Ezer gesungen wurde: »Die dunkelste Stunde ist gleich vor der Dämmerung.« Dan fiel ein, was es für ein Gefühl gewesen war, aufzuwachen und nicht allein zu sein, während die Lügen, die am Vortag Wahrheiten gewesen waren, wie ein Samtbelag in seinem Mund lagen. Der Geruch von Bier und Wein wie eine säuerliche Ausdünstung auf dem Kissen oder in den Haaren eines anderen Menschen. Ein Geruch von etwas, das gewesen war. Aber das hier. Jetzt. Oben in seinem Zimmer. Das war anders. Es roch nach dem, was kommen würde. Zeiten werden kommen und gehen. Eine Generation wird auf die andere folgen. Dan fragte sich, was wohl aus der Dose mit den Bibelsprüchen und der Predigerbibel des Vaters geworden war, die Jakob immer hier liegen gehabt hatte. Es spielte keine Rolle. Einige Stellen konnte er noch immer auswendig. Stellen, an denen er die hauchdünnen Seiten mit dem Bleistift fast durchbohrt hatte. Matthäus 5, 34. »Dein Glaube hat dir geholfen. Gehe hin in Frieden und sei befreit von deiner Plage.« Mona wurde jetzt zu dieser Bibelstelle. Der Geruch von Treibhaus am Morgen. Von Dingen, die wuchsen. Gediehen. So sollte es sein. Es sollte nicht nur die Jagd nach Wind und leeren Dingen geben, sondern auch jemanden, der wartete, jemanden, zu dem man nach Hause kommen konnte. Er dachte an etwas, das er im Gefängnis gelesen hatte. Im Irischen gebe es angeblich nur Namen für die Farben im Regenbogen, und in irgendeiner afrikanischen Sprache überhaupt nur zwei. Dort mache man zum Beispiel keinen Unterschied zwischen Orange und Gelb. Die Nuancen sind etwas, was die Menschen erfunden haben. Und in der Bibel wird niemals die Farbe Blau erwähnt. Ja, und dann gibt es noch Grün. Die letzte Farbe, die der Mensch zu sehen lernt.

Er kam sich vor wie auf die Schulbank zurückversetzt. Seine Gedanken bewegten sich an Orte, an denen sie noch nie gewesen waren, und er war nicht sicher, wo diese Orte lagen. Es hing damit zusammen, dass er nicht alle Farben brauchte, um sehen zu können, was das Bild darstellen sollte, dass nicht alle Nuancen etwas für die Ganzheit zu sagen hatten.

Er sah die Umrisse. Jakob war Sebastians Vater. Aber warum wurde daraus so ein Geheimnis gemacht? Hatte Mona den Bruder dazu gebracht, das Verlobungsgold von seinem Finger zu ziehen? Wie lange war es her, dass er seine Verlobung mit Kristine Thrane gelöst hatte? Dan wusste es nicht mehr. Immer wenn er glaubte zu begreifen, wo der kürzeste Weg verlief, brach oben am Hang eine polternde Lawine los. Aber eins wusste er. Er würde nicht herumquengeln, sondern warten, bis Mona bereit wäre, darüber zu sprechen. Es machte überhaupt nichts, eine Zeit lang Gelb und Orange nicht unterscheiden zu können. Himmel, er könnte auch das ganze Leben durchhalten, ohne diesen Unterschied zu sehen.

Oben im Schlafzimmer fiel etwas zu Boden, ein Buch vielleicht, oder ein umgekippter Stuhl. Dan schaltete die größte Herdplatte ein, nahm die Bratpfanne aus dem Schrank und gab einen Stich Butter hinein. Holte zwei Packungen Speck und die Sechserpackung Eier aus dem Kühlschrank. Als Mona und Sebastian die Treppe herunterkamen, hatte er schon eine Tischdecke und die Sonntagstassen geholt.

Brot, Eier und Speck waren auf einem Tablett mitten auf dem Tisch arrangiert.
»Tüchtiger Junge«, sagte Mona und küsste ihn auf die Wange.
Der kalte Luftzug traf ihn oben im Rücken, als er sich auf den Stuhl an der Wand setzte, und er fragte sich, was es wohl kosten würde, das ganze Haus mit neuen, dichten Fenstern zu versehen. Dann dachte er an etwas, das mit Sibirien zu tun hatte. Wie er einmal davon geträumt hatte, mit der transsibirischen Eisenbahn zu fahren. Sich in einen Zug zu setzen, der sich durch die Taiga schlängelte, während das alte Mütterchen Russland sich hinter dem Fenster zusammenrollte wie eine schlafende Frau. Früher einmal hatte er die Kälte gemocht, das Gefühl zu schrumpfen, während er abends gerade hier saß, wenn alle Sterne sich am Himmel ausbreiteten und alles sozusagen seine festen Formen verlor und größer wurde. Es war jetzt lange her, dass die Kälte ihn mit Reiselust erfüllt hatte, jedenfalls mit einer Reiselust, die zielgerichteter war als der bloße Wunsch, fortzukommen. Jetzt aber konnte er sogar mit dem Rücken zum Fenster dasitzen, ohne von dem Gefühl erfüllt zu werden, das ihn überkam, wenn jemand ihn von hinten anstarrte.
»Du bist ja nicht gerade gesprächig«, sagte Mona und legte ein Spiegelei auf eine Scheibe Brot. Sebastian war in der Tasche auf dem Boden eingeschlafen.
»Entschuldige«, sagte Dan. »Ich bin einfach nicht daran gewöhnt, morgens mit jemandem zu sprechen, jedenfalls nicht mit Leuten, die ich mir selbst aussuchen kann.«
»Was hast du im Gefängnis gemacht?«
»I did time.«
»Hä?«
»Das sagen die Amis. I did time. Ich habe Zeit erledigt, Zeit

benutzt, Zeit gespart. Ich habe mich an jedes Wort in den Büchern geklammert, die ich gelesen habe, und ich habe davon geträumt, dass die Zeit ein Ende nahm. Dass sie neu anfing.«

»Hat sie das jetzt getan?«

»Ein Ende genommen?«

»Neu angefangen.«

»Ja«, Dan nickte. »Ich glaube, die Zeit hat jetzt neu angefangen.«

»Was möchtest du heute machen?«, fragte Mona und hielt die Kaffeetasse mit beiden Händen.

»Vielleicht einen Ausflug nach Kongsvinger. Kaffee trinken oder durch das Einkaufszentrum bummeln. Vielleicht findet Sebastian die Weihnachtsmänner lustig.«

»Da sind jetzt keine Weihnachtsmänner mehr.«

»Oder was ist mit Schweden, ich war da noch nicht einkaufen, seit ich draußen bin.«

»Okay«, sagte Mona und lächelte ihn an, als hätten sie einander schon immer gekannt. »Die Sintflut wird sich wohl zurückgezogen haben.«

»Die Sintflut?«, fragte Dan und starrte sie verständnislos an.

»Ich hatte eigentlich beschlossen, nie wieder samstags nach Charlottenberg zu fahren. Beim letzten Mal kam ich mir da vor wie mitten in der Bibel. Leute, die paarweise Schlange standen, wie die Tiere vor der Arche. Aber so kurz nach Weihnachten kann es doch nicht so schlimm sein?«

»Nein«, sagte Dan und stand auf, als Sebastian anfing, sich zu bewegen.

»Hast du die Schlüssel, dann lass ich den Motor an«, sagte er dann. Mona bückte sich nach ihrer Tasche und zog ein Schlüsselbund hervor, das eines Gefangenenwärters würdig gewesen wäre.

Dan suchte den Schlüssel mit dem Mazda-Anhänger heraus, zog einen von Jakobs Mänteln an und stieg in die Stallstiefel. Die Tür knackte, als er sie aufschob, und draußen hatte der neue Tag sich über den Horizont gespannt. Im Radio war milderes Wetter angesagt worden, aber Dan fröstelte, als er über den Hofplatz ging. Er öffnete die Tür des Mazda, trat auf die Kupplung und drehte den Zündschlüssel um. Ein Klicken. Dan hielt den Atem an, zählte bis drei und machte noch einen Versuch. Wieder ein Klicken. Verdammt. Die Batterie war leer. Wie konnte das sein? Dann fiel ihm auf, dass die Tür auf der Beifahrerseite nicht richtig geschlossen war.

Wo hatte Jakob wohl die Startkabel aufbewahrt? Im Amazon lag keins. Vielleicht waren sie mit dem Hiace verkauft worden. Nein, sie mussten in der Scheune sein. Er schaute neben der alten Getreidedarre nach, wo der Massey stand. Nichts. Er ging in der Scheune nach oben und hatte soeben Kabel und einen Motorwärmer von einem Nagel an der Wand genommen, als ein Schatten in den Raum fiel. Dan fuhr herum und wirbelte das Kabel wie ein Lasso durch die Luft.

»Whoorha«, sagte Rasmussen und erinnerte Dan an den kleinen Tiger aus »Pu der Bär«. Der sagte so was doch oft. Oder fast so was.

»Schönes neues Jahr«, sagte Rasmussen.

»Hast du nie frei?«, fragte Dan und drehte sich um, um das Kabel wieder aufzuhängen.

»Die meisten Leute arbeiten am 3. Januar wieder«, sagte Rasmussen und kam auf ihn zu. Dan bildete sich ein, in seinem Atem einen leichten Schnapsgeruch wahrzunehmen. Der Kommissar war unrasiert, und Dan verspürte eine seltsame Freude, als er sah, dass manche Bartstoppeln grau waren. Auf dem Kopf trug Rasmussen eine blaue Wollmütze mit weißem Puschel. Dieses Kleidungsstück wirkte bei ihm merkwürdig fehl am Platze, ungefähr wie ein Fanschal, den ein Politiker bei einem Fußballspiel anlegt. Dan musste gegen den Impuls ankämpfen, Rasmussen die Mütze vom Kopf zu reißen und die Tür zuzuschlagen, während der Kommissar sie vom Boden aufhob. Stattdessen sagte er nur:

»Ja?«

»Hä?«

»Was willst du?«

»Ich höre, du bist nur heimgekehrt, um wieder zu verschwinden.«

»Das habe ich gesagt.«

»Hast du Besuch?« Rasmussen nickte in Richtung des Mazda, der durch die Risse in der Wand zu sehen war.

Dan zuckte mit den Schultern.

»Ist das vielleicht Jemand?«

Dan streckte beide Hände aus, die Handgelenke dicht nebeneinander.

»Was soll das denn?«

»Kannst du mich nicht gleich verhaften, dann haben wir es hinter uns.«

»Reg dich ab, Jan, ich denke nur, dass Jemand wohl etwas ganz Besonderes ist. Lieb. Ruft an und setzt sich für dich ein. Und steht an einem Samstag so früh auf, nur um nachzusehen, wie es dir geht.«

Dan biss die Zähne aufeinander, um sie am Klappern zu hindern. Er hatte keine Wollsocken angezogen, die Kälte nagte sich durch seine Tennissocken, und seine Fußsohlen zogen sich zusammen.

»An diesem Tag an der Sætermokreuzung, als du angehalten hast, um im Tunnel unter der Hauptstraße in Erinnerungen zu schwelgen«, sagte Rasmussen.

Dan sagte nichts, er schlug die Stiefel gegeneinander, versuchte, Leben in seine Zehen zu trampeln.

»An diesem Tag gleich nach der Beerdigung, was hast du gedacht, als du Overaas wiedergesehen hast?«

»Ich weiß nicht mal, ob ich überhaupt bemerkt habe, dass der Hof dort lag.«

»Wie lange warst du weg?«

»Weg?«

»Wie lange hat es gedauert, bis dir wieder einfiel, wo du warst?«

Dan trampelte zweimal auf den Boden und starrte Rasmussen ins Gesicht. Der hatte rote Wangen wie ein schlecht geschminkter Weihnachtsmann, und die Runzeln in seiner Stirn sahen aus wie kleine Krater, in denen der Puder sich gesammelt hat.

»Ich hatte nicht vergessen, wo ich war oder warum ich dort war. Aber es hatte nichts mit Overaas zu tun, dass ich angehalten haben.«

»Kannst du dich sonst noch an etwas erinnern?«

»Nein.«

»Bist du sicher, dass du nichts gesehen hast?«

»Nein.«

»Nein?«

»Nein, denn ich habe gar nicht hingesehen.«

»Acht bis zwölf.«

»Was?«

»Oder achtzehn Monate bis vier Jahre. Weißt du, was das ist?«

»Nichts Angenehmes.«

»Amen. Wenn Thrane stirbt, dann wächst ein ganzer Wald zwischen vorsätzlich und Körperverletzung. Und ich finde, du gibst uns nicht genug, verdammt, du gibst uns gar nichts, Jan.«

»Dan!«
»Dan.«
Er nahm das Kabel wieder vom Nagel und legte es auf einen Werkzeugkasten, nur um etwas zu tun zu haben, um vielleicht etwas zu finden, was er sagen könnte. Es wäre nicht das erste Mal, dass der Falsche im Gefängnis landete. Er erinnerte sich an die Scherze der Insassen von Ullersmo, an die Standardantwort, wenn jemand gefragt wurde, warum er saß: Ich bin unschuldig. Ich war das nicht! Aber das hier war anders. Das hier war wirklich alles oder nichts. In den USA wimmelte es in den Gefängnissen von Unschuldigen, von Negern und weißem Pack, aber auch hierzulande gab es Beispiele. Leute, die ganz weit hinten in der Schlange gestanden hatten, als die richtigen Nachnamen ausgeteilt wurden, und die die Polizei einfach einsackte, um ein Kreuz für »aufgeklärt« hinter eine Aktennummer setzen zu können. Plötzlich musste er an das Bild von da Vinci denken, oder vielleicht war es auch von Michelangelo. Das Bild, auf dem ein Mann auf einer Wolke schwebt und in direkten Kontakt zu Gott kommt. Zeigefinger an Zeigefinger wird der Mann mit Leben erfüllt, mit Verstand, Zukunft, mit was auch immer. Dan stellte sich vor, dass er auf der Wolke schwebte und dass Gott ihn mit einem Fausthieb empfing. Schon wieder.
»Thrane wohnt gleich bei der meistbefahrenen Straße in der Gegend«, sagte er und schaute Rasmussen wieder ins Gesicht.
»Amen. Das stimmt, aber es war kein normaler Einbruch.«
»Was ist ein normaler Einbruch?«
»Erstens: Niemand wird halb totgeschlagen. Zweitens: Normalbegabte Diebe schnappen sich nicht die Teile, die am schwersten abzusetzen sind. Das Silberbesteck mit dem Monogramm der Familie Thrane können sie den Hehlern

bestimmt nicht so leicht aufschwatzen. Alles weist darauf hin, dass der Überfall auf Thrane nicht die Folge des Einbruchs war. Es war umgekehrt. Begreifst du jetzt?«

»Ich begreife, dass es ein ungewöhnlicher Einbruch war, aber was ist mit den anderen Leuten, die auf dem Hof wohnen?«

»Die waren nicht zu Hause.«

Dan setzte sich auf einen leeren Mehlkasten. Er sehnte sich nach Monas Armen. Nach Wärme. Danach, keinen Ort zu haben, an dem er sein sollte, sein müsste, sein musste.

Bisher war Oscar Thrane nur einige Buchstaben in den Zeitungen gewesen. Etwas, das ihn nichts anging. Trotz der Vernehmungen hatte Dan nicht weiter an Thrane gedacht. Jetzt hatte er das Gefühl, sich so tief im Nebel verirrt zu haben, wie das überhaupt nur möglich war. Als sei alles um ihn herum einfach nur grau, und als seien die Punkte, die hinter seinen Augenlidern warteten, die einzige Farbe weit und breit.

Aber er schloss die Augen nicht, er holte zweimal tief Atem und versuchte, sich durch Schlucken von dem Hämmern in seiner Brust zu befreien.

»Rasmussen. Ich war nicht da oben. Ich habe nichts gesehen. Ich weiß nicht, was ich sonst noch sagen soll.«

»Weiß jemand, dass du nur nach Hause gekommen bist, um wieder zu verschwinden?«

Dan erhob sich, ging an Rasmussen vorbei durch die Tür und blieb mit dem Riegel in der Hand stehen.

»Was hast du vor?«, fragte Rasmussen hinter ihm.

»Ich wollte hier dichtmachen und Markus Grude anrufen und fragen, ob er sich an der Plauderei beteiligen möchte. Vielleicht hat er ja auch noch ein paar Fragen?«

»Das ist nicht nötig, ich habe heute schon mit dem Lensmann gesprochen. Ich wollte nur wissen, ob es irgendetwas gibt, was du mir bei meinem letzten Besuch hier zu sagen vergessen hast.«

»Ich habe nichts vergessen, Rasmussen. Es ist nicht meine Schuld, dass dein Sohn drogensüchtig ist. Es ist traurig, aber ich habe nichts damit zu tun.«

Rasmussen antwortete nicht sofort. Zog aus der Tasche eine Packung Marlboro und klopfte eine geknickte Zigarette heraus.

»Doch«, sagte er. »Das ist deine Schuld. Deine und die aller anderen, die das Geräusch ihres Herzschlags vom Knistern der Banknoten übertönen lassen.«

Dan schluckte. Er war so hoch oben gewesen. Hatte die Kontrolle gehabt. Jetzt aber …

»Der Stoff ist nie in Umlauf gebracht worden. Und ich habe meine Strafe abgesessen.«

»Bist du dir da sicher? Bist du dir wirklich sicher? Wir sehen uns. Amen«, sagte Rasmussen, und seine Huskyaugen sahen plötzlich ganz und gar durchsichtig aus. Erst als Rasmussen auf die Hauptstraße abbog, drehte Dan sich um und ging über den Hofplatz.

»Was wollte der denn?«, fragte Mona, als er die Haustür zuzog.

»Reden«, sagte Dan, und ihm gelang ein Lächeln.

Mona hatte Sebastian in die Tasche gelegt und schien bereit zum Aufbruch zu sein. »Hat der die Sache im Bürgerhaus noch immer nicht vergessen?«

»Rasmussen hat viel, woran er denken muss«, sagte Dan, und Mona legte die Arme um seinen Rücken.

»Deine Batterie ist leer«, sagte er dann. »Wir müssen mein Auto nehmen.«

»Aber wie ist das möglich?«

»Die eine Tür war nicht richtig zu. Wahrscheinlich hat die ganze Nacht das Licht gebrannt.«

Mona ließ ihn los, strich sich eine Locke aus der Stirn und ging zu Sebastian hinüber.
»Hast du kein Startkabel?«, fragte sie.
»Ich konnte keins finden, vielleicht liegen die noch bei deinem Bruder im Hiace.«
»Na gut«, sagte sie. »Wir nehmen den Volvo, oder erwartest du noch mehr Besuch?«
»Nein, und diesen hatte ich auch nicht gerade erwartet«, sagte Dan und ging hinaus, um den Amazon zu starten. Zehn Minuten später fuhren sie den Hang hinunter.
Dan musste wieder an Sibirien denken. An den Wind, der gegen die Windschutzscheibe drückte. Eine Kältefront, die über viele tausend Meilen hinweg Anlauf nahm. Fast sein ganzen Leben lang hatte er gespürt, wie die Kältefronten die Karosserie dieses Wagens schüttelten.
Dan war erst fünf Jahre alt gewesen, in dem Sommer, in dem der Vater den Amazon gekauft hatte, um mit Tordenskiold auf Tournee zu gehen. »Das erhörte Gebet«, hatte die Mutter gesagt, als eines Morgens im Briefkasten ein Umschlag mit fünftausend Kronen gelegen hatte. Einige Missionstreffen bei den wohlhabenderen Witwen in Skogli, zwei Kollekten in Eben Ezer mit dem Ziel »Neues Auto«, dazu hatte Halvor Kaspersen in diesem Frühling länger Lohnarbeit geleistet als irgendwann sonst, seit er Vorsteher geworden war, und das alles sorgte dafür, dass die Wege des Herrn nicht mehr ganz so unergründlich waren, wenn es in den Gebetshäusern längs der schwedischen Grenze Gebetstreffen gab. Dan würde nie den Stolz vergessen, der ihn durchbraust hatte, als er zum ersten Mal in dem neuen Amazon saß, obwohl er dabei auch Angst gehabt hatte. Mit dem Flanellgraphen hatte die Mutter eben erst das goldene Kalb gezeigt, das die Juden angebetet hatten, während Moses oben auf dem Berg weilte, um die

Zehn Gebote in Empfang zu nehmen. Dan hatte Angst gehabt, das kornblumenblaue Wunder ähnlich zu sehen wie die Juden ihr Kalb, aber sein Vater hatte ihn beruhigt. »Das ist kein Auto, das ist ein Himmelswagen«, hatte er gesagt und Dan wie einen kleinen Ezechiel auf dem Rücksitz sitzen lassen.

Die ersten Fahrten mit dem neuen Amazon hatten an Orte wie Bethanien, Zion und Tabernakel geführt. Die Mutter vorn, mit frisch gewaschenem Pfingstlerinnendutt, ein wenig mehr aufgeputzt als sonst und eingehüllt in einen süßen Blumenduft, der sich auch dann noch mit dem Geruch des neuen Autos vermischte, wenn sie bereits ausgestiegen war. Dann hatten die Fahrten nach und nach auch die Nationalstraße 4 einbezogen, die nach Schweden führte. Jakob und Dan eingeklemmt zwischen umfangreichen Verwandten, Vorsängern und Gemeindeältesten. Normalerweise waren das Menschen, die sich zu den Evangelien bekannten und die Todsünden, Völlerei, Gier und das alles überaus ernst nahmen. Aber wenn sie sich über die Tiefkühltruhen in ICA und Konsum beugten, galten andere Gesetze, und Schweden gab Dan schon früh das Gefühl, nützlich zu sein. Ein Gefühl, bedeutungsvoll zu sein, schon mit sechs Jahren sein Gewicht in Zucker wert zu sein.

An diesem Tag hatte der Himmel die gleiche Farbe wie die Innenseite einer Schubkarre. Einer ganz neuen Schubkarre, die noch keine Kratzer und Beulen davongetragen hatte, und Dan wusste, das bedeutete, dass der Frühling in diesem Jahr lange zögern würde. Er hatte vergessen, wie hart ein Winter im Binnenland sein kann. Dass der Winter nicht einfach eine Jahreszeit war, die man fortschieben konnte, wie in der Stadt. Es gab keine Straßenbahnen, Busse oder Züge, wenn die Autos nicht ansprangen. Der Winter wurde nicht von Asphalt und Hochhäusern ausgesperrt, sondern hing jeden Morgen wie ein großes Nichts hinter dem Küchenfenster. Es gab lange Tage, an denen man versuchte, Januar und Februar in Grund und Boden zu starren, während man das Gefühl hatte, das Beste, was das Leben anzubieten habe, sei noch ein Tag, noch ein Tag des Wartens.

Der Wind aus Sibirien und das große Nichts, das alles war früher. Mona war jetzt. Mona und Sebastian. Es brauchte nicht so kompliziert zu sein. Obwohl der Himmel noch immer aussah wie das Innere einer Schubkarre, war es ein Tag mit Farben. Gelb, Rot, Schwarz, Weiß, Lila, Rosa, Orange, Grün. Scheiß auf Irland. Er sah jetzt jede einzelne Farbe des Regenbogens. Wirklich jede.

Er legte Mona die Hand aufs Knie. Das Weiche und Warme unter ihrer Jeans machte das Gefühl von Kälte zu etwas, das ihn nichts mehr anging.

Sebastian wachte auf, als sie durch die Hauptstraße von Charlottenberg fuhren. Seine Fäustchen machten über dem Taschenrand Boxbewegungen. Sein Weinen erinnerte Dan an einen Hund, der zu bellen versucht, während an seiner Leine gerissen wird. Auf dem großen Parkplatz vor der Bibliothek standen keine Reisebusse, aber in den Straßen waren doch viele Menschen unterwegs, und erst bei der zweiten Runde durch die Straße fand Dan eine freie Parklücke. In Charlottenberg kam er sich noch immer vor wie im Ausland. Die Schilder mit den Sonderangeboten, die immer einen Grund fanden, mit Rabatten zu locken. Die Plakate der Zeitungen, die Druckerschwärze für Messerstechereien und Fernsehprominenz mit Alkoholproblemen verwendeten. Pornos, Dauerlutscher und der Alkoholladen. Die Schweden hatten ihrem Brudervolk schon immer das gegeben, was es haben wollte.

Dan war so in das Gefühl vertieft gewesen, unterwegs zu sein, dass er total verwirrt war, als die Räder sich nicht mehr drehten. Die plötzliche Erkenntnis, dass ihm hier die Frauen vom Heiligen Abend begegnen könnten, ließ ihn auf seinem Sitz in sich zusammensinken, und die Gesichter der Menschen, die auf der Straße vorübergingen, gaben ihm das Gefühl, bei einem Schneegestöber Auto zu fahren.
»Was ist los?«, fragte Mona und streichelte seine Wange.
»Ich weiß nicht«, sagte Dan. »Aber im Gefängnis habe ich mir immer vorgestellt, dass ich nach meiner Entlassung die schwedische Grenze überqueren und dann immer weiterfahren würde. Und jetzt habe ich plötzlich einen Grund, nach Skogli zurückzukehren.«
»Du weißt wirklich, wie man eine Frau bezaubert, du«, sagte Mona, und Dan spürte, wie seine Gesichtshaut juckte. Es war nicht immer so leicht zu verstehen, ob Mona meinte, was sie sagte, oder ob es ironisch sein sollte.
»Was machen wir als Erstes?«, fragte er.
»Wir sehen nach, ob in der Konditorei ein Tisch frei ist. Die haben den besten Kaffee im ganzen Grenzland, und ich kann Sebastian neu wickeln.«
Dan nickte und stieg ganz schnell aus. Konnte den Sicherheitsgurt losmachen, mit dem Sebastians Tasche befestigt war, ehe Mona auf der anderen Seite aufgetaucht war. Sebastians Augen wurden zu zwei Schnittwunden in dem runden Gesicht, als Dan ihn in das grelle Licht hob und Mona in die Konditorei Källman folgte. Es war ungewohnt, diese Tasche zu tragen, und die Pendelbewegung ließ Dan über seine Füße stolpern und fast zu Boden stürzen. Glücklicherweise hatte Mona nichts bemerkt, und als sie die Tür für ihn aufhielt, drückte Dan die Tasche mit Sebastian an sich wie ein Geiger seine Stradivari. Mona lächelte, sagte aber nichts.

Sie fanden einen Tisch am Fenster, und Dan bestellte Kaffee, Safranbrötchen und zwei Flaschen Cola. Es war fast voll im Lokal, und kleine Gewitterwolken aus Tabaksrauch schwebten durch den Raum. Mona verschwand mit Sebastian auf der Toilette, und als sie zurückkam, nahm sie einen Wipper aus der Ecke mit und setzte ihren Sohn zwischen sich und Dan. Dan griff nach seiner Kaffeetasse und versuchte, mit der Hand nicht zu zittern. Mona hatte Recht, der Kaffee war köstlich, er schmeckte ein wenig nach Schokolade, aber nicht deshalb wurde es Dan so warm. Sie waren zum ersten Mal zusammen aus, und in ihm gab es zwei Pferde, die in unterschiedliche Richtungen davonrannten. Es sollte nur sie beide geben, ja, sie beide und Sebastian, in ihrer kleinen Welt, aber zugleich wollte er gesehen werden, man sollte über ihn reden, auf ihn zeigen. Alte Damen mit eleganten Jacken, die sich an ihre Männer lehnten und sich durch den Rauch ihrer Filterzigaretten am anderen Ende des Lebens wiedererkannten. Menschen, die sie hier sitzen sahen, hatten keinen Grund, sie für etwas anderes zu halten als eben eine junge Familie. Eine junge Familie, die zum ersten Mal als Familie Weihnachten gefeiert hatte und den Kopf noch immer voll hatte von der Engel Halleluja. Die sich noch immer so ungewöhnlich vorkam, wie das nur Menschen können, die das normalste Wunder der Welt gemeinsam erlebt haben: den Anfang eines neuen Lebens.

»Ich muss mal kurz telefonieren«, sagte Mona ganz plötzlich und so unvermittelt, dass Dan nicht sicher war, ob er das wirklich gehört hatte.

»Was?«

»Ich muss telefonieren, muss etwas erledigen. Hier auf der Straße gibt es eine Telefonzelle«, sagte Mona und stellte ihre leere Kaffeetasse auf die Untertasse.

»Hast du kein Telefon bei dir?«
»Das hab ich zu Hause vergessen. Kann ich Sebastian hier sitzen lassen, dann brauch ich ihn nicht mit rauszuschleppen?«
Dan antwortete nicht sofort, die Hufschläge in seiner Brust wurden dumpfer, und seine Ohren schienen mit Watte verstopft zu sein.
»Natürlich«, sagte Dan. »Aber was mach ich, wenn er anfängt zu schreien oder so?«
»Ich bin doch gleich wieder da.«
Mona wühlte in ihrer Tasche, holte eine Klapper und den Teddy heraus und legte beides vor Dan auf dem Tisch.
»Damit spielt er gern, und sonst beruhigt er sich meistens, wenn man ihn auf den Schoß nimmt.«
Sie war verschwunden, ehe er noch etwas sagen konnte und auch ehe Sebastian begriff, was passierte. Erst schaute er nach rechts, in Richtung Toilette, dann drehte er den Kopf um hundertachtzig Grad und fing an, mit den Beinen zu strampeln. Dan schüttelte die Klapper, aber als Sebastians Blick ihn fand, nur ihn und nicht die Mutter, riss er die Augen ganz weit auf und verzog das Gesicht. Dan kam sich dumm vor.
»Hier«, sagte er mit gekünstelter Stimme. »Hier ist dein Teddy, brumm, brumm.«
Sebastian weinte nur noch mehr und rutschte in seinem Wipper herum. Dan hatte das Gefühl, dass alle Köpfe im Lokal sich nach ihm umdrehten, alle Köpfe, nur einer nicht.
»Aber, aber, Herzchen, nicht mehr weinen«, sagte Dan und versuchte, ihn hochzuheben, aber die Füße des Kleinen blieben hängen, der ganze Stuhl wurde hochgezogen, Sebastians Gesicht wurde zu einem einzigen großen Mund, einem einzigen langen Geheul, ehe das Pferd den kleinen Cowboy abwarf.

»Aber, aber«, sagte Daniel noch einmal und versuchte, Sebastian auf seinen Knien wippen zu lassen, wie er das bei Mona gesehen hatte. Sebastian schaute mit offenem Mund zu ihm auf, die Tränen strömten ihm über die Wangen, aber das Geheul hatte sich irgendwo in ihm verkrochen.
»Aber, aber«, sagte Dan, streichelte seine Wange und ließ ihn weiter wippen. Sebastians Körper strahlte Wärme aus, seine Wangen, sein Hinterkopf und seine Haare. Der Geruch von Baby, der Geruch von Leben, der Geruch des Sohnes von Mona Steinmyra schlug Dan entgegen wie Regen, der auf einen ausgedörrten Rasen fällt. Sebastian schloss die Hand um seinen Zeigefinger, und Dan dachte etwas über eine Mutter, die eine Schraube umschließt, dann war Mona wieder da.
»Das hat doch nicht lange gedauert, oder?«, fragte sie.
Dan schüttelte den Kopf.
»Alles gut gegangen?«
Dan nickte.
»Brave Jungs«, sagte sie und umarmte alle beide.

Nachdem sie im Konsum gewesen und abwechselnd Waren in ihren Einkaufswagen gelegt hatten, während Sebastian wie ein kleiner Kobold auf dem Kindersitz am Wagen thronte, trug Dan die Sachen ins Auto, während Mona im Alkoholladen verschwand. Dan fand sie und Sebastian vor dem Regal mit den üppigen Rotweinen.
»Magst du Spanischen?«, fragte sie und zeigte auf eine Reihe von Flaschen, denen schwarze Plastikstiere um den Hals hingen.
»Ich mag das, was du magst«, sagte er.
Und als sie ihn ansah, fügte er hinzu:
»Ich hab keine Ahnung von Wein.«

»Weißt du«, sagte Mona und reichte ihm die Tasche mit Sebastian, während sie die Hand nach einer Flasche ausstreckte. »Rioja ist der Beste, der hat einen runden Geschmack, italienischer Wein schmeckt wie ein alter Wischlappen.«
»Bestimmt hast du Recht. Wie gesagt, ich hab keine Ahnung von Wein.«
»Ich hab eine Brieffreundin in Spanien.«
»Ach.«
»Während des Spanischen Bürgerkriegs haben viele norwegische Familien spanische Kinder aufgenommen. Meine Großeltern hatten ein ganzes Jahr lang ein Mädchen namens Pepita bei sich wohnen. Und mit deren Enkelin habe ich Kontakt. Pepita ist vor einigen Jahren gestorben, aber die Enkelin war vor zwei Jahren in Skogli.«
Dan nickte nur.
»Sie hat mich schon mehrere Male zu sich eingeladen.«
»Und willst du hinfahren?«
»Ja, bestimmt – irgendwann, ehe ich in Rente gehe.«
Sie bückte sich nach einer Flasche unten im Regal, und Dan dachte, es müsse schön sein, solche Möglichkeiten zu haben, solche Bekanntschaften. Familie Kaspersen hatte niemals Freunde in anderen Ländern gehabt, Menschen, die sie aufsuchen könnten, wenn der Alltag zu eng würde. Plötzlich war er wieder in der Schule, fühlte sich ausgeschlossen. Die Klassenkameraden verglichen nach den Osterferien ihre Bräune, und er log sich Schneestürme und Unwetter zusammen, um seine bleiche Haut zu erklären.
»Aber Dan«, sagte Mona, und er hörte an ihrer Stimme, dass jetzt etwas Kleingedrucktes kam, jetzt kam der Haken an der Sache.
»Ja?«
»Der Anruf eben …«

Dan schluckte und dachte, dass wir nur das auf Dauer besitzen, was niemals existiert hat.

»Der ging an die Verwandten, die uns neulich besucht haben. Sie haben ein Haus oben in Overgrenda, ein Haus, in dem sie die Wochenenden verbringen.«

»Ja?«

»Ich habe gefragt, ob wir das bis Sonntag ausleihen können. Mir gefällt dieser Polizist nicht, der bei dir an den Wänden entlangschleicht. Ist dir das recht?«

Dan nickte.

»Bist du sicher?«

»Ja, ich bin sicher, ich hab es immer schon schön gefunden, am Wochenende mal rauszukommen«, sagte Dan, lächelte und zog sie an sich.

»Schön, dass du gern verreist«, sagte Mona, und griff nach zwei grünen, sandig aussehenden Flaschen, die mit goldenen Fäden umwickelt waren.

16

Die Zeit hatte Overgrenda einfach verlassen. Sie war gegangen, und der Letzte hatte vergessen, das Licht auszumachen. Das dachte er, als der Amazon sich den letzten Hang hochgeschleppt hatte und die Straße bei den ersten Häusern auf dem Gipfel von Skogli endlich flacher wurde. Er wusste nicht mehr, wann er zuletzt hier oben gewesen war, bestimmt war es zehn Jahre her. Jakob und Dan hatten an einem der gleich hinter dem Gipfel gelegenen Weiher übernachtet, dort, wo es dem Onkel zufolge die größten Barsche der ganzen Gegend gab. Overgrenda hatte damals auch schon so ausgesehen, aber damals war eines der Häuser bewohnt gewesen. Von zwei Schwestern, die Tiere so sehr liebten, dass sie es nicht über sich brachten, Weihnachten ihr Schwein zu schlachten. Sie holten es ins Haus und ließen es im Gang hausen, wenn es im Winter kalt wurde. Nach dem Tod der älteren Schwester hatte die Jüngere ein halbes Jahr allein hier gelebt, dann war sie in irgendeinem Heim untergebracht worden. Dan dachte, so hätten auch er und Jakob geendet, wenn die Zeit nicht auch ihnen davongelaufen wäre.

»Wem gehören die Häuser hier oben jetzt eigentlich?«, fragte Dan.

»Leuten aus Oslo, weggezogenen Wäldlern und Deutschen. Jedenfalls haben sich drei deutsche Paare hier Häuser zugelegt.«

Dan musste lachen.

»Warum lachst du?«
»Mein Vater hat erzählt, dass sie im Krieg hier den Nationalfeiertag begehen konnten, weil es so abgelegen war, dass die Deutschen es nicht überprüft haben.«
»Die Zeiten haben sich geändert«, sagte Mona.
»Da sagst du was Wahres«, sagte Dan und musste das Lenkrad zur Seite reißen, um nicht gegen ein Tor mit einem mit Bauernmalerei verzierten Schild zu stoßen. Dan deutete die Buchstaben als »von Essen«, und weiter oben beim Haus sah er eine altmodische Mähmaschine, die mit Blumentöpfen voller Heidekraut behängt war.
»Wo steht das Haus deiner Verwandten?«
»Es ist das letzte an der Straße, gleich beim Königinnenblick.«
»Bei was für einem Blick?«
»Du hast doch von Königin Sophie gehört?«
»Ich weiß, dass sie zur Zeit der Union mit Schweden Königin war und dass sie den Sommer im Schloss am Vingersee verbracht hat, aber von einem Blick hab ich noch nie gehört.«
»Sie ritt gern und hat oft auf dem Felsvorsprung gehalten, wo jetzt das Haus liegt. Die Königin hat gesagt, dass es in der ganzen Gegend keinen schöneren Blick gibt.«
»Redest du vom Tiefen Loch, mein Onkel hat es immer das Tiefe Loch genannt.«
»Findest du nicht, dass Königinnenblick ein schönerer Name ist?«
»Doch«, sagte Dan. »Viel schöner.«
Dann hatten sie das letzte Haus an der Straße erreicht. Ein rotes zweistöckiges Holzhaus mit weißen Fenstern. Das Dach bog sich unter fast dreißig Zentimetern aus fest gepacktem Puderzucker, und der Eindruck von Pfefferkuchenhaus wurde verstärkt durch Girlanden mit bunten

Glühbirnen, die sich um den ganzen Giebel zogen. Der Weg zum Haus war frei geräumt, und der Schnee schien einfach beim Königinnenblick ins Tal geschoben worden zu sein.

»Schönes Haus«, sagte Dan, als er vor der Treppe hielt.

»Ja, mir gefällt es. Die Mutter von Elna, das ist meine Patentante, kommt von hier.«

Mona stieg aus dem Auto, schob die Hand durch ein Loch unter der Treppe und zog den Schlüssel heraus. Schloss die Tür auf und kam dann den noch immer schlafenden Sebastian holen. Dan ging mit den Einkaufstüten und ihrer Schultertasche zwei Schritte hinter ihr.

Im Haus war es ungefähr ebenso warm – oder kalt –, wie wenn Dan unten in Bergaust morgens aufwachte. Als er die Einkaufstüten auf den Boden stellte, nahm er den kalten Luftzug wahr.

Mona trug Sebastian ins Wohnzimmer und befreite ihn von Mütze und Jacke, dann half sie Dan beim Auspacken der Einkäufe. In der Küche langen Flickenteppiche über den unbehandelten Bodenbrettern, und an der Wand hingen zwei Gemälde mit Motiven aus dem norwegischen Hochgebirge. Dan dachte, so, ungefähr so hätten sie ausgesehen, die Ferienhäuser, die er sich als Kind ausgedacht hatte, von denen er erzählt hatte, er und sein Bruder hätten dort die Osterferien verbracht. Zimmer, die nach Rauch rochen, rußschwarze Decken, große Fenster mit Ausblick, der nicht von Bäumen oder Hügelkämmen zerstückelt wurde.

Danach, als er im Kamin Feuer gemacht hatte und Mona in der Küche Kaffee kochte, legte er die Beine auf den Tisch und machte es sich in dem aus einem Holzklotz geschnitzten Sessel vor dem Feuer noch gemütlicher. Er saß da wie ein König. Das hier war sein Thron. Sein Königreich.

Sein neues Königreich. Das Normale. Das Alltägliche. Dan dachte an seinen Großvater. Der von einer bestimmen Kaffeetasse fast schon abhängig gewesen war. Von einer weiß und blau geblümten, angeschlagenen Tasse mit abgebrochenem Henkel. Dan konnte sich an die Anflüge von Panik erinnern, wenn der Großvater glaubte, die Tasse sei verschwunden, und wie gequält sein Gesicht ausgesehen hatte, als Jakob die Tasse aus Versehen dann eines Tages wirklich zerbrochen war. Dan hatte das Gefühl, *dort* auch bald angekommen zu sein, jetzt ebenso wie der Großvater in eine Kaffeetasse starren und aussehen zu können wie ein Mann, der irgendwo zu Hause war. Der hier zu Hause war.
Mona kam ins Zimmer und stellte zwei Becher Kaffee vor ihn auf den Tisch. Sie hatte sich die Haare zu einem kleinen Pferdeschwanz gebunden, hatte sich lange rote Wollsocken über die Hosenbeine gestreift und den Rollkragenpullover angezogen, den er draußen in den Flur gehängt hatte. In diesem Pullover schien sie einen überaus langen Hals zu haben, und Dan musste an ein afrikanisches Volk denken, bei dem Mädchen gleich nach der Geburt Ringe um den Hals gelegt werden, damit der Hals gedehnt und gestreckt wird. Er hatte gelesen, dass der Hals das Gewicht des Kopfes nicht tragen kann, wenn diese Frauen in Erwachsenenalter die Ringe entfernen. Er versuchte, sich durch Räuspern von seiner Heiserkeit zu befreien. Sie trug seinen Pullover. Er konnte sich nicht daran erinnern, dass irgendeine Frau jemals eins seiner Kleidungsstücke getragen hätte. Dan versuchte sich vorzustellen, dass sie diesen Pullover nie wieder ablegen würde, dass ihr Körper sonst sein eigenes Gewicht nicht mehr tragen könnte. Wie hatte dieses Volk noch geheißen? Er wusste es nicht mehr.
»Bist du eine Massai?«, fragte er.
»Hä?«, fragte Mona und runzelte die Stirn.

»Ich versuche mich an den Namen eines afrikanischen Volkes zu erinnern und schaffe das nicht. An die Massai kann ich mich aber erinnern. Hoch gewachsen und schön, mit glatten Gesichtern, wie von einem Bildhauer gemeißelt.«

»Du sagst nicht viel, du, aber wenn du etwas sagst, dann ist es immer das Richtige. Danke, ich fasse das als Kompliment auf, auch wenn ich keine Massai bin, jedenfalls keine besonders hoch gewachsene.«

Mona kam zu ihm und gab ihm einen Kuss. Ihre Handflächen waren noch warm von den Bechern, aber ihr Wangen und ihre Nasenspitze fühlten sich an wie etwas, das irgendwer im Schnee vergessen hatte.

»Bist du immer so kalt?«, fragte er.

»Nur von außen.«

»Genau wie die Massai, die hier waren.«

»Ja, bestimmt.«

»Doch, das ist wahr. Es waren mal Massai in Skogli.«

»Red keinen Scheiß.«

»Nein, wirklich. Ein bekehrtes Massai-Ehepaar war mit einem Missionar hier, als ich sechs oder sieben Jahre alt war.«

»In Skogli?«

»Ja, in Eben Ezer. Sie haben uns Dias aus den Missionsgebieten gezeigt. Ich kann mich vor allem daran erinnern, wie kalt sie es hier fanden. Es war gleich nach Weihnachten, und sie hatten beide von irgendwem in der Gemeinde dicke Wintermäntel leihen können, aber das schien auch nicht zu helfen. Ihnen klapperten die Zähne, als sie auf die Kanzel steigen sollten, darum waren sie vorher in der Küche gewesen und hatten sich in Flickenteppiche gewickelt. Ich fand, dass ihnen das gut stand. Ich hatte schon Bilder aus Afrika gesehen, wo die Einheimischen sich in bunte

Decken hüllten, aber nicht alle in der Gemeinde sahen das auch so. Einige hielten es für Blasphemie, so auf der Kanzel zu stehen. Ich musste die Frau dauernd anstarren. Ich weiß noch immer, wie sie hieß. Tiante Ilkabori Saikong. Sie war die schönste Frau, die ich je gesehen hatte, und sie war übrigens nicht gerade groß. Sie war einen Kopf kleiner als ihr Mann.«

»Es muss schön sein, solche Erinnerungen zu haben«, sagte Mona, ging zum Ofen und ließ noch ein Birkenscheit in die Wärme fallen.

»Schön?«

»Ja, das war nicht böse gemeint«, fügte sie eilig hinzu, und ein unsicheres Lächeln huschte über ihr Gesicht. »Ich hab ja schon begriffen, dass du nicht gern über Jakob und dich redest, über das, was früher war. Aber für mich sind die Pfingstler fast wie die Massai. Ich war nie bei einer Andacht in Eben Ezer, aber ich glaube, dass es da irgendeinen Zusammenhang gibt. Ja, als ob ihr zum selben Stamm gehörtet wie Massai oder Indianer.«

»A band of apache braves …«

»Hä?«

»Das hab ich in einem Film gesehen, aber vielleicht hast du Recht. Ich hab mir das nie so überlegt, aber es hat schon eine eigene Stammesidentität gegeben, in einer Pfingstgemeinde aufzuwachsen – früher war das so. Jetzt hat der Leiterschnaps auch uns eingeholt.«

»Hä?«

»Das sollte ein Witz sein, aber heutzutage trinken viele Indianer sich zu Tode, finden sich im Leben nicht zurecht, und die Gebetshäuser werden immer leerer, denn die Gemeindemitglieder sitzen zu Hause und sehen sich Soaps an. Ich weiß noch, wie der Erste aus Eben Ezer sich einen Fernseher zugelegt hat. Ein alter Seemann war das. Er

musste sich anhören, dass er Satan in seine gute Stube gebeten hatte.«
»Aber?«
»Es war nicht Satan, es war viel schlimmer. Der Seemann erstarrte zur Salzsäule, ebenso wie Lots Weib. Und bald wimmelte es in jedem zweiten Haus von diesen Salzsäulen.«
Mona kam zu ihm und setzte sich auf seinen Schoß.
»Mein kleiner Prediger«, sagte sie, legte den Arm um seinen Nacken, hob mit der anderen Hand sein Kinn und fand seinen Mund. Dan schloss die Augen, und dann war sie verschwunden.
»Ich hab immer sehr viel ferngesehen«, sagte sie. »Findest du, ich schmecke nach Salz?«
»Nein«, sagte Dan mit belegter Stimme. Ihr Kuss schien seine Stimmbänder mit etwas bedeckt zu haben. Mit etwas Zähflüssigem, Trübem, durch das die Wörter sich in seinem Mund quer stellten. Er hatte das Gefühl, dass vielleicht sein Vater im Anbeginn der Zeiten so dagesessen und gespürt hatte, wie sich in seiner Brust etwas löste, wenn er die Mutter ansah. Und dann begriff er, warum Mona so fahrig war. Sebastian wurde gerade wach. Sein Kopf bewegte sich auf dem Kissen hin und her, bis seine Augen die Mutter gefunden hatten.
Mona setzte sich mit Sebastian auf dem Schoß auf das zweisitzige Sofa.
»Im Badezimmer steht eine kleine Wanne, kannst du wohl Wasser einlaufen lassen und sie vor den Kamin stellen?«, fragte sie und zog den Pullover aus.
Das Badezimmer sah fast unbenutzt aus, und in der Dusche fand er eine längliche blaue Wanne.
Er ließ den Wasserstrahl der Dusche in den Abfluss laufen, bis das Wasser ein wenig warm wurde.

»Wie viel Wasser brauchst du?«, rief er.
»Nicht sehr viel. Halb voll.«
Dan füllte die Wanne zur Hälfte, und dann stellte er sich plötzlich vor, dass Sebastian wütend losbrüllen würde, wenn sie ihn ins Wasser legten. Sebastian würde hochrot anlaufen.
»Was, wenn es zu heiß ist?«
»Fühl mal mit dem Ellbogen.«
»Was?«
»Halt deinen Ellbogen ins Wasser, dann weißt du, ob die Temperatur stimmt.«
Dan krempelte die Hemdsärmel hoch, schob den Ellbogen ins Wasser und zog ihn sofort wieder heraus. Das Wasser fühlte sich glühend heiß an. Er holte sich vom Waschbecken einen Zahnputzbecher und schöpfte einen Teil des Wasser aus der Wanne. Drehte bei der Dusche das kalte Wasser auf und füllte in der Wanne nach. Noch immer zu warm. Neues Schöpfen, neues Mischen.
»Was machst du da eigentlich?«, rief Mona.
»Wasser mischen«, sagte Dan. Er trug die Wanne in das Zimmer, ohne sie überschwappen zu lassen. Mona zog Sebastian aus und tauchte ihn vorsichtig ins Wasser, dabei hielt sie ihn mit beiden Armen fest. Dann drehte sie ihn so, dass Sebastian den Kopf in ihre linke Armbeuge legte. Draußen wurde es jetzt dunkel, und die Flammen im Kamin ließen die Schatten von Mutter und Sohn an der Wand miteinander verschmelzen. Dan war wieder bei den Indianern. Es war etwas, das er in einem Buch gelesen hatte. Als die Indianer zum ersten Mal einen Reiter gesehen hatten, hatten sie ihn und sein Pferd für ein einziges Wesen gehalten. Mona und Sebastian sahen aus wie ein Wesen. Sebastians Gesicht, das zuerst erschrocken gewirkt hatte, als er von Mona ins Wasser getaucht worden war, glättete

sich jetzt, und er stieß seltsame Kehllaute aus, die Dan an die Ferkel zu Hause in Bergaust erinnerten, wenn sie satt und zufrieden gewesen waren. Dann erlitt Sebastian plötzlich einen Angstanfall und strampelte mit den Beinen, was seiner Mutter große feuchte Flecken auf der Bluse eintrug.
»Nein, nein, Sebastian, nein«, sagte Mona mit scharfer Stimme, und Sebastians kleine blaue Augen hafteten sich an Dans, als sähen sie ihn hier zum ersten Mal. Zum ersten Mal ging ihm auf, dass er und seine Mutter nicht allein im Zimmer waren. Als Dan den Funkenschutz wegnahm, um Holz nachzulegen, ließ Sebastian ihn nicht aus den Augen.
Mona hob den kleinen molligen rechten Arm zu einer Winkbewegung, und Dan winkte automatisch zurück. Dann fühlte er sich wie ertappt und bohrte beide Hände in die Hosentaschen. Dabei kam er sich aber noch ungeschickter vor, und deshalb schnappte er sich den fast noch halb vollen Holzkasten.
»Woran denkst du?«, fragte Mona und lächelte.
»Ihr seht aus wie ein Bild.«
»Hä?«
»Du und Sebastian, ihr seht aus wie ein Bild von mir und meiner Mutter irgendwo zu Hause in einem Album.«
»Dann komm doch mit ins Bild.«
»Nein.«
»Hä?«
»Ich hab noch nie ein Baby gebadet. Das ist gefährlich.«
»Unsinn«, sagte Mona, und Dan ließ den Holzkasten fallen, worauf Sebastian erschrocken mit den Armen fuchtelte.
Dan kniete sich neben Mona und fasste den Rand der Wanne an.
»Krempel dir die Ärmel hoch oder zieh das Hemd ganz aus«, sagte Mona.
Dan zog sein Hemd ganz aus.

»Hier, leg den linken Arm unter seinen Nacken, und dann hältst du ihn oben am Arm fest. Dann rutscht er dir nicht weg.«

Dan tat, wie ihm geheißen.

Sebastian starrte ihn aus großen Augen an, als Mona vorsichtig ihre Hand wegnahm, sagte aber nichts. Nein, er sagte nichts, als Dan mit der rechten Hand behutsam Wasser auf den kleinen Brustkasten spritzte. Es dauerte eine Weile, bis Dan begriff, dass das einzige Geräusch, das er neben dem Knistern aus dem Kamin noch hörte, von ihm stammte, es war eine Art beruhigendes Gurren, wie das einer Taube. Irgendwo in ihm gab es ein solches Geräusch, irgendwo in ihm gab es Fürsorge, etwas, das von seinem Vater, seinem Großvater oder vielleicht noch früher dort gelagert worden war, kein Gedanke, keine bewusste Tat, einfach ein Instinkt, der dafür sorgt, dass man wünscht, dass seine Kinder sich geborgen fühlen. Seine Kinder? Kinder überhaupt, eben!

»Ich glaube, er mag dich«, sagte Mona und streichelte ihm die Wange, als sei er hier das Kind.

Als Sebastian abgetrocknet und eingecremt worden war, ließ Mona sich auf das Sofa fallen, öffnete die Bluse und zog die eine Brust heraus. Wieder war Dan davon so überrascht, dass er seine Blicke nicht mehr senken konnte.

»Wollen wir es einfach machen?«, fragte Mona und lächelte, als habe sie begriffen, warum seine Kopfbewegungen plötzlich etwas Roboterhaftes angenommen hatten.

»Einfach?«

»Ja, das Essen.«

»Okay.«

»Würstchen?«

»Mir recht.«

»Würstchen am Feuer.«
»Was?«
»Kannst du nicht bei der Fichte ein Feuer machen, da, wo die Königin so gern gesessen hat?«
»Machst du Witze?«
»Nein, das haben wir immer zu Silvester gemacht, als ich klein war, Würstchen gegrillt und uns die Raketen angesehen. Manchmal sind wir auf Rodelbrettern ins Dorf hinuntergesaust. Gleich unterhalb der Kiefer ist es nicht so steil.«
»Aber es sind fünfzehn Grad unter null. Vorhin hast du hier im Haus meinen Pullover angehabt.«
»Bitte.«
»Aber wir können doch den Kleinen jetzt nicht rausschleppen?«
»Ich hab das Babyfon, wir hören ihn, wenn er aufwacht.«
»Na gut, na gut, aber dann fühlst du dich jetzt bestimmt auch ganz klein.«
»Tust du das nicht?«, fragte Mona.
»Gerade im Moment wäre ich absolut zufrieden, wenn ich hier drinnen ein großer Junge sein könnte.«
»Du kannst nachher ein großer Junge sein«, sagte Mona, und als Dan im Schuppen eine Axt suchte, musste er lächeln. »Marschbefehl mit Honig«, hatte sein Onkel immer gesagt, wenn die Frauen ihre Stimmen zuckersüß klingen ließen und es sich anhörte, als habe so ein armer Mann doch noch eine Wahl.
Er fand die Axt und neben der Tür auch einige Kienholzscheite. Bestimmt für einen besonderen Anlass beiseite gelegt. Und dieser Abend war doch etwas Besonderes. Er fing an, Späne abzuschlagen, und zerhackte die Scheite danach in kleine Stücke. Es wurde jetzt milder. Das Thermometer an der Schuppenwand war um fünf oder sechs Grad gestiegen, seit sie gekommen waren, und über ihm wurden die

Sterne jetzt bleicher. Wolken zogen sich vor den Himmel. Er trug Späne und Holzstücke zu der einsamen Kiefer und befreite den Boden gleich vor dem Baum vom Schnee, damit das Feuer nicht davon gelöscht werden konnte. Dann zündete er einen langen Span an und benutzte ihn, um die anderen anzustecken. Er wartete, bis es richtig brannte, dann schichtete er die Holzstücke um die knisternde Hitze auf. Er hatte gelesen, die Prairie-Indianer hätten bei ihren Reinigungsritualen Heu benutzt – süß duftendes Heu. Er selbst wusste nichts, was sauberer gerochen hätte als solches Holz. Dan hielt den Kopf dichter an die Flammen und atmete ein.

»Ich dachte, du hättest damit aufgehört«, sagte Mona, die plötzlich hinter ihm stand.

»Aufgehört?«

»Mit Rauchen.«

»Witzig. Ich hab eben gelernt, alles gründlich zu tun.«

»Dann bist du heute Abend aber schlampig – oder meinst du, wir sollten die Würstchen mit der Hand über das Feuer halten?«, fragte Mona, nahm sich einen kleinen Rucksack von der Schulter und ließ eine Isomatte in den Schnee fallen.

»Eins nach dem anderen. Erst das Feuer. Erst ein Feuer, das richtig brennt.«

Mona fing an, ihren Rucksack auszupacken, während Dan sich nach passenden Spießen umsah. Das Einzige, was hier wuchs, war die Kiefer, aber gleich an der Kante der Schlucht steckten zwei Stöcke mit roten Reflexbändern im Schnee, um dem Räumfahrzeug zu zeigen, wie weit die sichere Fahrstrecke reichte. Die holte Dan nun.

»Die Warnstöcke?«, fragte Mona.

»Ich stell sie nachher zurück«, sagte Dan und spitzte die Stöcke mit seinem Taschenmesser an.

Das Feuer brannte jetzt richtig, und Dan ließ sich neben Mona auf die Isomatte sinken. Die Sterne über ihnen waren jetzt ganz verschwunden, und sie konnten vor den Fenstern im Haus die ersten Schneeflocken sehen. Mona spießte Würstchen auf die Stöcke und reichte Dan den einen.

Als Dan sich vorbeugte, flammte das Feuer auf, und der Hitzeschock ließ ihn so jählings zurückfahren, dass sein Würstchenspieß ins Feuer fiel. Die Wurst verkohlte sofort und sah aus wie eine verrußte Schuhsohle, und als er versuchte, sie aus den Flammen zu retten, füllten seine Augen sich mit Rauch.

»Ich hatte vergessen, wie heiß so ein Feuer werden kann«, sagte Dan und blieb mit geschlossenen Augen sitzen. Der rieselnde Schnee in seinem Gesicht, Mona, die seinen Handrücken streichelte, die Hitze des Feuers, die seine Fingerspitzen prickeln ließ, die Kälteschauer, die über seinen Rücken jagten, das alles nahm er wahr, konnte es aber nicht sehen. Für einen Moment erlebte er alles als Einbildung, als Traum: Wenn er die Augen öffnete, würde es verschwinden.

»Warum, glaubst du, ist sie hergekommen?«, fragte Mona.

»Wen meinst du jetzt?«, fragte Dan und öffnete die Augen. Es machte ihn schwindlig, im Dunkeln zu tappen.

»Die Königin.«

Dan zuckte mit den Schultern.

»Vielleicht ist sie sich vorgekommen wie Kleopatra.«

»Kleopatra?«

»Ja, Kleopatra oben auf einer Pyramide, während ihre Untertanen unten zusammenströmten.«

»Diese Geschichte würde meinem Onkel gefallen. Die Sklaven von Skogli.« Dan lächelte und griff nach ihrer Hand. »War es hier immer schon so steil? Die anderen Hügel

scheinen sich in das Tal zu schleichen, aber hier geht es geradewegs nach unten.«
»Vor neunundneunzig Jahren hat es hier einen Erdrutsch gegeben, am 8. Juni.«
»Neunundneunzig Jahre. 8. Juni – am Tag nach der Unionsauflösung?«
Mona nickte.
»Du machst Witze. So was gibt's nicht.«
Mona zuckte nur mit den Schultern.
»Unglaublich«, sagte Dan. »Davon habe ich noch nie gehört.«
Er schob zwei Würstchen zugleich auf seinen Spieß, und Mona reichte ihm einen Becher Kaffee. Es schneite immer heftiger, und unter ihnen lagen die Lichter des Tals wie ein langsam heraufziehender Sonnenaufgang. Er hoffte, dass die Kälte sich jetzt zurückzog, dass die Tage Skogli milde einhüllen würden. Er ließ noch Holz ins Feuer fallen, aber als er sich wieder setzte, loderten die Flammen dermaßen auf, dass sie die Isomatte wegziehen und sich mit den Rücken an die Kiefer lehnen mussten.
Durch seine Jacke spürte Dan die harte, knorrige Rinde. Er hatte das schon oft empfunden. In einsamen Momenten oder am Marterpfahl seines Bruders. Die Kiefer schien durch seine Kleidung zu dringen und ihn in ihr ununterbrochenes Wogen einzubeziehen. Er fühlte, dass er sich nun auch wiegte, dass er das Rauschen verstand, dass er die Nähe des Ewigen wahrnahm. Dass er nichts und dennoch alles haben konnte.
Dan zog Mona an sich.
»Ich hab dich so gern«, sagte er.
Mona drückte ihn rücklings auf die Isomatte, nahm sich die Mütze ab und hielt ihn mit ihrem Blick fest. Der Schnee brannte in ihren Augen, der Rauch stieg in Stößen vom

Feuer auf und riss große Löcher ins Schneegestöber, aber Mona starrte immer weiter. Dann beugte sie sich über ihn und leckte ihm die Schneeflocken aus dem Gesicht wie ein Tier, das den ersten Schluck Wasser des Tages aufleckt. Dan versuchte, die Augen offen zu halten, um sich immer daran erinnern zu können, wie sie in diesem Augenblick ausgesehen hatte, aber der Schnee ließ seine Pupillen prickeln, und seine Augenlider schlossen sich von selbst. Noch einmal wurde Mona Steinmyra zu etwas, das er nur spürte, etwas, das ihn von allen Seiten umgab, etwas, das ihn in den Abgrund stoßen und nach Skogli hinunterrollen lassen könnte. Dann fing ein Kind an zu weinen, und er glaubte, dass in seinem Kopf etwas zerbrach.

»Das ist nur Sebastian, das Babyfon«, sagte Mona und stand plötzlich auf den Beinen. Da er lag, kam sie ihm ebenso groß vor wie die Kiefer. »Er ist aufgewacht. Machst du das Feuer aus und kommst nach? Bald?«

Dann war sie nur noch Rücken und große Schritte, und Dan blieb liegen wie etwas, das aus dem Baum über ihm gefallen war. Erst als die Haustür ins Schloss fiel, kam er auf die Beine und trat das Feuer aus. Die Funken fauchten durch die Nacht, und der bittere Qualm feuchten Holzes kam ihm plötzlich seltsam vertraut vor. Es war ein Blick zurück auf die Köhlerei, auf Teerbrennerei und Sauna. Feuer und Rauch, um kochen zu können, Feuer und Rauch, um das Dach abzudichten, Feuer und Rauch, um sich für den Sonntag zu waschen. Der Vater hatte immer verächtlich geschnaubt, wenn andere behaupteten, Dinge erlebt zu haben, die sie unmöglich erlebt haben konnten, Orte aufgesucht zu haben, an denen sie niemals gewesen sein konnten. Aber hier stand er nun, Dan Kaspersen, siebenunddreißig Jahre alt, oberhalb von Skogli, zurück auf Los, und er hatte das Gefühl, sein ganzes Leben so gestanden zu haben, schon seit undenklichen Zeiten. Er hatte das Gefühl, hier oben in Qualm und Schneetreiben den Rest seines Lebens beginnen zu sehen, wobei die Lichter aus dem Tal die Dämmerung eines neuen Tages ankündigten. Er nahm die Isomatte, um Schnee auf das Feuer zu schaufeln, und ging dann zum Haus hoch. Der Wind hatte jetzt wirklich an Tempo gewonnen, und der Schnee kam von der Seite. Das Thermometer neben der Haustür zeigte nur noch neun Grad.

Erst als er nach der Klinke griff, bemerkte er die Lichter eines Wagens, der sich näherte, während das Motorengeräusch von den Schneewehen am Straßenrand gedämpft wurde. Der Wagen fuhr am vorletzten Haus an der Straße vorbei und dann weiter. Dan blieb auf der Treppe stehen und wartete. Das mussten ihre Verwandten sein. Dann erkannte er Jakobs Auto. Hink-und-Hopp? Der Hiace hielt hinter dem Amazon, und ein grauhaariger Mann stieß die Tür auf und lief über den Hofplatz. Ein langer Mantel flatterte hinter ihm her und sah im Schneegestöber aus wie die Flügel eines eiligen Engels. Dan trat von der Treppe herunter und war absolut nicht auf den Schlag vorbereitet, der jetzt kam. Es war ein schlechter Schlag. Ein Schlag von unten nach oben, und der Arm das Mannes blieb halbwegs in den Mantelschößen hängen, die Faust traf Dan an der Schulter, und er kippte seitwärts in den Schnee. Konnte sich herumdrehen und dem folgenden Tritt ausweichen.

»Mach, dass du nach Hause kommst«, heulte der Mann, sein Gesicht hatte die gleiche Farbe wie die Innenseite einer frisch abgezogenen Tierhaut, während seine Haare aussahen wie dicke Büschel verwelkten Wollgrases. »Mach, dass du nach Hause kommst, ich will meine Familie nicht von einem Rauschgifthändler ruiniert haben!«

Die Haustür wurde aufgerissen, Mona kam auf Socken herausgestürzt.
»Papa, hör auf! Hör sofort auf!«
Etwas Scharfes in ihrer Stimme, wie Steine, die gegeneinander geschlagen werden, wie ein zerbrechender Ast. Mona packte den Vater am Arm und zog ihn fort. Streckte die Hand nach Dan aus, der ohne Hilfe auf die Beine kam.
»Wie geht's?«, fragte sie.
Er zuckte mit den Schultern, und dann sank Monas Vater im Schnee in sich zusammen.
»Hilf mir, ihn reinzubringen. Er hat ein schwaches Herz.«
Mona wäre fast selbst gestürzt, und Dan packte den Arm, der eben noch auf ihn gezielt hatte. Monas Vater hing schwer zwischen ihnen, und sein Kopf wackelte hin und her wie der eines besiegten Boxers.
Im Wohnzimmer ließen sie ihn auf das Sofa sinken, und Mona tastete seine Manteltaschen ab, bis sie eine kleine Schachtel gefunden hatte, sie nahm eine Pille heraus und schob sie ihrem Vater unter die Zunge. Seine Züge wurden milder, sein Atem klang nicht mehr so gezwungen. Mona streifte ihre durchnässten Tennissocken ab und zog die auf dem Kaminrand liegenden Wollsocken an.
»Wo ist Rolf?«, rief sie.
Der Vater gab keine Antwort, er sah sie nur aus großen Fischaugen an.
Mona schlug ihm mit der flachen Hand auf die eine Wange.
»Papa, nun sag schon!«
»Der ist dageblieben.«
»Verdammt.«
»Hat Elna dich angerufen?«
»Nein«, sagte der Vater und sank wieder in sich zusammen.
Mona suchte Sebastians Sachen zusammen, warf sie in

ihre Tasche, zog Stiefel und Jacke an. Dan suchte etwas, worauf er sich stützen könnte, aber seine Hände hingen willenlos an seiner Seite. Das passiert nicht, dachte er. Solche Dinge passieren nicht. Nicht jetzt.

»Ich muss ihn nach Hause schaffen. Er muss ins Bett«, sagte Mona, kam auf ihn zu und nahm ihn in die Arme. Dan rechnete damit, dass der Vater aufspringen und auf sie zustürzen würde, aber der blieb nur sitzen und wirkte ganz und gar abwesend. Die weißen Haarbüschel klebten an seinem Kopf, und seine Augen sahen aus wie zwei trockene Steine in der Sonne.

»Entschuldige.« Mona gab ihm einen Kuss und fuhr ihm eilig mit der Hand über die Wange. »Bitte, warte hier, ich komme zurück, sobald ich kann. Ich rufe Rolf an. Das kommt schon in Ordnung.«

Dan sah sie an, dann die Familienbilder an der Wand, die Stelle vor dem Kamin, wo Sebastian gebadet hatte. Jetzt wusste er nicht mehr sicher, ob das überhaupt passiert war.

»Ich fahre nach Hause«, sagte er, und sie nickte nur und ging zu ihrem Vater. Wie eine Hypnotiseurin nahm sie seine Hände, und schon erwachte er zum Leben. Dan blieb am Fenster stehen. Sah, wie Mona ihren Vater über den Hofplatz führte und die Schiebetür des Hiace öffnete. Er hatte das alles schon einmal gesehen, in Kriminalfilmen: You've got the right to remain silent und so weiter. Als sie Sebastian holen kam, sah ihr Gesicht grob und mitgenommen aus.

»Dan, ich hab dich gern. Das hier hat nichts mit dir zu tun, aber seit er aus dem Krankenhaus gekommen ist, nach der letzten Operation, sitzt Papa immer wieder mit einem Fotoalbum auf dem Schoß da. Er weiß nicht immer, in welcher Zeit er lebt«, sagte sie und hob Sebastian hoch. Dann war sie durch das Zimmer gelaufen, durch die Tür, die

Treppe hinunter. Auf der untersten Stufe drehte sie sich um.

»Ich ruf dich sobald wie möglich an. Schließt du ab?«

Ein rasches Lächeln, und weg war sie. Dan schloss die Tür, als sie den Motor angelassen hatte, und hob die Thermosflasche hoch, die sie niemals aufgedreht hatten. Das Feuer im Kamin war bereits heruntergebrannt, der Kaffee aber war noch immer heiß. Dan entdeckte auf dem Wohnzimmertisch ein Radio und hörte einen Nachrichtensprecher das einsetzende Chaos auf den Straßen schildern. Die Schneeflocken wirbelten gegen das Wohnzimmerfenster, und Dan hätte gern gewusst, ob es wohl jemals anders sein würde. Aber man kann seine Sünden niemals abbüßen, man wird zu seinen Sünden und trägt sie mit sich, bei jedem Schritt, der zu der Kiste aus Kiefernholz führt.

17

Dan warf die schwedischen Lebensmittel auf den Boden vor dem Beifahrersitz und ließ den Amazon an. Dachte daran, dass er bald die Zündung überprüfen und Öl und Filter wechseln müsste. Sich um den Wagen kümmern. Der Schnee fiel immer dichter, und die Reifenspuren des Hiace waren kaum noch zu sehen. Dan schaute sich zum Schuppen um und probierte Abblend- und Fernlicht, was aber die Sicht nicht veränderte. Er warf automatisch einen Blick nach rechts, als er in die Gegenrichtung abbog. Er riss den Lenker herum und trat auf dem Bremse. Mitten auf der Straße stand ein riesiger Wagen ohne Licht, dann wurde der Straßengraben lebendig, die Tür des Amazon wurde aufgerissen und Dan in den Schnee gezerrt. »Rasmussen«, versuchte Dan zu schreien, aber es war nicht Rasmussen, und es war auch nicht Monas Vater. Es waren drei undeutliche Gestalten in weißen Anoraks. Winterkrieg. Dan versuchte die Angreifer wegzustoßen, aber er kam einfach nicht auf die Beine. Dann wurden seine Arme nach hinten gezogen, sein Mund wurde aufgedrückt und etwas zwischen seine Lippen geschoben. Ein Schlag in den Bauch, und er hustete das weg, was auf seiner Zunge gelegen hatte. Dan schrie aus voller Kehle und versuchte, sich loszureißen.

»Versuch's mit Schnee«, grölte eine Stimme gleich neben seinem Kopf. Wieder wurde sein Mund geöffnet, seine Wangen wurden zwischen seine Zähne gedrückt und etwas

Zuckerzeugähnliches auf seine Zunge gelegt, gefolgt von Schnee. Einer ganzen Hand voll Schnee. Er versuchte auszuspucken, aber eine Hand hielt ihm Mund und Nase zu, dann folgte ein weiterer Schlag in den Bauch. Er musste schlucken, um nicht zu ersticken, vor seinen geschlossenen Augen brach ein Feuerwerk los, und er hatte in der Brust das Gefühl, lauter Gräten in der Speiseröhre stecken zu haben. Eine Feder schien gespannt zu werden. Er verspürte einen Tritt gegen sein Bein. Eine Feder schien zu brechen. Drei Baumstämme wälzten sich über ihn. Er versuchte sich wegzudrehen. Versuchte, sich stark zu denken. Groß. Goliath. Simson. Ein Strauß. Er dachte etwas über einen Strauß. Den Kopf im Sand vergraben. Der Schnee war kälter als Sand. Seine Ohren dröhnten jetzt. Ein tiefes Brummen. Er versuchte, die Augen zu öffnen, aber die Frontlichter des Amazon brannten wie Lötflammen in seinen Pupillen. Kinderfernsehen. Nein, nicht Kinderfernehen. Naturfilme. Serengeti. Ngorongoro. Gnus und Riedböcke. Impalas und Zebras. Beine, die panisch zuckten, während senfgelbe Löwen in die Nacken bissen. Dann wurde der Widerstand geringer, wie eine Uhr, die langsam stehen bleibt. Dan fühlte sich kraftlos. Sein Körper gehörte ihm nicht mehr. Seine Bewegungen waren nur noch Gedanken.
»Nicht die Klamotten ruinieren, keine Spuren auf dem Körper«, schrie der Typ, der ihm den Schnee in den Mund gestopft hatte.
Er wurde an den Beinen weggezogen. Der Schnee brannte in seinen Augen, aber er konnte sie doch wieder öffnen. Er versuchte zu husten. Versuchte, den Schnee zu erbrechen. Es schmeckte nach Abgasen. Dann bekam die Gestalt vor ihm ein Gesicht.
»Zieht ihm die Handschuhe aus«, grölte Kristian Thrane,

öffnete den Kofferraum des Mercedes und holte etwas aus einer Tüte.

Im Stehen spürte Dan, wie das Leben zu ihm zurückkehrte, aber durch den Versuch, den Griff um seine Oberarme abzuschütteln, wurde ihm nur schwindlig. Und übel. Die Handschuhe wurden in den Schnee geworfen, und Kristian Thrane kam mit einer Heugabel auf ihn zu. Dan bereitete sich auf den Schmerz vor, der gleich einsetzen würde, und versuchte, Kristian Thrane einen Tritt vors Schienbein zu setzen. Dann wurde seine rechte Hand nach vorn gerissen, seine Finger wurden auf Metall gepresst, und er sah, dass er einen Kerzenleuchter vor sich hatte. Einen mehrarmigen Leuchter. Kristian Thrane drückte Dans Finger noch einmal um den Fuß des Leuchters zusammen, dann warf er ihn auf den Rücksitz des Amazon.

»Okay, jetzt ist der Knabe bald so weit.«

Kristian Thranes Haut sah bankräuberglatt aus, wie unter einem Nylonstrumpf, seine Haare ragten wie ein Stoppelfeld im Schneegestöber auf, und seine Augen waren wie zwei blanke Tierschnauzen. Dan wurde gegen den Mercedes gestoßen, während Kristian Thrane sich über den Kofferraum beugte und etwas in den Amazon legte. Dann wurde der Schnee hinter dem Amazon vom Rücklicht angestrahlt, Kristian Thrane manövrierte den Wagen auf die Auffahrt und drehte die Vorderräder in Richtung Königinnenblick. Dan wurde wieder auf die Beine gezogen, konnte aber nur mit Mühe gehen. Seine Füße stießen gegeneinander, sein Herz klaffte wie eine Wunde mitten in seiner Brust, und seine Schläfen waren mit grobem Sandpapier eingerieben worden.

Lieber Gott. Was war in diesem Schnee gewesen? Was wollten sie denn nur? Dan versuchte, sich zur Seite zu werfen, aber seine Beine glitten davon, und er hing wie eine Galionsfigur zwischen den Männern, die ihn zum Amazon zerrten. Bei der Kiefer roch es noch immer nach Rauch.

Die Vorderseite des Wagens war dem Abgrund zugedreht, und die Scheinwerfer leuchteten in ein weißes großes Nichts. Er dachte, wenn die Leute unten im Tal jetzt zum Königinnenblick hochschauten, dann müssten sie doch glauben, dass der Stern von Bethlehem wieder leuchte. Kristian Thrane machte sich hinten am Auto zu schaffen, und als er sich wieder aufrichtete, blieben seine beiden Begleiter stehen, und Dan gewann die Kontrolle über seine Beine zurück.

Kristian Thrane schob die rechte Hand in die Anoraktasche, steckte irgendetwas in den Mund und zog seine Handschuhe wieder an.

»Du armer, armer Dan Kaspersen. Dir will einfach nichts gelingen. Aus dem Gefängnis gleich in den Krieg – schon wieder. Und dann eine kurze Runde happy the man mit Frau und allem, aber das war nur ein kurzer Film. War der Schwiegervater nicht zufrieden?«

Kristian Thrane bleckte die Zähne zu einem Lächeln und stieß ihn vor die Stirn. Die kalten Lederhandschuhe kratzten ihm über die Haut, und Dan versuchte, auszuspucken, doch seine Wangen waren zu zwei welken Hautfalten geworden.

»Deine Freundin ist auch nicht schlecht, aber ein bisschen passiv, das war sie jedenfalls, als wir zu mehreren waren. Hübsches Kind, übrigens.«

Dan wurde zu etwas Großem und Schwerem, das sich vom Grund eines Sees abstieß und immer schneller wurde. Die Worte barsten in seiner Brust wie Luftblasen, sein Körper war zum Platzen gedehnt wie ein Ballon. Er warf sich vorwärts, aber sein Sprung wurde zu einem Fall und die Worte zu einem zähen Blutgeschmack in seinem Mund. Kristian Thrane kippte um. Sein Kopf traf auf den Kofferraum des Volvo auf, und sein Gesicht sah aus wie das eines Kindes, das plötzlich einen bitteren Geschmack im Mund verspürt. Dann war Kristian Thrane wieder auf den Beinen. Dann war Kristian Thrane wieder er selbst.

Dan blieb auf der Seite liegen, sein Herzschlag hallte in seinem Kopf wider, während der Schnee über den Rand des Abgrunds wirbelte und in einen Tornado gesogen wurde. Dann änderte der Wind seine Richtung, und das Weiße ließ einige gelbe Streifen durch. Die Lichter von Skogli. Auf dem Gipfel auf der anderen Talseite blinkte etwas. Er dachte an Moses, der auf den Berg steigen und Kanaan schauen durfte, um dann zu sterben. Er dachte an die Schlachten, die hier in diesem Hügelland ausgefochten worden waren. Norweger und Schweden, blutend im Schnee. Er dachte an die Deutschen. An den Knecht, der auf dem Nachbarhof von Bergaust erschossen worden war. Dan hätte niemals zurückkehren dürfen. Er hätte sich auf die Fähre nach Dänemark setzen müssen. Um sein Leben vorwärts zu leben. Immer vorwärts. Er hätte niemals zurückblicken dürfen. Was er für alles gehalten hatte, war zu nichts geworden. Er vermisste Jakob. Sehnte sich nach ihm. Sehnte sich danach, zwölf Jahre alt zu sein. Klein. Sehnte sich nach etwas, worauf er sich stützen könnte. Eine Wand zum Anlehnen. Aber es gab nur Blut und Finsternis. Fleisch und Haut, die versuchten, ihn zusammenzuhalten. In ihm gab es nur eine einzige lange Nacht, in der sein Herz sich wie ein glatt geschliffener Uferstein an seinem Brustkasten rieb. Dann sah er, was Kristian Thrane hinter dem Auto gemacht hatte. Dann begriff er.

»Kein Wunder, dass du es nicht mehr aushältst. Kein Wunder, dass du alles satt hast. Alle wissen, wie sehr die

Brüder Kaspersen aneinander gehangen haben, und dann dieser Überfall. Opa, der zu sich kommen und dich entlarven kann. Tough luck. Alles, womit du nicht leben konntest. Du, die Königin und die Aussicht«, sagte Kristian Thrane, rollte den Schlauch auseinander, den er am Auspuffrohr befestigt hatte, und öffnete die Tür zum Beifahrersitz.

Dan hatte keine Angst. Er war taub. Betäubt. Moses auf dem Berg Nebo. Die weinenden Kinder Israels. Wer würde ihn beweinen? Es gab niemanden, der weinen könnte. Jakob und er würden niemanden hinterlassen. So vergeht die Torheit der Welt. Mona und Kristian Thrane zusammen. Sie waren zusammen gewesen. Und Sebastian? Das Mysterium war geklärt. Die Finsternis, gab es einen Grund, sich davor zu fürchten? Nein. Er hatte keine Angst vor der Finsternis. So nimm denn meine Hände und führe mich zu dir. Bis an mein selig' Ende, gegrüßet seist du mir. Nein! Nein! Nein! Lieber Gott. Lieber Gott! Dan kam auf die Beine, schaffte einige Schritte in Richtung Kiefer. Einige Meter auf die Reste des Feuers zu, wo Mona und er gespürt hatten, wie die Ewigkeit sich über ihnen wölbte, vor wenigen Augenblicken war das gewesen, vor einem ganzen Leben. Dann hatten sie ihn wieder eingeholt. Dann lag er wieder im Schnee. Er wusste, dass ihm jetzt keine Zeit mehr blieb. Er war fast erleichtert. Gleichgültig. Nichts in ihm setzte sich jetzt noch zur Wehr. Er war müde. Er war erschöpft. Wollte nur liegen bleiben. Spüren, wie sich der Schnee auf ihm häufte. Wollte zu seinem eigenen Grabhügel werden, hoch über dem Rest von Skogli. Seine Knochen, die unter dem Schnee bleich werden würden. Mäuse, die an seinen Knochen nagen würden. In einigen Jahren würde er mit der Vegetation verschmelzen. Niemand würde wissen, dass hier Dan Kaspersen ruht. Der König des

Nichts. Er versuchte, die Hände zu einem Gebet zu falten. Das schaffte er nicht mehr. Er wurde hochgehoben und zum Auto getragen. Er betete in Gedanken. Vater unser. Vergib mir meine Sünden. In Ewigkeit amen.

»Wartet«, rief Kristian Thrane. »Vor dem Beifahrersitz liegen Einkaufstüten. Auf so eine Tour nimmt man doch keine Butter mit.«

Er beugte sich ins Auto. Das eine Knie auf dem Fahrersitz, das andere ragte wie ein Stützrad aus der Tür – und dann ein Knacken, wie wenn ein trockener Zweig bricht. Der Amazon schien hochgehoben und mit schwebenden Rädern in den Abgrund geschoben zu werden. Kristian Thranes Beine zappelten in der offenen Tür, und dann gab es nichts mehr. Kein dumpfes Dröhnen, keine Funken. Rein gar nichts. Nur einen länglichen Krater, dort, wo das Auto gestanden hatte, und eine ohrenbetäubende Stille.

»Kristian«, rief der Mann, der rechts neben Dan stand, und trat einen Schritt vor. Der andere folgte, und ohne sich daran erinnern zu können, dass er diesen Gedanken gedacht hatte, ohne zu wissen, dass unter seiner Betäubung noch immer Nerven lagen, die Signale vom Gehirn aufnahmen, stieß er den Nächststehenden mit aller Kraft den Ellbogen in die Seite, spürte, dass etwas nachgab. Bei diesem Stoß prickelte sein ganzer Arm, neues Leben wurde in betäubte Sehnen und Muskeln gejagt. Er lief los. Es kam ihm vor wie Gehen. Wie im Traum zu laufen. Er hörte niemanden hinter sich. Nicht sofort. Dann einen Schrei. Jemand trampelte hinter ihm her. Er drehte sich nicht um. Lief geradeaus. Über die Reste des Feuers. Rutschte auf einem verschneiten Holzscheit aus. Fiel nicht. Erreichte die Kiefer. Ein Blick über die Schulter. Der größere Mann gleich hinter ihm. *Manchmal sind wir mit den Rodelbrettern ins Dorf hinuntergefahren.* Dan sprang über die Kante. Für

einen Moment sah er Monas Gesicht. Jetzt hätte Silvester sein sollen. Würstchen und Feuerwerk. Dann traf er auf, rutschte mit den Beinen zuerst. Blieb mit dem Arm in einem Busch hängen. Konnte sich fast halten. Rollte weiter. Versuchte sich aufzusetzen. Versuchte zu bremsen. Versuchte die Beine nach vorn zu schieben. Bohrte sich in die Nacht. Rollte durch Schnee und Wolken. Wurde zu einer Lawine. Zu etwas, wo es kein Oben und kein Unten gab. Kein Vorn und kein Hinten. Es gab nur Tempo. Etwas Hartes traf seinen Rücken. Der Atem wurde aus ihm herausgeschlagen. Sein Körper rollte nicht mehr, aber in seinem Körper drinnen rollte er weiter. In ihm hatte sich alles losgerissen. Er war ein Eimer mit schwappendem Wasser. Dann kehrte der Atem mit einem Schrei zurück. Er fing an sich zu erbrechen. Konnte den Kopf nach links drehen. Und die Kotze aus dem Mund befördern.
Er konnte nicht sehen, wo er war. Es gab kein Licht. Nichts war in der Nähe, was ihn an Menschen erinnert hätte. Gleich hinter ihm ragte eine riesige einsame Tanne auf. Er blieb liegen und versuchte sich zu sammeln. Ein schrilles Geräusch, wie brechendes Eis. Woran erinnerte ihn das nur? An was versuchte er hier zu denken? An den Herbst, in dem er in die Schule gekommen war. Jakob und er waren zur Badestelle gegangen, um Steine auf das Eis zu werfen, und sie hatten nahe am Ufer einen Höckerschwan gefunden. Sicher war der mit nassem Gefieder auf dem Eis eingeschlafen und hatte sich dann nicht befreien können, als er aufgewacht war. Jakob und Dan hatten nicht gewusst, wie lange der große Vogel schon dort gesessen hatte, aber er war noch immer aggressiv. Keiner der Brüder wagte sich deshalb dicht an den Schwan heran, sie versuchten, das ihn umgebende Eis zu zerbrechen. Das Problem war, dass die Steine im Eis nur klaffende Löcher hinterließen. Sie

konnten die blanke, glatte Fläche nicht zerbrechen. Die Brüder hatten einander deshalb an den Händen gefasst und angefangen, auf und nieder zu springen, um das Eis durch ihr eigenes Körpergewicht zu zerschmettern. Als der Schwan endlich freikam, klebte ihm noch immer Eis an den Federn, und er brauchte sicher eine Viertelstunde, bis er losfliegen konnte. Jakob und Dan liefen mit den Schuhen voller Eiswasser und einem großen gütigen Gefühl im Herzen nach Hause. Die Mutter steckte sie sofort ins Bett, und da mussten sie das ganze Wochenende bleiben. Aber das machte nichts. Sie wussten, dass Jesus ihnen jetzt einen Gefallen schuldete.

Er fuhr zusammen. War er eingeschlafen? Der Schnee lag auf seinem Gesicht wie ein feuchter Wollhandschuh. Er war durch und durch gefroren, und sein rechtes Bein hatte jegliches Gefühl verloren. Dan versuchte, Leben hinein zu klopfen. Er spürte nichts. Er hatte das Gefühl, mit der Faust auf ein Holzbein zu schlagen. Er stemmte sich hoch und versuchte, auf einem Bein herumzuspringen und Leben in das andere zu treten, fiel aber um und kam nicht wieder auf die Füße. Sein Herz hämmerte, und wieder musste er sich erbrechen. Um ihn herum war es fast still. Er konnte den Schnee an der Tanne hinter ihm herunterrieseln hören. Hörte den Wind, der in den Baumkronen tuschelte. Es wurde noch stiller. Sein Herzschlag knackte nicht mehr in seinen Ohren. Sein Hals brannte. Er versuchte, Schnee zu lecken. Verschluckte einige Tannennadeln. Erbrach sich abermals.

So sollte es also enden. Auge um Auge, Zahn um Zahn. Erfrieren unterhalb des Aussichtspunktes der Königin Sophie. Er musste lachen. Würgte noch mehr Schnee hinunter und kicherte weiter. Versuchte, sich Jakobs Gesicht vorzustellen. Versuchte, ihn vor sich zu sehen, in den Umrissen des Busches neben seinen Beinen. Aber das gelang ihm nicht. Er konnte sich nur an die Augenfarbe erinnern. Alles um ihn herum wurde jetzt blau. Er wurde ruhig. Es war nicht so gefährlich. Wozu sich noch Mühe geben? Dann lag der Bruder plötzlich neben ihm. Klarer als seit vielen Wochen konnte er sein Gesicht sehen. Aber es war ein totes Gesicht. So musste er im Auto ausgesehen haben, und später, als sie ihn in den Sarg gelegt hatten.

Er konnte jetzt nicht aufgeben.

Lieber Jesus,
lieber Jesus,
lieber,
lieber,
lieber Jesus,
lieber Jesus,
lieber Jesus,
lieber Jesus,
lieber, lieber,
lieber Jesus,
Jesus,
Jesus,
lieber Jesus,
Jesus,
Jesus,
hilf mir, Jesus,
hilf mir.

Dan faltete die Hände. Jesus, Jesus, Jesus. Er hatte nicht besonders viel, wofür er leben konnte, aber eins eben doch: so sterben zu dürfen wie der große Bruder, den Jakob Kaspersen verdient hatte. Er fing an, sich auf den Armen durch den Schnee zu ziehen, und trat sich mit dem noch funktionierenden Bein ab. Der Schnee fiel dichter. Wenn er sich nicht beeilte, würden bald die Engel landen. Es ging langsam. Er stützte die Ellbogen auf, stieß sich mit dem Bein ab. Stützte auf, stieß ab, stützte auf, stieß ab. Verlor das Gleichgewicht und stieß unter dem Schnee gegen irgendetwas. Es war kein wirklicher Schmerz. Sondern nur ein kurzes Klopfen und ein singendes Gefühl in den Ohren. Etwas Heißes lief über sein Gesicht. Der widerliche Geschmack von Blut. Seine Arme gaben unter ihm nach, und wieder sah er das Gesicht seines Bruders vor sich. Das lebendige Gesicht.

18

Dan bewegte die Augenlider. Etwas strich ihm über die Stirn. Dann glitt er wieder davon. Er durchquerte ein endloses Rapsfeld. Mitten auf dem Feld stand eine Vogelscheuche, aber obwohl er spürte, wie der Wind an seinen Haaren riss, bewegte sich nichts an dieser Lumpengestalt. Die zerrissenen Kleider hätten auch an den Horizont gemalt sein können. Dann lag das Feld hinter ihm, und abermals versuchte er, seine Augen zu öffnen. Er ahnte eine Tasse, die ihm vor den Mund gehalten wurde, und er trank etwas, das bitter schmeckte. Er versuchte, nach der Hand vor seinem Gesicht zu greifen, aber dann verschwand alles vor seinen Augen. Dort auf dem Berge, den du besteigst, wirst du sterben und zu deinen Vätern versammelt werden. *Eli, Eli, lama sabaktani.* Dan nahm jetzt seine Arme wahr, seine Beine, etwas, das in seinen Handrücken stach. So blieb er dann liegen, wach und mit geschlossenen Augen. Im Mund hatte er den Geschmack von Nasentropfen. Um ihn herum war alles still. Er lag in einem Bett. Er musste in einem Bett liegen. Er glaubte, in einem Bett zu liegen.

Er schlug die Augen auf. Eine Frau, die er nicht kannte, stand am Fußende seines Bettes, in einem Raum, den er noch nie gesehen hatte. Auf einem Stuhl am Fenster saß Markus Grude. Das Zimmer war minzgrün gestrichen. Dann glitt er wieder fort. Der Körper und Dan zogen in entgegengesetzte Richtungen. Seine Arme und Beine wurden taub, dann wurde es schwarz, nur schwarz. Angenehm schwarz. Dunkel. Ein großes, angenehmes Nichts.

Als er wieder zu sich kam, stand Markus Grude am Fenster. Jetzt sah Dan, dass die fremde Frau Schwesterntracht trug. Er lag in einem Zimmer mit zwei Betten. Das Nachbarbett war nicht belegt. Ein Plastikschlauch, der an einem Tropf befestigt war, verschwand in einer Kanüle in seinem Handrücken. Über der Tür zeigte die Uhr zehn vor sieben. Dan wusste nicht, ob es Morgen oder Abend war. Hinter den hohen Fenstern war es dunkel. Die Frau in der Schwesterntracht beugte sich über ihn und lächelte.

»Wie geht es Ihnen?«, fragte sie.

Dan nickte und versuchte, ihr Lächeln zu erwidern.

»Tut es Ihnen irgendwo weh?«

Dan schüttelte den Kopf.

»Haben Sie Durst?«

Wieder nickte Dan.

Die Schwester ging zum Tisch, neben dem Markus Grude stand, und füllte einen Plastikbecher mit Saft. Sie stellte den Becher neben ihn auf den Nachttisch, fühlte rasch seinen Puls und schob ihm ein Thermometer ins rechte Ohr.

»Sieht gut aus. Klingeln Sie einfach, wenn etwas sein sollte. Ich bin in einer Viertelstunde wieder da.«

Wieder lächelte die Schwester und zeigte auf die Klingelschnur, die mit einer Sicherheitsnadel am Kissen befestigt war.

Markus Grude setzte sich neben das Bett, auf die andere Seite des Nachttisches.

»Daniel«, sagte er.

»Lensmann«, wollte Daniel antworten, aber seine Stimme war nur ein Kitzeln ganz oben im Hals. Er trank einige Schlucke Saft und hustete.

»Du warst fast vierundzwanzig Stunden weg. Kannst du dich daran erinnern, was passiert ist?«
Er musste sich wieder räuspern, seine Stimme war nur ein Flüstern. Jakob. Jakob und Mona. Was war mit Mona noch los? Was war das, woran er nicht zu denken versuchte?
»Ich kann mich an Jakob und Mona erinnern.«
»Sonst an nichts?«
Dan schloss die Augen. Da war etwas mit Schnee. Etwas mit Schnee, der fiel. Schnee in seinem Gesicht.
»Es hat geschneit«, sagte er.
»Der Königinnenblick. Kannst du dich an den Königinnenblick erinnern?«
In der Dunkelheit hinter seinen Augenlidern war zuerst nichts. Keine Gesichter. Nur weiße Punkte. Winzige Schneeflocken. Dann Licht. Autolicht. Etwas, das umkippte. Der Amazon.
»Das Auto. Ich kann mich an das Auto erinnern«, sagte er und schlug die Augen auf, und diese Worte schienen etwas in ihm zu öffnen, eine Schranktür, durch die dann alles auf den Boden fiel.
»Ich kann mich an das Auto erinnern. Und an Kristian Thrane, seine Kumpels.«
Dan schaute zur Uhr hoch. Versuchte festzustellen, ob es eine Stelle in ihm gab, an der diese Worte etwas bedeuteten. Er spürte nichts. Leerte den Saftbecher.
»Die beiden Leute aus Oslo werden noch immer verhört, aber der eine redet jetzt schon. Er hat von dem Leuchter in deinem Auto erzählt, von den vielen Schulden, die Kristian hatte, davon, wie er den alten Thrane zusammengeschlagen hat.«
»Fernsehkrimi«, sagte Dan, und ihm traten Tränen in die Augen, als das Kratzen in seinem Hals zu seinen Ohren weiterwanderte.

Markus Grude nickte und reichte ihm den neu gefüllten Becher, den er nun auf einen Zug leerte. Er räusperte sich, bis er das Gefühl hatte, dass sich etwas von dem Schleim von seinen Stimmbändern löste.

»Im Amazon haben wir eine Plastiktüte mit einem Leuchter gefunden. Einem riesigen Leuchter mit deinen Fingerabdrücken und mit Blutresten. Damit hat Kristian seinen Großvater niedergeschlagen.«

Dan schloss wieder die Augen. Erinnerte sich daran, wie ihm die Handschuhe von den Fingern gerissen wurden, an das kalte Metall unter seinen Fingerspitzen.

»Klingt wie ein mieser Film.«

»Das tun die meisten Kriminalfälle, Daniel. Wenn wir deinen Leichnam in dem Auto gefunden hätten, mit einem Leuchter, der Oscar Thranes Blut und deine Fingerabdrücke aufweist, was hätten wir dann denn glauben sollen?«

Er öffnete die Augen und zuckte mit den Schultern. Hörte in Gedanken Kristian Thranes Stimme. *Alle wissen, wie sehr die Brüder Kaspersen aneinander gehangen haben.*

»Du kannst dich bei Mona Steinmyra dafür bedanken, dass du noch lebst. Ihrem Vater ging es richtig schlecht, als sie nach Hause kamen, aber ehe sie ihn ins Krankenhaus gebracht hat, hat sie mich angerufen. Hat erzählt, was passiert war, und dass sie dich telefonisch nicht erreichen konnte. Also hat sie mich gebeten, nach Bergaust zu fahren und dir zu erzählen, dass sie in aller Eile weggemusst hatte. Als du nicht aufgetaucht bist, bin ich nach Overgrenda gefahren. Da steckten Kristians Freunde im Schnee fest, und ich sah die Reifenspuren, die in den Abgrund führten, und deine Fußspuren. Dann hat eine Streife aus Kongsvinger dich zehn Meter von der Hauptstraße entfernt gefunden.«

Dan nickte und wich dem Blick des Lensmanns aus.

»Das war ein Glück, Daniel, ein Glück, dass Kristian die Warnstöcke nicht gesehen hat und zu weit gefahren ist. Ein Glück, dass ihr nicht alle vier beim Auto standet.«

»Glück?«, fragte Dan und versuchte, nicht an Mona Steinmyra zu denken, versuchte sich daran zu erinnern, ob es in der nächsten Woche oder im nächsten Monat einen Tag gäbe, zu dem er weiterspringen könnte. Irgendeine Freude, die er jetzt schon genießen könnte. Ja! Dänemark! – Die Niederländer. Er hatte die Niederländer vergessen. Hatte er diesen Termin am Vortag gehabt? Welcher Tag war es denn überhaupt?

»Aber das ist noch nicht alles«, sagte Markus Grude, strich sich mit der rechten Hand die Haare zurück und holte tief Atem.

»Ja?«, fragte Dan und biss die Zähne so fest zusammen, dass er Watte in den Ohren hatte. Mona. Jetzt kam es. Jetzt kam das, woran er sich nicht zu erinnern versuchte.

Die Schwester kam ins Zimmer zurück und überprüfte die Kanüle in Dans Handrücken.

»In fünf Minuten ist Abendvisite. Sie können morgen wiederkommen, Lensmann. Sie dürfen den Patienten nicht überanstrengen. Der muss sich jetzt ausruhen«, sagte sie, lächelte und hielt die Tür für den Lensmann auf.

Markus Grude stand auf, wickelte sich den Schal um den Hals und steckte Mütze und Handschuhe in seinen Uniformrock.

»Lensmann, ist irgendwas mit Mona?«

Dan glaubte zuerst, der Lensmann habe die Frage nicht gehört, dann schüttelte der den Kopf.

»Du wirst wieder gesund. Bald bist du wieder gesund, Daniel. Gute Besserung. Ich schaue morgen vorbei, dann reden wir weiter.«

Dan nickte und brachte ein Lächeln zustande, sein Herz

aber hämmerte immer weiter, nachdem der Lensmann die Tür hinter sich zugezogen hatte.

Nach der Visite bat Dan um ein Schlafmittel und schlief die Nacht durch. Wie ein Toter. Es gelang ihm, seine Gedanken auszusperren. Und alle Träume. Jedenfalls konnte er sich beim Erwachen an keinen Traum erinnern. Nachdem aber morgens die Schwester zum ersten Mal nach ihm gesehen hatte, konnte er nicht mehr einschlafen. Er hatte noch nie im Krankenhaus gelegen, doch schon als kleines Kind hatte der Geruch dort ihn an abgestandenes Blumenwasser erinnert. Als sein Großvater gestorben war, hatte im Zimmer ein Geruch gehangen wie in einer der vielen Vasen voller Blumen, die die Mutter vor dem ersten Frost pflückte und dann in irgendeinem Regal vergaß, bis sie längst verwelkt waren. Dieser Geruch hatte in ihm immer schon Brechreiz ausgelöst, und jetzt hatten die Erinnerungen daran ihn wieder eingeholt. Es roch in den Krankenhäusern bestimmt nicht mehr so, es roch ganz bestimmt nicht mehr so, aber die Möglichkeit, diese winzige Möglichkeit, dass er vielleicht doch einen ganz ganz leichten Hauch von dieser Luft wahrnehmen könnte, die in der Luft gelegen und das Leben des Großvaters zerfressen hatte, schien sich wie ein Würgegriff um seinen Hals zu schließen. Als die Finsternis ihn unterhalb des Königinnenblickes zu sich hingezogen hatte, hatte er gewusst, dass er nie wieder erwachen würde, aber das hatte ihm nichts ausgemacht. Es wäre so gewesen, wie nach einem unsäglich langen Tag einzuschlafen, Jesus, es wäre besser gewesen als einzuschlafen. Und jetzt? Alle, die für ihn wichtig gewesen waren, waren tot, warum also lag er hier? Warum war er ins Leben zurückgerissen worden wie Lazarus? Ein Gefühl wie zu träumen, dass er wach sei, während er zugleich wusste, dass er schlief, überwältigte ihn. Ein Gefühl, dass er wirklich tot war, dass er nur träumte, in diesem Bett zu liegen. Kein Himmel. Keine Hölle. Nur dieses äußerste Nichts. Seine Augen schlossen sich, und er fuhr zusammen. Riss an der Klingel, so dass die Leitung sich von der Wand löste.

»Ja«, sagte der Krankenpfleger, der hereinkam und den Alarm ausschaltete.

»Ich bekomme fast keine Luft. Könnten Sie mich aus dem Zimmer schieben? Bitte, ich muss auf die Stadt sehen können, ich brauche ein wenig Weite und Offenheit.«

Zuerst schwieg der Krankenpfleger und verzog leicht gereizt den Mund, als er die abgerissene Klingelschnur aufhob und auf Dans Nachttisch legte.

»Na gut«, sagte er. »Ich kann Sie in den Fernsehraum bringen.«

Im Fernsehraum hielt sich sonst kein Mensch auf. Der Krankenpfleger schob das Bett vor das Fenster in der Querwand und überprüfte den Inhalt des Tropfes. Dann drehte er das Kopfende des Bettes ein wenig höher, so dass Dan fast saß.

»Hier«, sagte der Krankenpfleger und zog eine lange orangefarbene Nylonschnur von der Tür zum Bett. »Klingeln Sie, wenn etwas sein sollte, aber versuchen Sie, diese Schnur an der Wand zu lassen.«

»Tut mir leid«, sagte Dan. »Mir wird schlecht, wenn ich in kleinen Räumen eingesperrt bin.«

»Dann hoffe ich, dass sich das hier bessert, auch wenn es nicht gerade viel zu sehen gibt. Schnee. Nur Schnee. Die letzten Tage haben den Rekord von 1944 fast erreicht.«

»Rekorde sind doch immer interessant«, sagte Dan und hatte den Raum für sich.

In den Hauptstraßen, aber auch an den Hängen auf dem

anderen Flussufer waren Schneepflüge und Räumfahrzeuge damit beschäftigt, vor dem morgendlichen Stoßverkehr auf den Wegen Platz zu schaffen. Die hypnotisch wirbelnden orangefarbenen Warnlichter auf den Wagendächern, die monotonen Bewegungen der Pflugschaufeln, das Gefühl, dass in der ganzen Stadt ein leises Brummen widerhallte, brachten ihm eine gewisse Entspannung. Eine tiefe, selige Müdigkeit senkte sich über ihn, und er schloss die Augen, ohne das Gefühl, sich am Inneren des Sargdeckels die Fingernägel blutig zu kratzen, noch weiter wahrzunehmen.

Als er aufwachte, sah die Stadt aus wie ein Gemälde, dessen Farben eben erst getrocknet sind. Auf den Tannenwipfeln oben am Hang war die Sonne mit einem breiten, hellgelben Pinselstrich gemalt worden, wie eine Verheißung leichterer Zeiten, wie etwas, das Kongsvinger, die Menschen dort, nicht ganz erreichte, noch nicht jedenfalls, ihn jedenfalls nicht. Er kniff das linke Auge zusammen. Dachte an die Soldaten, die krank oben in der Festung gelegen und immer wieder zum Fähranleger gestarrt hatten, während sie auf die Schweden warten mussten. Es war fast hundert Jahre her, dass Norweger und Schweden sich auf den Hügeln und Feldern in Richtung Skogli gegenseitig totgeschossen hatten, aber noch immer wurden an jedem Nationalfeiertag die norwegischen Soldaten mit Kranzniederlegungen an Gedenksteinen geehrt, Bürgermeister verneigten sich, und Militärs schlugen die Hacken aneinander. Entscheidet, wie du gelebt hast oder wie du gestorben bist, darüber, ob du danach nur noch ein Name auf einem Stein bist, an dem Blumen verwelken?

Hinter ihm öffnete sich die Tür zum Fahrstuhl, und aus dem Augenwinkel nahm Dan blaue Thermohosen und eine schwarze Uniformjacke wahr.

»Lensmann«, rief er, und die Bewegung kam zum Stillstand, die Farben drehten sich. Schwere Schritte über den Boden, Markus Grude schnappte sich vor dem Fernseher einen Stuhl und zog ihn zum Bett.

»Daniel«, sagte er und öffnete den Reißverschluss seiner Uniformjacke. Seine Haare sträubten sich wie elektrisiert, und seine Wangen waren von der Kälte gerötet. »Haben sie dich aus dem Zimmer geworfen?«

»Ich brauchte Aussicht.«

Und dann, ohne weitere Gemeinplätze:

»Was hast du gestern nicht mehr erzählt?«

»Es steht nicht fest, dass Jakob Selbstmord begangen hat.«

»Was?« Wieder hatte Dan das Gefühl wie auf der Anhöhe bei Overgrenda. Das Zimmer schien sich um ihn zu drehen. Er kniff die Augen zusammen. Zwang die Dunkelheit, ihn wie ein Anker festzuhalten.

»Kristian hatte hinter Jakobs Rücken Drogen in dessen Auto deponiert. Ja, und mit deinem Bruder als Fahrer.«

»Was für Drogen?«

»Das wissen wir noch nicht, harten Stoff jedenfalls. Vielleicht mehrere kleinere Partien. Der Kumpel, der jetzt den Mund aufmacht, hat erzählt, dass Kristian in Oslo mehrere hunderttausend schuldig war.«

»Ich kann mir aber nicht vorstellen, wie Jakob mit Kristian Thrane durch die Gegend fährt.«

»Kristine.«

»Kristine?« Dan riss die Augen wieder auf. Das Zimmer drehte sich nicht mehr.

»Ja, Kristine und Jakob haben etliche Konzerte in Schweden besucht. Kristian hat den Stoff in den Hiace gelegt, und Jakob hat ihn über die Grenze gebracht.«

»Kristine hat sich also mit Jakob verlobt, um ihrem Bruder einen Kurier zu besorgen?«

»Ja, genauso sieht's aus.«
»Aber warum gerade Jakob?«
Markus Grude hustete und rutschte auf seinem Stuhl ein wenig vor.
»Ich weiß nicht, vielleicht fand Kristian, es sollte in der Familie bleiben?«
Dan sehnte sich nach der Dunkelheit. Danach, zu sinken. Danach, nichts zu fühlen. Aber er musste weitere Fragen stellen.
»Und?«
»Wir glauben, dass Jakob ihnen auf die Schliche gekommen ist und die Verlobung deshalb gelöst hat.«
»Ja, aber sein Tod?«
»Das wissen wir nicht genau, aber Kristian hatte vielleicht Angst, er könnte ihn hochgehen lassen.«
»Aber das war über zwei Monate, nachdem Jakob die Verlobung gelöst hatte.«
»Das weiß ich ja auch. Vielleicht hat er so lange gebraucht, um zu entscheiden, ob er mit mir sprechen wollte, oder vielleicht hat er sich von Kristine ja doch aus einem anderen Grund getrennt.«
»Wie ist Jakob dann in den Hiace geraten?«
»Wenn der Kumpel die Wahrheit sagt, dann hat Kristian erzählt, er habe Jakob in den Wagen getragen, nachdem er ihn betäubt hatte.«
»Aber das habt ihr doch bei der Obduktion sicher festgestellt?«
Markus Grude ließ sich auf dem Stuhl zurücksinken und schien dabei um Jahre zu altern. Er sah nicht mehr aus wie der Lensmann von Skogli, er sah einfach nur erschöpft und alt aus.
»Er ist nicht obduziert worden«, sagte er. »Obwohl wir keinen Abschiedsbrief gefunden haben, hatte ich doch

gesehen, wie er nach der Trennung von Kristine den Kopf hängen ließ. Und jetzt wissen wir, warum er so fertig war. Aber dass wir nicht obduziert haben, war ein Patzer. Da hab ich mich verdammt blamiert.«

»Hat Kristine bei allem mitgemacht?«

»Unseres Wissens nicht. Wir glauben nicht, dass sie etwas mit dem Mord an Jakob oder dem Überfall auf ihren Großvater zu tun hatte, aber sie muss deinen Bruder in das Schmuggelgeschäft hineingezogen haben. Es wird allerdings schwer sein, das zu beweisen.«

»Hat Kristian Thrane wirklich geglaubt, er könnte damit durchkommen?«

»Es wäre ihm doch fast gelungen, aber ich weiß nicht, was Kristian geglaubt hat. Er schien in den letzten Jahren so zu schweben, dass es zweifelhaft ist, ob er festen Boden unter den Beinen gespürt hat, selbst wenn er darauf stand.«

»Aber wenn Oscar Thrane zu sich kommt, dann kann er doch berichten, wer ihn niedergeschlagen hat.«

»Daniel, Oscar Thrane ist zu sich gekommen. Die Ärzte glauben, dass er es schafft. Er wurde von hinten niedergeschlagen und kann sich an nichts erinnern.«

»Ich begreife nicht, warum es so lange gedauert hat, bis Kristian Thrane versucht hat, mir die Schuld zuzuschieben.«

»Kristian war immer schon gerissen, und zuerst schien ja Rasmussen ihm die Arbeit abzunehmen. Aber Hultgren, der neue Kommissar, war von Kristians Geschichte nicht so ganz überzeugt.«

»Aber warum ist Kristian Thrane denn überhaupt auf seinen Großvater losgegangen?«

Markus Grude zuckte mit den Schultern.

»Vielleicht hatte er keine Lust mehr, auf etwas zu warten, was seiner Ansicht nach ihm gehörte.«

»Was passiert mit Kristine?«

»Vielleicht nichts, das müssen die Polizeijuristen entscheiden. Mitwirkung beim Verleiten eines anderen zu strafbaren Handlungen – wie gesagt: Das wird schwer zu beweisen sein.«

»Ich höre, dass sie heiraten will.«

»Den Sohn von Hvalstad, dem Golfplatzmogul.«

Der Lensmann stand auf und schob den Stuhl wieder vor den Fernseher.

»Mach's gut, Daniel.«

Dann konnte er es nicht mehr zurückhalten. Das, von dem er sich fast schon eingeredet hatte, dass er sich nicht daran erinnerte.

»Markus!«

»Ja?«

»Hast du je etwas über Mona und Kristian Thrane gehört?«

»Etwas?«

»Weißt du, ob sie je zusammen waren?«

Markus Thrane machte kehrt und kam zum Bett zurück. Nahm Dans Hand, die nicht am Tropf hing, und streichelte sie wie die eines Sterbenden.

»Daniel, ich weiß es nicht. Aber lass diese Dinge jetzt los. Ergreif die Chance, die du bekommen hast, und nutze sie.«

Dann war er verschwunden.

Dan zog an der Klingel und bat den Krankenpfleger, ihn wieder ins Zimmer zu bringen. Das leere Gefühl von der Beerdigung hatte sich wieder eingestellt, und er wusste nicht, ob er nun eher Trauer oder Erleichterung darüber empfinden sollte, dass Jakob sich nicht aus freien Stücken in das Auto gesetzt hatte.

Er war erleichtert, weil er nichts mit dem Tod seines Bru-

ders zu tun gehabt hatte und weil Jakob sich in seiner Einsamkeit nicht so weit verirrt hatte, dass er wieder die Stimmen von Herodes, Saulus und Judas Ischariot gehört hatte, die ihn aus dem finsteren Keller riefen.
Er empfand Trauer, weil das egoistische Gedanken waren, und egal, was auch passiert war, Jakob würde nie wieder zum Leben erwachen. Niemals würden sie sich aussprechen können. Dan würde ihn niemals um Verzeihung dafür bitten können, dass er ihn so enttäuscht hatte. Dafür, dass er ihren Pakt gebrochen hatte. Den schweigend geschlossenen Pakt, immer zueinander zu halten.

Als Mona einige Stunden nach dem Mittagessen kam, hatte er sich das alles schon mehrere Male vorgestellt. Wie sie die Tür öffnen würde, und er würde lächeln und sie bitten, zu ihm ans Bett zu kommen. Ihre vollen Haare, die an seiner Haut kitzeln würden, der Geruch von säuerlichen Äpfeln, wenn sie sich an ihn schmiegte. Wie er dann begreifen würde, dass es wirklich eine Zeit gibt, um geboren zu werden, eine Zeit zum Sterben, eine Zeit zum Pflanzen und eine Zeit, um das Gepflanzte aus dem Boden zu reißen. Wie sich alles, was zwischen ihnen gelegen hatte, auflösen würde, und wie das Jetzt, das sie so heftig gesucht hatten, stark genug sein würde, um sie von einem Kalenderblatt zum anderen weiterzutragen.
Aber als sie dann auf ihn zukam und seine Wange streichelte, krampfte sich in seiner Brust alles zusammen. Er musste einfach an Kristian Thrane denken. An seine Hände. An Kristian Thranes Hände auf seinem eigenen Mund. An Kristian Thranes Hände, die Jakob packten. An Kristian Thrane und Mona.
Seine Lippen konnten ihren Kuss nicht erwidern, sein Lächeln wurde zu einer starren Grimasse. Eine Fliege, die

von einer Rose gefegt wird, so kam er sich vor. Was sagte sein Onkel doch immer? Ja, er sei so anziehend wie ein alter Kautabakpriem. Dan fühlte sich verlegen. Dan fühlte sie trotzig. Er hatte das Gefühl, als sehe Mona ihn zum ersten Mal nackt. Ganz nackt.
»Stimmt was nicht?« Ihr Lächeln war fast so breit wie ihr Gesicht, und ihre Augen leuchteten.
Er zuckte mit den Schultern. Aus irgendeinem Grund musste er an die Dänemarkfähre denken, an große Fähren, daran, ins Kielwasser zu starren und in sich etwas zu spüren, das springen will, und je länger er so stehen bliebe, umso stärker würde dieser Drang.
»Dan, denk nicht an die Sache mit meinem Vater. Rolf und ich glauben, dass er die Narkose bei der letzten Operation nicht ganz verkraftet hat. Er scheint einfach alle Hemmungen verloren zu haben. Und jedem Einfall muss er einfach nachgeben.«
»Alles klar«, sagte Dan, und in ihrem Gesicht sah er etwas wie den Schatten einer Wolke, die plötzlich angeglitten kommt.
»Die letzten Tage waren die schönsten seit langem.«
»Das hast du schon gesagt.«
»Hast du Schmerzen?«
»Ich bin ganz steif.«
Mona setzte sich aufs Bett und gab ihm noch einen Kuss. Seine Lippen waren noch immer wie ausgedörrt. Dan musste ins Kielwasser starren, er hing jetzt schon an den Armen an der Reling. Er schloss die Augen.
»So ungefähr das Letzte, was Kristian Thrane gesagt hat, war, dass du mit ihm zusammen gewesen bist. Und dass einige seiner Kumpels auch mit dir zusammen gewesen sind.«
Er spürte, wie die Muskeln in seinen Armen sich anspann-

ten, er spürte, dass sie ihm jetzt entglitt. Als er die Augen öffnete, stand Mona Steinmyra neben dem Bett.

»Ich hatte Jakob für Sebastians Vater gehalten, aber ich war ein totaler Trottel. Sein Vater ist Kristian Thrane, nicht wahr?«

Ihr Gesicht wurde verschlossen.

»Dan. Ich werde dir eine Geschichte erzählen. Sie ist nicht schön, aber wahr. Ich war mit Jakob und Kristine in Karlstad, bei einem Konzert von Eldkvarn. Ich war betrunken, total betrunken, und nach der Rückfahrt nach Skogli bin ich in Overaas geendet.«

»So ist es also passiert, im Suff.«

»Ich bin erst spät am nächsten Nachmittag aufgewacht, und da ging es mir ungefähr so wie dir jetzt. Schwerer Kopf und irgendwie ganz weit weg. Ich musste aufs Klo stürzen und bin da sicher eine Stunde geblieben. Mir war schlecht. Zum Kotzen. Ich war total benebelt. So, als hätte ich nicht mehr die Kontrolle über meinen Körper. Vielleicht ist es also so, Dan, aber nur vielleicht, dass Kristian in dieser Nacht mit mir zusammen war, Kristian und seine Kumpels. Oder vielleicht wurde dein Bruder zu eifrig, vielleicht war er leidenschaftlicher, als du das wusstest, auch wenn du die ganze Zeit glaubst, alles über Jakob zu wissen. Vielleicht ist an diesem Abend etwas passiert, vielleicht haben wir es uns gestattet, mehr als nur gute Freunde zu sein – ein einziges Mal.«

Seine Zunge klebte an seinem Gaumen, Monas Blicke waren wie frisch gehämmertes Kupfer.

»Wann war dieses Fest in Overaas?«

»Soll ich jetzt einen Kalender holen, oder reichen die Finger?«

»Warum hast du nichts gesagt, warum hast du nichts unternommen?«

»Gesagt? Unternommen? Nicht immer ergibt zwei plus zwei vier. Man muss Rücksicht nehmen. Auf die Familie. Auf meinen Vater, meinen Bruder, und als ich Sebastian dann erst bekommen hatte, glaubst du, es hat für mich noch eine Rolle gespielt, von welchem Blut er stammt?«

Dan spürte, wie sein Trotz kleinen Stichen der Unruhe weichen musste.

»Warum bist du nicht einfach von Skogli weggegangen?«, fragte er.

»Weil ich noch nie eine war, die auf ihrem Koffer sitzt und heult«, sagte Mona Steinmyra, trat einen Schritt zurück und fuhr ihm hastig über die Wange.

»Mach's gut, Dan«, sagte sie.

19

Morgens hatte es wieder gefroren, und als Dan auf eine der Rosen trat, die auf dem Schnee lagen, zersprang die in kleine Stücke. Der Onkel hatte mitkommen wollen, und sie standen Schulter an Schulter da, als Jakob zum zweiten Mal in die Erde gesenkt wurde. Als der Sarg über die Steine unten im Grab schrammte, warf Dan die Wodkaflasche mit dem Bibelspruch und dem einen Zehner hinterher. Den anderen steckte er in die Tasche. Er lächelte beim Gedanken an Einstein-auf-hundert, einem der letzten Originale von Skogli. Dan fiel ein, wie Einstein sich den Vater einmal auf der Treppe zum Supermarkt geschnappt und ihn gegen die Tür geschubst hatte, um dann auszurufen:

»Sag mir mal eins, in Eben Ezer behaupten alle, dass sie so glücklich sind, aber wieso heulen die dann die ganze Zeit?«

Derselbe Einstein hatte sich nach einer Andacht die Finger in der Bauernkutsche eingeklemmt, als er dem Vater geholfen hatte, einige Gitarren aus dem Gebetshaus zu tragen. Und was er dann gebrüllt hatte, hatte Jakob dazu gebracht, sich an die Mutter zu klammern.

»Aber Sverre«, hatte der Vater gemahnt. »Haben wir nicht eben erst das Vaterunser gebetet?«

»Ach«, sagte Einstein-auf-hundert, »man muss sich an mehrere Stellen wenden, wenn man sicher sein will, dass man eine Antwort kriegt.«

So empfand Dan jetzt ebenfalls. Er musste sich an mehrere

Stellen wenden, oder jedenfalls an mehrere da oben, um sicher zu sein, dass er eine Antwort bekam, um sicher zu sein, dass Jakob endlich heil angekommen war. Lieber Gott, lieber Jesus, liebe Jungfrau Maria und alle Engel des Himmels. Liebe, liebe, liebe, liebe.

Hinter dem Friedhofstor lief er über die Straße und zum Briefkasten vor der Anwaltskanzlei. Zog den bereits frankierten Briefumschlag aus der Tasche, den er an Fredrik Hvalstad adressiert hatte. Fragte sich, was Hvalstad beim Anblick der Fotos seiner zukünftigen Gattin wohl sagen werde. Der Fotos, die Kristine Thrane Jakob geschenkt hatte, um ihn festzuhalten, als sie ihn wirklich brauchte. Jakob musste sie doch sehr gern gehabt haben – eine Zeit lang. Vielleicht hatte er sie geliebt, sie wirklich geliebt – eine Zeit lang.

Ein Auto fuhr vorüber, und kalter Wind wehte unter seinen Kragen, über der Friedhofsmauer sah er den Kopf einer älteren Dame. Er hatte sie auch bei seinem letzten Besuch hier gesehen. Sie schien immer irgendein Grab pflegen zu müssen. Etwas an dieser Frau rührte ihn. Etwas daran, dass sie scheinbar unbeschwert zwischen allem hindurchging, was einmal gewesen war, während sie trotzdem ganz fest auf dem Boden des Jetzt stand. Es gibt eine Zeit für alles, was sich unter der Sonne zuträgt, nicht wahr? Ja, diese Zeit gibt es. Eine Zeit, um Steine zu sammeln, und eine Zeit, um Steine wegzuwerfen. Dan riss den Umschlag auf, riss die Bilder in Fetzen, ohne sie anzusehen, dann warf er die Fetzen auf die Straße. Ein Lastwagen donnerte vorüber, und die Fetzen wurden fortgewirbelt. Als Dan über die Straße zurückging, wurde hinter ihm ein Fenster geöffnet. Er drehte sich um. Thomassen. Dan winkte. Thomassen nickte nur knapp. Die Sache mit den Niederländern hatte ihn sehr verärgert. Sie hatten sich die Sache plötzlich anders überlegt und sich einen Hof gleich hinter der Grenze gekauft. »Dein verdorbener Magen ist ganz schön teuer geworden«, hatte Thomassen gesagt, als Dan ihn zuletzt aufgesucht hatte. Dan hatte geantwortet, im Frühjahr würden sie sicher einen guten Preis erzielen können. Thomassen hatte nur beleidigt den Mund verzogen und mit den Schultern gezuckt.

Dan schaltete mit der Fernbedienung den Alarm des Peugeot aus, und er und der Onkel stiegen ein. Seine eine Tasche war auf den Boden gerutscht, und Dan warf sie auf die Rückbank. Dann fuhr er auf die Straße hinaus und weiter zum Altersheim. Hielt vor dem Haupteingang und brachte den Onkel aufs Zimmer.

»Ja, jetzt wollen wir nur hoffen, dass ihr in Frieden ruhen könnt«, sagte der Onkel, als er sich vor dem Fenster in den Sessel fallen ließ.

»Ihr?«

»Ich hoffe, du hast das verstanden, Daniel, dass wir ebenso sehr dich heute begraben haben wie Jakob. Du hast deinem Bruder einen Haufen Eigenschaften zugeschrieben, die du in dir selbst gefürchtet hast. Eigenschaften, die er vielleicht gar nicht besaß. Himmel, Jakob hat nicht in Bergaust gewohnt, weil er Angst davor hatte, fortzugehen, sondern weil er mutig genug war, um dort zu bleiben.«

Dan nickte nur. Dachte an Markus Grude, als er erzählte, dass in Jakobs Leichnam Drogen gefunden worden waren, und er dachte an die Miene des Lensmanns, als Dan gefragt hatte, ob er bei der zweiten Beisetzung des Bruders zugegen sein dürfe.

»Und jetzt?«, fragte der Onkel. »Einfach geradeaus?«

»Ich übernachte in Schweden und fahre morgen über den Øresund«, sage Dan und schaute aus dem Fenster.

»Und dann?«

»Ja, und drüben habe ich die Miete für einen Monat bezahlt. Ich werde ja sehen, wie das wird. Vielleicht fahre ich dann noch weiter nach Süden, dem Frühling entgegen.«

»Hasta la vista.«

»Onkel, ich habe nicht vor, zu verschwinden. Es wird nicht Jahre dauern, bis wir uns wiedersehen. Wir haben doch davon geredet, im Sommer zusammen loszufahren. Und wenn der Makler Bergaust verkaufen kann, dann sehen wir uns noch viel eher.«

Der Onkel antwortete nicht sofort.

»Nachdem du zurückgekommen warst, schien etwas mit dir passiert zu sein, feuchte Hölle, als ob du nicht mehr dauernd in der Tasche die Faust geballt hättest. Aber jetzt bist du wieder der Alte. Ich glaube, das mit der kleinen Steinmyra machst du falsch«, sagte der Onkel.

»Soll ich mir denn weiter den Kopf darüber zerbrechen müssen, ob der Mörder meines Bruders der Vater ihres Kindes ist?«

»Vielleicht ist das deine Chance zu zeigen, dass du ein besserer Mann bist als Kristian Thrane? Kopenhagen ist im Frühling genauso schön, und der Limfjord ist noch schöner.«

»Mach's gut, Onkel, bis dann.«

Rein Kaspersen nickte als Antwort.

Dan nahm auf der Treppe immer zwei Stufen auf einmal. Lief durch das Foyer und über den Parkplatz. Drehte sich nicht um, um zu sehen, ob der Onkel am Fenster stand und hinter ihm herschaute. Ließ sich nicht anmerken, dass die Sonne noch etwas tiefer gesunken war. Riss nur die Autotür auf, glitt auf den Sitz und ließ den Motor an. Drehte die Räder zur Hauptstraße hin und staunte abermals darüber,

wie viel leichter das neue Auto gehorchte als die Bauernkutsche.
Es war fast zwölf. Vielleicht würde er zwei Nächte in Schweden verbringen, ehe er den Øresund erreicht hätte. Es spielte keine Rolle. Er hatte es nicht eilig. Es kam darauf an, dass er unterwegs war. Er freute sich auf die Landschaft, die immer ebener werden und sich um ihn herum öffnen würde. Er freute sich auf das Meer. Auf den frischen Geruch des Meeres. Hatte er schon mal im Winter den Geruch des Meeres wahrgenommen? Nein, das hatte er noch nie. Er freute sich auf frühe Morgen, an denen er mit seinem Kaffee am Fenster sitzen könnte, ohne sich einsam zu fühlen, nur allein, nicht einsam. Nie mehr einsam. Nie mehr auf diese Weise einsam.
Im ersten Verteilerkreis bog er nach links ab, überquerte den Fluss und fuhr weiter auf der neuen Straße, die ihm immer das Gefühl gab, an der Rückseite der Stadt vorbeizufahren. Er passierte die Tankstelle, die ungefähr da lag, wo in seiner Kindheit das Schild gestanden hatte, das das Ende der Gemeinde anzeigte. Wo mochte jetzt die Stadtgrenze verlaufen? Gab es vielleicht keine Stadtgrenze mehr? Er versuchte sich vorzustellen, wie er in zwanzig Jahren zurückkehrte. Dreißig. Es fiel ihm schwer, an die Stadt als an etwas anderes zu denken als eine Straße mit Häusern auf beiden Seiten. Mit noch mehr Häusern auf beiden Seiten.
Er schob »Rocket to Russia« in den Recorder. Dan hatte sich alle alten Ramones-Alben auf CD gekauft. Auf mehreren gab es fast so viele Bonustracks, wie die Vinylscheiben überhaupt Stücke gehabt hatten. Er brachte den letzten Kreisverkehr und den Sendemast oben auf der Anhöhe hinter sich. In seinem Rückspiegel sank Kongsvinger in sich zusammen wie ein Zirkuszelt am Abend nach der

letzten Vorstellung, und bald gab es nur noch die Straße. Bewegung. Dan versuchte, mit allem zu verschmelzen. Er versuchte, die Augen nicht mehr zusammenzukneifen, sondern weit zu öffnen. Dann lag das Wäldchen hinter ihm, und auf beiden Seiten der Straße öffneten sich die weiten Felder von Overaas. Seine Hand fand das Blinklicht, seine Füße das Bremspedal, und dann stand er am Straßenrand vor der Sætermokreuzung, nur hundert Meter von der Stelle, wo nach den Scharmützeln des Jahres 1808 der Schnee über Lebende und Tote gefallen war. In seinem Kopf dröhnte es noch weiter, auch als er den Automotor bereits ausgeschaltet hatte. Einen Monat. Etwas mehr als einen Monat hatte er es jetzt in Skogli ausgehalten. Ein Monat, der ausreichen könnte – der ausreichen müsste –, um ein ganzes Leben zu füllen.

Er stieg aus dem Auto und öffnete den Kofferraum. Er hatte kein Feuerzeug mehr, aber in dem kleinen Werkzeugkasten lag eine Taschenlampe. Er nahm die Lampe und einen Schraubenzieher mit. Ging auf den Tunnel zu. Der Schnee reichte ihm jetzt fast bis zu den Knien. Dan tauchte ins Halbdunkel ein und suchte sich den Weg zu dem letzten Glaubensbekenntnis, das Jakob und er hier eingeritzt hatten. Er nahm die Taschenlampe in den Mund und begann, mit dem Schraubenzieher eine der verrosteten Schrauben aus der Metallplatte zu holen. Er zog den gelben Zehner aus der Tasche und schob ihn dahinter. Dann begann er, neue Buchstaben einzuritzen. »Jakob und ich auf dem Mond«, schrieb er. Dann Jahreszahl und Initialen. DK. Ha. Daran hatte er noch nie gedacht. DK für Dänemark. Ein passender Schlusspunkt für die Geschichte. Er knipste die Taschenlampe aus und faltete die Hände zu einem letzten Gebet für Jakob, dem Gebet, das ihre Mutter früher immer für sie gesprochen hatte.

Als er dann wieder im Peugeot saß, kam ihm das alles dann doch nicht wie ein guter Schluss vor. Es kam ihm überhaupt nicht wie ein Schluss vor. Er schaute auf die Uhr. Jetzt wurde der Amazon geborgen. Das war ihm jedenfalls zugesichert worden.

Schon am Vortag war ein erster Versuch unternommen worden, aber sie hatten den Wagen nicht richtig zu fassen bekommen. Sie wollten nicht riskieren, dass auch noch der Abschleppkran in den Abgrund kippte, und deshalb sollte an diesem Tag beim Königinnenblick ein Stück Weg frei geräumt werden. Nachdem die Polizei ihre Untersuchungen beendet hatte, hatte es weiterhin geschneit, und dass die Bauernkutsche nun schon so lange dort lag, machte die Bergungsarbeiten besonders schwer. Als der Abschleppdienst am Vortag angerufen hatte, hatten sie wissen wollen, ob er anwesend sein werde, wenn sie den Amazon hochhievten. Dan hatte geantwortet, er müsse verreisen und werde deshalb dazu keine Gelegenheit haben. Es war bereits ein vorläufiger Schrottpreis festgelegt worden, und der Amazon war streng genommen nicht mehr Dans Eigentum, falls er das jemals gewesen war. Der Abschleppdienst hatte daraufhin wissen wollen, ob es irgendwelche persönlichen Dinge darin gebe, die er aufbewahren wolle. Dan hatte gesagt, im Wagen lägen nur einige verdorbene Lebensmittel, sollten sie aber doch etwas finden, sollten sie es der Versicherungsgesellschaft geben, bei der er irgendwann vorbeischauen werde.

Dan blieb im Auto sitzen.

Plötzlich kam es ihm wichtig vor, den Amazon zu sehen. Plötzlich kam es ihm richtig vor. Vielleicht würde ihn das von seinen nächtlichen Träumen befreien? Würde er dann nicht mehr träumen, dass er in dem Auto saß, das in den Abgrund kippte, und im ersten Moment nach dem Aufwachen unsicher sein, ob er nun erleichtert oder enttäuscht war?

In Overgrenda war der Abschleppdienst am Werk. Der größere der beiden Männer erklärte, sie hätten mehrere Leinen zusammenbinden müssen, um sie am Amazon befestigen zu können, und sie hätten nur mit Mühe eine Bahn gefunden, die an den größten Felsen vorbeiführte. Als Dan an den Abgrund trat, sah er, dass die Leine sich schräg den Hang hinunterzog, um dann in einem viereckigen Schneehaufen zu verschwinden. Der Wagen war schon wieder verschneit, und ohne die Leine hätte Dan nicht gewusst, dass er dort lag. Die Sonne hatte jetzt ihren höchsten Punkt erreicht, und plötzlich konnte er sie verstehen, die Finnen, die sich damals in Skogli niedergelassen hatten. Wenn sie an einem solchen Tag hier eingetroffen waren, dann begriff er, warum sie nicht weitergezogen waren. Hier oben hing nichts Drückendes über dem Tal, und wenn die Sonne sich über die Landschaft legte, dann schien der Tag sich zu öffnen und den folgenden und den darauf folgenden und auch noch den dann folgenden Tag zu ermöglichen, genauso wie auch Wege, Felder und Rodungen an den Hängen.

Die Leine spannte sich mit einen Knall, ein gewaltiger Peitschenhieb schien das Tal zu treffen. Und dann gab der Schnee nach, und das einzige neue Auto, das Halvor Kaspersen jemals besessen hatte, setzte sich in Bewegung. Die Winsch ächzte widerwillig. Das Metall schien schrill zu protestieren. Etwas wurde aus großer Tiefe hochgezogen. Der Amazon war jetzt unten am Hang angelangt, das Blaue presste sich durch das Weiße, und der Schnee wurde vom Dach gewischt. Das Chassis traf auf einen Stein oder einen Baumstumpf auf, der Wagen richtete sich wie in einer letzten Zuckung ein wenig auf, dann ergab er sich und schleifte leblos hinter der Leine her. Aber dieser Wagen hatte gelebt. Dieser Wagen war von Leben erfüllt gewesen. Erfüllt von Familie Kaspersen. Vater, Mutter, Jakob und er. Dieser Wagen war das Letzte gewesen, was sie alle gemeinsam besessen hatten, alle vier, das Letzte – und das Erste –, was nur ihnen gehört hatte. Nicht wie das Haus, in denen vor ihnen die Großeltern und die Urgroßeltern gelebt hatten und gestorben waren, sondern ein Wagen, der keine anderen Erinnerungen enthielt, als er fabrikneu in Bergaust eingerollt war. Der Amazon war Verkündigung & Bewegung gewesen, Freiluftandachten & Rockkonzerte, Konfirmationsvorbereitungen & Besäufnisse, Lutscher & Pils, Bibelsprüche & Männerzeitschriften, Beerdigungen & Schulanfänge, Begehren & Reue, ermahnende Zeigefinger & feuchte Hände, der Schnee, der fiel, die Sonne, die brannte, die Räder, die sich drehten und die sich immer weiter drehten, Jahre, die einander ablösten, die Eltern, die auf der Fahrt zu Missionstreffen die Lieder von Aage Samuelsen sangen, Jakob mit einem Kassettenrecorder auf den Knien, an dem Tag, an dem Dan den Führerschein gemacht hatte, *do you remember when we used to sing, sha la la lal la la la de da (just like that)*. Dieser Amazon hätte den Eltern vielleicht das Leben retten können, wenn sie am Abend ihres Todes gefahren wären, statt zu Fuß zu gehen. Dieser Amazon wäre um ein Haar zu seinem eigenen Sarg geworden.

Der Wagen wurde jetzt über die Kante gehievt, und Dan empfand tiefe Erleichterung darüber, dass er dermaßen zerstört war. Erleichterung, weil er nicht mehr repariert werden konnte. Das Dach war eingedrückt, alle Fenster zerbrochen, das ganze Auto sah schief aus. Der Amazon war ein Wrack. Er war der Anfang einer Geschichte gewesen. Jetzt war er das Ende.

Der kleinere Angestellte des Abschleppunternehmens hielt die Winsch an, als der Amazon sich unmittelbar hinter der Ladefläche des Krans befand.

»Wollen Sie noch mal reinschauen?«, fragte er.

Dan schüttelte den Kopf. Das Wageninnere war voll Schnee, und es gab nichts in diesem Auto, was noch in irgendeiner Verbindung mit ihm selbst gestanden hätte. Der Wagen war alles, was gewesen war. Er war das, was ist. Endlich war er das, was ist. Endlich war er nur das Jetzt.

Der Mann nickte und wollte die Winsch schon wieder anwerfen, da schob er plötzlich die Hand ins Auto und wühlte darin herum. Zog aus dem Schnee etwas heraus. Ein Fellknäuel. Ein Tier, das sich ins Auto verirrt hatte? Das dort ums Leben gekommen war? Ein Eichhörnchen? Dann begriff Dan, was er vor sich hatte.

»Da hat Ihr Kind etwas vergessen«, sagte der Mann und warf ihm den braunen Teddybären zu.

»Danke«, sagte Dan, ging zurück zum Peugeot, legte den Teddy neben sich auf den Beifahrersitz und drehte den Zündschlüssel um. Ließ den Wagen langsam losrollen. Er brauchte jetzt Musik. Brauchte sie wirklich. Musik, die ihn hier fortholen konnte. Musik, die ihn füllen, die ihn bewegen konnte. Musik, die ihn lenken konnte. Dan drückte auf »Play«. »*I'm gonna go for a whirl with my Cretin girl.*« Am Ende des Hangs bog er nach rechts ab. »*My feet won't stop. Doing the Cretin hop! Cretin! Cretin!*« Vor dem Lensmannsbüro gab er Gas. Begegnete einem LKW, zwei Personenwagen und einem Bus. Niemand winkte. Niemand blinkte. Niemand schien traurig zu sein, weil er wegfuhr. Niemand würde bemerken, dass er weggefahren war. 1-2-3-4. Neues Lied. Rock rock Rockaway Beach, rock rock Skifabrik rock rock Purkala, rock rock Badestelle, rock rock Baklengselv. *We can hitch a ride to Rockaway Beach.*

Skogli lag jetzt hinter ihm. Zwei Stücke der Ramones, mehr war dazu nicht nötig. War nicht mehr dazu nötig? Zwei Stücke, von der einen Anhöhe bis zur anderen. 1-2-3-4. 1-2-3-4. Mitten in Sætermoen bog er ab. Würde es so sein? Würde er so sein? Ein Mann, der von einem Hügelkamm zum anderen fuhr, der nur dasaß und das Leben vorbeiziehen sah. In Dänemark gab es nicht sehr viele Hügelkämme, aber es gab Parkplätze, Abzweigungen und Rastplätze. Im Grunde hatte es in seinem Leben genug Rastplätze gegeben. Kalter Kaffee. Tage, an denen er in der Zeitung das Datum nachsehen musste. Dutzende von Kilometern, die er gefahren war, nur um festzustellen, was er nicht wollte.

Er nahm den Teddy hoch und wischte ihm den Schnee ab. Versuchte, den Babygeruch wiederzufinden, aber der Teddy war nur steif und strahlte Kälte aus. Sebastians Kopf war warm gewesen. Der ganze Sebastian war warm gewesen. Dan hätte gern gewusst, ob alle Babys so warm sind oder ob Sebastian etwas Besonderes war. Er schloss die Augen. Mona und Sebastian. Wenn er jetzt an sie dachte, war schwer zu entscheiden, wo die eine endete und der andere anfing.

Bei diesem Gedanken fuhr er zusammen. Genau diese Worte hatte Mona über Jakob und ihn benutzt.

Er öffnete die Augen, riss die CD aus dem Recorder, wendete und nahm den Teddy auf den Schoß. Einmal hatte er so gesessen, wie ein Teddy auf dem Schoß des Vaters. Ein kleiner Junge, der auf den letzten Metern den Wagen lenken durfte. Dan fuhr wieder abwärts, passierte Bergaust. Das Tal war nicht mehr in Aquarellfarben gemalt, sondern mit so klaren Strichen gezeichnet, wie er sie vorhin in Overgrenda gesehen hatte. Skifabrik, Badestelle, Hügel, Baklengselv und die Straße nach Purkala. Ein gerahmtes

Bild, bei dem endlich jemand zum Staubtuch gegriffen und das Glas abgewischt hatte. Zum zweiten Mal kam er von der Beerdigung seines Bruders, er kam von der Beerdigung seines Bruders mit einem kleinen Teddybären auf dem Schoß und dachte an etwas, das er an diesem Morgen in den Nachrichten gehört hatte. Eine Geschichte, die Jakob bestimmt gefallen hätte. Grant Fuhr war als erster schwarzer Eishockeytorwart in die Hockey Hall of Fame gewählt worden. Dan war nie ein Hockeyfan gewesen, aber solche Geschichten mochte er. In der Bibel wimmelte es nur so davon. Zachäus, Lazarus und Hiob. Zöllner, Tote und Familienväter, die entgegen jeglicher Wahrscheinlichkeit wieder aufstanden, die bei neun wieder hochkamen. Immer bei neun. Leute, die blieben, obwohl und nicht weil. Jakob war nicht bei neun aufgestanden, aber Dan hatte auch nie gesehen, dass er ausgezählt worden wäre, sogar den Tod der Eltern hatte er mit stoischer Ruhe aufgenommen. Er hatte geweint und getrauert, aber dann hatte er mit seinem Leben weitergemacht. In der Bibel steht etwas darüber, dass der, der im Kleinen treu bleibt, auch im Großen treu bleibt. Jakob hatte sein Leben im Kleinen gelebt und hatte deshalb auch im Großen leben können.

Dan begegnete im Rückspiegel dem eigenen Blick. Seine Augen wie zwei Klicker in einer Kinderhand. Hinter ihm lagen die Hügel vor Overgrenda wie ein Arm um seine Schultern. Aus mehreren Häusern am Straßenrand stieg Rauch aus den Schornsteinen, wie ein Bach zum Himmel. Was hatte der Lensmann noch über den Beerdigungstag des Bruders gesagt? Über den ersten Beerdigungstag? Ein guter Mann ist immer einer, der von der Liebe hart getroffen wird. Aber Dan wusste nicht, ob er ein guter Mann war. Dan hielt sich nicht für einen guten Mann. Einen Mann, der das Gute wollte, das schon, der versuchte, anderen

Gutes zu tun, wie er das für richtig hielt. Ja! Aber als er dann nach Hause gekommen war, hatte ihn die Furcht umgetrieben, er könne am Tod seines Bruders schuld sein. Vielleicht war das eine egoistische Furcht gewesen, vielleicht eine Furcht, sich am Jüngsten Tag für noch ein Vergehen verantworten zu müssen – zugleich war es die Furcht davor gewesen, sich eingestehen zu müssen, dass er wirklich allein war. Der letzte Rest seiner Kindheit war tot, alles, was zu seinem Blut gehörte, war verschwunden. Er hatte nur noch drei Namen auf einem Stein auf dem Friedhof, aber er hatte auch einen kleinen Teddybären auf dem Schoß. Einen Teddybären, den ein Junge vielleicht vermisste. Einen Teddybären, den ein Junge bestimmt vermisste. Vielleicht konnte man auch vom Mangel an Liebe hart getroffen werden? Vielleicht hatte ihm das in all den Jahren zu schaffen gemacht.
Er dachte an den Erweckungsprediger, der auf der Grundschule einige Klassen unter ihm gewesen war und der jetzt in Schweden seine eigene Fernsehsendung hatte. Er hatte gesagt, es gebe keine kleinen und großen Sünden. Eine Sünde sei eine Sünde. Dan hob den Blick. Wenn er damals an dem Abend in Oslo nicht Kristian Thrane begegnet wäre, wenn er sich niemals zu dieser Fahrt nach Amsterdam bereit erklärt hätte, dann wäre Jakob noch am Leben. Aller Wahrscheinlichkeit nach. Er hätte von einem Auto überfahren werden können. Eine Ader im Kopf, ein bisher nicht entdeckter, angeborener Defekt, hätte plötzlich bersten, er hätte auf einem Fest niedergeschlagen werden und nie mehr erwachen können. Aber wenn Jakob nicht Dans Bruder gewesen wäre, wäre er auch kein passendes Opfer gewesen. Das war eine Sünde, oder eine Erkenntnis, die Dan für den Rest seines Lebens mit sich herumtragen müsste, aber zugleich würde es an der Sünde nichts ändern,

wenn er einfach nur weiter davonliefe. Vielleicht gab es keine kleinen oder großen Sünden, aber es gab weiterhin unterschiedliche Möglichkeiten, damit umzugehen. Unterschiedliche Möglichkeiten, Mann zu sein. Kristian Thrane, Jakob und Dan hätten Brüder sein können. Brüderchen, komm tanz mit mir. Sie hätten mit demselben Schulbus fahren können, in dieselbe Schule gehen, von denselben Lehrern unterrichtet werden. Sie kamen aus demselben kleinen Ort, drei Jungen, die ohne Eltern erwachsen geworden waren. Ja, falls sie jemals erwachsen geworden waren. Aber jedenfalls waren sie zu großen Jungen geworden. Die wie Männer aussahen. Vielleicht waren sie kleine Jungen in großen Männern, die zu früh ihre Entscheidungen hatten treffen müssen. Entscheidungen, die nicht immer die richtigen gewesen waren. Entscheidungen, die fast nie die richtigen gewesen waren, jedenfalls nicht für Dan oder Kristian Thrane. Er verspürte in sich einen Drang. Einen Drang nach Zigaretten. Hinter der nächsten Biegung. Er konnte jetzt selbst entscheiden, wessen Bruder er sein wollte. Kristian Thrane und Jakob, jeder lag in seinem Grab auf dem Friedhof. Dan fuhr mit einem Teddy auf dem Schoß durch Skogli.

Sebastian, der kleine Sebastian, das erste Baby, das er in den Armen gehalten hatte. Die Fingerknöchel wie Lachgrübchen in den molligen Händchen, die kleinen Finger, die eines Tages die Mutter loslassen, sich öffnen und zu den Fingern eines erwachsenen Mannes werden würden, der Lenkrad und Schalthebel packte. Ein großes, Schwindel erregendes Gefühl, das er lange nicht mehr empfunden hatte, erfüllte ihn jetzt ganz und gar. Der Witz aus dem Gefängnis. Der rassistische Witz. Ein Schwein wird nicht zu einem Pferd, auch wenn es auf einem Gestüt geboren wird.

Er bog zum Haus der Familie Steinmyra ab. Überlegte, ob Mona und ihr Bruder wohl hier entlanggegangen waren, an dem letzten Morgen, an dem sie ihre Mutter gesehen hatten. Er blieb unten auf der Auffahrt stehen, ließ den Motor laufen und legte die Handbremse ein. Drehte den Rückspiegel so, dass er sein Gesicht sehen konnte, während das Blinklicht den Takt hielt. Sein Bart war zerzaust, sein Gesicht am einen Wangenknochen zerschrammt, und seine Haare lockten sich im Nacken, seine Augen aber wirkten nicht mehr eingesunken, sein Blick nicht mehr wässrig. Er räusperte sich. Übte am Teddybär.

»Habt ihr Lust, mit nach Dänemark zu kommen?«

Nein, nicht so direkt. Nicht jetzt. Scheiß auf Dänemark, übrigens.

»Ich heiße Dan Kaspersen«, sagte er. »Hier bin ich zu Hause.«

Zu sehr Staubsaugervertreter. Zu sehr Fernsehen. Er machte noch einen Versuch.

»Dan Kaspersen ist mein Name, das hier ist es, was für mich Zuhause bedeutet.«

Er öffnete die Tür und stieg aus dem Auto. Steckte den Teddybären in seine Jackentasche. Der Schnee knirschte, als er weiterging, aber eigentlich hörte es sich eher an wie trockenes, leises Räuspern. Es war ein schöner Tag, um draußen unterwegs zu sein. Ein schöner Tag, um Schneemänner und Schneehäuschen zu bauen. Ein schöner Tag zum Leben. Hugh, hugh. Um mit Schlitten und Rodelbrettern ins Tal zu jagen. Er fragte sich, welchen Eindruck er von Skogli bekommen würde, wenn er das Dorf an diesem Tag zum ersten Mal sähe. Unmöglich zu sagen. Er sah Skogli nicht zum ersten Mal. Er war immer hier gewesen. Plötzlich ging ihm auf, dass er immer hier gewesen war, auch wenn er sich auf die Reise gemacht hatte. Seine Familie war immer hier gewesen. Seine Familie war schon so lange hier, dass die Namen auf den Grabsteinen undeutlich geworden waren.

Er stieg die Treppe hoch, versuchte, alles, was Skogli war, in seine Lunge zu ziehen. Aber es roch nach nichts. Und hatte keinen Geschmack. Luft. Nur Luft.

Er klingelte.

Nichts passierte.

Machte noch einen Versuch.

Hörte Schritte auf einer Treppe.

Die Tür wurde geöffnet.

Mona hatte ihre Haare zu zwei Zöpfchen gebunden und trug einen weißen bodenlangen Bademantel. Sie hatte Sebastian auf dem Arm.

Sie sieht aus wie etwas, das hier wächst, dachte er. Sie sehen aus wie etwas, das hier wächst. Etwas, das sich durch den Schnee nach oben drängt.

Alles, was er sich zurechtgelegt hatte, blieb irgendwo in ihm stecken. Er zog die Handschuhe aus, ließ sie auf die Treppe fallen, streckte die rechte Hand aus und streichelte ihre Wange. Diese Bewegung brachte Sebastian zum Weinen. Mona drückte ihn fester an sich, flüsterte ihm etwas ins Ohr. Dan trat einen Schritt zurück, hätte fast noch einen gemacht, dann merkte er, wie sicher er in seinen Schuhen dastand, wie ruhig alles um ihn herum war. Er räusperte sich.

»Ich heiße Dan Kaspersen, jetzt bin ich nach Hause gekommen. Hier wohne ich. Bergaust ist mein Zuhause«, sagte er und griff nach dem Teddybären in seiner Tasche.